Igor De Amicis, 1976 in Rom geboren, ist Kommissar der Strafvollzugspolizei in einem italienischen Gefängnis und kennt mafiöse Strukturen, Drogenhandel und Straßenkriminalität aus erster Hand. Gerade dadurch schafft er es, noch in den dunkelsten Charakteren etwas Menschliches zu entdecken. Momentan schreibt er an seinem zweiten Thriller.

Besuchen Sie uns auf www.penguin-verlag.de und Facebook.

IGOR DE AMICIS

DAS SIEBTE GRAB

THRILLER

Aus dem Italienischen
von Ingrid Ickler

PENGUIN VERLAG

Die italienische Originalausgabe erschien 2018 unter dem Titel
La settima Lapide bei DeA Planeta, Mailand.

MIX
Papier aus verantwortungsvollen Quellen
FSC® C014496
FSC www.fsc.org

Klimaneutral*
Druckprodukt
ClimatePartner.com/14044-1912-1001

Penguin Random House Verlagsgruppe FSC® N001967

1. Auflage 2021

Quellennachweise:
S. 78 f.: »Nu Latitante« (Tommy Riccio), Mea Sound.
S. 83: *Der lachende Mann*, Lübbe 2004.
S. 394 ff.: »Faust«, aus: Adelbert von Chamisso,
Gedichte. Ausgabe letzter Hand, Holzinger 2014.
Umschlag: Bürosüd
Umschlagmotiv: Plainpicture/Anja Weber-Decker
Redaktion: Brigitte Lindecke
Satz: GGP Media GmbH, Pößneck
Druck und Bindung: GGP Media GmbH, Pößneck
Printed in Germany
ISBN 978-3-328-10496-4
www.penguin-verlag.de

Für Paola, mit all meiner Liebe

1

1.

Montag, 18. Januar 2016,
Santa Margherita, ungarische Königstochter,
geweihte Jungfrau und Ordensschwester

Die Morgenluft war kühl. Ein sanfter Nieselregen legte sich wie ein hauchfeiner Schleier auf den kleinen Dorffriedhof in der Provinz Neapel. Ein düsterer Ort, ein Ort des Schmerzes. Akkurat ausgerichtete Gräberreihen, bronzefarbene Lettern auf den Grabsteinen, Bilder der Verstorbenen, flackernde Grablichter und verwelkte Blumen. Ein verrostetes Eisentor, das schon bessere Tage gesehen hatte, mit Kies bestreute Wege.

Ab und zu waren gedämpfte Geräusche zu hören, aber kein einziges Gebet. Die tägliche Prozession der untröstlichen Witwen würde erst noch kommen. Immer der gleiche Weg, die gleichen Gesten, die ehrerbietig gesetzten Schritte, um sich in Würde und Andacht der letzten Ruhestätte ihrer Liebsten zu nähern.

Der Glaube war etwas Großartiges.

Mitten in diesen Ort der Stille hatte man sieben marmorne Grabsteine in die dunkle Erde gerammt, die wie abgebrochene Zähne aus einem weit aufgerissenen Mund ragten.

Vor dem ersten lag das erste Opfer, Arme und Beine weit von sich gestreckt, die Kehle glatt durchtrennt, auf dem Gesicht ein zur Fratze erstarrter stummer Schrei. Aus der klaffenden Wunde war Blut über den goldenen Padre-Pio-Anhänger bis hinunter ins Gras geflossen. Eine Katze hatte ein wenig davon aufgeleckt.

Vitaliano Esposito, 27. Oktober 1963–14. Januar 2016, lautete die Inschrift. Auf den anderen sechs Grabstelen waren nur die Namen und die Geburtsdaten zu lesen. Der Tod ließ noch auf sich warten. Die Gräber warteten geduldig, sie hatten Zeit. Ihre Bewohner würden kommen. So viel stand fest.

2.

Gefängnis blieb Gefängnis. Eine ebenso banale wie zutreffende Betrachtung. Gefängnis blieb Gefängnis, bis zum letzten Gang über den Korridor, bis zur letzten Nacht, bis sich die Zellentür zum letzten Mal schloss.

Da konnte man noch so viele Poster mit nackten Brüsten und Ärschen zwischen Padre Pio und den Papst an die Wand kleben, um die üblichen fünf Zigaretten Karten spielen, in der Werkstatt arbeiten oder mit den Sozialarbeitern sprechen, bis einem die Zunge abfiel. Aber das änderte alles nichts. Gefängnis blieb Gefängnis, daran war nicht zu rütteln. Ein Kasten aus Stahl und Beton, Neonlicht und Zwiebelgestank, erfüllt vom Geräusch der Schlüssel, die im Schloss gedreht wurden. Und man konnte bloß warten, dass die Zeit verging. Sekunden, Minuten, Tage, Jahre.

Gefängnis blieb Gefängnis. Und wer das anders sah, war noch nie drin gewesen.

Michele Vigilante lag auf der oberen Pritsche des Stockbetts, reckte und streckte sich und starrte auf die Schimmelflecken an der Decke. Er schlief zunehmend schlechter, höchstens fünf Stunden pro Nacht. Nicht dass es ihm etwas ausmachte, er hatte alle Zeit der Welt, den versäumten Schlaf nachzuholen. Doch selbst wenn er ausgeschlafen war, hatte er den Eindruck, dass die Zeit immer langsamer verging. Und das seit mehr als zwanzig Jahren. So lange saß er bereits.

Durch das vergitterte, halb gekippte Fenster drang klares Morgenlicht in die Zelle, und eiskalte Luft strömte herein. Er liebte das Prickeln auf der Haut, das seine Lebensgeister weckte. In den Gängen war es still, die anderen Häftlinge schliefen noch oder verhielten sich ruhig.

Die schönste Zeit des Tages.

Genüsslich zündete er sich die erste Zigarette an und blies eine graue Rauchwolke in Richtung der Schimmelflecken. Seit Jahren starrte er die Decke an, kannte jeden Fleck und jeden Riss. Inzwischen hatten sie sich tief in sein Gedächtnis eingegraben.

Vom Ende des Gangs hörte man jetzt das Scheppern von Messingschlüsseln, Türen gingen auf und zu, gedämpfte Stimmen und das hallende Geräusch von Stiefeln waren zu vernehmen. Es waren mehr als sonst. Er wusste genau, was das bedeutete.

»Vigilante, Durchsuchung.«

Sobald der Wärter die Klappe in der Tür öffnete, kletterte Michele von seiner Pritsche, erst auf den Hocker, dann auf den Boden. Er wollte die Zigarette aus dem gekippten Fenster werfen, aber sie war erst halb aufgeraucht. Also hielt er sie mit fragendem Gesichtsausdruck dem Wärter hin, der kaum merklich nickte. Daraufhin ging er auf den Flur und rauchte zu Ende. Eines der kleinen Privilegien, die einem zugestanden wurden, wenn man so lange hier war.

Die Durchsuchung lief stets nach dem gleichen Schema ab. Die Gefangenen wurden im Gemeinschaftsraum eingeschlossen, während die Wärter Schränke und Taschen inspizierten, die Matratzen umdrehten und die Zwischenräume zwischen Gitter und Fensterscheibe kontrollierten.

Michele stellte sich ans Fenster, nahm noch ein paar Züge und betrachtete die liebliche Landschaft mit den grünen Hügeln und einem unendlich weiten, klaren Himmel.

So schlecht war es hier gar nicht, von der Tatsache, dass er ein Gefangener war, einmal abgesehen.

Die anderen Häftlinge redeten aufgeregt durcheinander, ihre Stimmen überschlugen sich fast, sinnloses Geschwätz ohne Substanz und Respekt. Als würden sie in Endlosschleife den immer gleichen Rosenkranz beten, ein stumpfsinniges Ritual, das ihn mehr und mehr nervte. Es ging darum, wer wie verhaftet worden und wer ein Verräter war oder wer sich rächen wollte. Und wer es nicht geschafft hatte.

Dann hechelten sie die Familie durch, die Kinder, die Anwälte, den Richter, den Prozess, die Berufung, die Verurteilung, die Bullen und vor allem die Kronzeugen, angebliche Freunde, die sie denunziert hatten, um die eigene Haut zu retten. Das waren die Schlimmsten. Diesem Abschaum hatten sie es zu verdanken, dass sie im Gefängnis saßen.

Irgendjemand hatte die Nase voll und schlug eine Runde Karten vor. Michele hielt sich raus und schwieg. Er hatte seit Jahren nichts mehr zu sagen. Nach einer halben Stunde hörte er rhythmische Klopfgeräusche. Ein schwerer Hammer wurde kraftvoll gegen die Gitter geschlagen, um zu prüfen, ob sie noch stabil verankert waren, damit niemand auf die dumme Idee kam, sich an zusammengeknoteten

Bettlaken aus dem Fenster abzuseilen. Eine stümperhafte Methode zu fliehen, zwar klappte es manchmal sogar, doch nach wenigen Tagen wurden die Entflohenen bei Freunden oder Verwandten wieder gefasst.

Die Hammerschläge waren das Signal, dass die Durchsuchung zu Ende war und die Häftlinge wieder in die Zellen zurückkehren konnten. In Reih und Glied, nach Zellennummern geordnet. Michele nahm seinen Platz ein, um in seine zehn Quadratmeter mit Blick auf die Hügel zurückzukehren, ein wenig aufzuräumen und noch eine Zigarette zu rauchen, während der Espressokocher brodelte und zischte.

Sein Plan löste sich in Wohlgefallen auf, als ein Wärter auf ihn zukam: »Du nicht, Vigilante. Termin beim Psychologen.«

Michele unterdrückte einen Fluch.

Verdammt, warum denn so früh?

Er hatte keine Lust, sich von einem jungen Schnösel die Welt erklären zu lassen, der von ihm verlangte, seine kriminelle Vergangenheit kritisch zu hinterfragen. Wenn er nur an dieses aufgesetzte Lächeln dachte! Für ihn war die Situation klar, genau wie für die Gerichte. Mehr musste er nicht wissen.

»Kann ich mir vorher noch einen Kaffee machen?«

Der Beamte runzelte die Stirn. »Fünf Minuten, Vigila', sonst kriege ich Ärger.«

Michele bedankte sich und ging zu seiner Zelle.

Der Kaffee, den er zubereitete, war stark und würzig, so mochte er ihn am liebsten. Er sog den aromatischen Duft tief ein, eine der wenigen Möglichkeiten, zumindest in Gedanken von hier zu fliehen. Er schloss die Augen und versuchte, alles andere auszublenden: das Geräusch der Stiefel, die Durchsuchung, das Gefängnis, sein Leben insgesamt.

Aber es hatte keinen Sinn, der Realität konnte man nicht entfliehen, nicht einmal vorübergehend. Nicht den Mauern und Gittern, nicht dem penetranten Schweißgeruch und dem ständigen Lärm, nicht dem Geplärre der Fernseher in den Nachbarzellen und schon gar nicht dem Psychologen, der im Sprechzimmer auf ihn wartete.

Er schaltete den Gaskocher aus und betrachtete sich in dem kleinen Spiegel über dem Waschbecken. Irgendwie sah er aus wie einer dieser harten Typen aus Spielfilmen, kantiges Gesicht, finsterer Blick. Manchmal nannten die jüngeren Häftlinge ihn Vincent, angeblich, weil er sie an einen gewissen Vincent Cassel erinnerte. Er hatte den Schauspieler im Fernsehen gesehen und sah da keine große Ähnlichkeit. Cassel versuchte, gefährlich auszusehen, was ihm nicht so recht gelang. Allerdings ging er mit Monica Bellucci ins Bett. Ganz so blöd konnte er also nicht sein.

Michele musterte die stechenden, fast schwarzen Augen, die ihn aus dem Spiegel anstarrten. Sie dominierten sein zerfurchtes Gesicht, Zeugnis einer langen, schweren Zeit. Augen, die viele Fragen stellten, auf die er keine Antwort wusste. Und im Grunde seines Herzens wollte er sie auch gar nicht wissen.

Während er sich auf den Weg ins Sprechzimmer machte, fand er sich mit dem Gedanken ab, sich mal wieder mit einem selbst ernannten Weltverbesserer herumschlagen zu müssen, der sich vielleicht selbst komisch dabei vorkam, ihm das Leben erklären zu wollen. Ein grüner Junge frisch von der Hochschule, der sein Lebensglück darin fand, sich ab und zu einen runterzuholen.

Im Vorübergehen grüßte er einige Mitgefangene, die auf dem Weg zur Dusche waren, und als er an der letzten Zelle vor der Treppe vorbeikam, warf er eher zufällig einen Blick hinein.

Die Tür stand offen, die Zelle war leer. Michele wollte gerade weitergehen, als ihm plötzlich ein unverwechselbarer Geruch in die Nase stieg, der Geruch nach Camping und Knast: Gas. Er wusste genau, was das zu bedeuten hatte.

Sofort stürzte er in die Zelle und rüttelte an der Klinke der Klotür, drückte und zerrte und zog mit aller Kraft. Nichts. Fluchend warf er sich mit seinem ganzen Gewicht gegen die von innen zugesperrte Tür, und endlich sprang sie auf.

Dann sah er ihn. Er saß auf der Kloschüssel, eine Plastiktüte über dem Kopf, darunter die aufgedrehte Gasflasche. Eine Möglichkeit, sich zuzudröhnen, wenn Methadon und Subutex nicht mehr ausreichten. Gas war die Droge der Armen und der Knastis, mit dem kleinen Schönheitsfehler, dass man dabei draufgehen konnte. Das Herz begann zu rasen, man wurde ohnmächtig und starb: auf dem Klo, mit dem Müllbeutel über dem Kopf.

Michele versuchte, dem jungen Mann die Tüte vom Kopf zu reißen, doch der wehrte sich und umklammerte sie mit beiden Händen wie ein Besessener, den Mund weit aufgerissen wie ein Fisch auf dem Trockenen. Offenbar war der Junkie entschlossen, sich seinen Rausch nicht nehmen zu lassen, aber Michele Vigilante, genannt Tiradritto, kannte kein Pardon, er wusste, dass er handeln musste, in mehr als zwanzig Jahren Knast hatte er schon alles erlebt. Er zerriss die Tüte, zerrte sie seinem Gegenüber vom Kopf, schnappte sich die Gasflasche und schleuderte sie auf den Boden.

Der Typ starrte ihn mit leeren Augen an, er stank nach Kotze und Butan, war völlig weggetreten, das Gesicht leichenblass, aus seinem Mund rann ein Speichelfaden.

»Was zum Teufel …«, stammelte er.

Ohne lange zu fackeln, schlug Michele ihm gezielt mit der flachen Hand ins Gesicht. Dem jungen Mann riss es fast den Kopf weg, er war kurz davor, ohnmächtig zu werden. Michele packte ihn an den Haaren und zog ihn hoch, schleifte ihn zum Zellenfenster und drückte sein Gesicht gegen das Gitter.

»Atme, du Arsch. Atme!«

Der Junge wehrte sich, trat wie wild um sich und schrie. Micheles Griff wurde noch fester, Mitleid hatte er keines. Er musste das jetzt durchziehen.

»Mach den Mund auf! Atme, du dämliches Arschloch!«

Der Widerstand des Burschen ließ schließlich nach, er schnappte nach Luft, Sauerstoff drang in seine Lungen. Er würgte, kotzte Rotz und Galle, dann wurde sein Atem allmählich regelmäßiger. Michele löste den Griff, und der junge Häftling sank in sich zusammen.

Als Michele sich aufrichtete, schoss Adrenalin durch seinen Körper, sein Herz pumpte wie wild, und seine Arme zitterten von der Anstrengung. Er musste an sich halten, um nicht auf den am Boden liegenden Jungen einzutreten, der, das Gesicht blutverschmiert, die Augen seltsam verdreht, mühsam auf die Bein zu kommen versuchte.

»Was zum Teufel willst du? Wer hat dich gerufen?«, presste der Junge nach eine Weile heraus, als er wieder einigermaßen zu sich gekommen war.

Das war zu viel für Michele, er würde sich jetzt nicht auch noch Vorwürfe machen lassen. Er verlor die Beherrschung und trat zu, immer wieder. Dabei umklammerten seine Hände das Gitter vor dem Fenster so fest, dass seine Knöchel weiß anliefen. Der Junge lag gegen die Wand gepresst am Boden, diese Lektion würde er so schnell nicht vergessen. Es war eine Lektion fürs Leben.

Dazu brauchte man keinen Psychologen.

Es dauerte nicht lange, bis das Geräusch näher kommender Schritte erklang, denn die Schreie des Junkies waren weithin zu hören gewesen.

Michele wurde gepackt, und er ließ sich widerstandslos aus der Zelle ziehen.

Während sie ihn wegschleppten, hörte er immer noch die Schreie, dann den Ruf eines Wärters: »Schnell, einen Arzt!«

Man brachte ihn in die Beobachtungszelle, wo es nichts gab, womit man sich selbst hätte verletzen können. Was Michele ohnehin nicht vorhatte.

Nach einigen Minuten öffnete sich die Türklappe, und der wachhabende Wärter schaute nach ihm, ein Ranghöherer, der sich um die kritischen Fälle kümmerte. Der Typ war ganz in Ordnung, er machte seinen Job nicht erst seit gestern und wusste, wo's langging.

Er brauchte ebenfalls keinen Psychologen.

»Vigila', ein wenig Geduld noch.«

»Alles klar, Superio'!«

»Hast du was zu rauchen dabei?«

»Nein, ich habe alles oben gelassen.«

Der Beamte reichte ihm eine brennende Zigarette durch die Öffnung, die Klappe schloss sich, und Michele war wieder allein. Er streckte sich auf der am Boden festgeschraubten Eisenpritsche aus und starrte auf die Schimmelflecken an der Decke.

Die waren beim letzten Mal noch nicht da gewesen.

Nach zwei Stunden öffnete sich die Stahltür, und der Hochsicherheitsgefangene Michele Vigilante wurde ein Stockwerk tiefer gebracht, eine Treppe hinab, durch mehrere Türen hindurch und am Schalter der Häftlingsaufnahme vorbei bis zum Zimmer des Comandante, dem Chef der Wachmannschaften, der bei Disziplinarverstößen in Aktion trat. Auf dem ganzen Weg wurde kein Wort gesprochen, weder von den beiden Wärtern, die ihn begleiteten, noch von ihm. Er wusste, wie man sich zu benehmen hatte. Eigentlich gab es in diesem Gefängnis sowieso nichts, über das er nicht Bescheid wusste.

Er durfte sofort eintreten, ohne zu klopfen, ohne warten zu müssen.

»Vigilante, Michele, die Disziplinarkommission ist zusammengekommen wegen des heutigen Vorfalls, wie er vom zuständigen Beamten protokolliert wurde, also wegen der Ihnen zur Last gelegten Attacke auf einen Mithäftling.«

Die monoton heruntergebetete Litanei des Comandante war ihm wohlbekannt. Er nickte ihm zu, während er den anderen Anwesenden lediglich einen kurzen Blick zuwarf: dem Gefängnisdirektor, dem diensthabenden Arzt und der Sozialarbeiterin. Dann konzentrierte er sich wieder auf den Comandante. Sie verstanden sich ohne Worte, kannten sich seit Jahren, der eine vor, der andere hinter den Gittern. Und dennoch beide im Knast.

»Ihnen wird vorgeworfen, gegenüber des Gefangenen Ascienzo, Roberto heute Morgen in der Zelle des Letztgenannten, genauer gesagt in seinem Abort, handgreiflich geworden zu sein. Möchten Sie sich zu dem Vorwurf äußern? Haben Sie etwas zu Ihrer Verteidigung zu sagen?«

»Nein.«

Kurz, knapp, präzise.

»Entschuldigen Sie, was soll das heißen?«

Der Comandante drehte sich zu dem Arzt um, von dem dieser Einwurf kam. Ein geschniegeltes junges Bürschchen im perfekt gebügelten weißen Hemd, das Stethoskop um den Hals, das Namensschild am Revers und verschiedenfarbige Stifte in der Brusttasche. Einer, der im Gefängnis nicht einmal gepinkelt hätte.

»Gibt es Gründe, die Sie zu einem solchen Verhalten veranlasst haben«, erkundigte er sich. »Der Gefangene Ascienzo wurde als Notfall auf die Krankenstation gebracht, wo er mindestens zehn Tage zur Beobachtung bleiben wird, sofern keine Komplikationen auftreten. Ich habe die Platzwunde auf der Stirn mit fünfzehn Stichen nähen müssen, und Sie wollen mir erzählen, Sie wüssten nicht, was passiert ist?«

Vigilante schaute den Mediziner mit großen Augen an, als hätte er ein unbekanntes Wesen vor sich, eine Laune der Natur, einen Hund mit drei Köpfen oder sechs Beinen. Der Comandante schien innerlich zu schmunzeln, verzog aber keine Miene. Er musste professionell bleiben.

»Dottore, ich habe nicht gesagt, dass ich es nicht weiß,

ich will mich nur nicht dazu äußern«, antwortete Michele im neapolitanischen Dialekt.

Schlicht und einfach.

»So geht das nicht! Sie können vor der Disziplinarkommission nicht ein so impertinentes Verhalten an den Tag legen. Das ist ein Affront! Sie haben die Pflicht, sich zu äußern. Und zwar wahrheitsgemäß und in angemessener Form. Für wen halten Sie sich? Was glauben Sie, mit wem Sie es hier zu tun haben? Wir in dieser Kommission haben die Pflicht ...«

Michele hatte genug von dem Geschwätz und ging in die Offensive: »Er hat mich einen niederträchtigen Verräter genannt.«

Niederträchtig und *Verräter* waren die schlimmsten Beleidigungen im Knast und wurden allein von *Kinderschänder* übertroffen. Ein Stigma, das man nie mehr loswurde, das einem den Hass und die Verachtung der Mitgefangenen einbrachte. Und einen zu Freiwild machte. Wenn man nicht höllisch aufpasste, überstand man die Haftzeit nicht.

Der Comandante unterdrückte erneut ein Lächeln, er glaubte ihm kein Wort. Das Ganze war eine Farce, völlig absurd, niemand würde sich je erlauben, Michele Vigilante niederträchtig zu nennen. Doch er wusste auch, dass er nicht von seiner Version des Geschehens abweichen würde und es wenig Sinn hatte nachzuhaken.

»Und Sie glauben, das genügt als Rechtfertigung, einen Mitgefangenen derart zuzurichten?«

Der Arzt hatte überhaupt nichts verstanden, der Knastjargon war ihm zu fremd.

»Dottore, ich bitte Sie, ich bin ein seriöser Mensch.«

»Seriös? Bei Ihrem Strafregister? Bei all den Menschen, die Sie auf dem Gewissen haben – und wer weiß, was wir alles nicht wissen ...«

»Da draußen herrscht Krieg. Wenn ich nicht geschossen hätte, hätten es die anderen getan.«

Micheles Stimme war schneidend geworden, er war bereit zum nächsten Angriff und taxierte den Arzt, dem allmählich mulmig wurde, mit eisigem Blick. Trotzdem ließ dieser Jungspund nicht locker.

»Wollen Sie mir etwa erzählen, Sie seien ein Heiliger? Und dass Sie unschuldig hier einsitzen?«

Michele spürte Wut in sich aufsteigen, aber er starrte den Arzt einfach weiter an, das Gesicht unbeweglich, die Zähne fest aufeinandergepresst.

»Jedenfalls, Vigilante«, schaltete sich der Direktor zu seinen Gunsten ein, »Tatsache ist, dass Sie sich in den vergangenen Jahren immer einwandfrei und respektvoll verhalten haben. Ich halte deshalb eine vorzeitige Haftentlassung wegen guter Führung nach wie vor für gerechtfertigt. Allerdings dürfen sich ähnliche Vorfälle wie der von heute nicht wiederholen. Die Disziplinarkommission verfügt deshalb zwei Wochen Ausschluss von allen Gemeinschaftsaktivitäten.«

Eine Bestrafung, die Michele am Arsch vorbeiging. Isolation hatte ihm noch nie etwas ausgemacht, selbst in seiner Anfangszeit nicht.

»Sie können gehen.« Der Direktor war froh, die Sache schnell hinter sich gebracht zu haben.

Michele wandte sich zur Tür, doch der Comandante hielt ihn zurück.

»Eine Sache noch, Vigilante. Als ich in Ascienzos Zelle

kam, habe ich einen merkwürdigen Geruch wahrgenommen. Diesen besonderen Geruch, Sie wissen, was ich meine. Können Sie mir dazu etwas sagen?«

Er hatte die letzten Worte sehr deutlich artikuliert, damit allen die Bedeutung bewusst wurde.

Michele zuckte gleichgültig mit den Schultern und zeigte ihm die leeren Handflächen, dabei wirkte er wie ein Schauspieler in einer neapolitanischen Komödie.

»Ich habe nichts gerochen.«

»Dachte ich mir. Dem Jungen geht es übrigens gut.«

Michele nickte.

»Woher wollen Sie das wissen?« Der Arzt schien unbedingt das letzte Wort haben zu wollen. »Ich habe ihn gerade erst genäht, und bei so vielen Stichen weiß man nie, ob es nicht doch noch Komplikationen gibt.«

Der Comandante ignorierte den Einwand und tauschte mit Michele einen wissenden Blick. Der erhob sich, verließ den Raum und ging ruhigen Schrittes in Richtung Isolationszelle.

3.

Dienstag, 19. Januar 2016,
San Mario, persischer Arzt und Märtyrer

Zwei Wochen Isolationshaft konnten ein Segen sein, besonders wenn man sein halbes Leben im Knast verbracht hatte. Endlich hatte man mal seine Ruhe, ohne dass einen dauernd jemand um Zigaretten anschnorrt, ohne die Fixer, die sich um Methadon stritten, ohne nervtötendes Geschwätz und ohne Psychologen. Er war nicht zum ersten Mal hier, und es würde auch nicht das letzte Mal sein, jedenfalls ging er davon aus.

Im Grunde war es hier gar nicht so schlecht.

Bevor er in die Isolationszelle verlegt wurde, hatte Michele darum gebeten, noch bei der Bibliothek vorbeigehen zu dürfen. Er hatte sich drei Bücher ausgeliehen. Einen italienischen Krimi mit einem Ermittler, der ein Doppelleben führte – er war zugleich Rausschmeißer in einer Bar und schlief deshalb viel zu wenig –, einen schwedischen Thriller mit tausend Seiten voller Abgründe und irrwitziger Wendungen, über dem er schon nach dem ersten Kapitel einschlief, und einen Klassiker eines englischen Autors.

Letzteres war eines der Bücher, an die man sich ein Leben lang erinnerte und die einen dazu anregten, über den Sinn des Lebens nachzudenken. Es handelte sich um eine düstere und abenteuerliche Geschichte über eine Expedition zu einem Fluss in Afrika, die zu einer Reise in den Wahnsinn wurde und die ganze Zwiespältigkeit der menschlichen Seele enthüllte.

Den Krimi las er in einem Rutsch durch, den schwedischen Thriller brach er entnervt ab, um sich schließlich von dem schwarzen Strom der im Kongo spielenden Erzählung davontragen zu lassen, der sich wie eine Schlange durch die Verlockungen des Bösen schlängelte.

»Vigilante, steh auf, du kannst gehen.«

Michele erhob sich von der Pritsche und hielt Ausschau nach seinen Schuhen.

»Das muss ein Irrtum sein, ich bin erst gestern gekommen.«

»Nein, kein Irrtum. Du sollst zur Verwaltung, Papiere unterschreiben.«

Der Wärter nestelte an dem Ring mit den schweren Messingschlüsseln, Symbole der Obrigkeit, massiv, glänzend und Ehrfurcht gebietend. Wenn sie sich im Schloss drehten, gab es ein unverwechselbares Geräusch, ein kurzes Knacken wie ein Befehl. Jeder, der das einmal gehört hatte, vergaß es nie wieder.

Er verließ die Zelle und drehte sich nach einigen Schritten fragend um.

Der Beamte verstand sofort und grinste wissend. »Nein, Vigila', diesmal gehst du allein. Mach dir keine Gedanken.«

Sofort lief es ihm eiskalt den Rücken hinunter, und Misstrauen kroch in ihm hoch. Im Gefängnis musste man sich immer Gedanken machen. Er hätte gern eine Zigarette geraucht, doch die lagen in der Zelle, und zurückgehen wollte er nicht.

Zum Ende des Gangs spähend, setzte er seinen Weg fort, bewusst langsam und gleichmäßig, rennen war im Gefängnis verboten.

Er passierte das gepanzerte Tor des Hochsicherheitstrakts, jenen Bereich des Gefängnisses, der den AS3 vorbehalten war, den der Organisierten Kriminalität zugehörigen Häftlingen. Mafia, Camorra, 'Ndrangheta und Sacra Corona Unita. Alle faulen Äpfel zusammen in einem Korb, den man auf den Boden des Brunnens heruntergelassen hatte.

Weiter ging es eine Treppe tiefer und durch mehrere Tore, jedes Mal das gleiche Geräusch der Schlüssel, jedes Mal die gleiche Frage: »Sie sind?«

Und jedes Mal die gleiche Antwort: »Vigilante, zur Verwaltung.«

Der Verwaltungsbeamte war schwer beschäftigt, er pendelte zwischen Faxgerät, Telefon und Fotokopierer hin und her. Seine Uniformjacke war tadellos geknöpft, nur die Krawatte hatte er etwas gelockert. Der drahtige kleine Mann mit dem hageren Gesicht und dem grauen Bart kam aus Apulien, ein Pragmatiker, der nicht viele Worte machte. Wenn man recht hatte, hatte man recht, und wenn nicht, dann nicht. Basta. Egal ob man Aufseher oder Inhaftierter war. Seine Kollegen nannten ihn Sereno, den Ruhigen, weil er selbst im größten Chaos den Überblick behielt und sagte: »Immer mit der Ruhe!«

Als Michele an die Tür klopfte und sie öffnete, blickte Sereno von seinem Schreibtisch auf und musterte ihn wie eine lästige Fliege.

»Vigilante, du musst ein paar Papiere unterschreiben.«

»Was für Papiere?«

Sereno legte das Telefon zur Seite und sah ihn durchdringend an. »Die Gutschrift.«

Obwohl Michele gelassen zu bleiben versuchte, verkrampfte er sich unwillkürlich.

Es ging um die ihm gutgeschriebenen Tage bis zu seiner vorzeitigen Entlassung, die bestimmt noch in weiter Ferne lag. Jedes Halbjahr mit guter Führung brachte ihm fünfundvierzig Tage – natürlich durfte er sich keine disziplinarischen Verstöße leisten und musste regelmäßig an den diversen Erziehungs- und Resozialisierungsprogrammen teilnehmen.

Anfangs hatte er sich einen Dreck um solche Maßnahmen geschert, aber in letzter Zeit, von dem Zwischenfall auf dem Klo abgesehen, hatte er sich zusammengerissen und seine Haftzeit ohne Isolationszelle und Disziplinarverfahren abgesessen.

Den Antrag auf vorzeitige Entlassung hatte er vor einigen Monaten bei der Strafvollstreckungsbehörde gestellt. Eigentlich bloß, weil die anderen Häftlinge es genauso machten, und ein bisschen, um Sereno einen Gefallen zu tun. Er hatte einfach alle ihm zustehenden Tage beantragt, ohne die geringste Ahnung, wie viele das sein mochten. Jetzt war die Antwort da und mit ihr das Datum seiner Entlassung.

Der Beamte reichte ihm einige Formulare, die alle gleich aussahen mit ihren rätselhaften Zahlenreihen, Paragrafen, Gesetzen und Verordnungen. Michele unterschrieb sie, ohne genauer hinzusehen. Es war alles zu viel für ihn. Er hatte das Gefühl, eine Flipperkugel würde durch seinen Kopf rasen, er konnte sich auf nichts konzentrieren, die Welt um ihn herum schien Karussell zu fahren. Bilder,

Erinnerungen und Gedanken liefen wie ein Film vor seinem inneren Auge ab und vermischten sich zu einem unheilvollen Brei.

Ein Gefühl stieg in ihm auf, das ihm seit Jahren fremd war. Angst.

»Und wann werde ich entlassen?«

Die Frage kam ihm über die Lippen, noch bevor er darüber nachgedacht hatte.

Sereno hob den Blick, sein Gesicht war ernst wie immer, doch seinen Mund umspielte der Hauch eines Lächelns. Kaum merklich, aber immerhin.

»Heute.«

Seltsam verwirrt und benommen verließ Michele das Büro. Das Bild des dunklen afrikanischen Stroms kam ihm in den Sinn. Dass er aus dem Gefängnis entlassen würde, war noch nicht bis in sein Gehirn vorgedrungen.

Der Wärter am Tor zum Hochsicherheitstrakt öffnete ihm.

»Geht es dir nicht gut, Vigila'? Du machst ja ein Gesicht, als ob ...«

Ohne zu antworten, ging er an ihm vorbei. Als er seine Zelle betrat, sah plötzlich alles ganz anders aus, als wäre in seiner Abwesenheit komplett umgeräumt worden. Der Raum wirkte größer, heller, einladender, sicherer. So etwas wie Wehmut kam in ihm auf. Hier war alles geordnet, vorgezeichnet, es gab klare Regeln, feste Zeiten, getaktete Abläufe: Öffnung der Zelle, Durchsuchung, Spaziergang, Durchzählen, Essen, Therapie, Durchzählen, Schließung der Zelle. Alles minutiös festgelegt, alles wohlbekannt, immer gleich, jeden Tag.

Und jetzt?

Er setzte einen Kaffee auf, stark, schwarz, bitter. Den letzten. Dann schaltete er den Fernseher ein, es lief eine Werbesendung für Töpfe und Matratzen.

Ein Topfset, bestehend aus zwölf Teilen mit gusseisernem Boden, einen Zentimeter dick …

Während der Espressokocher blubberte, beschloss er, sich zu rasieren. Er musste seine Fassung wiederfinden, sich an vertraute Abläufe halten, an gewohnte Rituale, um für die Freiheit gewappnet zu sein. Sonst passierte dasselbe wie beim Kokain.

Es geht dir gut, es geht dir gut, es geht dir gut, redete man sich ein, und mit einem Mal begann sich im Kopf alles zu drehen. Wie eine Flut, die einen überschwemmte und alles mitriss, Freude, Angst, Euphorie und Panik.

Und für die ersten zehn Anrufer ein Messerset aus Edelstahl mit japanischer Klinge …

Michele betrachtete den Einwegrasierer aus weißem Plastik. Seine Hand zitterte. Er hielt inne, nicht dass er sich noch die Kehle durchschnitt. Das wäre eine echte Sensation. Eine Geschichte, die der Flurfunk genüsslich ausschlachten würde. Unfall beim Rasieren nach zwanzig Jahren Knast, am Tag der Entlassung, dumm gelaufen.

Und ein Bett der Premiumklasse, Federkernmatratze mit Allergikerbezug … Lattenrost aus Holz, Daunenkissen, Daunendecken … Rufen Sie an! Rufen Sie an! Rufen Sie an!

Seufzend warf er den Rasierer in den Mülleimer und betrachtete sich in dem kleinen Spiegel über dem Waschbecken. Wer war der blasse, von harten Jahren gezeichnete Mittvierziger, der ihm da entgegenblickte? Voller Bedauern dachte er an den gebräunten jungen Mann, der er einmal gewesen war. Früher. Der Karriere gemacht hatte. Der sich Respekt verschafft hatte. Der Eier gehabt hatte.

Der Kaffee war nach oben gestiegen, es roch verbrannt. Michele drehte den Gaskocher ab und goss die dampfende schwarze Flüssigkeit in den Plastikbecher, kippte sie in einem Zug herunter, um zu sich zu kommen. Anschließend setzte er sich auf das untere Bett, zog zwei abgegriffene Stofftaschen darunter hervor, dieselben, die er vor fünfzehn Jahren dort deponiert hatte, und begann zu packen.

Die Zeit war abgelaufen. Es war vorbei.

Der Moment war gekommen.

Was in die Taschen passte, stopfte er hinein, den Rest ließ er liegen. Vielleicht konnte sein Nachfolger noch etwas damit anfangen.

Ein letztes Mal sah er sich um. Zwanzig Jahre hinter Gittern. Die ersten fünf kreuz und quer durch Italien, eine Verlegung nach der anderen, zuletzt fast fünfzehn Jahre hier, in dieser Zehn-Quadratmeter-Zelle. Er starrte auf das schmale, hohe Fenster, die verrosteten, ehemals blauen Gitterstäbe, dahinter die Landschaft, sein Stück Welt, sein Freiheitsversprechen. Fünfzehn Jahre lang dieselben grünen oder graubraunen Hügel, je nach Jahreszeit, dasselbe Dorf in der Ferne, dessen Namen er nie hatte wissen wollen, die Häuser, die wie Pilze aus dem Boden geschossen waren und deren Entstehung er verfolgt hatte. Die Lichter, die morgens und abends leuchteten und ihn an die Menschen denken ließen, die dort lebten. Wer waren sie? Was machten sie? Hatten sie ein gutes Leben?

Und manchmal hatte er sich wie ein unsichtbarer Teil ihres Lebens gefühlt.

Er wandte sich vom Fenster ab und schaute auf das am Boden fest verschraubte Stockbett, auf die feuerfeste Matratze und dachte an die vielen Jahre, die er darauf gelegen und gewartet hatte. Sein Blick wanderte weiter durch die Zelle, zu dem Tisch und den beiden Schemeln, die von Inhaftierten in anderen Gefängnissen gefertigt worden waren, zu dem Fernseher, der in einem Metallrahmen steckte, damit man ihn nicht als Waffe benutzen konnte, zu den kleinen Schränkchen im Bad, die er aus Pappe zusammengeleimt hatte. Es hatte ihn Monate gekostet, und jetzt tat es ihm fast leid, sie zurückzulassen. Ebenso wie die Bücher, die in einer Ecke aufgestapelt waren.

Eines klemmte er sich unter die Achsel, bevor er nach den beiden Taschen griff, in denen sein ganzes Leben steckte, schaute noch einmal auf die Schimmelflecken an der Decke und verließ die Zelle.

Schweigend beobachteten die Mithäftlinge durch die Türklappe, wie er an ihnen vorbeiging, ihre Hände umklammerten die Gitterstäbe. Manche schauten ungläubig, andere riefen ihm schüchterne Abschiedsworte zu, bis schließlich Beifall aufbrandete. Ein Wärter drückte ihm die Hand und wünschte ihm Glück. Ein Mitgefangener bat ihn, eine Nachricht nach draußen zu bringen, und bot ihm eine Zigarette an, andere hofften tief im Inneren, die Nächsten zu sein, die gehen durften.

Vor der letzten Zelle hielt Michele inne. Roberto stand direkt hinter der Klappe, so dicht, dass sein Gesicht sie fast ausfüllte. Michele erahnte das eng anliegende weiße Achselhemd, den Waschbrettbauch, die Tattoos auf den Armen und am Hals, die langen Wimpern und die gewellten Haare. Der Prototyp eines jungen Camorrista.

Eine Kreuzung aus Pitbull und Mister Napoli. Allerdings war sein Gesicht nicht mehr ganz so hübsch wie vorher, man konnte noch die Narben der fünfzehn Stiche sehen, das rechte Auge war blutunterlaufen, die Spuren von Micheles Lektion waren nach wie vor deutlich zu erkennen. Aber im Grunde hätte es schlimmer kommen können, der Comandante hatte recht gehabt: Dem Jungen ging es gut.

Er wirkte verlegen, hielt sich an den Gitterstäben fest und schaute zu Boden.

»Stimmt es, *lo Zi'*, dass du rauskommst?«

Nach so vielen Jahren im Gefängnis hatte sich Michele den Titel Zio, Onkel, redlich verdient, eine Bezeichnung, die Hochachtung, Bewunderung und Respekt ausdrückte. Schlussendlich schien es auch dieser junge Mann begriffen zu haben, nachdem ihm irgendwer geflüstert oder auch etwas nachdrücklicher beigebracht hatte, wer Michele Vigilante wirklich war.

Zio Michele verdiente Respekt.

Innerhalb und außerhalb dieser Mauern.

»Ja, mein Junge, es ist vorbei.«

Er musterte das verunstaltete Gesicht des jungen Mannes, befand, dass die Narben heilen würden, und schob ihm das Buch durch die Gitterstäbe.

Der junge Mann betrachtete es neugierig. »Was ist das?«

»Was soll das schon sein. Ein Buch natürlich!«

»Das sehe ich, danke, aber ich lese nicht gern, dazu fehlt mir die Geduld und …«

»Nimm das Buch und lies es!«

»Wirklich, das ist nichts für mich.«

»Es wird dir gefallen. Jetzt nimm das Buch und lies es!«

Micheles Ton wurde entschiedener und sein Blick härter. Also nahm Roberto das Buch und blätterte darin, dann schaute er auf den Titel.

»*Herz der Finsternis* von Joseph …«

»Joseph Conrad, genau.«

»Danke, *lo Zi'*.«

»Gern geschehen. Von der ersten bis zur letzten Seite lesen, ist das klar?«

»Und wenn ich es durchhabe?«

»Wenn du es durchhast, fängst du noch mal von vorne an.«

Der Junge sah ihn ungläubig an. Meinte er das wirklich ernst? Er konnte nicht wissen, dass Michele Vigilante, was Bücher betraf, keine Witze machte.

Der Ältere würde es diesem *chillu guaglione*, wie man einen Grünschnabel nannte, diesem kleinen Angeber nicht erlauben, es noch einmal an Respekt fehlen zu lassen. Das hier war ein Befehl, und das hatte dieser Bursche hoffentlich genau so verstanden. Und würde gehorchen, ohne Fragen zu stellen, ohne Wenn und Aber.

Michele musterte den Jüngeren erneut, irgendwie erinnerte er ihn an ihn selbst in jungen Jahren. Der gleiche Gesichtsausdruck, die gleiche Sturheit, die gleiche Arroganz und die gleiche Überzeugung, alles besser zu wissen. Fatal.

»Und vergiss nicht: Das Gefängnis ist schlecht. Immer.«

»Weiß ich.«

»Nein, das weißt du nicht.«

Erneut wurde Micheles Tonfall schneidend. Die beiden

sahen sich durch die Gitterstäbe der Türklappe in die Augen. Ein kurzer Moment der Stille.

»Nun mach schon, Vigilante«, rief der Beamte vom Tor her.

Roberto suchte nach den passenden Worten, fand sie nicht. Reden war nicht seine Stärke. Am Ende kam ihm lediglich ein geflüstertes »Danke, *lo Zi'*« über die zitternden Lippen.

Aber Michele genügte das. Geschwätz war Frauensache. Was gesagt werden musste, war gesagt. Dieses letzte »Danke« war ein Zeichen des Respekts und der Hoffnung. Es war mehr als nur ein Wort, es war ein ganzes Leben.

Er hob die Hand zu einem letzten Gruß, dann ging er weiter den Gang hinunter, die Taschen schleifte er hinter sich her. Der Beamte hatte bereits das Tor geöffnet und wartete auf ihn.

»Hoffentlich sehen wir uns nicht so schnell wieder, Vigilante«, sagte er und lächelte.

»Das garantiere ich dir.«

»Bist du sicher?«, fragte der Beamte, der jetzt in den Dialekt seiner kampanischen Heimat wechselte.

»Mich wirst du nicht wiedersehen, Superio'.«

Der Wärter nahm den schweren Schlüsselbund vom Gürtel der Uniform und blickte Michele in die Augen. Beide waren sich der Bedeutung dieses Augenblicks bewusst.

Michele Vigilante nickte schweigend, und der Beamte ließ den Schlüsselbund auf den Betonboden fallen. Das klirrende Geräusch hallte durch den Gang.

Wie ein Echo ertönte es aus den Zellen: »O weh, dem Wärter sind die Schlüssel runtergefallen!«

Eine alte Tradition. Wenn die Schlüssel auf dem Boden klirrten, war das ein Zeichen, dass der Entlassene nicht mehr wiederkommen würde. Nie mehr.

Neuer Beifall brandete auf, das Klatschen hallte durch den engen Korridor. Irgendwer begann, seinen Blechnapf gegen die Gitterstäbe zu schlagen, und kurze Zeit später brach die Hölle los, und der Lärm wurde ohrenbetäubend. Der Wachmann blieb ungerührt, dieses Spektakel hatte er schon unzählige Male miterlebt.

Michele lächelte seinem alten Widerpart ein letztes Mal zu und ging zur Treppe. Dann schloss sich das schwere Eisentor hinter ihm.

Nachdem er noch weitere Unterschriften geleistet hatte, bekam er seine persönlichen Sachen zurück: ein Goldkettchen mit dem Padre-Pio-Medaillon, eine Uhr mit Krokodillederarmband, die am 12. Oktober 1996 um elf Uhr siebenundzwanzig stehen geblieben war. Er legte sie um sein linkes Handgelenk, ohne zu wissen, ob sie überhaupt noch funktionierte. Eine Parallele zu ihm selbst. Schließlich die Brieftasche mit vergilbten Fotos und den längst nicht mehr gültigen Dokumenten, den Schlüsselbund und ein, zwei, drei, vier Telefonmünzen.

»Warte, Vigilante, hier ist noch etwas.«

Aus einem gelben Umschlag zog Sereno ein zweites Goldkettchen, an dem ein filigran gestaltetes Kruzifix hing.

Michele starrte auf die Kette. Er wusste genau, was sie zu bedeuten hatte, obwohl er sie in die hinterste Ecke seiner Erinnerungen verbannt hatte. Vergebens. Selbst nach so vielen Jahren war sie allgegenwärtig, weit weg und dennoch immer präsent.

Ein unendlicher Schmerz, in wenigen Gramm Gold eingeschlossen.

Er griff nach der hauchdünnen Kette, die so fragil wirkte, als könne sie jeden Moment zu Staub zerfallen.

Sein Magen krampfte sich zusammen, in seiner Kehle bildete sich ein Kloß. Ein bitterer Geschmack breitete sich in seinem Mund aus und vernebelte ihm das Hirn, während seine Beine zu zittern und seine Augen zu brennen begannen. Ein kalter Schauer überlief ihn.

»Vigila', ich verstehe ja, dass dir das nahegeht, aber ich habe nicht ewig Zeit«, mahnte ihn Sereno. »Unterschreib jetzt und mach, dass du wegkommst.«

Michele unterschrieb, zögerte kurz und legte sich das Kettchen mit dem Kruzifix um. Padre Pio warf er achtlos in eine Tasche. Er nahm das restliche Geld entgegen, das er im Knast verdient hatte, verabschiedete sich und begab sich durch den nächsten Gang zum Sicherheitstor, bis er schließlich die mit Stacheldraht bewehrte Betonmauer erreichte. Ein Uniformierter brachte ihn bis an den kleinen Ausgang im mächtigen Außenportal. Das letzte Hindernis, die letzte Tür, öffnete sich langsam, und vor seinen Augen tauchte der Gefängnisparkplatz auf.

Dann waren hinter ihm Schritte zu hören. Er erkannte sie, ohne sich umzudrehen. Der Comandante in seiner blauen Uniform wirkte angespannt, zwischen den Fingern hielt er ein halb gerauchtes Zigarillo. Er war einer der wenigen, die länger im Gefängnis waren als Michele, auch das verdiente Respekt. Sie sahen einander in die Augen und verabschiedeten sich. Der Waffenstillstand zwischen ihnen hatte all die Jahre gehalten, eine Art Kalter Krieg, in dem jeder die Rolle des anderen respektiert hatte. Sie mussten nicht viele Worte machen.

»Auf Nimmerwiedersehen, Vigilante.«

Michele nickte kurz und schüttelte ihm die Hand.

Er war frei.

4.

Die Kaffeemaschine war schon wieder kaputt, jemand hatte das leicht vergilbte Schild mit der Aufschrift *Defekt* aufgehängt. Ispettore Carmine Lopresti steckte das Kleingeld wieder ein und fluchte, sein apulischer Dialekt war unverkennbar.

Das Polizeipräsidium, ein imposanter, monumentaler Palazzo aus faschistischer Zeit, zwischen der Via Medina und der Via Diaz gelegen, hatte nichts von seiner Respekt gebietenden Aura verloren, zumal die weiße Marmorfassade wie ein Diamant aus dem Grau der Altstadt Neapels hervorstach.

Lopresti versuchte, die Kopfschmerzen zu ignorieren, wenngleich es in seinen Schläfen nach einer durchzechten Nacht und lediglich zwei Stunden Schlaf brutal hämmerte. Er betrachtete sein Spiegelbild in den Glastüren des Büros, und trotz seines Hangovers konnte er ein wohlgefälliges Lächeln nicht unterdrücken. Neununddreißig Jahre, die man ihm weiß Gott nicht ansah. Hochgewachsen, schwarze Haare, athletische Figur, braun gebrannt. Ein Adonis mit dem gelangweilten Gesicht eines Fernsehstars.

Betont lässig, eigens für die Empfangssekretärinnen, die kurz vor der Rente standen, nahm er seine Sonnenbrille ab. Er wusste um seine Wirkung auf Frauen, genoss sie sichtlich. Sein geheimnisvolles, fast diabolisches Lächeln ließ sie schwach werden, kaum eine vermochte seiner Faszination zu widerstehen. Doch er wusste genau, wann er die Womanizerrolle abzulegen und sich wie ein echter Polizist zu verhalten hatte.

Hastig eilte er den Gang zum Büro des Abteilungsleiters entlang, grüßte im Vorübergehen ein paar alte Bekannte. Er war zu spät dran. Nicht viel, aber zu spät. Und Dottore Taglieri achtete penibel auf Pünktlichkeit. Vielleicht würde er bei ihm ein Auge zudrücken, vielleicht sogar beide, immerhin war er sein Lieblingsermittler. Trotzdem war es besser, er übertrieb es nicht.

Er klopfte, ging hinein und murmelte ein paar halbherzige Entschuldigungen. Die Besprechung hatte bereits begonnen, niemand nahm wirklich Notiz von ihm. Deshalb stellte er sich neben die Tür und sah sich um.

Im Büro war das halbe Einsatzkommando versammelt. Annunziati und Morganti waren fähige Beamte mit Streifenerfahrung, die ihre Hausaufgaben gemacht hatten und keine Freunde großer Worte waren. Sie wussten, wann man unverbindlich lächeln und wann man zuschlagen musste. Der Ispettore arbeitete gern mit den beiden zusammen, weil er sich hundertprozentig auf sie verlassen konnte.

Disero und Cozzolino kannte er bislang nicht persönlich, hatte jedoch viel Gutes über sie gehört. Angeblich erledigten sie ihren Job, wie es sich gehörte, unauffällig und effizient, ohne jemandem auf die Nerven zu gehen, was schon eine Menge wert war. Und dann war da noch Corrieri, aber den vergaß er lieber. Ein träger Fettsack und nicht gerade der Hellste, der sich bis zu seiner Pensionierung durchzumogeln versuchte, ohne anzuecken. Ein Arschkriecher vor dem Herrn. Einer, der mit den Füßen anklopfte, wie man hier unten jemanden nannte, der zu jeder Einladung mit einem Arm voller Geschenke aufkreuzte.

Er war vor einigen Jahren in ihre Abteilung versetzt worden, und niemand wusste so recht, woher er kam. Jedenfalls war er mit seiner linkischen Art und dem immer verschwitzten Vollmondgesicht unter der glänzenden Glatze binnen kürzester Zeit zum Gespött der Questura geworden. Mit seinen winzigen Äuglein erinnerte er zudem an ein Schwein, und früher oder später würde ein sardischer Kollege ein leckeres *porceddu* aus ihm machen.

Sie beide waren wie Feuer und Wasser. Allein bei seinem Anblick kam dem Ispettore die Galle hoch. Er konnte diesen Kollegen einfach nicht ausstehen. Der Typ ging ihm auf die Nerven, ohne dass er zu sagen vermochte warum.

Erst jetzt bemerkte Taglieri ihn und warf ihm einen vorwurfsvollen Blick zu, während er weitersprach.

»Die Grabsteine wurden entfernt, die Spurensicherung hat ihre Arbeit abgeschlossen, die Leiche ist in der Pathologie. Der Autopsiebefund ist eindeutig, man hat dem Opfer die Kehle durchtrennt, von einem Ohr zum anderen.«

Lopresti wusste genau, worüber sein Vorgesetzter dozierte. Die Sache mit dem Friedhof hatte sich wie ein Lauffeuer in der ganzen Provinz verbreitet. Und in den Polizeidienststellen halb Italiens hatte das Bild der leeren Gräber, die auf ihre zukünftigen Bewohner warteten, die Alarmglocken schrillen lassen. Angst gemischt mit Sensationsgier, hatte sich wie ein übler Gestank über das ganze Land gelegt. Eigentlich wollte man die Ermittlungen geheim halten und nicht mit der Presse sprechen, aber das Gerede über 'o Schiattamuorto, den Sensenmann, war eingeschlagen wie eine Bombe, und in den Bars gab es kein anderes Gesprächsthema mehr. Allerdings war man bislang auf vage Vermutungen angewiesen, was Raum ließ für wüste Spekulationen und abenteuerliche Hypothesen. Eine Legende war geboren. Aus den sieben Grabstelen wurden neun, dann dreizehn. Inzwischen war man bei mindestens fünfzehn angelangt.

Das musste ja ein verdammt großer Friedhof sein, überlegte der Ispettore amüsiert.

Was die Namen betraf, die auf den Grabsteinen eingraviert waren, so handelte es sich um die Namen von sieben Größen der neapolitanischen Unterwelt, wobei sich bislang nur der Name von Vittoriano Esposito, genannt 'o Maresciallo, herumgesprochen hatte, ein Clanchef der Camorra, der anfangs mit Drogen und später mit Waffen gehandelt hatte, bisher der Einzige, der tot auf dem ihm zugedachten Grab aufgefunden worden war. Ein Erpresser, der derzeit friedlich in der Pathologie lag und sich in die Eingeweide schauen ließ.

Was die anderen potenziellen Opfer betraf, so hatte die Grabsteinlotterie begonnen. Der ein oder andere Name wurde genannt, doch Genaues wusste man nicht, da die Stelen mit den Namen in Windeseile entfernt worden waren, bevor ein Grabsteintourismus einsetzen konnte. Insofern waren wild wuchernden Spekulationen Tor und Tür geöffnet. So gut wie jeder wurde hinter vorgehaltener

Hand ins Spiel gebracht: von den Bossen bis hinunter zum kleinen Vorstadtdealer, vom Kotzbrocken aus der Nachbarschaft bis zum Möchtegernplayboy, vom bestechlichen Bürgermeister bis zum sündigen Priester. Wenn er vom Stammtischgeschwätz und der brodelnden Gerüchteküche einmal absah, war Lopresti sich einer Sache ganz sicher: Die Insider wussten Bescheid und kannten die Namen. Genauso wie die Polizei.

»Was die anderen sechs betrifft, müssen wir unverzüglich handeln. Alle gehören der Organisierten Kriminalität an, sind Bosse oder eine Stufe darunter, haben ein beachtliches Vorstrafenregister, wenngleich von unterschiedlicher Schwere der Delikte. Jedenfalls gehören alle der Camorra an. Gennaro Rizzo etwa, der nach wie vor den Kokainhandel mit Südamerika kontrolliert, von dem aber keiner weiß, wo er sich aufhält. Interpol sucht ihn seit fünf Jahren und hat einen internationalen Haftbefehl ausgestellt, bisher ohne Erfolg. Er ist spurlos verschwunden. Dann wären da die Surace-Brüder, Antonio und Ciro, die ebenfalls abgetaucht sind. Wobei die beiden eher zu den Kleinkriminellen zu zählen sind, mit ein wenig Glück verrät sie jemand, und wir finden sie. Giovanni Morra wiederum steht unter Hausarrest, wir hören sein Telefon ab, vor der Tür sind Beamte postiert, sodass wir wenn nötig sofort zugreifen können. Giuseppe Notari dagegen befindet sich auf freiem Fuß und …«

»Wer zum Teufel ist Giuseppe Notari?«, fragte Disero.

»Peppe 'o Cardinale«, erklärte ihm Cozzolino.

Disero nickte, und Lopresti registrierte, dass die Kollegen die Spitznamen der Camorristi offenbar besser kannten als die bürgerlichen Namen, die einzig für die Behörden und die Akten wichtig waren. Ein gutes Zeichen: Sie verstanden ihre Sprache.

»Also noch mal: Notari ist auf freiem Fuß, er kann sich also unbehelligt durch sein Dorf bewegen, San Giuseppe Campano. Er geht sonntags auf die Piazza und lässt sich von seinem Volk huldigen. Bei Prozessionen hält der Zug der Gläubigen mit der Madonna vor seinem Haus an, und bei öffentlichen Veranstaltungen sitzt er in der ersten Reihe, als wäre er der Präfekt persönlich.«

Mit einer gewissen Bitterkeit dachte Lopresti, dass Giuseppe Notari das in gewissem Sinne auch war. Galt der Präfekt als Repräsentant der Regierung in der Region, so hatte Peppe 'o Cardinale die gleiche Funktion für seinen Clan, den Staat im Staat.

Zwei Hunde, die sich anbellten und nur darauf warteten, einander an die Gurgel zu gehen.

»In diesem Fall brauchen wir für ihn ebenfalls eine Überwachung, und zwar eine äußerst diskrete. Wir müssen auf die verschiedenen SIM-Karten zugreifen, die er benutzt, und die Chinesen und die Roma im Auge behalten, über die er sie bezieht. Und dann haben wir noch Michele Vigilante, der zum Glück vorerst kein Problem darstellt, denn er sitzt im Knast.«

»M-m, Dottore, entschuldigen Sie«, warf Corrieri mit unterwürfiger Stimme ein.

Taglieri schnaubte, er hasste es, unterbrochen zu werden, und das war inzwischen das zweite Mal.

»Was gibt's, Ispettore?«

»Vigilante wurde heute Morgen entlassen.«

Alles verstummte, und die unwirkliche Stille eines Wallfahrtsortes machte sich breit. Selbst ihr Chef war sprachlos, ein Novum in der Geschichte der Questura. Fragend blickte er in die Runde, doch niemand wagte sich aus der Deckung, um nichts Falsches zu sagen.

»Wie, er wurde entlassen?«

»Nun, man hat seine vorzeitige Entlassung genehmigt, seine Strafe wurde verkürzt, und heute Morgen hat er das Gefängnis verlassen. Ich habe den Verwaltungsbeamten kontaktiert, es war genau um neun Uhr zweiundzwanzig.«

Corrieri mochte ein Schreibtischhengst sein, aber effizient war er.

Taglieri fuhr sich mit der Hand über das hohlwangige Gesicht, strich über die Bartstoppeln und die vorstehenden Wangenknochen. Seine obsessive Leidenschaft für das Joggen und der aufreibende Job fraßen ihn regelrecht auf. Es war nicht einmal Mittag, und er war schon mit den Nerven am Ende. Sein Nacken schmerzte, die Halsschlagader pochte.

Am liebsten hätte er alles kurz und klein geschlagen und den uralten Computer, der auf seinem Schreibtisch ohnehin zu viel Platz wegnahm, durch das geschlossene Fenster geworfen und auf das splitternde Geräusch bei seinem Aufprall auf dem Bürgersteig gewartet. Aber das ging natürlich nicht. Er war der Chef und musste die Fassung wahren.

Er seufzte schwer. »Gut, noch einer mehr, den wir überwachen müssen. Kein Problem, das kriegen wir hin. Sofern wir Verstärkung bekommen, natürlich.«

Der Ispettore schaute besorgt zu seinem Vorgesetzten hinüber, so erschöpft hatte er ihn selten gesehen. Sie kannten sich inzwischen einige Jahre und schätzten einander,

Taglieri war es auch gewesen, der ihn davon überzeugt hatte, sich für die Squadra mobile, die Einsatztruppe, zu bewerben.

»Wir müssen sofort mit der Telefonüberwachung beginnen, die richterliche Erlaubnis dazu liegt vor«, fügte er hinzu. »Ruft eure Kontaktmänner an, sucht nach Hinweisen, geht jeder noch so kleinen Spur nach. Gebt alles, bringt die Madonna zum Weinen und lasst das Wunder von San Gennaro noch einmal geschehen. Macht alles, was ihr für richtig haltet, der Erfolg heiligt die Mittel.«

»Bei allem Respekt, Dottore, ist das nicht ein bisschen übertrieben? Im Grunde ist das ein Mordfall wie jeder andere«, wandte Cozzolino ein.

Taglieri sah ihn streng an. »Cozzoli', hast du denn überhaupt nichts verstanden? Jemand hat sich die Mühe gemacht, dieses makabre Schauspiel auf dem Friedhof zu inszenieren. Denkst du, das war nur Jux und Tollerei? Meinst du wirklich, dass er es bei einem Mord bewenden lässt? Nein, der macht weiter, das geht ratzfatz, bum, bum und fertig. Du gehst in die Stammkneipe des Opfers, knallst es ab und verschwindest, das passiert schneller, als der Kaffee kalt wird. Und keiner sieht oder hört etwas. Du setzt dich auf deine Vespa, und weg bist du. Wenn jemand sich so etwas ausdenkt und 'o Maresciallo eigenhändig die Kehle durchschneidet ...« Der Dottore machte eine Handbewegung, als würde er mit einem Pinsel einen Strich auf eine Leinwand malen. »Wenn jemand so etwas tut, dann ist doch sonnenklar, dass das noch nicht alles war.«

Die Kommissare wirkten ratlos. Eines schien allerdings offenkundig. Wenn Taglieri in einer offiziellen Besprechung auf diese Weise mit ihnen sprach, dann war die Lage ernster als gedacht.

»Wir bilden jetzt die Einsatzteams. Ich will zweimal täglich auf den neuesten Stand gebracht werden und jeden Abend einen schriftlichen Bericht, und vor allem will ich Resultate. Annunziati und Morganti, ihr kümmert euch um San Giuliano Campano, um Peppe 'o Cardinale und diese verrückten Surace-Brüder. Spürt sie auf. Disero und Cozzolino …«

Lopresti wollte aufspringen und dagegen protestieren, wer für ihn übrig blieb. Dieser Bastard, dachte er empört. Bloß weil er fünf Minuten zu spät gekommen war, tat er ihm das an.

Nein. Nein. Nein.

»… ihr befragt Giovanni Morra und eure Informanten vor Ort. Lopresti und Corrieri, ihr beschafft Informationen über Gennaro Rizzo. Und treibt Michele Vigilante auf. Selbst wenn er draußen ist, heißt das noch lange nicht, dass er bereits untergetaucht ist.«

Verdammte Scheiße.

»Chef, ich würde lieber alleine arbeiten. Um meine Informanten zu schützen, ich habe meine Quellen …« Verzweifelt versuchte er zu retten, was zu retten war, und spielte seinen letzten Trumpf aus.

Leider pokerte Taglieri besser als er und hatte anscheinend nicht vor, sich das Heft aus der Hand nehmen zu lassen.

»Lopresti, deine Informanten sind mir scheißegal. Ich leite diese Ermittlungen, und du wirst mit deinem Kollegen zusammenarbeiten, ob du willst oder nicht. Von ihm kannst du noch viel lernen.«

Corrieri starrte zu Boden, und Lopresti hätte alles dafür gegeben, jetzt woanders zu sein. Ganz gleich wo, Hauptsache weg. Weit weg von diesem Typen.

Er startete einen allerletzten Versuch: »Ich zweifle nicht an der Kompetenz meines Kollegen, aber mein Modus Operandi sieht eigentlich nicht vor …«

»Schluss jetzt! Dein Modus Operandi ist mir wurscht. Wir haben es mit einem Camorra-Krieg zu tun, uns steht eine neue Faida wie die von Scampia bevor, ist euch das eigentlich klar?«

Allgemeines Schweigen folgte. Lopresti sparte sich weitere Proteste, und auch die anderen pressten die Lippen aufeinander.

Die Camorra-Fehde in Neapels berüchtigtem Stadtteil Scampia würden sie nie vergessen, viele von ihnen waren damals persönlich dabei gewesen.

Von Oktober 2004 bis Februar 2005 hatte es mehr als siebzig Tote gegeben, Schießereien auf offener Straße, in Wohnhäusern und Lokalen. Es war blindwütig drauflosgeschossen worden, gnadenlos, auch viele Unschuldige waren der blutigen Auseinandersetzung zum Opfer gefallen. Es hatte jeden treffen können, der im falschen Moment am falschen Ort war: Camorristi, Familienangehörige, Polizisten, Passanten. Um die eigentlichen Zielpersonen aus ihrem Versteck zu locken, war den Kontrahenten jedes Mittel recht gewesen, selbst vor Frauen und Kindern hatten sie nicht haltgemacht.

Ein grausamer Konkurrenzkampf war damals entbrannt zwischen den Clans, die traditionell den Drogenmarkt in Neapel und Umgebung kontrollierten, und den zu kurz Gekommenen, die ebenfalls ein Stück vom Kuchen abhaben wollten. Im Grunde eine Banalität, doch nicht banal genug, um sich nicht gegenseitig abzuschlachten.

Das erste Opfer hatte es eher zufällig getroffen, einen Barbesucher, der von einem Umtrunk mit Freunden kam. Ein Schuss, er stürzte zu Boden, Blut und Hirnmasse breiteten sich auf dem Asphalt aus. Damit hatte alles begonnen.

Blut verlangte nach Blut. Auge um Auge, Zahn um Zahn.

Rache, Morde und Folter. Brände und Begräbnisse.

Die Frauen des Stadtviertels hatten Blumentöpfe auf die Autos der Polizisten geworfen, die Verdächtige verhaften wollten. Drei Tote in einem ausgebrannten Auto. Eine enthauptete Leiche, die nicht identifiziert werden konnte. Jubel und ein Feuerwerk, als ein rivalisierender Boss verhaftet wurde. Drei Tote während eines Besuchs des Staatspräsidenten. Ermordete Mütter und Kinder, Schuldige und Unschuldige, Gute und Böse. Blut und Hass im Namen der Ehre, dabei ging es in Wahrheit immer nur um Macht, Drogen, Geld und Rache.

Und dann der Frieden, besiegelt durch einen Kuss.

Durch den Kuss zwischen den Bossen zweier Clans, in einem Gerichtssaal, während sie auf ihr Urteil warteten. Es war das Signal, dass die Faida zu Ende war und die Waffen niedergelegt wurden. Alles sollte wieder so werden wie zuvor. Feinde waren keine Feinde mehr, das vergossene Blut war vergessen, alles zurück auf Anfang, die Geschäfte begannen zu florieren wie eh und je.

Dabei waren die Geschäfte immer weitergelaufen, selbst als die grausamen Auseinandersetzungen ihren Höhepunkt erreichten: Der Drogenhandel war weitergegangen, kaltblütig und gefühllos, zwischen den sogenannten Segeln, den Hochhaustürmen von Scampia, und auf den Plätzen von Secondigliano, in versteckten Hauseingängen und auf den Toiletten der Diskotheken, unberührt von allem, was drumherum passierte.

Die Drogen führten ein Eigenleben, unaufhaltsam wie ein Fluss, der nie versiegte. Drogen waren allgegenwärtig, in düsteren Gassen und verschwiegenen Straßenecken ebenso wie in den Salons der besseren Gesellschaft, in den Venen der Verzweifelten ebenso wie in den Nasen der Reichen. Alle suchten nach dem Kick, wollten nichts mehr spüren. Das Geld zirkulierte, die Gewinne wuchsen. Damals wie heute. Geld regierte die Welt.

Geld regierte immer. Alles.

Dottore Taglieri hatte sein Ziel erreicht, seine Worte zeigten Wirkung. Bedeutungsschweres Schweigen breitete sich wie eine Decke über dem Raum aus. Annunziati und Morganti blickten ausdruckslos auf ihre Schuhspitzen, Disero und Cozzolino starrten auf die zahlreichen Kalender an der Wand, und Corrieri tat so, als würde er in einer Akte etwas suchen. Lopresti war zur Salzsäule erstarrt.

»Ihr alle wisst, was zu tun ist. Ich erwarte keinen blinden Aktionismus, sondern Resultate.«

Alle nickten.

Die Besprechung war zu Ende.

5.

Michele betrachtete die tief hängenden Wolken. Der Himmel war ein Nebeneinander verschiedener Grautöne, die sich in der Ferne verloren. Die Luft war kalt, ein Windhauch streifte sein Gesicht. Ein angenehm prickelndes Gefühl, das er in vollen Zügen auskostete. Er hatte das Gefängnis rasch hinter sich gelassen, ging nun zügig den Hügel hinunter und kam dabei an vielen Häusern vorbei, deren Bau und Bezug er seinerzeit miterlebt hatte. Bekannte Gesichter gab es allerdings nicht. Da war niemand, der ihn ansprach oder ihm zulächelte. Die Türen blieben verschlossen, die Vorhänge vor den Fenstern zugezogen, er war nichts als ein Schatten, der alles von den Hügeln aus beobachtet hatte.

Er war einfach losmarschiert, mit schnellen Schritten, den Kopf gesenkt, Hauptsache weg, so rasch und so weit wie möglich. Doch jetzt wurde er allmählich müde, ihm fehlte die übliche Zigarette, er fühlte sich verloren in dieser grenzenlosen Freiheit.

Im Gefängnis hatte man vier Stunden frische Luft am Tag, zwei am Morgen und zwei am Nachmittag. Der Innenhof war ein streng bewachtes Betonquadrat, hohe Mauern, rauer Boden, ein Wasserhahn in der rechten hinteren Ecke, in der linken die Kabine für die Wärter. Im Winter, wenn der Himmel bleiern grau und regenschwer über dem Platz hing, hatte die Szenerie wie das Innere einer riesigen Eisenkiste gewirkt. Einige Gefangene hatten in Grüppchen zusammengestanden, sich unterhalten oder geraucht, andere waren im immer gleichen Rhythmus im Kreis gelaufen wie Hamster in einem Rad. Wieder andere hatten untätig in der Kälte gesessen und stumpf darauf gewartet, dass die Zeit verging.

Er selbst war in letzter Zeit nur noch selten nach draußen gegangen. Das alles war so öde gewesen, die monotonen Schritte, das nervtötende Palaver, die ausdruckslosen Gesichter. Michele hatte es vorgezogen, in der Zelle zu bleiben, hatte auf dem Bett gelegen und sich die Schimmelflecken an der Decke angesehen. Hatte Musik gehört, gelesen oder seinen Gedanken nachgehangen.

Manchmal hatte er auch an Don Ciro Squillante, genannt Pinochet, gedacht, der mittlerweile seit fünf Jahren tot war.

»Friede sei mit ihm«, murmelte er.

Er hatte ihn nach seiner x-ten Verlegung, nach der x-ten Disziplinarmaßnahme, nach wiederholter Isolationshaft kennen- und schätzen gelernt.

Sie hatten ihn ins Umland von Neapel verlegt, angeblich wegen der Nähe zur Familie, obwohl er gar keine mehr hatte. Eine bürokratische Finte, um ihn loszuwerden. Von einem Gefängnis ins nächste. *Schwer zu disziplinieren, immun gegen verschärfte Strafmaßnahmen*, so wurde sein Persönlichkeitsbild beschrieben, eine elegante Formulierung für Querulant. Einige Jahre lang war er von Knast zu

Knast gewandert: Opera, Rebibbia, Le Vallette, dann Terni, Livorno, Frosinone, Fossombrone und schließlich Kampanien. Seine Heimat. Jede Verlegung war eine Einbahnstraße gewesen. Ein Zurück gab es in diesem System nicht.

Neues Spiel, neues Glück, war das Motto.

Man hatte gehofft, dass ihn die Nähe zur Heimat beruhigen würde. Ihn, Michele Vigilante, Camorrista, Drogenhändler, Mörder und Erpresser. Aber er hatte überhaupt nicht vorgehabt, sich zu beruhigen. Das Gefängnis war für ihn der blanke Horror gewesen. Die endlosen Gänge, die grellen Neonlichter, die festen Zeiten und die Regeln, die es einzuhalten galt. Für alles gab es eine Vorschrift, selbst für die Farbe der Gitterstäbe vor den Fenstern. Es hatte ihn krank gemacht, und am Ende hatte er sich gefühlt wie ein Dampfkochtopf ohne Abzug, in dem sich Tag für Tag immer mehr Druck aufstaute und der irgendwann unweigerlich explodieren würde.

An seine erste Begegnung mit Pinochet erinnerte er sich noch gut.

Der Aufsichtsbeamte hatte ihn in den Hochsicherheitstrakt gebracht, zweiter Flügel Nord, Zelle dreiundvierzig. Hocherhobenen Hauptes war er durch den Gang geschritten, seine beiden Taschen und den schwarzen Plastiksack mit dem Kopfkissen und der Bettdecke hinter sich herschleifend. Er war bereit gewesen. Bereit, einem Ehrenmann gegenüberzutreten, einer Legende im Drogenhandel. Endlich einer auf Augenhöhe, einer, der von ganz unten gekommen war und der wie er die Wut der Straße in sich trug.

Und dann stand er einem alten Mann gegenüber, der ein freundliches Lächeln auf den Lippen hatte. Klein und hager, verschwand er fast in seiner grauen Häftlingskleidung. Er trug eine schmale Brille mit Goldrand, hatte schütteres Haar mit Geheimratsecken, graue Bartstoppeln im bleichen Gesicht und ähnelte eher Knecht Ruprecht als einem gefürchteten Drogenboss.

Michele hatte sich umgesehen und gedacht, jemand erlaube sich einen Scherz.

»Superio', das ist sicher ein Irrtum«, hatte er dem Beamten zugeflüstert.

»Kein Irrtum, Vigila'.«

»Soll ich denn nicht mit Don Ciro Squillante die Zelle teilen.«

»Das ist er doch. Einen schönen Aufenthalt, Vigilante«, hatte der Wärter mit ironischem Unterton gesagt, »und einen schönen Tag noch, Squillante.«

»Auch Ihnen einen schönen Tag, Superio'«, war von dem Alten freundlich gekommen.

Damit hatte sich die Sache. Der Beamte hatte die Tür geschlossen, den schweren Schlüssel ins Schloss gesteckt und ihn zweimal umgedreht.

Michele blickte weiter nachdenklich in den bedrohlich wirkenden Himmel, während die Erinnerung an Don Ciro langsam wieder verblasste. Er schaute nach rechts und links in die endlose Landschaft und stellte die schweren Taschen ab, die er seit Stunden mit sich herumschleppte, um sich eine Zigarette anzuzünden. Die erste in Freiheit.

Tief sog er den beißenden und warmen Rauch ein, den seine Lungen willkommen hießen. Er schloss die Augen und blies ihn wieder aus, versuchte dabei, den Moment auszukosten und seine Gefühle zu ergründen, ihnen einen tieferen Sinn zu geben.

Aber er fand keinen.

Weder in der Theorie noch in der Praxis.

Er war einfach nur müde.

Die Zigarette hatte die gleiche Wirkung wie immer, egal ob in Freiheit oder im Gefängnis.

Die Kälte raubte ihm den Atem, alles tat weh, er musste pinkeln.

Nach drei weiteren tiefen Zügen warf er die Kippe weg und griff nach den Taschen. Er musste sich beeilen, der Weg war noch weit.

Sein Zuhause war nach wie vor sein Elternhaus in Secondigliano, in der Nähe der Chiesa dell' Addolorata. Als er an dem Gotteshaus vorbeiging, sah er aus den Augenwinkeln die graue Fassade mit den ausgetretenen Treppenstufen, die er als Kind so oft mit seiner Mutter nach oben gestiegen war. Doch die Vergangenheit war vorbei, jetzt galt es, die Zukunft zu meistern.

Die Haustür war noch dieselbe, bloß etwas ramponierter, genau wie er, wenn er es so recht betrachtete.

Er suchte in der Jackentasche nach dem Schlüsselbund und fand ihn zwischen Telefonmünzen und Euroscheinen. Im Hausflur roch es streng und modrig, irgendwo musste eine tote Maus liegen. Von den Wänden war Putz gebröckelt, der unter seinen Füßen knirschte. Er bewegte sich langsam und vorsichtig, als fürchtete er, dass alles um ihn herum zu Staub zerfallen würde.

Das Wohnzimmer im ersten Stock lag im Dämmerlicht. Michele stellte die Taschen ab, ging zum Fenster und klappte die mit Spinnweben überzogenen Fensterläden auf, von denen die Farbe abblätterte. Es quietschte und knarrte, bevor das Licht des frühen Nachmittags hereinflutete.

Er wandte sich um und betrachtete den Raum. Ein Mix aus Möbeln der Achtzigerjahre, ein geblümtes und inzwischen ausgeblichenes Sofa ohne Kissen, ein runder Tisch mit einem leeren Obstkorb, vier aufeinandergestapelte Stühle, eine Glasvitrine mit einem Porzellanservice und passenden Gläsern, vergilbte Tischdecken, mehrere gerahmte Fotos und eine vergoldete Plastikgondel. Hier und da hatte sich die Tapete von der Wand gelöst.

Seine Eltern waren seit mehr als zehn Jahren tot, die Mutter war an einer schweren Krankheit gestorben, den Vater hatte man rücklings erschossen. Das kam vor. Geweint hatte er heimlich in der Zelle, wo ihn niemand sehen konnte. Dann war er mit richterlicher Genehmigung auf ihre Beerdigungen gegangen, erst in die Kirche und anschließend auf den Friedhof. In Handschellen. Begleitet von vier Polizisten. Drei Stunden später war er im gepanzerten Wagen zurück ins Gefängnis gefahren worden.

Sein jüngerer Bruder war an Drogen zugrunde gegangen. Erst Kokain, dann Heroin. Arme, Füße und Hals waren mit Einstichstellen übersät gewesen. Man hatte ihm gesagt, dass er in Scampia elend verreckt sei, in einem Keller, den sich Junkies mit anderen Verzweifelten teilten, inmitten von Ratten und Exkrementen. Der Ort, der der Hölle am nächsten lag.

Dieses Mal hatte er nicht zum Begräbnis gewollt und keinen Antrag gestellt, war lieber im Knast geblieben.

Als er sich weiter in den Räumen umsah, überkam ihn das Gefühl, als wäre alles mit einer durchsichtigen Patina überzogen wie mit einem hauchfeinen Schleier. Aber im Grunde hatte sich nichts verändert, alles sah aus wie vor zwanzig Jahren, schäbig und verstaubt, genau wie in seiner Erinnerung.

Einen Moment lang überkam ihn der absurde Gedanke, dass die Zeit stehen geblieben sei, er sah sich als jungen Burschen vor sich, den Kopf voller Flausen, wie er Mofas klaute und auf Neapels Dächern herumkletterte. Keine Drogen, keine Toten, kein Knast und kein schlechtes Gewissen. Gleich würde mit müdem Gesicht seine Mutter aus der Küche geschlurft kommen, in ihrer geblümten Schürze und den ausgelatschten Schlappen. In ihren Augen glomm die Wut über seinen Umgang. Sie schimpfte und zeterte, bis ihr Zorn verraucht und das Essen fertig war und er seinen Bruder holen sollte.

Doch niemand tauchte auf. Der Tisch blieb leer, und sein Bruder war längst zu Dünger geworden.

Die Stille drohte ihn zu erdrücken, eine bleierne, tiefe Stille, an die er nicht mehr gewöhnt war. Michele konnte den eigenen Atem hören, und auch das Rauschen des Blutes in seinen Adern.

Er war allein.

Kurz war er versucht, eine Zigarette zu rauchen, verkniff es sich aber. Seine Mutter hatte nicht gewollt, dass im Haus geraucht wurde. Er lächelte bei dem Gedanken, dass er sich immer noch daran hielt und auf den Balkon ging. Irgendwie absurd.

Von unten drang das Aufheulen eines frisierten Motors zu ihm herauf, Reifen quietschten, Türen wurden zugeschlagen, laute Musik tönte aus einem Autoradio.

Die Haustür wurde geöffnet.

Sie hatten die Schlüssel.

Die Buschtrommel im Viertel hatte funktioniert, schnell und effektiv wie im Knast. Die Nachricht von seiner Entlassung hatte sich in Windeseile verbreitet wie übler Gestank. Kaum einen halben Tag auf freiem Fuß, und schon war er wieder von Interesse.

Freunde waren doch etwas Schönes, dachte er sarkastisch.

Das Empfangskommando betrat die Bühne. Die Wohnzimmertür flog auf, zwei kaum zwanzigjährige Typen platzten herein, aufgeblasen und arrogant, zwei Kopien von Roberto Ascienzo, dem jungen Camorrista aus dem Knast, dem er eine Lektion erteilt hatte. Die beiden hier waren allerdings noch nicht mal trocken hinter den Ohren, jedenfalls hatten sie noch nicht hinter Gitterstäben gepinkelt.

Michele war fast ein bisschen gekränkt, dass man ihm nach so vielen Jahren Knast zwei solche Jungspunde zur Begrüßung schickte. Er hatte etwas mehr Respekt verdient. Aber vielleicht hatte man ja inzwischen vergessen, wer er war und was er getan hatte.

»Bist du Michele Vigilante?«

Er musterte den Fragenden von Kopf bis Fuß, unschlüssig, ob er lachen oder ihm ins Gesicht spucken sollte. Das Bürschchen sah aus wie die Karikatur eines Mafioso, etwas größer als er, übergewichtig, Doppelkinn, feistes Gesicht, glatt rasierter Kopf, spärlicher Bartwuchs. Seinen Schwabbelbauch streckte er stolz vor und präsentierte sich wie eine Kuh auf dem Viehmarkt. Er trug einen angesagten Jogginganzug, darüber eine offene Lederjacke.

Hinter ihm stand schweigend sein Partner, klein, bullig, Stiernacken, die Venen vollgepumpt mit anabolen Steroiden.

Zwei grüne Jungs. Trotzdem zweifelte er keinen Moment daran, dass sie bewaffnet waren.

»Ich hab gefragt, ob du Michele Vigilante bist.«

So langsam amüsierte ihn die Sache.

»Wer will das wissen?«

»Freunde.«

»Tut mir leid, ich habe keine Freunde mehr. Ich bin so lange raus aus dem Geschäft, dass ich niemanden mehr kenne.«

»Junge, willst du mich verarschen?«

Michele traute seinen Ohren nicht. Dieser Fettkloß wagte es, ihn Junge zu nennen? Nein, das konnte nicht sein. Sein Gehirn weigerte sich, das zu glauben, seine Ohren hingegen waren sicher.

»Hör zu, Miche', spiel hier nicht den Witzbold, wir haben wenig Zeit, unser Mercedes steht mitten auf der Straße ...«

Er redete und redete, aber Michele hörte gar nicht mehr hin, in seinem Kopf drehte sich lediglich dieses eine Wort *Junge* in Endlosschleife.

»Wir sind hier, um dich abzuholen, jemand will dich sehen, du kannst uns vielleicht helfen. Wir vergessen unsere Freunde nicht, auch nicht nach zwanzig Jahren Knast. Im Gegensatz zu dir ...«

Ungläubig starrte Michele in das feiste Gesicht. Die Worte schienen von weit her zu kommen, wie ein Echo, das er gar nicht richtig wahrnahm. Seine Augen taxierten den grinsenden Mund, die dunkle Öffnung, aus der nichts als Müll kam. Die Zähne blitzten, einer davon ganz besonders – ein Diamant. Ein Diamant als Stiftzahn.

Was war denn das für ein Scheiß?

»Unser Freund hat ein großes Herz, er ist immer bereit zu verzeihen. Ein gütiger Mensch und ein guter Christ. Don Peppe 'o Cardinale will mit dir sprechen. Er wird schnell ungeduldig, und dann …«

Die Erwähnung des Namens riss Michele aus seiner Benommenheit. Er löste seinen Blick von dem Diamanten und schaute seinem Gegenüber direkt in die Augen.

»Wie schön, eine Kanalratte als Freund!«

Der Satz hatte die Wirkung eines Peitschenhiebs. Der Dicke verstummte und riss die Augen auf. Der Schweigsame erstarrte, seine Adern schwollen noch mehr an.

Diese jungen Leute von heute schienen ganz schön empfindlich zu sein, wunderte sich Michele.

»Was erlaubst du dir?« Der Dicke machte einen Schritt auf ihn zu. »Du bist ein Fliegenschiss im Vergleich zu Zio Peppe.«

Ein weiterer Schritt. Ein Schritt zu viel.

»Das sagst du nicht noch mal …« Michele stieß ihn in die Brust.

Was zu viel war, war zu viel.

Die Reaktion kam ohne Vorwarnung, nur ein unterdrücktes Knurren drang aus einer Kehle. Blitzschnell rammte Michele seinem Gegner den Kopf mitten in das grinsende Gesicht.

Mit einem trockenen Knacken brach das Nasenbein. Ein Aufschrei, gefolgt von einem kläglichen Wimmern, der Dicke schlug sich die Hände vors Gesicht.

Jetzt nahm sich Michele den anderen vor, gezielt und

entschlossen. Und blitzschnell, bevor dieser die Waffe ziehen konnte. Mit der Handkante schlug er ihm auf den Adamsapfel und drückte ihm die Kehle zu. Mit ein bisschen Glück hatte er die Halsschlagader erwischt.

Dann wandte er sich wieder zu dem Dicken um, der immer noch vor sich hin wimmerte und dessen Gesicht jetzt einer blutigen Masse ähnelte. Blind vor Schmerz und Wut, taumelte er auf ihn zu. Aber Michele blieb ruhig und konzentriert, war vollkommen Herr der Lage. Zwanzig Jahre Knast waren eine gute Schule gewesen, er hatte gelernt, wo genau man hinschlagen musste, und vor allem, wo es am meisten wehtat.

Er trat dem Fettklops brutal gegen das Knie des Standbeins. Wieder das trockene Knacken. Knorpel splitterte, Bänder rissen, das Kniegelenk schlenkerte haltlos nach hinten.

Ein gellender Schrei, ein dumpfer Aufprall. Michele beugte sich über seinen Kontrahenten und nahm Maß. Der Kopf war ungeschützt. Eine Chance, die er nutzen musste.

Mit voller Wucht schlug er mit der Faust gegen die Schläfe, legte seine ganze Wut in den Schlag. Durch den Nebel der Schmerzen sah der Dicke nur einen Schatten auf sich zufliegen, er hatte keine Zeit zu reagieren, konnte dieser Faust nicht ausweichen. Ein letztes Zucken, dann war er still.

Das war's.

Er lag am Boden wie ein auf einen Teller geklatschter Pudding. Ekelhaft.

Doch Michele war noch nicht fertig, jetzt war der Bodybuilder wieder an der Reihe, der sich aufzurappeln versuchte und verzweifelt nach Atem rang, das Gesicht feuerrot, die Halsschlagader, die zu platzen drohte. Er ähnelte einem Fisch, der aus dem Aquarium gefallen war und mit weit aufgerissenem Maul um sein Leben kämpfte.

Doch sein Gegner kannte keine Gnade und verpasste ihm einen Tritt zwischen die Beine. Er mochte keine halben Sachen.

Dann ging er zur Glasvitrine, ließ den Blick zwischen Tellern und Gläsern hin und her wandern und fand schließlich, wonach er suchte. Die Kristallfigur von der Erstkommunion seines Bruders, einen dieser nutzlosen Staubfänger, die man irgendwohin stellte und dann vergaß. In diesem Fall ein Bär mit einem lustigen Gesicht, groß, schwer und eckig. Prüfend wog er ihn in der Hand.

Perfekt.

Der Bodybuilder schien langsam wieder halbwegs atmen zu können, aber der Schmerz zwischen den Beinen hinderte ihn daran, auf die Beine zu kommen. Der erste Schlag traf ihn über dem Ohr und hinterließ eine klaffende Wunde. Erneut brach er zusammen. Michele beugte sich über ihn, um sein brutales Geschäft fortzusetzen. Der zweite Schlag landete auf der Stirn, sie platzte auf, Blut strömte auf den Boden. Seine Mutter wäre stinksauer gewesen, schließlich hätte sie die Sauerei hinterher aufwischen müssen. Ein müßiger Gedanke, sie war tot und begraben. Deshalb konzentrierte er sich auf das Hier und Jetzt und vollendete sein Werk mit gnadenloser Präzision, so, wie er es vor vielen Jahren gelernt hatte.

Noch mehr Schläge, noch mehr Blut. Ein letztes Aufbäumen, dann verlor sein Opfer endgültig das Bewusstsein.

Michele durchsuchte seine Taschen und fand eine Pistole, eine Zastava, Kaliber neun Parabellum, jugoslawisches Fabrikat. Er kannte die Waffe, hatte sie in der Vergangenheit schon benutzt, sie war effektiv, zuverlässig und präzise wie alle Pistolen dieses Kalibers. Auf dem Lauf befand sich keine Seriennummer, vermutlich war sie in Albanien entfernt worden. Von irgendeinem Kleinkriminellen, keiner großen Nummer, eher einem von der Sorte, die mit Nutten und Haschisch handelte und ab und zu ein kleines Präsent für die italienischen Freunde abdrückte.

Er durchsuchte den Dicken, doch der war unbewaffnet. Komisch, wahrscheinlich hielt er sich für unbesiegbar. Jugendlicher Leichtsinn.

Sein Mund stand offen, die Zunge hing heraus, als wollte er den Boden küssen. Aus dem Ohr rann Blut und lief den Hals hinunter. Die Augen waren verdreht, aber er atmete noch.

Dann fiel Micheles Blick wieder auf dieses Funkeln zwischen den Zähnen des Burschen: der Diamant.

Als er sich erhob, merkte er erst, wie erschöpft er war. Trotzdem war er noch nicht fertig mit diesem widerlichen Typen, der ihn Junge genannt hatte. Er holte tief Luft und trat zu. Die Kieferknochen hielten stand, und es brauchte noch zwei weitere Tritte, ehe die Zähne barsten und der Diamant herausbrach und auf den Boden fiel. Er hob ihn auf und sah ihn sich näher an. Obwohl er nichts von Juwelen verstand, steckte er ihn ein. Für alle Fälle.

Er spürte, wie die Anspannung aus ihm wich und das Adrenalin nun langsamer durch seine Adern pulste. Am ganzen Körper zitternd, hielt er noch immer den Kristallbären in den Händen. Dass er blutig war, ebenso wie die Hände, störte ihn nicht. Behutsam stellte er die Figur in den Schrank zurück, ganz vorsichtig, damit das Bärchen nicht kaputtging. Seinem Bruder wäre das wichtig gewesen.

Egal was passierte: Familie blieb Familie.

Am liebsten hätte er sich schlafen gelegt, aber da seine Mutter sich bemüht hatte, ihn gut zu erziehen, wusste er, dass er aufräumen und den Müll entsorgen musste. In seinem Fall hieß das, dass er den auf dem Rücken liegenden Dicken an den Füßen durch das Wohnzimmer und dann die Treppe hinunterschleifen musste. Er blutete immer noch und hinterließ eine unverkennbare Spur. Sein Kopf schlug auf jeder Stufe geräuschvoll auf, dumpfe, monotone Schläge.

Als er ihn am Fuß der Treppe ablegte, gab er ein leises Wimmern von sich.

Mit dem Bodybuilder war es einfacher. Der feste, drahtige Körper glitt über den Boden, dass es eine wahre Freude war, nur die klaffende Kopfwunde hörte nicht auf zu bluten. Beim rhythmischen Aufprall auf den Treppenstufen lächelte er zufrieden. Ein gutes Gefühl, das er sich jedoch sofort verbat. Er durfte nicht respektlos sein, gegenüber niemandem, nicht mal gegenüber diesen beiden Idioten. Das hatte er im Knast gelernt, Schadenfreude und Arroganz waren fehl am Platz. Immer und überall.

Er schleppte die beiden schlaffen Körper hinaus auf die Straße und legte sie vor dem in zweiter Reihe geparkten Mercedes ab. Irgendjemand würde sich schon um sie kümmern und den Notarzt rufen. Wenngleich ziemlich übel zugerichtet, waren sie am Leben.

Was hätte er wohl früher mit den beiden gemacht? Michele dachte nach. Ein Fangschuss ins Genick und dann ab mit den Leichen in irgendeinen Graben. Doch das war einmal. Die Dinge änderten sich und die Menschen ebenfalls. Er hatte ausgiebig über das Leben nachgedacht und war darüber alt geworden. Alt und abgeklärt.

Er kehrte ins Haus zurück, schloss die Tür ab und ließ den Schlüssel im Schloss stecken, damit er vor weiteren ungebetenen Gästen Ruhe hatte. Zumindest für den Augenblick.

Er war am Ende seiner Kräfte, todmüde und erschöpft, und er zitterte am ganzen Körper. Arme und Schultern waren bleischwer, der Nacken verkrampft, und sein Kopf schmerzte, die Folgen des Kopfstoßes, mit dem er dem Dicken die Nase gebrochen hatte. Endlich zündete er sich eine Zigarette an, und zwar im Haus. Seine Mutter würde ihm hoffentlich verzeihen.

Anschließend ging er in sein altes Zimmer und legte die Pistole griffbereit auf den Nachttisch.

Draußen wurde es dunkel, im Haus gab es keinen Strom, er war nach dem Tod der Eltern abgestellt worden. Ungeachtet des Staubs und der Spinnweben warf er sich in voller Montur aufs Bett, starrte an die Decke und spürte, wie sein Körper sich entspannte. Der Rauch der Zigarette brannte in seiner Kehle, und die Müdigkeit forderte ihren Tribut. Er drückte die Kippe aus und schlief ein.

6.

In der kleinen Bar war es still. Wie ihre Gäste war sie in die Jahre gekommen, aber sie ruhte in sich selbst, wusste, wer sie war: ein Stück Vergangenheit im Herzen von Mailand, wenige Hundert Meter vom Gefängnis San Vittore entfernt. Hier war ihr Platz, so wie alles auf der Welt seinen Platz hatte.

Ein langer Tresen mit schadhaften schwarz-weißen Fliesen, eine Kaffeemaschine, graue Plastiktische und eine große Auswahl an italienischen Spirituosen: Fernet Branca, Cynar, Fernet Menta, Amaro del Capo. Rum oder guten Whisky gab es nicht, ebenso wenig wie irgendwelche Cocktails. Dies war die etwas andere Bar.

Der Alte saß an einem Tisch und genoss in aller Ruhe seinen Kaffee.

Es war schon spät, doch auf seinen Espresso wollte er nicht verzichten. Schlafen konnte er ohnehin nicht. Das Alter, die Gedanken und die Verantwortung eines Capo hielten ihn wach. Daran war er gewöhnt.

Der Barmann, ein korpulenter, stiller Mann, räumte die Tassen weg und werkelte hinter dem Tresen herum, den feuchten Lappen lässig über die Schulter geschwungen. Hundertfach geübt, mechanisch, ohne Eile. Er würde bald schließen, die letzten Gäste waren im Begriff zu gehen, falteten ihre *Gazzetta dello Sport* zusammen und verabschiedeten sich. Zurück blieb allein der Alte vor seinem Kaffee.

Und der konnte so lange bleiben, wie er wollte. Denn er war Don Aldo.

Ein *mammasantissima,* eine Institution, einer der ganz Großen.

Und er war ein *santista.* Einer von dreiunddreißig Männern der Santa-Bruderschaft, einer Organisation innerhalb der kalabrischen 'Ndrangheta. Sie stellte Kontakte zu Nicht-Mafia-Angehörigen und Mitgliedern anderer Organisationen her. Ihre Aufgabe war klar definiert: Beziehungen pflegen, korrumpieren, Einflussbereiche ausdehnen und Rachefeldzüge organisieren. Ihr Wort hatte Gewicht, ihre Befehle wurden befolgt, ohne Wenn und Aber, nach dem ungeschriebenen Gesetz der Blutsbrüderschaft.

Das Gesetz der Santa.

Don Aldo war seit vielen Jahren für Mailand zuständig, Hunderte Kilometer von seiner Heimat entfernt. Er machte Geschäfte, kontrollierte, schmierte und exekutierte. Immer und überall, zum Wohle der ehrenwerten Gesellschaft.

Sein ganzes Leben basierte auf Respekt und absolutem Gehorsam. Er hatte mit seinem Blut geschworen, der Familie zu dienen und sich ihr ganz zu verschreiben. Mit vierzehn war er nach einem feierlichen Ritual in die *'ndrina*, seinen Clan, aufgenommen worden. Das war kurz nach Ende des Zweiten Weltkriegs gewesen, einer wilden Zeit, in der es galt, betrunkene Amerikaner auszurauben, schändliche Deutsche unter die Erde zu bringen, Bauern zum Gehorsam zu erziehen und aufstrebenden Geschäftsleuten den *pizzo*, das Schutzgeld, abzupressen.

Anfang der Fünfzigerjahre begann sein Aufstieg in der 'Ndrangheta-Hierarchie. Die Geschäfte boomten, überall wurde gebaut, es floss viel Geld, nicht zuletzt, um an öffentliche Aufträge heranzukommen. Er stieg zum *sgarrista* auf, der dritten Stufe in der Hierarchie seiner Organisation, hatte einen eigenen Zuständigkeitsbereich und kümmerte sich höchstpersönlich darum, dass das Schutzgeld eingetrieben wurde. Eine Aufgabe, der er mit Akribie und Beharrlichkeit nachging. Es machte ihm Spaß, er fühlte sich stark und mächtig, und es bescherte ihm ein ekstatisches Glücksgefühl, ein wollüstiges Kribbeln, das bis in jede Faser seines Körpers drang. Die Angst in den Augen seiner Opfer, der Männer und Frauen, Alten und Jungen, war ein Kick für ihn, eine Welle der Euphorie überlief ihn jedes Mal, ein sinnliches Vergnügen, viel besser als Alkohol oder Drogen.

Doch die Jahre vergingen, und die Dinge änderten sich. Er wurde älter und reifer und verstand, dass Macht nichts war ohne Respekt, und dass man das Blut wegwischen konnte, nicht aber die Angst. Die blieb für immer. Sie war wie ein Schatten auf dem Gesicht, ein stumpfes Grau im Blick. Don Aldo selbst hatte sie nie empfunden, sie jedoch in den Augen der anderen gelesen. Während der erste 'Ndrangheta-Krieg in den Siebzigerjahren die Friedhöfe gefüllt und die Erde mit dem Blut von mehr als dreihundert Toten getränkt hatte, war er zum *capobastone* aufgestiegen, zum Chef seines Clans.

Aber Kriege begannen und endeten wieder, Allianzen wurden geschmiedet und gebrochen, die Toten schwiegen, und das Leben ging weiter. Damals begann das große Geschäft mit dem Kokain, einschließlich der Reisen nach

Südamerika, wo man den Stoff kaufte. Das viele Geld musste zu Hause gewaschen werden. Da waren Weitsicht und Tatkraft gefragt. Die Welt hatte sich verändert und er sich mit ihr.

Er wurde Santista.

War Don Aldo in seinen jungen Jahren ein Heißsporn und unnachgiebiger Vollstrecker gewesen, war er mit den Jahren gereift und hatte gelernt, seinen Verstand zu benutzen. Immer zum Wohle der ehrenwerten Gesellschaft. Er war nach Kalabrien zurückgerufen, zum *vangelista* und dann zum *quartino* befördert worden. Und schließlich wurde er zum Boss der Organisation ernannt und erreichte damit die letzte und höchste Stufe auf der Hierarchieleiter. Die Spitze der 'Ndrangheta.

Die absolute Macht.

Der geschäftige Barmann hinter seinem Tresen hatte keine Ahnung, wie groß Don Aldos Macht wirklich war, und es interessierte ihn auch nicht. Nicht jeder war in der Lage, hinter die Fassade zu blicken oder zu verstehen, was er sah. Die 'Ndrangheta arbeitete im Verborgenen, zog im Hintergrund die Fäden, zu viel Unruhe schadete dem Geschäft. Macht zeigte man nicht, man übte sie aus. Zum Glück war der Barmann ohnehin ein verschwiegener Mann.

Don Aldo lächelte, während er einen weiteren Löffel Zucker in seinen Kaffee rührte, er hatte eine Schwäche für Süßes. Noch einen Schluck, und er würde gehen. Für heute waren die Geschäfte erledigt.

Die Bar war sein Büro, hier suchten seine Soldaten, wie vor allem Zuträger und Handlanger genannt wurden, Rat und empfingen Befehle. Heute war es um eine neue Lieferung Kokain aus Ecuador und um die Liquidierung eines Dealers in Deutschland gegangen. Der Junge hatte einen Fehler gemacht, und an ihm sollte ein Exempel statuiert werden, eine Warnung für die anderen, es ihm nicht gleichzutun. Nichts Besonderes. Alltagsgeschäft.

Don Aldo trank seinen Kaffee aus und stand auf, ganz vorsichtig, mit Rücksicht auf seinen schmerzenden Rücken und diverse andere Gebrechen des Alters.

In diesem Moment ging die Tür auf, und ein später Gast betrat die Bar.

Der Barmann wollte schon darauf hinweisen, dass bereits geschlossen sei, spürte aber intuitiv, dass er besser schwieg und den Mann hereinließ.

Giovanni Treccape würdigte ihn keines Blickes, sondern ging direkt auf Don Aldo zu. Ein respektvolles Nicken, der Boss deutete auf einen Stuhl. Wenn Giovanni mit ihm sprechen wollte, war es etwas Ernstes. Er bestellte noch einen Kaffee.

»Don Aldo, entschuldigen Sie die späte Störung.«

Der Alte winkte unwirsch ab, zwischen ihnen brauchte es keine Höflichkeitsfloskeln, sie kannten sich ein Leben lang. Aldo war Giovannis Taufpate gewesen und hatte später auch dessen Kinder über das Taufbecken gehalten. Die Treccapes waren eine ehrenwerte Familie, Respekt war bei ihnen oberstes Gebot. Giovanni war ein Capobastone und würde in einigen Jahren zum Santista aufsteigen. Daran gab es keinen Zweifel, darauf hatte er Don Aldos Wort.

»Wir haben ein Problem«, kam Giovanni sofort zur Sache, während der Barmann sich wieder der Kaffeemaschine widmete. Still wie immer und gut in seiner Ecke hinter dem Tresen versteckt.

»Tiradritto ist wieder draußen.«

Erstaunt hob der Alte eine Augenbraue. Als es vor ein paar Stunden um das Todesurteil für den jungen Mann gegangen war, hatte er nicht mit der Wimper gezuckt, doch jetzt lag die Sache anders. Dieses Mal war es etwas Persönliches.

»Warum so früh?«

»Vorzeitige Entlassung.«

Don Aldo nickte, er hatte verstanden. Als sein Kaffee kam, nahm er einen Schluck, Giovanni schwieg. Beide wussten von dem Affentheater auf dem Friedhof vor einigen Tagen. Wenngleich Neapel nicht ihr Territorium war und es nicht direkt um ihre Leute ging, hatte die Nachricht sie alarmiert. Nicht ohne Grund.

»Ich glaube nicht an Zufälle.«

Ein Satz wie in Stein gemeißelt. Don Aldo machte nicht viele Worte, und manchmal war das, was ungesagt blieb, das Wichtigste.

»Soll ich ihm neue Schuhe kaufen?«

Eine chiffrierte Frage, ob er ihn exekutieren sollte.

Giovanni wollte die Erlaubnis seiner Bruderschaft, der Santa, dem höchsten Entscheidungsgremium innerhalb der 'Ndrangheta.

»Warten wir erst mal ab«, antwortete der Alte gelassen. »Der Mensch ist ein Rätsel. Man weiß nie so genau, ob er Wolf oder Schaf ist.«

»Wenn er der Wolf ist, bin ich das Schaf.«

Treccape dachte an den einzigen Fehler in seiner makellosen Bilanz als Vollstrecker, ein Fehler, der jetzt das Gefängnis verlassen hatte.

»Nein, du bist kein Schaf. Du bist Santista.«

Überrascht riss sein Patensohn die Augen auf.

»Zumindest wirst du bald einer sein. Und deshalb bleibst du schön ruhig und tust erst mal gar nichts. Die Neapolitaner haben dieses heiße Eisen all die Jahre nicht angepackt, und wir müssen nicht ihre Arbeit machen.«

Der Jüngere schien enttäuscht zu sein. Er wartete nicht gerne, wollte das Problem gleich aus der Welt schaffen, damit er ruhig schlafen konnte.

Mit anderen Worten: Er wollte Michele Vigilante beseitigen.

»Falls unsere Freunde aus Kampanien dich allerdings um einen Gefallen bitten sollten, dann wäre es unhöflich, sie nicht zu unterstützen. Das ist Ehrensache, ein Beweis guter Nachbarschaft«, fügte Don Aldo hinzu, und Giovanni wusste genau, was er meinte.

Die Organisation würde ihm weder einen Befehl erteilen, noch würde sie protestieren. Die Botschaft war deutlich. Wenn etwas passieren sollte, dann passierte es eben. Niemand würde ihm einen Vorwurf machen. Giovanni bedankte sich bei seinem Taufpaten.

Der Alte lächelte und erhob sich. »Es ist spät, sie machen zu.«

2

1.

Mittwoch, 20. Januar 2016,
San Sebastiano, römischer Soldat und Märtyrer,
San Fabiano, Bischof von Rom und Märtyrer

Giovanni Morra war ein Mörder. Ein Soldat des Clans. Ein Feigling, der Drogenabhängige ins Jenseits beförderte, für die es sowieso keine Hoffnung mehr gab, und der den Ranghöheren in den Hintern kroch. Einer, der bei den Schwachen stark und bei den Starken schwach war. Er konnte zubeißen und jemandem wehtun, denn er war im Grunde ein gut abgerichteter Hund, der am liebsten im Körbchen lag und höchstens dann mit dem Schwanz wedelte, wenn es ihm befohlen wurde. Von den anderen Soldaten wurde er gemieden, aber er gehörte nun mal zum Clan.

Die Nachricht, dass für ihn ein Grabstein auf dem Friedhof vorgesehen war, erreichte ihn im offenen Vollzug. Er durfte den Rest seiner fünfjährigen Haftstrafe wegen Drogen- und Waffenhandel zu Hause absitzen. Das Gutachten eines der Organisation eng verbundenen Arztes hatte das Wunder bewirkt. Aus *schwerwiegenden medizinischen Gründen* war er aus dem geschlossenen Vollzug entlassen worden und nach Hause zurückgekehrt. Zufrieden und kerngesund.

Natürlich bekam er hin und wieder Besuch von den Carabinieri, doch das bereitete ihm keine Sorgen. Im Gegenteil, er sah die Kontrollen als willkommenen Zeitvertreib, empfing die Polizisten mit einem engelsgleichen Lächeln und gab sich reumütig und respektvoll. Insgeheim aber machte er sich über sie lustig, wenn er ihre Unsicherheit spürte und in ihren Gesichtern die unausgesprochene Frage las, warum dieser Typ vor ihnen behaglich zu Hause saß und nicht im Knast.

Was für erbärmliche Kreaturen, die für einen Hungerlohn ihren Kopf hinhielten!

Polizist zu sein, war eine Schande. Eine Lebensweisheit, die er bereits in jungen Jahren verinnerlicht hatte.

Während er darauf wartete, dass sich diese Friedhofsgeschichte in Wohlgefallen auflöste und als schlechter Scherz entpuppte, versuchte er, seine Angst zu unterdrücken, indem er sich mit Kokain zudröhnte.

Sieben Grabsteine auf einem Friedhof, lächerlich.

Aber wie ein Scherz sah das inzwischen nicht mehr aus. Vittoriano ’o Maresciallo hatte es schon erwischt, ihm hatte man mit einem einzigen Schnitt die Kehle durchtrennt. Ein Bild, das ihm nicht mehr aus dem Kopf ging.

Er starrte auf den Couchtisch mit den letzten Resten des weißen Pulvers, wischte sie mit dem rechten Zeigefinger auf und rieb sich damit seufzend das Zahnfleisch ein, woraufhin sein Gesicht sich entspannte, als würde es zerfließen. Morra war jetzt fünfzig, gewisse Dinge waren bald vorbei. Angesichts dieser bitteren Erkenntnis musste er lächeln und tätschelte seinen runden Bauch. Sollte er sich eine rumänische Nutte bestellen? Oder noch mehr Koks reinziehen? Da er für beides zu müde war, goss es sich zwei Fingerbreit Grappa ein, kippte ihn hinunter und ging schlafen.

Die konnten ihn alle. Die Grabsteine auf dem Friedhof eingeschlossen.

Der Leichnam wurde von einem Nachbarn entdeckt. In der Nacht war die Hölle los gewesen, ohrenbetäubende Musik war durch die dünnen Wände gedrungen und hatte den Boden erbeben lassen, ohne dass jemand den Mut gehabt hätte, sich zu beschweren. Dabei wussten alle, woher dieser Lärm kam. Trotzdem war niemand aus dem Bett gestiegen und hatte mit der Faust gegen die Wand gehämmert, niemand hatte die Polizei gerufen. Niemand. Das hier war kein Stadtviertel wie andere, das hier war Scampia.

Die Gebäude waren nach der Erdbebenkatastrophe vor mehr als dreißig Jahren aus dem Boden gestampft worden, direkt neben dem Parco Ciro Esposito, einer Parkanlage, die einem nach einem Fußballspiel erschossenen Napoli-Fan gewidmet war und sich unweit des gigantischen Gebäudekomplexes Vele di Scampia befand, dem einstigen Vorzeigeprojekt des sozialen Wohnungsbaus in Italien, das mit seinen turmhohen Wohnblocks nicht bloß die Häuser der Umgebung, sondern auch das Leben der Bewohner verdunkelte.

Hier konnte man sich nicht einfach beschweren. Bei wem auch, es wäre ohnehin niemand gekommen. Selbst die Polizei wagte sich nicht her, außer bei Großeinsätzen, und dann kam sie bis an die Zähne bewaffnet und zog alle Register. Drogenfahndung, Waffenschmuggel, Flüchtlingsrazzien. Und wenn jemand trotz allem die Polizei gerufen hätte? Der hätte sich gleich ein Schild mit der Aufschrift *Verräter* umhängen können, und wer wollte das schon?

Hier schwamm man mit dem Strom, unauffällig und gehorsam, wenn einem das Leben lieb war.

Deshalb konnte Giovanni Morra, genannt Bebè, tun und lassen, was er wollte.

Die Musik hallte ununterbrochen durch das Treppenhaus. Immer dasselbe Lied, brüllend laut. Ein-, zwei-, dreimal. In Dauerschleife, die ganze Nacht.

Alle kannten es, und alle mochten es. Denn so hatte es zu sein.

Als der Morgen graute, wagte sich der Nachbar von gegenüber aus seiner Wohnung, mit den Nerven am Ende und immer noch voller Angst. Morras Tür stand halb offen. Der Rentner fragte höflich, ob er hereinkommen dürfe. Keine Reaktion. Dann wiederholte er seine Frage, jetzt etwas lauter, um die Stimme von Gianni Celeste zu übertönen, der mit wehmütigem Timbre die Geschichte eines Mannes besang, der seine Liebsten zurücklassen musste, um der Polizei zu entkommen.

e chell'occhie re criature nun capevano
n'araggione ca partive sule tu
ti strigneste forte forte
e po' nun t'hanno viste cchiù

Der Nachbar hielt die Luft an, er wollte keinen Ärger. Aber er spürte, dass hier irgendetwas nicht stimmte. Er konnte dieses Lied nicht ausstehen, genauso wenig, wie er Giovanni Morra ausstehen konnte, doch in diesem Haus, in dieser Straße, in diesem Viertel muckte man nicht auf. Er hatte Kinder und Enkel, und das Letzte, was er wollte, war irgendwelcher Ärger. Lieber blieb er für diese Leute unsichtbar, ein unauffälliger Schatten. So war es, und so sollte es bleiben.

Er fragte noch einmal.

Doch außer Gianni Celeste war noch immer nichts zu hören.

nu latitante nun tene cchiù niente
luntano rr'o bbene a nascuse da gente
lurtimo amico a deventa importante
pe fa' nu regalo a chi aspett'e a papa

Der alte Mann ging in das geräumige Wohnzimmer. Morgenlicht drang durch die Ritzen des Fensterladens und tauchte den Raum in ein hell-dunkles Streifenmuster. Von der Decke baumelte der schlaffe Körper von Giovanni Morra, genannt Bebè.

nu latitante è 'na foglia int'o viento
nun po' allucca' nun po' di' so' innocente
telefono a casa pe' di' sulamente
rimane è Natale, vulusse turna'

Man hatte ihn an einer Eisenschlinge aufgehängt, wie Wilderer sie benutzten. Eine Falle, die sich immer fester zuzog, je mehr das Opfer zappelte, und aus der es kein Entkommen gab. Er musste sich heftig gewehrt haben, bis es ihm die Luft abgedrückt hatte, davon zeugte die tiefe Strangulationswunde am Hals. Blut war über den himmelblauen Schlafanzug gelaufen, von der Brust bis zu seinem runden Bauch. Die weit aufgerissenen Augen starrten ins Leere, die Äderchen waren geplatzt. Der Mund stand weit offen, und die geschwollene blauschwarze Zunge hing aus der Mundhöhle heraus.

Es war kein schneller Tod gewesen. Das Genick war nicht gebrochen, sondern die Luft war langsam aus den Lungen gewichen, er hatte bis zum letzten Atemzug gelitten. Der Schmerz musste grausam gewesen sein. Seine blutverschmierten Hände und die abgebrochenen Fingernägel bewiesen, dass er bis zuletzt vergeblich versucht hatte, die Schlinge zu lösen, während diese sich immer fester zugezogen hatte. Er musste gestrampelt haben wie ein Schwein beim Schlachter, jetzt hingegen hing er einfach da, reglos, schwer, stumm und kerzengerade wie das Senkblei eines Maurers.

Mit klammheimlicher Freude stellte der Nachbar fest, dass Bebè sich in die Hose gepinkelt hatte. Er ging zur Stereoanlange und schaltete sie aus. Endlich Ruhe. Welche Erlösung.

Und jetzt?

Auf alle Fälle musste er seiner Frau sagen, dass sie schreiend und wehklagend auf die Straße rennen und sich verzweifelt gegen die Brust schlagen sollte. Sie mussten dem Toten Respekt zollen. Das wurde von ihnen erwartet, dann bekamen sie keine Schwierigkeiten.

Langsam drehte sich der Nachbar um und schlurfte in seinen ausgetretenen Pantoffeln zu seiner Wohnung zurück. Der Kaffee war bestimmt fertig.

2.

Michele schreckte aus dem Schlaf hoch und blickte sich noch ganz benommen um. Er versuchte, sich zu erinnern, wo er war. Sein altes Zimmer lag im Halbdunkel, durch das Fenster drang schüchternes Morgenlicht. Das Bett war zerwühlt, und der in der Luft tanzende Staub trocknete ihm die Kehle aus. Er fuhr sich mit der Hand über das Gesicht, schaute nach oben zur Zimmerdecke und kehrte nach und nach wieder in sein Leben zurück.

Zwanzig Jahre Knast, zwei Halbstarke, die es an Respekt hatten fehlen lassen, dieses verlassene Haus ohne Licht und Wasser, in dem er die Nacht verbracht hatte. Ein Zufluchtsort aus der Vergangenheit. Die Trümmer seines Lebens.

Er hatte nichts mehr.

Ein metallischer Geschmack hatte sich in seinem ausgetrockneten Mund breitgemacht und erschwerte das Schlucken. Mühsam richtete er sich auf, wollte sich aus der verschwitzten und zerknüllten Bettdecke befreien, diese Stille loswerden, die in seinem Kopf widerhallte. Er brauchte Luft, um wieder durchatmen zu können, quälte sich aus dem Bett und streckte sich, ohne dass es half.

Michele war am Ende.

Der Rausch der Freiheit und der Adrenalinschub durch die Schlägerei waren verflogen, er fühlte sich zerschlagen, die Bürde des Lebens drohte ihn zu erdrücken. Im Gefängnis hatte alles seinen geregelten Gang gehabt, er hatte einfach nur reagieren und nach vorne blicken müssen, im Guten wie im Schlechten, jedenfalls immer nach vorne. Jetzt wollte er nur noch schlafen, in einer dunklen, schweigenden Welt verschwinden, sonst nichts. Jede Bewegung schmerzte, selbst wenn er ganz vorsichtig war. Er brauchte Ruhe, aber nicht in diesem Bett. Angeekelt sah er sich um und beschloss, dieses Zimmer auf Nimmerwiedersehen zu verlassen.

Auf dem Nachttisch lag die Pistole des Bodybuilders, er nahm das Magazin heraus und prüfte, wie viele Kugeln darin waren. Sieben. Ob das reichte? Zweifel überfielen ihn, zumal er nicht in Form war. Mit einer raschen Bewegung schob er das Magazin in die Waffe zurück, steckte sie hinten in den Hosenbund und zog den Pullover darüber. Dann begab er sich ins Wohnzimmer.

Es roch nach Moder und irgendwie verbrannt. Am Boden waren noch die Blutflecken zu sehen, doch er hatte keine Lust, sauber zu machen, er war hungrig und durstig, und der Kopf tat ihm höllisch weh. Gierig zündete er sich eine Zigarette an, der warme, würzige Rauch, den er tief in seine Lungen sog, belebte ihn ein wenig, und der Nebel in seinem Gehirn begann sich zu lichten.

Danach nahm er einen sauberen Pullover aus der Tasche, tauschte ihn gegen den alten und wühlte ein Buch hervor. *Der lachende Mann* von Victor Hugo. Der Band war abgegriffen und völlig zerlesen, er hatte ihn aus der Gefängnisbibliothek mitgehen lassen oder, besser gesagt, ihn einfach nicht zurückgegeben. Sicher nicht sein schlimmstes Verbrechen.

Der Roman erzählte die Geschichte eines jungen Mannes, den man als Kind entstellt und dessen Gesicht man in eine groteske Maske verwandelt hat. Gemeinsam mit einem bildhübschen blinden Mädchen stellt man ihn auf Jahrmärkten als Monster zur Schau. Als er älter wird, entdeckt er nicht nur seine adlige Herkunft, sondern auch die Grausamkeit der Welt, die ihn verachtet. Er findet ein tragisches Ende im Meer. In einer stockfinsteren Nacht, mutterseelenallein, stürzt er sich in die schäumenden Wogen, während *das Schiff weiterfährt und der Fluss weiterfließt*, stand da zu lesen.

Ein gewaltiges Drama des neunzehnten Jahrhunderts, großartig geschrieben, eine dieser Geschichten, die einen packten und nicht mehr losließen, die einem durch und durch gingen und einen mit sich rissen auf eine Reise durch Zeit und Raum, durch Liebe und Schmerz, Leben und Tod, bis zur allerletzten Seite, bis zur allerletzten zerstörerischen Emotion.

Michele lächelte und dachte mit einem Mal an Pinochet.

Im Laufe der Zeit waren sie sich immer nähergekommen. Das Zusammenleben hatte gut funktioniert. Sie waren sich einig gewesen, anders konnte man es nicht sagen, obwohl sie gegensätzlicher nicht hätten sein können.

Michele war immer in Bewegung, den Mithäftlingen gegenüber aggressiv und den Wärtern gegenüber respektlos. Pinochet dagegen war reserviert, höflich und gehorsam. Das Leben in ihren zehn Quadratmetern verlief in ruhigen Bahnen. Sie teilten ihre Zigaretten und das, was sie sonst zum Leben brauchten. Zwar kam Don Ciro ihm immer noch wie Knecht Ruprecht vor, aber er respektierte ihn. Zum einen weil er Beeindruckendes über ihn gehört hatte, zum anderen weil er ihm sympathisch war. Und er tat ihm gut.

Pinochet war die Gelassenheit in Person. Er machte den Eindruck, als ginge ihn der ganze Scheiß überhaupt nichts an. In seiner Gegenwart spürte Michele, wie sich sein Körper entspannte, wie er geduldiger und nachsichtiger wurde. In der Zelle herrschte Harmonie. Er kochte Kaffee, und sein Mitbewohner steckte währenddessen die Nase in ein Buch.

Der Alte war ein leidenschaftlicher Leser, besessen vom geschriebenen Wort. Er lieh sich Bücher aus der Gefängnisbibliothek aus, ließ sich von draußen welche schicken und bekam zusätzlich den ein oder anderen Band von Mithäftlingen geschenkt. Sobald er ein Buch gelesen hatte, versteckte er es unter seiner Matratze, zog es irgendwann wieder hervor und las es ein zweites Mal. Die Wärter taten so, als würden sie es nicht bemerken. Michele genoss ihr Arrangement. Pinochet las und ließ ihn in Ruhe. Es war einfach perfekt, für beide Seiten.

»Don Ciro, wie wär's mit einem Kaffee?«

Pinochet lag auf seiner Pritsche, hob den Kopf und löste sich einen Moment von seinem Buch.

»Gerne, mein Junge. Kaffee ist immer gut. *'O cafe è sempre 'o cafe.*«

Michele lächelte, manchmal kam es ihm vor, als wäre Don Ciro direkt einer der Komödien von Eduardo de Filippo entstiegen, die seine Mutter früher immer im Fernsehen angeschaut hatte. Und wenn er ihn Junge nannte, hatte er damit kein Problem, immerhin hätte er sein Vater sein können. Er schaltete den Gaskocher aus und goss den Kaffee in zwei Plastikbecher. Einen reichte er seinem Mitbewohner, mit dem anderen setzte er sich auf einen der Holzschemel. Ein Standardmodell nach der offiziellen Gefängnisausstattungsvorschrift, handgeschreinert von einem anderen Häftling in einem anderen Gefängnis.

»Ein gutes Buch?«, fragte Michele.

Don Ciro schaute ihn über den Plastikbecher hinweg an, während er auf den Kaffee pustete.

»Oha, mein Junge, du hast drei Monate gebraucht, um mir diese Frage zu stellen. Ja doch, es ist ein gutes Buch.«

»Um was geht es?«

»Das kann ich dir nicht sagen.«

Als Michele ihn verblüfft anschaute, sagte er: »Bücher kann man nicht erzählen, man muss sie lesen.«

»Ich lese nicht gerne, mir fehlt die Geduld, das ist nichts für mich.«

»Du hast viele Entschuldigungen. Wenn du nicht lesen willst, ist das kein Problem. Aber es ist ein gutes Buch und wird dir gefallen.«

»Das glaube ich nicht, ich werde es bestimmt schnell satthaben.«

»Gut, wie du meinst, mein Junge. Danke für den Kaffee.«

»Bitte, gern geschehen, Don Ciro.«

Pinochet widmete sich wieder seinem Buch. Michele wurde von einem Wärter abgeholt, zum Termin beim Psychologen, und danach wieder zurückgebracht. Der Alte machte gerade ein Nickerchen, schließlich war er nicht mehr der Jüngste, und so beschloss Michele, sich ebenfalls hinzulegen. Als er sich auf seiner Pritsche ausstreckte, spürte er etwas Hartes unter seinem Rücken. Das Buch.

Was zum Teufel ...

Don Ciro musste es versehentlich dorthin gelegt haben. Oder war es Absicht gewesen? Michele griff danach, der Umschlag war zerknittert, die vergilbten Seiten waren voller Knicke und Flecken. Es stammte aus der Gefängnisbibliothek, auf der ersten Seite waren ein Stempel und eine Registriernummer.

Der lachende Mann von Victor Hugo.

Das hatte ihm gerade noch gefehlt. Wollte Pinochet ihn etwa verarschen? Michele lächelte still vor sich hin und begann zu lesen.

Seitdem waren fünfzehn Jahre vergangen. Das Buch war immer noch dasselbe, nur etwas ramponierter. Und genauso fühlte sich Michele: mitgenommen und vom Leben gezeichnet. Im Gegensatz zum Buch hatte er sich jedoch verändert. Ob zum Guten oder zum Schlechten, wusste er nicht, und es spielte auch keine Rolle. Solche Sachen interessierten nur den Gefängnispsychologen. Ihm selbst reichte es zu wissen, dass der waghalsige, arrogante und heißblütige Junge von damals verschwunden war, und er legte keinen Wert darauf, ihn jemals wiederzusehen.

Er legte das Buch auf den Wohnzimmertisch zwischen den Obstkorb und die vergilbten Platzdeckchen, nahm seine Klamotten, stopfte sie in die Taschen und verließ den Raum. Auf den Treppenstufen warf er einen letzten Blick auf die Blutspuren und öffnete die Haustür.

Draußen empfingen ihn der Geruch nach Rauch und Ruß, aber das hätte er sich denken können.

Gute alte Gewohnheiten, die ihm wohlbekannt waren und die offenbar nach wie vor von einer Generation an die nächste weitergegeben wurden. Jemand hatte in der Nacht gezündelt. Die Haustür war angekokelt, doch außer einer Benzinflasche gab es keine Spuren. Bestimmt ein junger Camorra-Soldat, der auf sich aufmerksam machen wollte. Brandgeruch lag über der Straße, eine deutliche Warnung an alle.

Vor allem an ihn.

Die Straße war leer, jemand hatte den Mercedes mitsamt Inhalt abgeholt. Abgesehen von diesen beiden respektlosen Trotteln hatte niemand den Mut aufgebracht, ihn nach all den Jahren zu begrüßen. Nicht mal die Nachbarn, die immerhin seine Eltern gekannt und ihn hatten aufwachsen sehen. Niemand wollte sich einmischen. Michele sah sich um. Die Türen und Fenster der Häuser in der Nachbarschaft waren geschlossen, nirgends ein Lebenszeichen. Nichts sehen, nichts hören, nichts sagen, wie die drei Affen. Dennoch wusste er genau, dass er beobachtet wurde, von eifrigen Informanten, die über jeden seiner Schritte berichten würden. Er glaubte sogar, ihr beflissenes Getuschel hören zu können, und schüttelte den Kopf, um die Stimmen zu verscheuchen.

Ein letzter prüfender Blick die Straße hinunter, dann zog er die verkohlte Tür hinter sich zu und ging.

3.

Die Stadt war wie früher. Zwar hatten sich die Autos, Vespas und Mofas ebenso verändert wie die Auslagen in den Schaufenstern und die Kleidung der Passanten, aber die Gesichter der Menschen waren die gleichen geblieben.

Michele war überrascht. Es waren die Gesichter seiner Jugend und seiner Erinnerungen, die Gesichter seiner Leute. Auf jedem Schritt hatte er den Eindruck, irgendjemanden wiederzuerkennen, einen alten Schulkameraden, einen Kollegen aus der Pizzeria, in der er mit zwölf Jahren gekellnert hatte, einen Kumpel, mit dem er bei Drogengeschäften Kurier gewesen war, oder einen Freund aus alten Zeiten, mit dem er nachts durch die Bars gezogen war.

Doch inzwischen waren zwanzig Jahre vergangen, und die Gesichter ringsum gehörten irgendwelchen Unbekannten, die ihm zufällig über den Weg liefen. Die echten Gesichter aus seinen Erinnerungen waren woanders, die einen im Gefängnis, die anderen auf dem Friedhof. Ganz gleich, ob sie erschossen worden oder an Drogen verreckt waren, die Straße hatte sie genommen und unter die Erde gebracht.

Michele ging langsam, er wusste, dass er überwacht wurde, und wollte seinen Verfolgern die Arbeit nicht zu schwer machen, zumindest vorerst nicht. Dem Clan hatte seine Antwort auf die Einladung vom Vortag bestimmt nicht gefallen. Trotzdem fühlte er sich im Moment sicher, noch würden sie keine Entscheidung treffen. Sie wussten, wie gefährlich er war.

Nicht umsonst wurde er Tiradritto genannt, was nicht mehr oder weniger bedeutete, als dass er ohne zu zögern direkt auf sein Ziel zusteuerte, blitzschnell handelte und selbst beim Schießen nicht lange fackelte. Bei einem wie ihm durfte man keinen Fehler machen, sonst war am Ende nicht er, sondern der andere tot. Folglich würde man das Vorgehen gegen ihn sorgfältig planen und diskutieren, was ihm ein paar Tage Vorsprung verschaffte.

Warum starrte er die Leute, denen er begegnete, so an? Er wusste es nicht, es war wie ein Zwang, obwohl es ihm nicht guttat. Die Menschenmassen, die Geräusche, die Farben der Schaufensterauslagen, die Gerüche entwickelten ein Eigenleben, mit dem er nicht klarkam. Zu viele Eindrücke stürmten auf einmal auf ihn ein.

Gestern hatte er sich müde, wütend und verwirrt gefühlt, als ob das alles einem anderen passiert und er in seinem eigenen Leben bloß Zuschauer sei. Verschwommene Bilder eines Films, den er schon mal gesehen hatte: von den sich öffnenden Gefängnistüren bis zu dem Blut auf den Treppenstufen bei sich zu Hause. Er hatte mechanisch reagiert wie ein Roboter, hatte getan, was getan werden musste, ohne sich Gedanken darüber zu machen.

Heute hingegen war ein neuer Tag, der Anfang eines neuen Lebens, und er begann langsam zu begreifen, dass es wirklich Realität war. So lange hatte er auf diesen Moment gewartet, ihn sich vorgestellt, wenn er beim Freigang die Betonmauern betrachtet oder von seinem Bett aus die Decke angestarrt hatte. Das Ergebnis war immer das gleiche gewesen. Sich allerdings innerhalb der Gefängnismauern, hinter vergitterten Fenstern und mit einem festgelegten Tagesablauf etwas vorzustellen, war das eine, es dann tatsächlich zu tun, als freier Mann, etwas ganz anderes.

Frei, doch ohne Zukunft.

Er zündete sich eine Zigarette an, inmitten vorbeihastender Menschen und hupender Autos, und versuchte, so etwas wie Entspannung zu finden, er schloss die Augen, spürte den warmen Rauch in seinem Mund, nahm den strengen Geruch seines ungewaschenen Körpers und den Protest seines hungrigen Magens wahr. Vielleicht gab es bessere Orte, über sein Leben nachzudenken, aber er war nun mal hier. Auf diesem Bürgersteig, zwischen hektischen Fußgängern und Auspuffgasen, erwartete ihn genau das, was das Leben für ihn bereithielt, und damit musste er sich zufriedengeben.

Er fragte sich, was Freiheit, Vergangenheit, Gegenwart, Schuld und Vergebung eigentlich bedeuteten. Wie üblich fand er keine Antwort und begriff, dass ihm wahrscheinlich nichts anderes übrig blieb, als sich treiben zu lassen und seine Existenz zu betrachten wie das Ende eines schlechten Films, die letzten Szenen einer sinnlosen Geschichte mit verwirrendem Inhalt und einem vorgezeichneten Schluss, während man auf den Abspann wartete. Es war zwecklos, die Karten im Spiel seines Lebens auszutauschen, er hatte die Partie begonnen und musste sie zu Ende spielen. Und wenn er verlieren würde, dann wäre das auch kein Problem.

Michele warf die Zigarettenkippe auf den Boden und hob den Blick zum Himmel. Auf den Dächern sah er niemanden, der ihn beobachtete, wenngleich sie da waren, daran bestand kein Zweifel. Egal, er wusste, was zu tun war, er hatte sich bereits vor Jahren dazu entschieden, und jetzt war der Moment gekommen.

Er tauchte in den Rione-Berlingeri-Markt ein, eine chaotische Ansammlung von Verkaufsständen mit gefälschten Markenklamotten und illegal gepressten CDs, schreienden Händlern und wild gestikulierenden Hausfrauen, die nach Schnäppchen suchten. Er durchquerte das große Areal bis zum Ende, änderte dabei immer wieder die Richtung, bog mal rechts, mal links ab, ging ein Stück zurück und dann wieder weiter, beschleunigte mal den Schritt und verlangsamte ihn wieder. Ständig sah er sich um und lächelte den Frauen zu, die ihn ansahen wie einen Verrückten.

Nachdem er den Straßenmarkt hinter sich gelassen hatte, strolchte er weiter durch die Straßen Neapels, stieg in gerade anhaltende Busse ein und irgendwo wieder aus, durchquerte Innenhöfe, betrat Bars und verließ sie durch den Hinterausgang, klaute in einem Laden einen Pullover und einen Hut, zog beides an und warf seine alten Sachen in einer finsteren Gasse in den Müll. Er aß eine Kleinigkeit und trank einen Kaffee, das konnte er sich gerade noch leisten von dem wenigen, was von seinem Knastverdienst übrig geblieben war. Die Tasche, die er dabeihatte, war halb leer, er hatte lediglich das Nötigste mitgenommen, und bald würde er selbst das noch wegwerfen. Und die Tasche ebenfalls.

Sein Weg führte ihn dorthin, wo sein Glück oder Unglück begonnen hatte. Mitten ins Zentrum von Peppe 'o Cardinales Reich. Dort würde ihn mit Sicherheit niemand suchen.

Die gewaltigen Gebäudekomplexe Vele di Scampia waren schon von Weitem zu sehen. Beklemmung stieg in Michele hoch, im Gefängnis hatte er sich wohler gefühlt. Ein apokalyptisches Bild, an Pyramiden erinnernde, stufenartig aufgeschichtete Wohnsilos, die man dort aus dem Boden gestampft hatte. Auf einem Fundament von Scheiße und Blut. Eine revolutionäre architektonische Vision, die sich in den größten Drogenumschlagplatz Europas verwandelt hatte. Eine uneinnehmbare Festung mit Wachposten auf den Dächern und mit vergitterten Fenstern und Türen in den von Müll überquellenden Fluren. Wohnungen wie Bunker, ein ideales Versteck für Drogen und Waffen.

In den Fluren lungerten Fixer herum, die aus der ganzen Stadt herpilgerten in der Gewissheit, dass sie hier Nachschub bekommen würden. In diesem Viertel gab es für Geld alles. Hin und wieder tauchte die Polizei auf, ließ die Feuerwehr die Gitter mit Schweißbrennern öffnen und nahm jemanden fest und beschlagnahmte etwas. Bis zum Abend war alles wieder da: neue Gitter, neue Dealer, neue Kunden. Wie ein riesiges Totentuch der Penelope, das tagsüber zerschnitten und nachts wieder zusammengenäht wurde, immer und immer wieder.

Im Gefängnis hatte Michele von den Pyramiden der Maya gelesen, auf deren Spitzen Menschenopfer dargebracht worden waren. Geopfert wurden die Feinde, die man im Kampf gefangen genommen hatte, und die Köpfe der Hingerichteten rollten die blutgetränkten Stufen hinunter. Dieses Bild ging ihm nicht mehr aus dem Kopf. Er schaute zu den Spitzen der Wohntürme hoch und wartete darauf, dass jeden Moment ein Priester in einem Federkostüm auf ihn zustürzte, bereit, ihn zu töten, um den Zorn irgendeines Gottes zu besänftigen. Oder einfach nur aus Rache.

Er ging an den Vele vorbei, wohl wissend, dass er das Gelände nicht betreten konnte, da man ihn dort sofort erkennen und Alarm schlagen würde. Der, den er suchte, war sowieso woanders. Er fand ihn genau dort, wo er immer war, am letzten Pfeiler der Straßenüberführung lehnend, zwischen verkohlten Kartons und einem ramponierten Sofa.

Der junge Mann wirkte entspannt, als wäre Drogendealer ein Beruf wie jeder andere. Und das war es für ihn ja auch. Wobei er zugleich einen etwas lustlosen Eindruck erweckte, als wäre er es leid, an dieser Ecke zu stehen und auf Junkies zu warten.

Mit schlurfenden Schritten ging Michele auf ihn zu, den Hut tief ins Gesicht gezogen. Seine zerknitterte Kleidung und sein vernachlässigtes Aussehen ließen ihn wie einen Fixer wirken, der dringend einen Schuss brauchte.

Der Dealer musterte ihn. »Was willst du?«

»Was meinst du?«, fragte Michele und hob den Kopf.

Der Gesichtsausdruck des Jungen veränderte sich schlagartig, wirkte erst überrascht, dann besorgt.

»Oh, Zio Miche', bist du es wirklich?«

»Wer soll ich sonst sein?«

Als der andere sich nervös umsah, verstand er sofort.

»Was meinst du, mein Junge, sollen wir woandershin gehen?«

Sie überquerten die Straße und gingen rasch auf ein verlassenes Haus zu, dessen Wände mit Graffiti übersät waren. Vor dem Haus stapelte sich der Müll, von den Wänden blätterte der Putz, die Tür war herausgerissen. Auf ausgetretenen Treppenstufen stiegen sie nach unten. Michele wusste auf Anhieb, wo es hinging, in den *appoggio*, das Lager, in dem der Junge seine Drogenvorräte aufbewahrte.

Die Grundregel Nummer eins für Dealer lautete: Geld und Drogen nie am selben Ort aufbewahren. Das Geschäft lief nämlich folgendermaßen ab: Der Abhängige zahlte, der Drogenhändler ging weg und kam nach kurzer Zeit mit dem Stoff zurück, um ihn auszuhändigen.

Der Junge hieß Sabatino. Wegen seiner lauten Stimme nannte man ihn Pepè. Er war im Drogenmilieu aufgewachsen und wäre nie auf die Idee gekommen, etwas anderes zu werden als Dealer, hatte sich allerdings aus der Organisierten Kriminalität herausgehalten. Das war nichts für ihn. Er dealte weit weg vom Hoheitsgebiet der verschiedenen Clans und wurde toleriert, weil er den Bossen einen Anteil bezahlte und ihre Kreise nicht störte. Hin und wieder verprügelten sie ihn und schickten ihn weg, doch er kam immer wieder und machte weiter, als wäre nichts gewesen. Mit dem Geld unterstützte er seine Mutter und die drei jüngeren Brüder, seit der Vater spurlos verschwunden war.

Eine Weile hatte er im Knast gesessen, nicht lange, aber lange genug, um dort Michele kennenzulernen. Wegen einer Lappalie war er mit dem Boss der Albaner aneinandergeraten. Es hatte irgendwas mit Zigaretten zu tun gehabt. Als Pepè das dritte oder vierte Mal angegriffen wurde, unter der Dusche, auf der Treppe oder beim Freigang, er erinnerte sich nicht mehr so genau, hatte Michele eingegriffen und dem Albaner zu verstehen gegeben, dass es genug war. Der Typ sei noch jung, er habe die Lektion verstanden, er solle ihn jetzt in Ruhe lassen, hatte er ihm eingeschärft, doch der Albaner schien nicht verstanden zu haben oder nicht verstehen zu wollen.

Jedenfalls ignorierte er den gut gemeinten Rat. Und so kam es, wie es kommen musste, wenn man nicht auf Tiradritto hören wollte. Der Balkanboss landete auf der Krankenstation und musste sich das Gesicht zusammenflicken lassen. Die blutige Rasierklinge, die Michele aus dem Fenster des Gemeinschaftsraums geworfen hatte, war nie gefunden worden. Und natürlich hatte niemand etwas gesehen.

»Wie geht's dir, *lo Zi'*?«

Pepès Stimme hatte sich nicht verändert, und Michele musste lächeln.

»Gut, mir geht's gut. Und dir?«

Der junge Mann verzog das Gesicht und ging nicht auf die Frage ein, sondern warnte ihn stattdessen besorgt.

»Die suchen dich, *lo Zi'*. Man sagt, Peppe 'o Cardinale hätte sich fürchterlich aufgeregt. Einer der beiden, die du so übel zugerichtet hast, ist sein Patenkind, und deshalb hat das Ganze seinem Ruf ziemlich geschadet. Heute kommen die Bosse zusammen und fällen ein Urteil. Aber im Grunde geht es bloß noch darum, wer es vollstreckt.«

»Ach ja?« Michele zuckte nicht mit der Wimper.

»*Lo Zi'*, hier weht dir ein scharfer Wind entgegen. Es heißt, Don Peppe habe noch eine Rechnung mit dir offen und warte bereits auf eine passende Gelegenheit. Und dann …«

»Was dann? Sprich weiter, ich mache mir vor Angst fast in die Hose.«

»Und dann ist da die Sache mit dem Friedhof. Sie sprechen von nichts anderem mehr. Auf dem Friedhof von

San Giuliano Campano hat man sechs oder sieben Grabsteine aufgestellt. So genau weiß ich es nicht. Einer soll für dich sein.«

»Ich habe davon gehört.«

»Niemand weiß, wer dahintersteckt. Wer sich die Mühe gemacht und die Namen draufgeschrieben hat. Bitte, *lo Zi'*, das ist nicht zum Lachen, obwohl es verrückt klingt. Die Sache ist ernst, sie haben Vittoriano 'o Maresciallo mit durchschnittener Kehle gefunden, und Giovanni 'o Falzone soll letzte Nacht in seiner Wohnung erhängt worden sein.«

Michele lächelte süffisant. »Und ich dachte schon, heute ist kein guter Tag …«

»Bitte, mach keine Witze.«

»Hier macht niemand Witze, mein Junge.« Seine Stimme klang plötzlich hart und rau, als gebe er Befehle. »Also, eins nach dem anderen. Erstens: Was Peppe 'o Cardinale sagt oder denkt, interessiert mich nicht. Wenn er ein Problem mit mir hat, soll er mir das ins Gesicht sagen und nicht zwei Grünschnäbel vorschicken, das war ja schon fast eine Beleidigung. Und falls es wirklich ein schwerwiegendes Problem gibt, hätte man das auch im Gefängnis klären können. Aber für ihn war das natürlich ideal. Ich war im Knast, während er draußen große Reden schwingen konnte.«

Sabatino wurde blass und schaute sich unruhig um. So etwas sagte man besser nicht laut, zumindest nicht, wenn man noch ein paar Jährchen in Frieden leben wollte. Aber Zio Michele schien das völlig egal zu sein.

»Zweitens: Der Buschfunk im Gefängnis funktioniert hervorragend. Die Grabsteine standen erst wenige Stunden, da hatte sich die Nachricht bereits von Zelle zu Zelle herumgesprochen, Familienangehörige haben angerufen, Besucher bestätigten das Gerücht, im Knast hat man von nichts anderem mehr geredet. Und dass einer der Grabsteine für mich ist, wusste ich. Geschenkt. Keine große Sache.«

Er hielt einen Moment inne, als müsste er seine Gedanken neu ordnen, dann fuhr er lächelnd fort: »Du musst dir keine Sorgen machen, Sabati', das ist nicht das erste Mal, dass mich jemand umbringen will. Und außerdem bin ich der Letzte auf der Liste, ich habe genug Zeit, um herauszufinden, wer dahintersteckt, wer unbedingt will, dass ich Vittoriano 'o Maresciallo auf dem Friedhof Gesellschaft leiste. Im Augenblick habe ich Wichtigeres zu tun. Ich muss verreisen, und dorthin, wo ich hinmuss, wird mir 'o Schiattamuorto bestimmt nicht folgen.«

»Aber warum das Ganze? Wer hat sich das ausgedacht?«

Michele zuckte mit den Schultern. Er wusste es nicht. Und es war ihm auch völlig egal.

»Woher soll ich das wissen? Ich komme gerade aus dem Knast und verstehe bislang gar nichts. Du stellst zu viele Fragen. Das ist nicht besonders klug. Nichts sehen, nichts hören, nichts sagen. Das sind die drei goldenen Regeln für ein ruhiges Leben. Vergiss das nicht.«

Pepè schwieg tief beeindruckt.

»Was gibt's Neues bei dir?«, fuhr Michele in versöhnlichem Ton fort. »Du bist seit drei Jahren wieder draußen, und offensichtlich hat sich nichts geändert. Wolltest du mit dem Scheiß nicht aufhören? Hattest du mir nicht versprochen, aus Neapel wegzugehen und dir einen Job zu suchen?«

»Was soll ich dazu sagen, *lo Zi'*? Es gibt keine Jobs, und

ich bin der Alleinverdiener der Familie. Denk nicht, dass mir das hier gefällt, dieser Drogenscheiß kotzt mich an. Ich kann es kaum noch ertragen, aber was soll ich machen? Am liebsten würde ich abhauen, einfach verschwinden, als ob es mich nie gegeben hätte, als wäre ich nie geboren worden.« Seine Stimme hatte zu zittern begonnen, und tiefer Schmerz sprach aus seinen Worten. Er sagte die Wahrheit, da war Michele sicher.

»Was ist passiert, mein Junge?«

»Nichts, *lo Zi'*. Nichts.«

»Verarsch mich nicht, ich kenne dich schließlich. Raus mit der Sprache!«

Micheles Stimme duldete keinen Widerspruch.

»Der übliche Scheiß. Vor drei Monaten kam eine Frau zu mir, die Mutter von einem, dem ich das Zeug verkaufe, einem von diesen Zombies. Sie hat mich angefleht, ihrem Sohn nichts mehr zu geben, ihn einfach wegzuschicken, wenn er wiederkommt. Ich habe mich geweigert. Wenn ich ihm nichts verkaufe, macht es ein anderer, habe ich ihr gesagt. Doch in ihrer Verzweiflung hat sie mir gar nicht zugehört und ist vor mir auf die Knie gefallen. Um sie zu trösten, habe ich ihr versprochen, darüber nachzudenken. Noch am selben Abend kam der Sohn, er war leichenblass, zitterte am ganzen Körper, war schweißgebadet und völlig fertig. Ich habe ihn weggeschickt, habe behauptet, seine Kohle würde nicht reichen, die Preise seien gestiegen, und er solle sich verpissen. Drei Stunden später war er wieder da, immer noch schwitzend und zitternd, aber er lächelte und drückte mir dreihundert Euro in die Hand. Willst du wissen, was passiert ist? Er ist zu seiner Mutter gegangen, hat einen Knüppel genommen und …«

Pepès Stimme brach, er konnte nicht weitersprechen. Michele ließ ihm Zeit.

»*Lo Zi'*, er hat sie totgeprügelt wie einen Hund. Er hat seine eigene Mutter umgebracht, weil sie ihm das Geld nicht geben wollte, er hat sie einfach auf dem Küchenboden verrecken lassen und ist mit einem Lächeln auf dem Gesicht zu mir gekommen, um sich Heroin zu kaufen.«

Seine Augen glänzten. Er senkte den Kopf und begann, hektisch und mit zitternden Händen seine Jackentaschen zu durchwühlen. Michele begriff und hielt ihm eine Zigarette hin. Der verzweifelte junge Mann zündete sie an, nahm einen gierigen Zug und versuchte, sich zu beruhigen.

»Das hätte meine Mutter sein können. Sie hatte das gleiche Gesicht, die gleichen Hände, die gleiche Kleidung. Sogar die Frisur war ähnlich.«

Dann schwieg er und sah sich um, sein Blick verlor sich im Müll und in den Graffitis an den Wänden.

»Es tut mir sehr leid, Sabati', aber ich muss trotzdem weg«, brach Michele schließlich das Schweigen. »Und zwar schnell, bevor Peppe 'o Cardinale, die Polizei oder dieser 'o Schiattamuorto auftauchen.«

»Was brauchst du?«

»Geld, mein Junge. Geld und ein Auto.«

Pepè zuckte nicht mit der Wimper und ging zu einem ein paar Schritte entfernten nagelneuen Stromverteilerkasten, der mit einem Vorhängeschloss gesichert war. Er zog ein Goldkettchen unter seinem Hemd hervor, an dem ein Kruzifix und ein Schlüssel hingen, und öffnete mit dem Schlüssel das Schloss. Zwischen den Zählern klemmte ein in Folie eingewickeltes Geldbündel. Er nahm es heraus, kramte in seiner Hosentasche nach seinem Autoschlüssel und hielt Michele beides hin.

»Und du?«

Er hob die Schultern und schwieg.

Michele verstand. Sein junger Freund war am Ende seiner Kräfte, ihm war alles egal. Gegen diese Art Erschöpfung half auch kein langer Schlaf. Sie würde ihn noch lange begleiten.

»Wo steht das Auto?«

»Hinter der letzten Säule am Fußgängerüberweg. Ein blauer Fiesta mit einer zerbeulten Tür, aber der Motor ist gut in Schuss. Und es ist Benzin im Tank.«

Mit einem dankbaren Nicken nahm Michele das Geld und den Schlüssel.

»Wenn du noch was brauchst, Drogen oder anderes Zeug, ich hab noch einiges auf Lager, was du zu Geld machen kannst.«

»Nein, das interessiert mich nicht.«

Michele verstaute das Geldbündel in der Reisetasche, steckte den Schlüssel ein und schaute Sabatino prüfend an. Er war ein Schatten seiner selbst. Mit den tiefen Ringen unter den Augen und den verkrampften Lippen sah er aus wie ein Gespenst. Und doch versuchte er zu lächeln.

»Vertraust du mir?«

»Hundert Prozent.«

Ohne Vorwarnung schlug ihm Michele mit der Faust ins Gesicht, sodass sein Kopf gegen die Mauer prallte.

»Aber *lo Zi'*«, protestierte er.

»Stillhalten, mein Junge«, mehr sagte Michele nicht, während er weiter auf ihn einprügelte.

Ins Gesicht, aufs Kinn, auf die Nase. Wenngleich er sich

zurückhielt, hörte man etwas brechen, kurz darauf lief Blut aus Sabatinos Mund. Dennoch reagierte er nicht, stand einfach nur da. Beim nächsten Schlag wankte er, die Augenbraue war aufgeplatzt. Endlich ging er auf die Knie und wartete auf den finalen Treffer. Im letzten Moment hielt Michele inne. Das reichte. Schon bald würde Pepès Gesicht anschwellen und einen Tag später grün und blau sein, das Auge blutunterlaufen. Er würde aussehen wie ein Clown, aber er würde keine ernsthaften Verletzungen davontragen. Michele war zufrieden, er hatte gute Arbeit geleistet. Er war und blieb ein Profi. Tiradritto eben.

Sein junger Freund starrte ihn immer noch an, während er Blut spuckte. Michele beugte sich über ihn, legte ihm eine Hand in den Nacken und zog sein Gesicht zu sich heran.

»Hör gut zu: Ich habe dich überfallen und ausgeraubt, du hast versucht, dich zu wehren, hattest jedoch keine Chance. Ich habe dir das Auto, das Geld und die Drogen geklaut. Sonst weißt du nichts, du bist ein braver Christenmensch, der zufällig in die Sache hineingeraten ist, das hätte genauso gut jedem anderen passieren können.«

Als Pepè nickte, fuhr Michele fort: »Pack die Drogen zusammen und verschwinde. Sie werden denken, dass ich sie habe und nach mir suchen. Verkauf das Zeug nach und nach und leg das Geld beiseite, dann schnapp dir deine Mutter und deine Brüder und hau ab. Erzähl niemandem etwas, verabschiede dich nicht, sag keinem, wohin du gehst. Verschwinde einfach von einem Tag auf den anderen. Steig in einen Zug, egal wohin er fährt. Ob Italien oder Ausland, Hauptsache weit weg. Hau ab. Hier gehst du vor die Hunde. Hast du mich verstanden?«

Sabatino nickte, er hatte begriffen.

Michele richtete sich auf, wischte sich die blutverschmierte Hand ab, nahm seine Tasche und ging.

»Und du, *lo Zi'*, was machst du?«, rief ihm Pepè hinterher.

Er drehte sich lächelnd um. »Mach dir keine Sorgen, mein Junge, ich weiß, was zu tun ist.«

Dann war er verschwunden.

4.

Ispettore Carmine Lopresti zog ernsthaft in Erwägung, seinen Kollegen zu erschießen. Sie saßen seit einer Stunde im Auto, und Corrieri hatte nur ein einziges Gesprächsthema gehabt: die Pensionierung.

Schon gefühlte hundert Male hatte er ihm erzählt, dass ihm lediglich zwanzig Monate fehlten, da das Jahr beim Militär, die drei in der Fabrik und die Bonusjahre aus der Vorruhestandsregelung angerechnet würden. Dazu das Burn-out-Attest. Folglich blieben ihm nicht mal mehr zwei Jahre in diesem Knochenjob.

Lopresti hatte genickt und etwas vor sich hin gemurmelt, seine Hände umklammerten das Lenkrad, seine Augen waren starr auf die Straße gerichtet. Dabei versuchte er, das Geschwätz seines Kollegen auszublenden und sich auf etwas anderes zu konzentrieren. Aber es half alles nichts. Corrieri malte sich in schillernden Farben eine unbeschwerte Zukunft aus, Grillfeste, Angeltouren und Urlaubsreisen mit seiner Frau. Er hatte sich so in Begeisterung geredet, dass er gar nicht bemerkte, wie die Ader an Loprestis Hals immer weiter angeschwollen war.

Der Ispettore dachte wieder an den vernichtenden Blick seines Chefs und daran, was für eine jämmerliche Figur er in seinem Büro abgegeben hatte. Dennoch zwang er sich, ruhig zu bleiben, lockerte den Griff um das Lenkrad, atmete tief durch und versuchte, das Thema zu wechseln.

»Was hältst du eigentlich von der ganzen Geschichte?«

Ein Schuss in den Ofen.

»Für eine vernünftige Pension musst du die Altersgrenze erreicht haben, die liegt momentan bei siebenundfünfzig Jahren und drei Monaten, und du musst mindestens fünfunddreißig Dienstjahre auf dem Buckel und immer schön die Maximalbeiträge eingezahlt haben. Außerdem läuft der Anspruch zwölf Monate nach dem Erreichen der …«, setzte er seine Litanei fort, ohne auf die Frage seines Kollegen einzugehen.

Der wiederum hatte Mühe, nicht zur Dienstwaffe zu greifen, und wiederholte etwas lauter: »Was hältst du von der ganzen Geschichte?«

Endlich verstummte Corrieri, sein letzter Satz blieb unvollendet, und er dachte einen Moment nach, wobei er durch die Windschutzscheibe starrte.

»Ganz schöner Mist.«

»Zumindest in dem Punkt sind wir uns einig.« Sein Kollege hatte den Nagel auf den Kopf getroffen. »Und weiter?«

Corrieri schob seine Zukunftspläne beiseite und beschloss, zwischendurch mal wenigstens für fünf Minuten Polizist zu sein.

»Ich weiß nicht. Diese Inszenierung mit den Grabsteinen überzeugt mich nicht. Wenn ich an die Faida denke, kommen mir Zweifel. Damals wurde sauber gearbeitet, ein Schuss und fertig, es ging um Geld, anfangs zumindest. Dann, nach den ersten Toten, wurde die Sache komplizierter, es wurde zu einer Frage der Ehre, die Rachefeldzüge begannen, die Nachrichten über immer brutaler werdende Gemetzel häuften sich. Hier dagegen ging es gleich mit einem Paukenschlag los. Zuerst Esposito mit aufgeschlitzter Kehle auf dem Friedhof, dann das zweite Opfer aufgehängt am Lampenhaken der Wohnzimmerdecke. Das waren unmissverständliche, ganz gezielte Warnungen. Dieses Mal geht es nicht um Geld und Geschäfte, sondern um eine persönliche Abrechnung. Die potenziellen Opfer sollen wissen, dass sie die nächsten auf der Abschussliste sind.«

Eine durchaus vernünftige Überlegung, die Lopresti überraschte. Er löste den Blick von der Straße und nickte anerkennend. Vielleicht hatte Taglieri gar nicht so unrecht, und Corrieri war kein kompletter Idiot. Gut zu wissen.

»Aha. Und nun zum eigentlichen Thema. Wie war das noch mal mit der Pension?«

Corrieri lächelte zufrieden und referierte weiter.

Das Lokal lag zwischen Autowerkstätten und stillgelegten Fabriken im Quartiere San Pietro a Patierno im Norden der Stadt, in der Nähe des Flughafens Capodichino. Von außen sah das Gebäude ziemlich heruntergekommen aus. Es sollte wie ein Hangar wirken, und man hatte sich sogar die Mühe gemacht, zwei riesige Rotorblätter auf die Fassade zu malen, doch mit der Zeit war der Putz abgeblättert und die Farbe verblasst, sodass das Bild kaum noch zu erkennen war. Ein Schild gab es nicht.

Nach einem weiteren zwanzigminütigen Monolog über den Segen der Frühpensionierung hatten die beiden Kommissare ihr Ziel erreicht und stellten das Auto zwischen überquellenden Müllcontainern ab. Zwei Typen luden gerade Kisten mit Spirituosen aus einem weißen Transporter und stapelten sie neben einem halb geöffneten Notausgang. Sie würdigten sie keines Blickes.

»Wo sind wir hier?«, wollte Corrieri wissen.

»Das ist das Lokal eines Bekannten. Vielleicht kann er uns weiterhelfen«, antwortete Lopresti vage.

»Einer deiner berühmt-berüchtigten geheimen Informanten?«

Der Ispettore verzog das Gesicht und überlegte einen Moment, ob er sich bei seinem Kollegen entschuldigen sollte, weil er an ihm gezweifelt hatte, ließ es dann aber lieber. Für diesen Schritt war es noch zu früh. Trotz Corrieris intelligenten Schlussfolgerungen hegte er nach wie vor Zweifel an seinen Fähigkeiten und seiner Loyalität. Deshalb zuckte er bloß mit den Schultern, was alles und nichts bedeuten konnte.

»Was ist das hier, eine Disco?«, erkundigte Corrieri sich.

»So was Ähnliches.«

»Und was heißt das im Klartext?«

»Ganz einfach. Wenn man eine Disco braucht, wird es zur Disco. Wenn man einen Nachtklub braucht, wird es zum Nachtklub mit allem Drum und Dran, inklusive Lap Dance und moldawischen Nutten. Je nach Bedarf. Hier kriegst du alles geboten, in intimer Atmosphäre und mit Überwachungskameras und Sicherheitstüren. Hier kannst du sogar den Geburtstag deiner Tochter feiern, wenn du genug dafür zahlst.«

»Mhm.« Sein biederer Kollege schien irritiert. Er war eben ein Schreibtischhengst, weit entfernt vom wirklichen Leben. »Ich glaube, ich habe verstanden. Und der Besitzer ist ein Freund von dir?«

»So ähnlich.«

»So ähnlich, aha«, wiederholte Corrieri ironisch.

»Die Dinge sind nun mal nicht einfach schwarz oder weiß, dazwischen gibt es zahlreiche Grauschattierungen, wenn du verstehst, was ich meine. Genau wie die Menschen nicht nur gut oder böse sind, es sind eben Menschen mit Stärken und Schwächen. Und um auf deine Frage zurückzukommen: Ja, er ist so etwas Ähnliches wie ein Freund.«

»Jetzt habe ich es verstanden.«

Lopresti nickte: »Lass uns reingehen.«

Während das Gebäude mit den Graffitischmierereien und den eingeschlagenen Fensterscheiben von außen wie eine Bruchbude wirkte, bot sich drinnen ein völlig anderes Bild. In einem angenehm gedämpften Licht erkannte man eine gediegene Einrichtung mit roten Ledersofas an den Wänden, während auf der Tanzfläche Poledance-Stangen emporragten und von der Decke riesige Scheinwerfer und Stroboskope herabhingen, die den Raum bei Bedarf in einen blitzenden und blinkenden Weihnachtsbaum verwandeln konnten.

Sogar eine Bühne gab es, auf der eine DJ-Konsole sowie ein Mikro standen. Und Corrieri zweifelte nicht daran, dass es irgendwo auch Separees für VIP-Gäste gab, diskrete Räume, wo man ganz in Ruhe das tun konnte, was in der Öffentlichkeit verboten war. Auf der linken Seite des Gastraums befand sich ferner ein in ein blaues Licht getauchter Tresen, der wie die Kommandobrücke eines Schiffes aussah. Dahinter waren die beiden Typen von draußen damit beschäftigt, die Kühlschränke aufzufüllen: Gin, Rum, Martini, Bacardi, Blue Curaçao, Campari. Auch jetzt ließen sie sich bei ihrer Arbeit nicht stören.

Dafür war von irgendwoher eine Stimme zu vernehmen.

»Die Bar ist geschlossen! Wir öffnen erst um elf. Kommen Sie später wieder, es lohnt sich, heute ist Burlesque-Abend mit Tamara de Glichy. Männer zahlen einen Zwanziger, das erste Getränk ist gratis, Frauen haben freien Eintritt. Das sollten Sie sich nicht entgehen lassen!«

Der Mann, zu dem die Stimme gehörte, kam über die Tanzfläche auf sie zu.

»Und ich dachte, für mich wäre das erste Getränk immer frei«, spottete Lopresti.

Der Mann lächelte kühl, als er ihn erkannte.

»Carmine?«

Der Ispettore nickte und schenkte ihm seinerseits ein falsches Lächeln. Sie wirkten wie zwei Hunde, die jeden Moment aufeinander losgehen konnten.

»Das muss wohl ... drei Jahre her sein, seit wir uns das letzte Mal gesehen haben?«

»Mindestens.«

»Wie hast du mich gefunden? Ich betreibe das Lokal erst seit sechs Monaten.«

»Was soll ich sagen? Ich will eben immer wissen, wie es meinen Freunden geht.«

»Geht mir genauso.« Wieder das aufgesetzte Lächeln. »Komm schon, mein Freund, lass dich umarmen.«

Die beiden klopften sich auf die Schultern, tuschelten miteinander, fragten nach alten Bekannten und machten sich nicht ehrlich gemeinte Komplimente.

Nach einer Weile setzte Lopresti dem Schauspiel ein Ende.

»Ich möchte dir meinen Kollegen vorstellen, Ispettore Capo Nicola Corrieri.«

Die Dienstbezeichnung ließ den Mann unbeeindruckt, obwohl sie ihm signalisierte, dass das kein Freundschaftsbesuch war, was er ohnehin nicht angenommen hatte.

»Werter Kollege, das hier ist kein Geringerer als der große Gennaro Battiston, genannt Genny B., Schlüsselfigur des neapolitanischen Nachtlebens, Besitzer diverser Etablissements und ein berüchtigter Casanova.«

»Du übertreibst. Sehr erfreut, ich bin Genny«, sagte er und reichte Corrieri die Hand. Am Gelenk klimperte eine Goldkette, an den Fingern glitzerten mehrere Ringe.

»Sehr erfreut.«

Der altgediente Polizist musterte sein Gegenüber so unauffällig wie möglich. Der Mann schien direkt einem billigen italoamerikanischen Gangsterfilm entstiegen zu sein.

Schwarzer Anzug, bis zur Brust aufgeknöpftes weißes Hemd, Goldschmuck, wohin man schaute. Bullige Rausschmeißerfigur mit allerdings nicht mehr zu kaschierendem Bierbauch. Die an den Schläfen leicht ergrauten lockigen Haare waren mit Gel straff nach hinten gekämmt, das sonnengebräunte Gesicht war faltenzerfurcht, tiefschwarze Ringe betonten die stechenden Augen. Die leicht nach innen gezogenen Nasenflügel verrieten schweren Kokainmissbrauch, die ausgeprägte Halsschlagader war vermutlich auf Anabolika zurückzuführen.

»Wie war der Name gleich?«, hakte Corrieri nach. »Battiston? Sehr ungewöhnlich.«

Genny B. lächelte entspannt. »Mein Vater war Venezianer, daher der Name, meine Mutter kam aus Salerno und hat sich beim Vornamen durchgesetzt. Ich jedenfalls bin zu hundert Prozent Neapolitaner.« Er verschwand hinter dem

Tresen. »Kommen wir zu den wichtigen Dingen. Was darf ich euch zu trinken anbieten?«

»Ein Tonicwater«, antwortete Lopresti.

Genny B. hob fragend eine Augenbraue.

»Ja, ein Tonicwater.«

»Für mich dasselbe«, sagte Corrieri.

»Na dann«, seufzte Genny B.

Sie hoben ihre Gläser und prosteten sich in dem Wissen zu, dass das der vorerst letzte Austausch von Höflichkeiten bleiben würde.

»Nun, was verschafft mir das Vergnügen eures Besuchs?«

Lopresti kam ohne Umschweife zur Sache. »Was weißt du über die Grabsteine auf dem Friedhof von San Giuliano Campano?«

Überrascht riss sein Kumpel aus alten Zeiten die Augen auf. »Jungs, fahrt mal den Transporter weg.«

Die beiden Typen hinter dem Tresen unterbrachen ihre Arbeit, verschwanden unauffällig und schlossen die Sicherheitstür hinter sich. Battiston zündete sich eine Zigarette an.

»Ich weiß das, was alle wissen. Nichts.«

»Genna', ich bitte dich, verarsch mich nicht. Ich für meinen Teil weiß nämlich, wer in deinem Lokal verkehrt und dass die Sache hier Tagesgespräch ist. Also tu nicht so scheinheilig und spuck aus, was dir alles zu Ohren gekommen ist.«

Der Ispettore blieb betont ruhig, er wusste genau, dass er bei einem Profi dieses Kalibers Geduld brauchte.

»Diesmal weiß ich wirklich nichts, Carmine. Natürlich wird in der ganzen Stadt spekuliert, aber Gerüchte interessieren mich nicht. Mehr habe ich dir nicht zu sagen ...«

Er wandte sich zum Gehen.

»O nein, mein Freund, du willst nur nicht, das ist alles. Hast du vergessen, was ich für dich getan habe, damals bei der Geschichte mit den Albanern? Wie oft habe ich dich schon aus der Scheiße gezogen? Und du eierst rum und zierst dich. Ist das der Dank?«

»Tut mir leid, Carmine.«

Genny B. schaute zu Boden, er begann, sich sichtlich unbehaglich zu fühlen.

»So läuft das nicht, nicht mit mir.«

Lopresti schüttelte den Kopf, packte das leere Glas und warf. Es streifte Genny B. an der Schläfe und zerbarst an der Spiegelwand hinter ihm.

Der Barbesitzer zuckte zusammen und hob abwehrend die Hände. »Was zum Henker …«

Corrieri legte dem Kollegen beschwichtigend die Hand auf den Arm und ergriff das Wort.

»Damit wir uns richtig verstehen, Signor Battiston, wenn Sie uns nicht sagen, was wir wissen wollen, machen wir Ihnen gehörig Ärger. Dann steht demnächst jeden Abend eine Streife vor der Tür und kontrolliert, wer hier ein- und aus geht. Wir schicken die Feuerwehr, den Arbeitsschutz, das Gesundheitsamt, das Finanzamt. Und die schauen sich das hier genau an. Mein Schwager ist bei der Steuerfahndung, die finden immer was. In zwei Wochen ist der Laden dicht, das garantiere ich Ihnen. Und wenn Sie woanders neu anfangen wollen, unter Ihrem Namen oder dem eines Strohmanns, geht das Ganze von vorne los. Sie haben die Wahl: Entweder Sie arbeiten mit uns zusammen, oder Sie können gleich vor dem Stadion Nüsse verkaufen.«

Der Ispettore nickte beeindruckt, während Genny B. kreidebleich geworden war. Vor der Bürokratie hatte er einen Heidenrespekt, mehr als vor allem anderen. Er starrte auf die Wand und überlegte. Dann zündete er sich eine weitere Zigarette an und begann zu reden.

»Vorab möchte ich klarstellen, dass es sich lediglich um Gerüchte handelt. Geschwätz von irgendwelchen Wichtigtuern. Sicher scheint bloß, dass es nicht um eine offene Rechnung zwischen den Familien geht und auch nicht um Drogenhandel oder Erpressung. Niemand weiß genau, was Sache ist, die Namen auf den Grabsteinen haben keinen gemeinsamen Nenner, außer dass die Genannten in der Vergangenheit miteinander Geschäfte gemacht haben. Wobei selbst darüber nichts Näheres bekannt ist. Angeblich. Und wenn die Lage nach Vittorianos Tod schon angespannt war, herrscht seit Bebès Hinrichtung echte Panik. Alle haben Angst. Nicht nur die, deren Namen auf den Grabsteinen stehen, sondern wirklich alle. Wer mit Scheiße spielt, macht sich eben schmutzig.«

Beeindruckt von der feinsinnigen Metapher hakte Lopresti nach: »Und die auf den Grabsteinen?«

»Die können nicht mal mehr in Ruhe scheißen, denen geht der Arsch auf Grundeis.« Genny B. lachte und goss sich ein Glas Rum ein, trank einen Schluck und schnalzte mit der Zunge. »Es heißt, die Surace-Brüder hätten Neapel verlassen, weil sie geschäftlich in Salerno zu tun haben. Aber das ist natürlich Unsinn, in Wirklichkeit halten sie sich irgendwo in der Nähe von Terracina auf, von wo aus sie die Kokaingeschäfte in Rom und Umgebung steuern. Als Umschlagplatz nutzen sie einen Großmarkt für Obst und Gemüse im Latium, der ihnen gehört. Dort haben sie zahlreiche Freunde, die ihnen Unterschlupf gewähren. Namen kenne ich keine, da braucht ihr gar nicht erst zu fragen. Die Suraces sind untergetaucht und warten ab, bis man mehr weiß oder, besser gesagt, bis sich die Situation beruhigt und die Polizei die Täter festgenommen hat.«

Battiston zwinkerte ihnen verschwörerisch zu, was seinen alten Freund sogleich erneut in Rage brachte.

»Und was Peppe 'o Cardinale betrifft«, fuhr Genny B. fort, »der verlässt das Haus nicht mehr. Er ist mit den Nerven am Ende und würde am liebsten fliehen, kann er aber nicht. Wie würde das sonst aussehen? Sie haben zwei Männer fürs Grobe zu Michele Vigilante geschickt, der gerade aus dem Knast raus ist, aber das ist nicht gut ausgegangen.«

»Was meinst du damit?«, fragte Corrieri.

»Die beiden Typen, die ihm die Botschaft überbringen sollten, liegen jetzt im Krankenhaus. Er hat sie übel zugerichtet, Knochenbrüche, Gehirnerschütterung. Man musste sie mit einer Menge Stiche wieder zusammenflicken.«

»Und Michele?«

»Keine Ahnung. Ich glaube nicht, dass er zu Hause sitzt und auf den Sensenmann wartet.«

»Von dort kommen wir gerade. Die Haustür wurde angezündet, der Schlüssel steckte im Schloss, aber von ihm keine Spur.«

»Dann ist er untergetaucht. Glaubt mir, dieser Vigilante ist clever, ein ausgeschlafener Typ, den findet so schnell keiner.«

Die beiden Kommissare sahen sich schweigend an. Die Sache wurde immer komplizierter. Sie mussten nicht nur

’o Schiattamuorto finden, den Sensenmann, der hinter der ganzen Sache steckte, sondern auch seine potenziellen Opfer. Der eine war hierhin und der andere dorthin geflüchtet, und der Dritte verhielt sich still und verbarrikadierte sich.

»Der Einzige, der entspannt bleibt, ist Gennaro Rizzo. Der hat bereits vor Jahren das Weite gesucht und lässt es sich gut gehen.«

Obwohl Lopresti wusste, dass die Frage sinnlos war, versuchte er sein Glück.

»Und wohin hat er sich verkrochen?«

Genny B. lächelte und griff wieder nach dem Rum. »Das weiß keiner, da kannst du sicher sein. Der ist seit fünfzehn Jahren von der Bildfläche verschwunden. Auf Nimmerwiedersehen. Er ist überall und nirgends, wie ein Phantom. Die einen behaupten, er wäre in Südamerika und arbeite mit den Kolumbianern zusammen, damit in Kalabrien der Laden läuft. Andere sagen, er ist in Deutschland und kümmert sich um synthetische Drogen für den nordeuropäischen Markt. Und wieder andere schwören, dass er sich in Spanien aufhält. Und dann gibt es noch die, die behaupten, er wäre vor Jahren gestorben und läge jetzt unter falschem Namen auf dem Friedhof von San Giuliano Campano.«

Die beiden Cops wurden hellhörig.

»Er ist in dem Dorf geboren worden, wusstet ihr das nicht?«, erklärte Battiston. »Irgendwann ist er von dort weggegangen, keine Ahnung wohin, bis er schließlich wieder zurückgekommen ist, um die Geschäfte zu übernehmen. Ich persönlich glaube ja nicht, dass er tot ist. Wenn ihr mich fragt, zieht Rizzo noch immer die Fäden. Von irgendwoher. Früher ließ er das Schutzgeld von Kurieren eintreiben, jetzt läuft das alles übers Internet, mit verschlüsselten Mails, die man nicht zurückverfolgen kann. Und selbst wenn, würde man vermutlich bei irgendeinem Computer landen, der in einem Keller in Kuba steht, während Rizzo in Schweden Pinguine zählt.«

Corrieri war drauf und dran, ihn darauf hinzuweisen, dass es in Schweden keine Pinguine gab, höchstens ein paar vergrippte Rentiere, doch Genny B. war gerade so schön in Fahrt, da wollte er ihn nicht unterbrechen.

Leider schien ihm soeben die Luft auszugehen.

»Das war's. Mehr kann ich euch dazu nicht sagen. Niemand weiß was Genaues, und die, die etwas wissen, sind abgehauen.«

»Und du glaubst, damit geben wir uns zufrieden?«, fragte Lopresti erbost.

»Keine Ahnung, aber mehr habe ich nicht. Ende der Geschichte. Ich kann mir auch irgendwas aus den Fingern saugen, nur damit du zufrieden bist.«

Der Ispettore spürte, dass er die Wahrheit sagte, und beließ es dabei. Es hätte ohnehin wenig Sinn gehabt, noch weiterzubohren.

»Wir machen es so«, schaltete sich Corrieri ein, nach wie vor die Ruhe in Person. »Sie fragen hier und da diskret nach, klopfen ein wenig auf den Busch, und in ein paar Tagen rufen Sie uns an und erzählen uns, was Sie gehört haben. Sagen wir spätestens in zwei Tagen? Sonst informiere ich meinen Schwager von der Steuerfahndung.«

Er schrieb eine Telefonnummer auf eine der Servietten und reichte sie dem Besitzer des Etablissements, der sie in seiner Jackentasche verschwinden ließ.

Als sie sich zum Gehen wandten, hielt Genny B. sie noch

einmal zurück. Er wollte gut Wetter bei der Polizei machen, das konnte nie schaden.

»Ich werde tun, was ich kann, Carmine, zieh also bitte nicht so ein Gesicht. Wir kennen uns inzwischen so lange, was haben wir nicht alles gemeinsam erlebt? Erinnerst du dich an die wilden Nächte, die Frauen? Die mit dem Pferdeschwanz, wie hieß sie gleich? Martina? Siehst du sie noch? Damals wart ihr ja sozusagen ein Kopf und ein Arsch.«

Lopresti tat unbeteiligt und presste die Lippen aufeinander. Für Small Talk und alte Geschichten war jetzt keine Zeit. Dennoch schien Genny zufrieden. Als er hinter dem Tresen hervorkam und sie zur Tür brachte, lag ein joviales Lächeln auf seinen Lippen. Er wirkte wie ein ausgebuffter Autohändler.

Solange sie vor ihm standen, war er scheißfreundlich, aber sobald sie ihm den Rücken kehren würden, würde er ihnen den Dolch in den Rücken stoßen.

Auf dem Parkplatz schüttelte er Corrieri die Hand und sicherte ihm seine Kooperation zu, umarmte anschließend Lopresti und schob ihm etwas in seine Jackentasche – der wusste genau, was das war. Dann stiegen die beiden Polizisten ins Auto und fuhren davon.

Diesmal saß Corrieri am Steuer, er war voller Tatendrang, der Besuch schien ihn in Hochstimmung versetzt zu haben.

»Na bitte, das lief doch ganz ordentlich. Ich bin sicher, dass er uns anruft, selbst wenn er uns nicht viel liefern wird. Egal, besser als nichts. Jetzt erstatten wir erst mal dem Dottore Bericht, und dann sollten wir die Kollegen in Terracina um Amtshilfe bitten. Sie könnten nach den

Surace-Brüdern fahnden. Was Vigilante angeht, tappen wir noch ziemlich im Dunkeln, wobei ich mehr und mehr davon überzeugt bin, dass es hier um eine persönliche Angelegenheit aus der Vergangenheit geht, da hat irgendwer eine Leiche im Keller. Wenn es stimmt, dass Rizzo vor fünfzehn Jahren verschwunden ist, dann muss es davor passiert sein.«

»Ich traue Gennaro nicht«, war alles, was Lopresti sagte.

»Ist er denn nicht so was wie dein Freund?«

»Von wegen Freund. Battiston denkt ausschließlich an sich selbst. Was er uns erzählt hat, erzählt er allen, ihn interessiert nur, welchen Vorteil er daraus schlägt, wenn er uns einen Gefallen tut.« Er hatte die Fäuste geballt und beinah gebrüllt. »Er ist ein Arschloch, und wie alle Arschlöcher hält er sich wundersamerweise immer über Wasser. Und jetzt fahr mal bitte irgendwo ran, ich muss pissen.«

Corrieri fuhr langsamer und hielt vor einer Bar. Er begriff nicht, warum sein Kollege so wütend war.

Den guten und den schlechten Cop zu spielen, um aus Battiston etwas herauszubekommen, war ja schön und gut, doch dass er jetzt ihm gegenüber so laut wurde, konnte er nicht nachvollziehen.

Kopfschüttelnd sah er seinem Kollegen nach, wie er die Beifahrertür zuwarf und ohne nach rechts und links zu schauen durch die Bar hastete. Dann stieg auch er aus und bestellte am Tresen einen Kaffee, während er nachdenklich auf die geschlossene Toilettentür starrte.

Derweil stand sein Kollege vor dem Spiegel, den Kopf gesenkt, die Hände auf das schmutzige Waschbecken gestützt, und atmete schwer. Er war außer sich vor Wut.

Nicht wegen Gennaros Arroganz, sondern wegen dem, was die Begegnung mit ihm ausgelöst hatte. Sie hatte Erinnerungen wachgerufen, die sich nun mit aller Macht in sein Bewusstsein drängten. Erinnerungen an längst vergangene Zeiten. Sie überfielen ihn wie ein wildes Tier, erwischten ihn frontal und trafen ihn bis ins Mark. Ein quälender Gedanke hatte sich in seinem Kopf festgesetzt wie ein Holzwurm, der ihn von innen aushöhlte. Er begann zu schwitzen, und ein feuchter Film legte sich auf sein Gesicht.

Als er es nicht mehr aushielt, griff er in die Jackentasche und zog eine Zellophantüte heraus, aus der er ein weißes Kügelchen fischte, mindestens zwei Gramm. Genny B.s Geschenk, der guten alten Zeiten willen, ungeachtet all dessen, was passiert war. Er hatte sich nicht verändert.

Unschlüssig rollte er das Kügelchen zwischen den Fingern hin und her. Wie lange war es her? Mindestens ein Jahr. Seitdem war er clean geblieben. Eine Tortur, aber er hatte es geschafft. Ohne in der Questura Verdacht zu erregen und Anlass zu Spekulationen zu geben. Natürlich hatte es Mutmaßungen gegeben, doch dabei war es geblieben. Er hatte konsequent aufgehört. Rückblickend eine schlimme Zeit, die ihn viel Willenskraft gekostet hatte.

Und Martina.

Eines Abends war sie einfach gegangen, mit all ihren Sachen, ohne sich zu verabschieden. Er hatte sich einzureden versucht, sie sei nur eine Affäre gewesen, kein Grund also, ihr nachzutrauen. Und dann war er abgetaucht, irgendwo im Sumpf der Stadt. Eine Nacht, an die er sich am nächsten Morgen nicht mehr erinnern konnte. Jetzt hingegen, nach so langer Zeit, kehrte die Erinnerung zurück. Und daran war Genny B. schuld.

Er schaute auf das Kügelchen und wusste nicht, was er tun sollte. In diesem Moment klopfte es an der Tür.

»Carmine, alles okay? Geht's dir nicht gut?«, hörte er Corrieris besorgte Stimme.

»Doch, doch, alles in Ordnung. Ich komme sofort. Bestell mir bitte einen Kaffee, den kann ich brauchen.«

»Geht klar.«

Seufzend warf er das Kügelchen in die Kloschüssel und pinkelte darauf, bevor er das Kokain in die Kanalisation spülte. Und mit ihm Genny B. und Martina.

Dann spritzte er sich kaltes Wasser ins Gesicht, wischte sich die Hände an der Jeans trocken und verließ die Toilette. Gott sei Dank ging es ihm besser. Er trank den Kaffee im Vorbeigehen, ohne Zucker und ohne zu warten, bis er abgekühlt war, legte einen Euro auf den Tresen und folgte seinem Kollegen nach draußen.

Nichts wie weg von hier und von seinen Erinnerungen.

Schweigend setzte er sich ins Auto, Corrieri parkte aus und fädelte sich in den fließenden Verkehr ein. Er musste irgendetwas sagen, um in die Realität zurückzukehren.

»Ist dein Schwager wirklich bei der Steuerfahndung?«

»Ach was, der ist Fischhändler auf dem Markt.«

Lopresti lachte und fühlte sich schon etwas weniger deprimiert.

»Hey, Nico', wegen der Sache in Taglieris Büro, das tut mir leid. Du weißt, dieser Schwachsinn von wegen Modus Operandi und so.«

»Schon vergessen«, sagte sein Kollege und setzte den Blinker.

5.

Michele war nachdenklich gestimmt. Der Ford Fiesta war wirklich eine Katastrophe auf vier Rädern, der Motor zog nicht, die Kupplung ruckelte, das Schaltgetriebe knirschte und krachte. Unglaublich. Pepè war der einzige Dealer, der kein dickes Auto fuhr, in dieser Welt war er offensichtlich fehl am Platz.

Kopfschüttelnd fuhr er weiter, immer genau nach Vorschrift, eher etwas langsamer als erlaubt, damit er keinen Ärger bekam. Wenn ihn jemand anhielt, würde er in Erklärungsnot geraten, wer er war und warum er in diesem Auto herumfuhr. Zumal er keinen Personalausweis dabeihatte, der war vor einigen Jahren abgelaufen, ebenso wie sein Führerschein. Zudem waren die Wagenpapiere gefälscht, eine schlecht gemachte Kopie, das Auto war wahrscheinlich geklaut oder von einem Junkie gegen einen Schuss eingetauscht worden. Das einzige gültige amtliche Dokument, das er bei sich trug, stammte aus dem Gefängnis, ein DIN-A4-Blatt mit vier Unterschriften, zwei Stempeln und einem uralten Foto, das er mehrmals gefaltet in der Hosentasche trug. Ob ihm das wirklich weiterhelfen würde, war mehr als fraglich.

Aber im Moment gab es Wichtigeres, als über so was

nachzudenken. Erst einmal musste er mit dem Auto klarkommen, immerhin hatte er vor zwanzig Jahren das letzte Mal hinterm Steuer gesessen. Nachdem er den Motor der Schrottkarre anfangs bei jeder roten Ampel abgewürgt hatte, schien er inzwischen den richtigen Rhythmus gefunden zu haben. Er hatte sich eine Pause gegönnt und in einer Raststätte eine Kleinigkeit gegessen, einen vernünftigen Kaffee getrunken und natürlich in Ruhe eine Zigarette geraucht. Mit dem Euro hatte er noch Schwierigkeiten, und es hatte eine Weile gedauert, bis er die richtigen Münzen gefunden hatte, um zu bezahlen. Die junge Frau an der Kasse mit ihrem roten Käppi hatte ihn angelächelt, wahrscheinlich dachte sie, es läge an der Müdigkeit nach einer langen Reise. Und vielleicht hatte sie damit ja gar nicht so unrecht.

Er fuhr die Autostrada del Sole weiter Richtung Norden, Rom lag bereits hinter ihm. Einen Moment lang war er versucht gewesen, in der Ewigen Stadt anzuhalten, dort lebten einige seiner Kontakte, Leute, mit denen er in Rebibbia eingesessen hatte. Doch dann hatte er auf den Stopp verzichtet. Rom war zu nahe, dort würde man zuerst nach ihm suchen.

Schon nach sechs Monaten war er wegen »aggressiven Verhaltens« wieder verlegt worden, ein Ausdruck, den er sich von den Psychologen abgeguckt hatte, die ihn therapieren und resozialisieren wollten. »Aggression« klang interessant, das Wort erinnerte an ein Tier im Käfig, ein gefährliches Tier. Eine Art Warnschild, so was wie »Mit Vorsicht zu behandeln«. Vittoriano Esposito kam ihm in den Sinn, dieser Trottel, der sich auf dem Friedhof die Kehle hatte durchschneiden lassen, Friede sei mit ihm. Er hatte immer zu ihm gesagt, er habe eine »kurze Zündschnur«. Was so viel hieß wie keine Geduld. Früher hatte das gestimmt, er hatte ohne Rücksicht auf Verluste zugeschlagen und seinem Spitznamen Tiradritto alle Ehre gemacht.

Mit jedem Kilometer entfernte er sich weiter von seiner Heimat und ließ damit auch seine Vergangenheit immer weiter zurück. Ein gutes, fast euphorisches Gefühl, das wie ein sanfter Schauer durch seinen Körper rieselte. Allerdings wusste er, dass es eine trügerische Illusion war. Die Vergangenheit würde ihn nicht vergessen. Und er sie genauso wenig, wenn er ehrlich war, denn je weiter er sich entfernte, desto sehnsüchtiger dachte er an Neapel.

An das Neapel von damals, als aus einem fast vergessenen Ort das Zentrum der Welt geworden war, zumindest für ihn. In den Achtzigerjahren war die Stadt im Schatten des Vesuv ein Nichts gewesen, bis Diego Maradona kam. Michele erinnerte sich noch gut an die Sprechchöre im Stadio San Paolo, an die überschäumende Begeisterung, die blau angemalten Wagen beim Autokorso und an die Krippenfiguren, die dem kleinen Argentinier nachempfunden waren. Und dann die erste Meisterschaft. Die Verehrung wie die eines Halbgottes, die Massen in den Straßen, das elektrisierende Nachtleben in den Bars. Und die Illusion, alles haben zu können, und zwar sofort. Nach so vielen Jahren war Neapel endlich am Zug. Die Blütezeit seiner Stadt begann. Die Blütezeit seines Lebens. Des Lebens, in dem er viel zu schnell erwachsen geworden war.

Mit dreizehn hatte er auf den Dächern gestanden. Sollte als Späher für den Clan beobachten, wer ins Viertel kam und wer es wieder verließ: Polizisten, Feinde, Verräter. Man rief sich von Dach zu Dach etwas zu, Handys oder etwas Ähnliches brauchte man nicht. Wer fliehen musste, floh, wer versteckt werden musste, fand ein Versteck. Die Bullen stocherten im Nebel.

Und wenn er nicht auf den Dächern im Einsatz war, kümmerte er sich um Nachschub für die Dealer. Er blieb immer nur so lange, bis die Ware ausgeliefert und bezahlt war, dann brauste er mit seinem frisierten Mofa davon. Kokain, Haschisch, Heroin und hin und wieder eine Waffe. Er lieferte zuverlässig, pünktlich und unauffällig. Wenn er doch mal erwischt wurde, mussten sie ihn schnell wieder freilassen, er war ja nicht einmal vierzehn. Es machte Spaß, ein flottes Mofa und Geld in der Tasche zu haben, und das alles ohne Risiko.

Bald wurden die Bosse auf ihn aufmerksam, und als er fünfzehn wurde, nahmen sie ihn in den Clan auf. Nichts Großes, er war ein einfacher Soldat wie alle anderen seines Alters. Im Fernsehen berichteten sie über die Babygang, aber wehe, jemand hätte ihn Baby genannt, dem hätte er ins Gesicht geschossen.

Ihre Aufgabe war einfach, sie trieben bei den Geschäften in ihrem Revier mit mehr oder weniger brutalen Mitteln Schutzgeld ein. Die Polizei nannte das Erpressung, sie nannten es Schutz. Ein Beitrag für die Ruhe im Viertel, eine kleine Summe für ihre Sicherheit. Wenn man seine Strom- oder seine Wasserrechnung nicht bezahlte, wurden einem die Leitungen gekappt. Wenn man keine Steuern zahlte, stand das Finanzamt vor der Tür. Und wenn man kein Schutzgeld zahlte, kam Michele.

So einfach war das.

Anfangs hatten sie noch gelächelt, wenn dieser spindeldürre, schlaksige Junge aufgetaucht war, um die Schulden einzutreiben. Doch sie hatten sich getäuscht. Michele hatte ihnen unmissverständlich zu verstehen gegeben, wer er war, dass er stellvertretend für die Familie handelte und dass fehlender Respekt ihm gegenüber zugleich fehlender Respekt gegenüber dem Clan war.

Später gab es kaum noch Probleme. Das überhebliche Lächeln gefror den Leuten auf den Lippen, sie hatten verstanden, dass dieser so harmlos wirkende Junge unerbittlich war, selbst wenn es sich nicht um Riesenbeträge handelte. Hier ging es ums Prinzip. Und wenn einer meinte, weiterlachen zu können, blieb Michele ganz ruhig und kündigte an, dass er wiederkommen würde. Was er dann auch tat.

Wie bei dem älteren Ladenbesitzer, einem Mann um die sechzig, glatzköpfig und kurzatmig, der als Soldat in Afrika gekämpft hatte und sich vielleicht deshalb für unantastbar hielt. Die Surace-Brüder hielten ihn fest, während Michele ihn mit den Fäusten bearbeitete. Peppe ’o Cardinale, damals schlicht Peppe, nahm unterdessen den Laden auseinander, schlug die Scheiben ein, zertrümmerte Flaschen, nichts war vor seiner Zerstörungswut sicher. Die anderen schoben draußen Wache, damit sie niemand störte. Eigentlich unnötig, denn die Leute hatten begriffen, dass es besser war, nicht hinzusehen und einfach weiterzugehen.

Der junge Michele war ruhig vorgegangen, präzise und systematisch, denn wenn er etwas machte, dann machte er es richtig. Er schlug zu, in den Magen und in die Nierengegend, damit der Alte endlich die Klappe hielt. Vergebens. Der redete und redete und beschimpfte ihn aufs Übelste, lachte ihn sogar aus.

Das war zu viel, er musste ihm das Maul stopfen. Die Suraces grinsten voller Vorfreude, schubsten den Mann gegen eine Kiste und drückten seinen Kopf nach hinten. Michele nahm eine große Konservendose aus dem Regal und schlug sie dem Ladenbesitzer mitten ins Gesicht. Der Mann schrie gellend auf und versuchte, den Kopf wegzudrehen, um dem nächsten Schlag auszuweichen. Doch es half nicht. Die Kieferknochen brachen, das Gesicht ähnelte einer Kraterlandschaft, alles war voller Blut. Er spuckte noch seine Zähne auf den Boden, dann verlor er zu seinem Glück das Bewusstsein.

Sie ließen ihn liegen, alle sollten ihn sehen. Jeder nahm sich einen Zahn als Trophäe mit. Peppino pinkelte in eine Ecke des Ladens. Dann gingen sie, hochzufrieden. Sie hatten gute Arbeit geleistet und ein Exempel statuiert. Probleme wegen nicht gezahltem Schutzgeld gab es danach nicht mehr.

Michele näherte sich Florenz. Er umklammerte das Lenkrad und betrachtete seine aufgeplatzten Handknöchel. Nach langer Zeit hatte er wieder zuschlagen müssen, erst bei diesen zwei Vollpfosten, dann bei Sabatino. Alles tat weh. Es kam ihm vor wie früher.

Eigentlich wollte er sich nicht erinnern, aber seine Gedanken gingen ihre eigenen Wege, schossen zwischen Gegenwart und Vergangenheit hin und her. Immer wieder blitzte ein Bruchstück aus seinem Leben auf, dann noch eines und noch eines, immer mehr, immer schneller …

Er wusste noch genau, wann er das erste Mal jemanden

getötet hatte. Er war damals siebzehn gewesen, und der SSC Napoli war gerade Meister geworden. Bei dieser Gelegenheit hatte er auch seinen Spitznamen Tiradritto bekommen.

Ein *'uaglione 'e merd* hatte sie herausgefordert. Ein Dealer, der auf eigene Rechnung arbeitete, am Clan vorbei. Was glaubte er, wer er war? Sie hatten ihn in einer Bar erwischt und ihn nach draußen gezerrt, ohne dass ihm jemand zu Hilfe gekommen wäre, und ihn zu einer Grube außerhalb der Stadt gebracht. Eine von denen, wo Chemieabfälle entsorgt wurden. Ein unglaublicher Gestank. Der Hurensohn hatte sich inmitten verrosteter und zerbeulter Kanister auf den Boden knien müssen. Obwohl er winselnd um Gnade bettelte, war Michele hart geblieben. Seine Ausflüchte hatten ihn nicht interessiert. Er hatte den Befehl, die Sache zu erledigen. Ende.

Die anderen hatten sich nervös angeschaut.

Auch für sie war die Situation neu, und angesichts ihres Zögerns begann der Dealer, Hoffnung zu schöpfen, dass er vielleicht doch noch eine Chance bekam. Michele hingegen war das Herumeiern leid gewesen, er hatte die Pistole gezogen und ihm ins Gesicht geschossen. Einfach so. Ein ohrenbetäubender Knall, der von den Wänden der Grube widerhallte. Sie hatten die Leiche zwischen dem Müll liegen lassen, keiner hatte Lust gehabt, sie zu vergraben.

Er hatte sich großartig gefühlt, er war jetzt Tiradritto, und er hatte richtig auf den Putz gehauen mit zwei Linien Koks und einer Nutte aus Mergellina, die sich mit ihm sehen lassen wollte. Mit dem kleinen Boss. Mit einem, der Respekt verdiente. Denn dann hätte man auch Respekt vor ihr, dachte sie. Frauenlogik.

Nach dem ersten Mal nahm alles seinen Lauf.

Immer schneller, immer höher stieg er auf der Karriereleiter. Egal was anlag, er war dabei, Drogenhandel, Raub, Erpressung. Und es machte ihm Spaß, er wollte dazugehören zu den Großen und Mächtigen. Mit richtig Kohle und dem richtigen Auto. Alles lief bestens, er war der Boss seines Clans, seines Viertels, der König in seiner Welt. Er warf mit Geld nur so um sich, in einer Nacht gab er so viel aus, wie ein Arbeiter im Monat verdiente. Er wechselte Autos, Frauen und Waffen, wann immer ihm danach war. Kokain war sein ständiger Begleiter. Eine schnurgerade weiße Linie, ein ständiger Rausch. Er konsumierte und dealte, schniefte Koks und verkaufte Koks. Vor allem liebte er Koks. Von kleinen Kügelchen bis zu Kilopäckchen, alles in immer besserer Qualität. Dann der Quantensprung, der sein Leben verändern sollte.

Die Lieferung aus Südamerika.

Der Anfang vom Ende.

Schluss mit der Vergangenheit, entschied er. Um sich von den Erinnerungen zu lösen, atmete er tief ein, immer tiefer, bis er das Gefühl hatte zu platzen. Er bekam keine Luft, der Innenraum des Autos schien ständig kleiner zu werden, es schrumpfte und schrumpfte. Sein Gehirn vernebelte sich, nicht unangenehm, trotzdem konnte er sich das jetzt nicht leisten. Er musste wach bleiben und sich konzentrieren. Bis zum Ende.

Erneut hielt er an einer Raststätte an, um einen Kaffee zu trinken, Zigaretten zu kaufen und sich die Füße zu vertreten. Mittlerweile war es dunkel geworden, die Scheinwerfer der entgegenkommenden Autos waren wie blitzende Augen, während die überholenden rote Spuren hinterließen, die sich nach und nach in der Ferne verloren. Ein faszinierendes Schauspiel. Die wechselnden Farben erinnerten ihn an die Lichter der Häuser, die er in der Dunkelheit von seiner Zelle aus gesehen hatte: andere Menschen, andere Geschichten, andere Welten. Fremde, die ein anderes Leben lebten als er, weit weg und unverständlich.

Ein Leben, das er nie gehabt hatte und niemals haben würde.

Er rauchte die Zigarette zu Ende und warf den Stummel auf den Boden des Parkplatzes. Um ihn herum standen rumänische Lastwagenfahrer mit müden Gesichtern, die ihn keines Blickes würdigten. Anonym zu sein, war ein neues Gefühl, das ihm gut gefiel. Langsam beruhigte er sich und spürte, wie er aus dem Sumpf, in den er hinabgezogen worden war, wieder aufzutauchen begann. Er zündete sich eine zweite Zigarette an, ein Luxus, den er sich gönnen wollte. Als er auf seine Hände schaute, die immer noch geschwollen waren und ein wenig zitterten, dachte er an all das, was diese Hände bereits getan hatten. An all das, was er getan hatte. Und es war noch nicht vorbei.

Die Geschichte von Lady Macbeth kam ihm in den Sinn. Sie hatte ihren Mann angestachelt, den König zu töten. Von ihrem Gewissen geplagt, hatte sie immer wieder ihre eigenen blutbefleckten Hände vor sich gesehen und schließlich den Verstand verloren. Und er dachte an Pinochet, der Shakespeare sehr verehrt und ihm die Geschichte erzählt hatte.

Als die zweite Zigarette zu Ende war, fuhr er weiter. Und

während die Scheinwerfer seines Autos sich unter tausend andere mischten, meinte er, wieder die Stimme seines Zellengenossen und Freundes zu hören.

»Miche', hast du meinen Shakespeare gesehen?«

»Was meinst du?«

»Das Buch, Miche', das mit dem schwarzen Umschlag.«

»Das komische?«

»Das ist nicht komisch, das ist ein Theaterstück. Eine Tragödie, eine der großartigsten, die jemals geschrieben wurden.«

»Wir sitzen im Gefängnis, ist das nicht Tragödie genug?«

Don Ciro lächelte. »Da hast du nicht unrecht, mein Junge. Wie auch immer, wo ist es?«

Michele lag auf dem Bett und starrte an die Decke. »Ich habe es in Ihren Spind gelegt, als ich aufgeräumt habe.«

»Sehr gut, mein Junge. Obwohl du immer noch nicht liest, denkst du mit«, lobte Don Ciro und holte das Buch aus dem Schrank.

Er wollte es sich gerade bequem machen und die erste Seite aufschlagen, als er von seiner ganz persönlichen Tragödie heimgesucht wurde.

Der Wachhabende erschien an der Zellentür. »Squillante, aufstehen, Telefon.«

Don Ciro sah ihn überrascht an. »Superio', ich habe gestern Abend zu Hause angerufen und bin erst nächste Woche wieder dran. Ich habe auch keinen Antrag gestellt.«

»Du sollst niemanden anrufen, Squillante. Jemand möchte dich sprechen.«

Michele richtete sich ruckartig auf, während Don Ciro sich langsam von seinem Schemel erhob. Im Knast angerufen zu werden, war eigentlich ein Ding der Unmöglichkeit. Der Häftling war derjenige, der anrufen durfte, mit Erlaubnis des Gerichts oder des Gefängnisdirektors. Drei- oder viermal pro Monat, nicht länger als zehn Minuten und ausschließlich Familienangehörige, die Nummer wurde vorher gecheckt.

Wenn Don Ciro einen Anruf erhielt, dann konnte es eigentlich nur um seinen ältesten Sohn gehen, der irgendwo in Norditalien im Gefängnis saß. Und selbst in einem solchen Fall mussten beide Haftanstalten einverstanden sein, ein zeitaufwendiges Prozedere. Aber weil der Anruf so plötzlich gekommen war, musste etwas Außergewöhnliches passiert sein.

Und etwas Außergewöhnliches verhieß im Knast nie etwas Gutes.

Don Ciro ging über den Flur zum Telefon, das neben dem Glaskasten der Wärter an der Wand hing. Zum ersten Mal erlebte Michele ihn besorgt. Deshalb nahm er seinen Spiegel und streckte ihn durch die Gitterstäbe, um zu beobachten, was draußen vor sich ging. Viel konnte er nicht erkennen, abgesehen von seinem Zellengenossen, der an der Wand lehnte und sich den Hörer ans Ohr hielt.

Nach genau zehn Minuten kam er zurück, schlurfte mit hängenden Schultern über den Gang. Sein Gesicht wirkte wie versteinert, er schien abwesend, fast apathisch. Nur körperlich war er anwesend, sein Geist war woanders, jenseits der Gitterstäbe und Mauern des Gefängnisses.

»Ist alles in Ordnung?«, fragte Michele, bekam jedoch keine Antwort.

»Was ist passiert, Don Ciro?«

»Nicht jetzt, mein Junge. Nicht jetzt. Ich muss mich ausruhen.«

Der alte Mann legte sich auf seine Pritsche, zog die Decke bis unters Kinn und drehte den Kopf zur Wand. Es war erst sechs Uhr nachmittags, doch wenn er sich ausruhen wollte, dann war das eben so. Er aß nichts, sprach kein Wort, einzig an seinem Atem war zu erkennen, dass er nicht schlief, sondern einfach nur dalag.

Am nächsten Morgen musterte Michele ihn erwartungsvoll, aber Pinochet schwieg weiter, stand auf, frühstückte, rasierte sich sorgfältig, kramte seinen alten Trainingsanzug mit dem SSC-Napoli-Logo aus dem Spind und zog sich um. Alles schwarz. Hose, Pullover, Schuhe, Strümpfe. Später bat er, in den Hof gehen zu dürfen. Dort spazierte er schweigend auf und ab, sodass sich einige verwundert nach ihm umdrehten. Sonst saß er meist versteckt in einer Ecke und las. Diesmal aber sollten ihn alle sehen. An diesem und an den drei Folgetagen.

Michele sprach ihn nicht an, er wusste, wann er zu schweigen hatte. Am vierten Tag erfuhr er den Grund. Ein Mithäftling hatte einen Brief von draußen bekommen, und nachdem der Flurfunk den Inhalt in Windeseile verbreitet hatte, platzte die Bombe.

Salvatore, der älteste Sohn von Don Ciro Squillante, hatte sich als Kronzeuge zur Verfügung gestellt und arbeitete mit der Justiz zusammen.

Alle wussten, dass er einiges zu sagen hatte, von ihm hing jetzt das Schicksal vieler ab. Wenn er redete, würde er der Organisation schweren Schaden zufügen. Seit der Vater im Gefängnis saß, hatte er die Geschäfte der Familie geleitet und war über alles informiert, doch inzwischen war er selbst für eine lange Zeit hinter Gitter gewandert. Offenbar hatte er es nicht mehr ausgehalten und wurde jetzt zum Problem.

Don Ciro schwieg eisern, ignorierte die empörten und verächtlichen Blicke der anderen und versuchte stattdessen, ihnen durch seine Kleidung etwas zu signalisieren. Schwarz bedeutete, dass er trauerte, weil sein Sohn durch diesen Verrat für ihn gestorben war. Mehr noch, wenn jemand Salvatore umbrächte, würde er das klaglos hinnehmen. Er stellte gewissermaßen einen Freibrief aus. Alles war erlaubt.

Die Mithäftlinge waren beeindruckt, weil Don Ciro sich in ihren Augen wie ein echter Capo verhielt. Michele wusste es besser. Er war der Einzige, der ihn wirklich kannte und zu entschlüsseln vermochte. Ohne dass sie das Thema je angesprochen hatten, hatte er erkannt, was Pinochet wirklich bezweckte.

Das Leben außerhalb der Gitter und Mauern, die Geschäfte, der Drogenhandel, die Camorra und alles, was damit zusammenhing, war für ihn nicht mehr wichtig. Es war eine Zeit wie im Fieber gewesen, das ihn von innen verbrannt und ausgezehrt hatte, eine Zeit, die ihm viel gegeben und viel genommen hatte. Hier, in diesem Betonquadrat, war das alles von ihm abgefallen, das Fieber verschwunden. Er gab dem Affen keinen Zucker mehr, dazu war er zu alt geworden, er erwartete nichts mehr vom Leben. Und vor allem wollte er nicht mehr zurück in ein Leben voller Blut, Leichen, Scheiße und Drogen. Für seine Fehler hatte er bezahlt, es hatte alles seine Richtigkeit.

Insofern berührte es ihn auch wenig, dass Salvatore auspacken wollte, das war seine Sache. Das Einzige, woran ihm noch lag, war, seinen zweiten Sohn zu schützen, der mit alldem nichts zu tun hatte. Er hatte ihm so oft von Federico erzählt, dass Michele ihn wirklich zu kennen glaubte. Mittlerweile dreiundzwanzig, ein netter Junge, ein Student, der kurz vor seinem Abschluss in Architektur stand, wollte mit den Geschäften seiner Familie nichts zu tun haben. Damit das so blieb, hatte Don Ciro ihn fortgeschickt. Wenigstens er sollte ein normales Leben führen, fernab von Gewalt, Erpressung, Mord und der Mafia. Mit einem anständigen Beruf, einer Familie, für die er sorgen würde, mit einer Zukunft, wie alle anderen sie hatten.

Die schwarze Kleidung des Vaters diente zu Federicos Schutz. Damit lenkte Don Ciro die ganze Aufmerksamkeit auf Salvatore, auf den der Staat, wenn er sich als Kronzeuge zur Verfügung stellte, bestens aufpassen würde. An ihn würde man kaum herankommen. Federico dagegen war eine leichte Beute.

Sein Plan ging nicht auf.

Federico wurde drei Monate später ermordet. In Bologna, auf offener Straße vor seinem Studentenwohnheim. Drei Schüsse in den Rücken, eine Exekution, schnell und effektiv. Er hatte nicht leiden müssen, so viel Respekt hatten die Mörder Don Ciro immerhin erwiesen.

Seitdem war er ein anderer geworden. Es gab für ihn nichts mehr zu sagen, nichts mehr zu tun. Der Tod seines Jüngsten war der Anfang vom Ende des Don Ciro Squillante, genannt Pinochet. Michele erlebte mit, wie er Tag für Tag mehr verfiel, sich in eine leere Hülle verwandelte, in der die Stimmen der anderen widerhallten. Nicht mehr zu greifen und bereit, zu Staub zu zerfallen.

Dieser Mann hatte Micheles Leben grundlegend verändert. Jedes Mal wenn er an ihn dachte, überkam ihn eine stille Wehmut. Er fuhr sich mit der Hand übers Gesicht. Noch immer war er auf der Autobahn unterwegs, mittlerweile war es Nacht geworden. Er war müde und brauchte dringend einen Kaffee. Also beschloss er, noch einmal anzuhalten. Zum letzten Mal, denn seine Fahrt war fast zu Ende.

In weniger als einer Stunde würde er die Autobahn verlassen und die nächste Etappe seines Lebens beginnen. In weniger als einer Stunde war er in Mailand.

3

1.

Donnerstag, 21. Januar 2016,
Sant' Agnese, geweihte Jungfrau und Märtyrerin

Die Beretta Kaliber neun war die perfekte Waffe. Kraftvoll, präzise, unzerstörbar. Ihre Kraft lag in ihrer Einfachheit. Ein Klumpen Metall, kaum ein Kilo schwer, eine Halbautomatik mit wenig Rückstoß und Schwenkriegelverschluss. Ihre Reichweite betrug mehr als einen Kilometer und die anfängliche Geschwindigkeit der Kugel dreihundertachtzig Meter pro Sekunde, und das mit einer einzigartigen Durchschlagskraft. Der Lauf war aus Edelstahl, außen poliert, innen verchromt, sechszügig mit Rechtsdrall, was der Kugel zusätzliche Power verlieh, und das doppelreihige Magazin fasste fünfzehn Patronen.

Der Mann legte die Pistole vor sich auf den Tisch und betrachtete sie bewundernd. Sie hatte ihn schon immer fasziniert. Nicht als Waffe an sich, Waffen waren noch nie seine Leidenschaft gewesen, sondern als ein zweckgerichtetes mechanisches Objekt, als Beispiel für perfekte Struktur und präzise Bauweise, ähnlich der Standuhren aus dem achtzehnten Jahrhundert. Tausende von kleinen Komponenten, die sich gleichzeitig und fein aufeinander abgestimmt bewegten, um schließlich eine einzige perfekte Aktion auszuführen.

Fünfzehn Patronen.

Mit der Patrone im Lauf sechzehn.

Was, wenn die nicht reichten? Eine Überlegung, die so ähnlich eine Köchin anstellte, die genau planen musste, wie viel sie von welcher Zutat brauchte, bevor sie für so und so viele Personen zu kochen begann. Ein Kilo hiervon, eine Handvoll davon, Salz nach Belieben.

Er schüttelte den Kopf, entschied sich für ein anderes Magazin, setzte sich und legte die Patronen ein, eine nach der anderen, mit sicheren fließenden Bewegungen, ein sanfter Druck mit dem Daumen, einmal, dann noch einmal und so weiter. Mit absoluter Ruhe.

Michele hatte Rückenschmerzen. Ein dumpfer Schmerz, der bis in den Nacken hinaufzog, als ob ein Gewicht ihn zu Boden drücken und die Schwerkraft zu stark auf ihm lasten würde. Er hatte im Auto geschlafen, den Sitz nach hinten geklappt, die Handbremse zwischen den Beinen, und war gefühlt alle zehn Minuten aufgewacht. Kaum zu glauben, aber er hatte seine Pritsche im Gefängnis vermisst und die fleckige Zimmerdecke, die er hätte anstarren können.

Als der Morgen anbrach, stieg er aus. Die Gegend, in der er geparkt hatte, war völlig heruntergekommen. Gebrauchte Kondome, Papiertaschentücher und zerbrochene Flaschen übersäten den Boden, in einer Ecke stapelten sich alte Reifen. Es hatte eine halbe Stunde gedauert, die Nummernschilder abzumontieren, die Luft aus den Reifen zu lassen und die Fenster einzuschlagen. Jetzt sah der Wagen aus, als stünde er seit einer Ewigkeit hier, sodass er niemandem auffallen würde. Außerdem hatten die Pärchen, die an diesen trostlosen Ort kamen, sicher Besseres zu tun, als sich ein altes Auto anzuschauen.

Er war jetzt ein freier Mann, konnte sich bewegen, wohin er wollte, und tun und lassen, was er wollte. Dennoch musste er sich hüten, Spuren zu hinterlassen oder in irgendwelche Schwierigkeiten zu geraten, egal ob mit der Polizei, mit alten Freunden oder mit diesem gesichtslosen, unbekannten Schiattamuorto. Niemand sollte vorzeitig auf ihn aufmerksam werden.

Er habe seine Rechnung mit der Justiz beglichen, hatte vor einigen Wochen dieser dämliche Psychologe zu ihm gesagt, und Michele hatte sich gerade noch zurückhalten können, um ihn nicht zu ohrfeigen. Als ob man gewisse Dinge einfach wegwischen konnte wie Kreide von einer Tafel oder als hätte er einen Schalter im Kopf, mit dem sich alle Erinnerungen, Schuldgefühle oder die Wut ausknipsen ließen. Schließlich waren es ausnahmslos Dinge, die niemals verschwanden, die an einem klebten und unter der Haut im Fleisch stecken blieben. Zwar konnte man so tun, als ob man sie nicht bemerkte, und sich einreden, sie seien gar nicht da, doch wenn man ehrlich zu sich war, begriff man, dass sie immer da sein würden, unverrückbar und unabänderlich, still und leise. Aber immer da. Und dann? Haute man einfach ab und tat so, als wäre alles in Ordnung? Oder fügte man sich, akzeptierte sie und nahm sie an bis zur letzten Erinnerung, bis zum letzten Tropfen Wut und Blut, bis zu jedem einzelnen Schuldgefühl?

Michele hatte beschlossen, den Schalter in seinem Kopf nicht umzulegen, sondern sich an alles zu erinnern, an das Schöne und das Hässliche, und die offenen Rechnungen zu begleichen. Er konnte nicht einfach alles wegwischen.

Zunächst aber musste er sich von allem trennen, was seinen Feinden half, seine Spur aufzunehmen. Die Tasche mit den Klamotten hatte er in einen Container am Straßenrand geworfen, die mit dem Geld trug er zusammengefaltet unter dem Arm. Nach etwa einem Kilometer Fußmarsch ließ er den Autoschlüssel in einen Kanalschacht fallen.

Inzwischen stand die Sonne am Himmel.

Von Mailand kannte er so gut wie nichts. Als junger Mann war er ein paarmal geschäftlich hier gewesen, später als Häftling hatte er San Vittore und Opera kennengelernt, aber nur kurz, denn jedes Mal war er gleich wieder verlegt worden. Immerhin erkannte er ein paar Plätze wieder, die er während gelegentlicher Fahrten mit dem Gefangenentransporter gesehen hatte.

Nach einer Weile erreichte er das Viertel Vigentino und damit die Endhaltestelle der Straßenbahnlinie vierundzwanzig. Auf der Bank saß ein Pakistaner, der seinen Kram verkaufte, Schals, Feuerzeuge, Handyhüllen und anderes Zeug. Michele fragte ihn nach dem Weg, ihn würde später sicher kein Polizist befragen. Der Mann versuchte gar nicht erst, ihm etwas anzudrehen. Er hatte auf den ersten Blick erkannt, dass der Typ vor ihm mit dem kahl geschorenen Kopf, den Augenringen und dem muffigen Geruch, der ihn aus wütenden Augen durchdringend ansah, nicht zu seinen üblichen Kunden wie den Pendlern und Schülern gehörte.

Der junge Bursche fühlte sich sichtlich unbehaglich, eine seltsame Unruhe erfasste ihn, und so gab er dem Fremden rasch alle Informationen, die er verlangte. Hauptsache, er verschwand so schnell wie möglich wieder. Michele bedankte sich nicht einmal, er nahm sich ein Feuerzeug und ging auf der Via Ripamonti weiter.

Es war noch früh am Morgen, ein Spaziergang tat ihm gut.

In einer Bar trank er einen viel zu dünnen Kaffee und aß ein Hörnchen, das nach Pappe schmeckte, schlenderte dann weiter Richtung Corvetto. Er überquerte Fußgängerüberführungen und die Stadtautobahn, kam an arabischen Lebensmittelgeschäften, die vierundzwanzig Stunden geöffnet hatten, und an Mehrfamilienhäusern vorbei, auf deren Dächern Parabolantennen wuchsen wie Pilze. Es folgten Phone-Center und Transfer-Money-Läden, von wo aus man selbst die entfernteste Ecke dieses Erdballs erreichen und Verwandte mit Geld versorgen konnte. Außerdem gab es jede Menge Pizzerien und Dönerbuden mit südländischen Gesichtern hinter dem Tresen, chinesische Massagesalons, in denen man alles bekommen konnte, Wettbüros und Bars, in denen noch die Betrunkenen der letzten Nacht oder vielleicht schon die Ersten des neuen Tages saßen.

Nur die rumänischen Nutten fehlten. Die hatten ihre Schicht beendet und schliefen um diese Uhrzeit zu dritt in einer ärmlichen Einzimmerwohnung mit Hochbett und Klo, die man abwechselnd benutzte, damit die Investition sich lohnte. Es erinnerte ihn fatal an Massentierhaltung. Michele kannte das System. Die verängstigten Frauen zahlten, ohne zu murren, ihre Rate an den albanischen Zuhälter, der wiederum seinen Anteil an den Clan abgab, der das Viertel kontrollierte, in diesem Fall wahrscheinlich Kalabresen oder Kampanier. Eine lange Reihe von Nutznießern, und ganz unten am Ende der Hierarchie standen die Mädchen. Sie waren austauschbar. Für jede, die starb, verschwand oder floh, kamen zehn neue, die aus irgendeinem gottverlassenen Kaff Osteuropas oder Afrikas nach Italien gekarrt wurden. An Frischfleisch auf den Straßen mangelte es nie.

Nach einem längeren Marsch kam Michele bei der Adresse an, nach der er gesucht hatte. Ein anonymes Tor mit Metalleinfassung und bruchsicherem Glas. Trotzdem hatte jemand versucht, es einzuschlagen, die untere Scheibe war geborsten, ein Inder fegte den Bürgersteig und entfernte die Scherben. Es stank nach Urin und Bier, was ihn an die guten alten Nachtklubzeiten erinnerte.

Auf der Doppelreihe mit Namensschildern suchte er nach der richtigen Klingel, die Hälfte konnte er nicht lesen, meist waren sie in arabischen Schriftzeichen geschrieben. Am Ende der zweiten Reihe fand er schließlich den Namen, nach dem er Ausschau gehalten hatte: *Umberto De Marco, Anwalt.*

Er klingelte. Keine Reaktion. Seine Uhr zeigte halb neun, eine vertretbare Uhrzeit für einen Geschäftsbesuch. Also hielt er den Klingelknopf gedrückt, bis er die Gegensprechanlage knacken hörte.

»Der *avvocato* ist noch nicht im Büro, kommen Sie später wieder.«

Obwohl die Stimme kratzig und belegt klang, ganz anders als früher, erkannte er sie.

»Umberto, ich bin's, Michele Tiradritto.«

In der Leitung blieb es still, lange genug, um die Gespenster der Vergangenheit heraufzubeschwören. Michele wartete, während ihm der Inder, der immer noch den Besen in der Hand hielt, misstrauische Blicke zuwarf. Nach einer Weile ertönte endlich der Türsummer. Im Flur roch es nicht viel besser als draußen, wenngleich hier der Duft nach Gewürzen und exotischem Essen die unangenehmen Gerüche etwas milderte. Wie an solchen Orten üblich, war der Aufzug kaputt, weshalb Michele sich wohl oder übel zu Fuß auf den Weg in den dritten Stock machte.

Die Wohnungstür war angelehnt, ein verkratztes, angelaufenes Messingschild mit einer eleganten Inschrift verriet, dass sich hier die Kanzlei De Marco befand. Immerhin war es poliert, sodass er sein eigenes verzerrtes Spiegelbild darin sehen konnte. Seufzend ging er hinein. Der Gestank ließ einfach nicht nach. Ein Gemisch aus Schweiß, abgestandener Luft und Unsauberkeit wehte ihm entgegen, dazu der süßliche Geruch nach Räucherkerzen, der wie Honig an einem kleben blieb und den man so schnell nicht wieder loswurde.

»Umbe', ich bin's. Wo bist du?«

Da keine Antwort kam, folgte er dem süßlichen Geruch. Überall herrschte Chaos, Bücherstapel am Boden, Zeitschriften in der Ecke, Schuhe, Schirme, alte Jacken an noch älteren Garderobeständern, ein kaputter Drucker und ein verstaubter PC, alles kreuz und quer durcheinander. Offensichtlich wohnte der Anwalt auch hier.

Michele schaute in die Küche, in der Spüle stapelten sich dreckige Teller und viel zu viele leere Flaschen. Aus der Tür am Ende des langen Gangs drang Tageslicht.

Entschlossen betrat Michele den Raum, seiner Stimme war die Anspannung deutlich anzuhören.

»Umbe', ich bin's«, wiederholte er. »Michele Tiradritto.«

Der Anwalt saß an seinem Schreibtisch und versuchte, professionell zu wirken, indem er in eine aufgeschlagen vor ihm liegende Akte und irgendeinen Gesetzestext stierte, als wäre er mit einer dringenden juristischen Angelegenheit beschäftigt. Seine Bemühungen waren umsonst. So, wie er aussah, würde ihm das niemand abnehmen. Ungekämmt, leichenblass und mit Dreitagebart, wirkte er, als hätte er in seinen ungewaschenen Klamotten geschlafen.

Auf den ersten Blick erkannte man, dass man einen Junkie vor sich hatte. Und zwar einen von der schlimmsten Sorte, einen von denen, die zu allem bereit waren, um an einen Schuss zu kommen. Die sich Stück für Stück zerstörten, weil sie einfach alles, was sie in die Finger bekamen, schluckten, als wäre es ein Glas Wasser.

Michele hatte De Marco vor vielen Jahren kennengelernt, als er einer der wichtigen Anwälte der kampanischen Familien gewesen war, einer, der Millionen Lire damit verdiente, dass er einem Klienten zuhörte. Irgendwann jedoch hatte er zu viel Geld verdient und zu viele Schwächen entwickelt. Er liebte das schöne Leben und begann zu koksen wie ein Staubsauger. Nicht unbedingt eine Seltenheit bei Gericht, nur kannte De Marco im Gegensatz zu vielen anderen, die sich mehr oder minder im Griff hatten, kein Maß.

Irgendwann ließ er sich direkt in Koks bezahlen, was den Clans nicht unrecht war, weil seine Dienste damit billiger wurden. Und ihn trieb es an. Er arbeitete wie besessen, bis zu zwanzig Stunden am Tag, nahm immer mehr Kunden an, verdiente immer mehr Geld und bekam immer mehr Koks. Stets gut drauf, überdreht und hyperaktiv, kokste er von morgens bis abends, sogar vor seinen Kunden, zum Glück nicht direkt vor dem Richter. Das ging so lange gut, bis das Verhältnis zwischen Koks und Arbeit irgendwann völlig aus dem Gleichgewicht geriet und er alle paar Tage zusammenbrach.

Seine Stammkunden blieben ihm zunächst treu, denn in seinen klaren Momenten war er nach wie vor ein echtes Genie und schaffte es, dank unglaublicher Interpretationen selbst Urteile außer Kraft zu setzen, die schon gefällt worden waren. Mit einem Wort: Er fand Mittel und Wege, die sonst kein anderer sah. Dann stieg er von Kokain auf Heroin um, und die Dinge wandten sich weiter zum Schlechten. Selbst die tolerantesten Klienten sprangen ab, weil ihn mehr und mehr sein Gespür verließ und seine Misserfolge als Anwalt sich häuften.

Am Ende verlor er beim Falschen: Ein Boss bekam zwanzig Jahre, obwohl er ihm Straffreiheit zugesichert hatte. Dafür jagte man ihm zwei Kugeln hinterher, die ihn zwar absichtsvoll verfehlten, ihm jedoch zeigen sollten, dass man ihm seine Dienste definitiv aufgekündigt hatte. Die bedeutende Kanzlei in der Stadt, für die er gearbeitet hatte, setzte ihn vor die Tür. Seinen Drogenkonsum hatten die Kollegen tolerieren können, nicht aber die Tatsache, dass er große Fälle und damit fette Pfründen in den Sand setzte. Danach ging es unaufhaltsam weiter bergab: üblere Kunden, üblere Viertel, üblere Drogen, eine endlose Abwärtsspirale. Sein schönes Leben war den Bach runtergegangen, nichts davon war geblieben.

Michele hatte ihn in seinen goldenen Zeiten kennengelernt, als er noch Luxuskarossen fuhr und sich mit Frauen mit Silikonbusen umgab. Damals kam er regelmäßig nach Neapel, um seinen Kunden über ihre Immobilieninvestitionen im Norden zu berichten. Irgendwie waren sie so etwas wie Freunde geworden, weil Umberto ihm einmal den Arsch gerettet hatte. Keine große Sache, eine kleine

Anzeige wegen Körperverletzung, weil ein paar Jungs gedacht hatten, sie könnten mit der Tochter des Bosses ein bisschen Spaß haben, und er hatte sich mit hundert Gramm reinem kolumbianischen Koks bei ihm bedankt. Doch statt es sich alleine reinzuziehen, hatte der Anwalt Michele auf eine seiner Privatpartys eingeladen und ihm die Droge im wahrsten Sinne des Wortes auf einem Silbertablett serviert. Sie waren sich durchaus sympathisch gewesen, bis ihre Wege sich durch die Heroinsucht des einen und den Gefängnisaufenthalt des anderen getrennt hatten.

Aus den Augen verloren hatte Michele den ehemaligen Freund allerdings nie.

Sogar im Knast hatte er immer gewusst, was Umberto so trieb. Ein paar Dealer hatten ihn seinerzeit im Austausch gegen ein paar Päckchen Zigaretten über seine jeweils aktuelle Adresse auf dem Laufenden gehalten.

Jetzt musterte er ihn von oben bis unten und ließ sich zu einem mitleidigen »Gut siehst du aus« hinreißen.

Der Anwalt verzog das Gesicht zu einem wissenden Lächeln und zahlte mit gleicher Münze zurück.

»Du auch, Michele, du hast stark abgenommen, na ja, aber steht dir nicht schlecht.«

Dann erhob er sich, zog seine Kleidung zurecht und reichte seinem alten Kunden und Freund eine zitternde Hand. Michele tat so, als bemerkte er es nicht, und drückte sie widerwillig, sie fühlte sich eiskalt und glitschig an wie ein toter Fisch.

»Setz dich. Ich habe nicht mit dir gerechnet, ehrlich gesagt wusste ich nicht einmal, dass du wieder draußen bist.«

»Vorzeitige Entlassung.«

De Marco nickte. »Und was verschafft mir die Ehre deines Besuchs?«

»Ich brauche Hilfe, ich muss eine Weile von der Bildfläche verschwinden.«

»Entschuldige, das verstehe ich nicht. Du bist frei, wo liegt da das Problem? Du kannst schließlich gehen, wohin du willst.«

Michele schaute ihn an und dachte darüber nach, ob er ihm trauen konnte oder er ihn verarschte. Mailand war weit weg, wer weiß, ob die Nachrichten bis hierher vorgedrungen waren. Obwohl De Marco eigentlich noch genug alte Kontakte haben musste, um Bescheid zu wissen. Egal, er brauchte seine Unterstützung, er musste es einfach wagen.

»Es ist auch nicht die Polizei, die nach mir sucht«, erklärte er. »Es sind vielmehr ein paar alte Freunde, die mich finden wollen.«

Als der Anwalt ihn fragend musterte, erzählte er ihm von den sieben Grabsteinen auf dem Friedhof von San Giuliano Campano, von den zwei belegten Gräbern und von dem einen, das auf ihn wartete. Und er vertraute ihm sogar den kleinen Zwischenfall mit den beiden Typen an, die Peppe 'o Cardinale auf ihn gehetzt hatte.

Umberto De Marco spielte mit einem Papierschneider aus Plastik.

»Und wer hat dir das hübsche Geschenk auf dem Friedhof gemacht?«

»Das weiß ich nicht«, antwortete Michele in neapolitanischem Dialekt.

»Wie, du weißt es nicht? Du musst doch zumindest eine

Idee haben. Kann es Giuseppe Notari gewesen sein, der unter alten Freunden ein bisschen aufräumen will?«

»Nein.« Michele schüttelte den Kopf. »So etwas sieht Peppe nicht ähnlich, der kümmert sich bloß um die, mit denen er eine Rechnung offen hat, alle anderen sind ihm egal. Außerdem trägt ein Grabstein seinen Namen.«

Die Augen des Anwalts weiteten sich, das war mal eine interessante Neuigkeit.

»Und du weißt wirklich nicht, wer …«

»Hab ich dir das nicht gerade gesagt?«

Michele wurde jetzt lauter, ungeduldiger, und sein alter Kumpan begriff, dass er das Thema wechseln musste. Er kannte ihn gut genug, um zu wissen, dass mit ihm nicht zu spaßen war. Niemals.

Argwöhnisch taxierten die beiden Männer einander, der eine vor, der andere hinter dem Schreibtisch sitzend. Michele sah Umberto fest in die Augen, er wollte klarstellen, dass er trotz all der Jahre, trotz des Gefängnisses, trotz allem immer noch Michele Tiradritto war. Und dass es Dinge gab, die sich nie änderten.

Es war ein ungleicher Schlagabtausch.

De Marco senkte den Blick und ergab sich in sein Schicksal. Es war keine Bitte, die sein alter Freund da formulierte, sondern ein Befehl, dem er sich nicht verweigern durfte.

»Was brauchst du?«, fragte er leise.

Damit war die Ordnung wiederhergestellt. Einer befahl, der andere gehorchte. Zwei klare und eindeutige Kategorien, die mit Geschlecht, Alter, Geld oder Hautfarbe nichts zu tun hatten. Das war etwas, das man in sich trug. Michele befahl, und die anderen mussten gehorchen. Angefangen von diesem Winkeladvokaten.

»Zuerst einmal muss ich schlafen, ich bin völlig erschöpft und brauche ein paar Stunden Ruhe. Danach eine Dusche und etwas Vernünftiges zum Anziehen, irgendwas Unauffälliges. Etwas, worin ich nicht bemerkt werde. Jacke, Hemd, Hose, Schuhe. Wir haben etwa die gleiche Größe, such also etwas aus, das dir passt. Dann brauche ich ein Handy, eines ohne GPS und mit leicht herausnehmbarem Akku und mit einer sauberen, unbenutzten SIM-Karte. Ich bin sicher, dass du einen Klienten hast, der mit so etwas handelt und eine besorgen kann. Ach ja, vor allem brauche ich neue Papiere, Führerschein, Pass, Steuernummer, Mitgliedsausweis für ein Fitnessstudio, Rabattkarte für einen Supermarkt, alles, was man so im Portemonnaie hat, ein paar alte Kassenzettel und ein Kinderfoto …«

»Tut mir leid, in dem Punkt kann ich dir nicht weiterhelfen.«

Michele überging den Einwand. Er kannte seine Spezies und hatte keine Lust auf Spielchen, dazu war er zu müde und genervt.

»Mit dem Pass muss ich das Land verlassen können. Damit buchst du mir einen Flug nach Valencia, den erstbesten. Ich habe wenig Zeit.«

De Marco wurde hellhörig. »Du willst nach Spanien?!«

Es war nicht ganz klar, ob das eine Frage oder eine Feststellung war.

»Ja, ich treffe dort einen Freund.«

Wenngleich dem Anwalt weder der Tonfall gefiel noch das, was zwischen den Zeilen anklang, blieb er professionell. Regel Nummer eins: nichts fragen, was man nicht unbedingt wissen musste. Regel Nummer zwei: sich aus allem raushalten.

Wenn es jedoch um Geld ging, gelang es ihm nicht, sich rauszuhalten.

»Miche', ich könnte dir vielleicht, aber wirklich nur vielleicht helfen, aber das ist natürlich mit Kosten verbunden. Und ich rede nicht von mir, für mich ist das ein Freundschaftsdienst, sondern von den anderen. Ich werde Ausgaben haben, und ich weiß nicht, ob ich die vorstrecken kann. Weißt du, mein Geld ist angelegt und lässt sich so schnell nicht flüssigmachen.«

Um ein Haar hätte Michele laut aufgelacht. Die einzige Investition, die De Marco tätigen würde, war eine neue Spritze.

»Du kannst beruhigt sein. Du musst nichts vorstrecken, ich habe entsprechend vorgesorgt.«

Er stellte die halb leere Tasche vor den Freund auf den Schreibtisch.

Umberto öffnete sie und schaute auf Pepès abgegriffene, stinkende Scheine, ohne eine Miene zu verziehen. Geld war Geld, und das stank nicht, wie sein lateinischer Lieblingsspruch besagte: *Pecunia non olet.* Darauf hatte er schließlich seine Karriere als Anwalt aufgebaut. Er warf einen genaueren Blick auf das schmutzige Bündel. Vorsichtig geschätzt, mussten es etwa fünftausend Euro sein.

»Und dann hab ich noch das hier.«

Michele kramte in den Taschen seiner Jeans und ließ den Diamanten aus dem Gebiss des Camorrista auf die Tischplatte fallen.

De Marco übersah geflissentlich die Blutspuren, dachte stattdessen an Regel Nummer eins und stellte keine Fragen.

Der Stein durfte etwa ein halbes Karat haben, also etwa

zweitausend Euro wert sein, wenn nicht mehr. Er schwieg, und Michele legte nach.

»Sofern die Papiere gut sind, bringe ich dir aus Spanien ein kleines Geschenk mit. Eines, das dir sicher sehr gefallen wird.«

Die Aussicht auf guten Stoff, dazu das Geld auf dem Tisch hatten ihn fast überzeugt, dabei war es ohnehin klar gewesen, dass er ihm helfen würde, so abgebrannt, wie er war. Aber es tat seinem Ego gut, den Schein zu wahren und einen kleinen Rest Stolz zu retten.

»Ich muss drüber nachdenken.«

Als ein mit allen Wassern gewaschener Camorrista wusste Michele, dass das eine Lüge war, aber statt Umberto daran zu erinnern, dass er gar nicht Nein sagen konnte, spielte er das Spiel um der alten Zeiten willen mit, als die Drogen den genialen Anwalt noch nicht zerstört hatten.

»Natürlich, das verstehe ich, ich habe nur leider wenig Zeit. Ich brauche sofort eine Antwort.«

Mittlerweile war De Marco kreidebleich, ihm trat kalter Schweiß auf die Stirn, und das Zittern seiner Hände wurde stärker. Als er sich nicht mehr beherrschen konnte, riss er eine Schreibtischschublade auf und nahm ein silbernes Alutütchen und ein Feuerzeug heraus.

»Miche', ich darf doch, oder?«

»Natürlich, ist ja deine Wohnung.«

Hektisch riss der Anwalt das Tütchen auf. Er war längst überfällig, er fühlte sich schrecklich und konnte nicht mehr länger warten. Er nahm zwei graubraune Kügelchen heraus und legte sie auf den Schreibtisch, kramte einen halb verbrannten Strohhalm aus der Schublade, nahm ihn zwischen die Lippen und hielt ein Feuerzeug an den Stoff.

Der Strohhalm zitterte ein bisschen, das Kügelchen knisterte, und der Junkie wartete auf den ersten Zug.

Michele kannte sich aus. Er hatte schon gekokst, als es sich nur wenige leisten konnten, doch seit jeder in der Lage war, sich seine Line reinzuziehen, hatte das Ganze für ihn an Reiz verloren. Und andere Drogen hatten ihn nie interessiert. Drogenabhängige lebten für die Drogen, sie wollten sie, liebten sie, träumten von ihnen. Ihr ganzes Leben drehte sich allein um den Stoff. Und wenn sie nichts hatten, dann redeten sie über Drogen, über gutes und schlechtes Zeug, wo man es kaufte, wie man es nahm, was man zahlen musste.

Der Anwalt konsumierte Kobret, eine minderwertige Form von Heroin, ebenso billig wie zerstörerisch. In Scampia war es weitverbreitet. Keine Spritzen, keine Einstiche, da man es rauchte. Dafür durchlöcherte es einem das Gehirn. Mit Kobret fingen die Kids an, für sie war das kaum mehr als ein Joint, erst nach und nach gerieten sie in die Falle. Der Name leitete sich von Kobra ab, weil der erste Rauch, der aufstieg, wie eine Schlange aussah.

Als Michele den unangenehmen süßlichen Geruch wahrnahm, verstand er, warum es in der Wohnung überall nach Räucherkerzen roch. Die sollten den Drogengeruch überdecken, mit geringem Erfolg, wie er fand.

Er erhob sich, während der Anwalt gurgelnd einatmete, um nur ja nichts von seiner Ration zu verschenken, und sah sich in dem Büro um. Billige Möbel, ein verbrannter und versiffter Teppich, zugezogene Vorhänge und in der Ecke ein Sessel, auf dem die Anwaltsrobe lag.

Als er den Blick über die Gesetzessammlungen im Bücherregal gleiten ließ, zog ein Buchrücken seine Aufmerksamkeit auf sich: Zwischen dem Strafprozessrecht und einer alten Zeitschrift stand eine vergilbte Ausgabe von Louis-Ferdinand Célines *Reise ans Ende der Nacht.* Eine zerfledderte Ausgabe aus dem Antiquariat, der Umschlag zeigte einen traurigen, einsamen Mann bei Nacht unter einer Straßenlaterne. Michele nahm das Buch heraus und begann, darin zu blättern, und plötzlich fand er sich an der Seite des Protagonisten Ferdinand Bardamu wieder, in den Schützengräben und in Afrika, im frühen Amerika und in grauen Pariser Vorstädten. Ein Strudel von Gefühlen erfasste ihn, und er musste über sich selbst lachen. Er dachte daran, wie er bei der Lektüre mit diesem jungen Mann in die Niederungen der Existenz hinabgestiegen war, dunkel, nihilistisch und verwirrend, dabei zugleich komisch und ironisch, entmystifizierend und schamlos. Eine Reise in die finsteren Abgründe der Menschen, in die tiefste Dunkelheit.

Verdrängte Empfindungen kehrten zurück, als er diese Seiten betrachtete. Eine nicht zu greifende Welle, die vom Magen her aufstieg und ihm die Kehle zuschnürte, der Wunsch, nirgendwo zu sein. Einen Augenblick lang wurden seine Augen feucht, Bitterkeit überfiel ihn, aber vor allem öffnete sich eine Tür zu seiner Vergangenheit.

Eine Tür, die verschlossen hatte bleiben sollen, jedenfalls noch so lange, bis er seine eigene letzte Reise ans Ende der Nacht antreten würde. Am liebsten wäre er ohnmächtig geworden, im tiefen Brunnen seiner Seele versunken, hätte sich in diesen schmutzigen Teppich eingerollt und geschrien bis zu seinem Tod, bis ihn eine uniforme Dunkelheit wie ein Meer verschluckt und mit sich gerissen hätte, immer tiefer hinunter, dorthin, wo nichts mehr war, wo er sich selbst nicht mehr begegnen musste.

Ihm wurde schwindlig, die Umrisse des Zimmers verschwammen, der Fußboden begann zu schwanken. Das Buch glitt ihm aus den Händen, und er musste sich am Regal festhalten. Durch die diffusen Schwingungen in seinem Kopf bahnte sich eine Stimme ihren Weg.

»Michele, Michele, alles in Ordnung?«

Mühsam öffnete er die Augen und merkte, dass er eine Seitenwand des Regals umklammerte wie ein Schiffbrüchiger eine Holzplanke. Er kam sich vor wie eine Fliege auf der Fensterscheibe, nach der jeden Moment jemand schlagen würde. Umberto war hinter seinem Schreibtisch aufgestanden und beugte sich besorgt vor, während seine Hand schwer auf dem Umschlag mit dem Geld lag. Michele zitterte noch immer, doch die Worte des Anwalts drangen klar und deutlich zu ihm durch.

»Vielleicht kenne ich jemanden, der uns helfen kann.«

2.

Als Michele erwachte, lag er im Bett des Anwalts und starrte an die Decke. Schimmelflecken und Risse. Wieder einmal.

Fast hätte er geflucht, er hatte genug von dem Gefühl, immer noch eingesperrt zu sein, als hätte er lediglich die Zelle gewechselt. Er musste fast sechs Stunden geschlafen haben. Mit dem Erfolg, dass er sich zum ersten Mal seit drei Tagen nicht mehr ganz so müde fühlte.

Fast widerstrebend erhob er sich, duschte den eigenen und den Gefängnisgeruch ab und schlüpfte in die Kleider, die Umberto ihm besorgt hatte: Jacke, Jeans, Hemd und Schuhe, alles nicht ganz neu, aber wenigstens sauber. Anschließend öffnete er den Medizinschrank, wo er wie erwartet unzählige Psychopharmaka und Schmerzmittel fand, und zum Glück auch das, wonach er gesucht hatte, einen Einwegrasierer.

Nach der Rasur begutachtete er sich im Spiegel. Durchaus akzeptabel, jedenfalls sah er nicht mehr nach einem Gangster aus, sondern eher wie ein Staubsaugervertreter oder ein Zeuge Jehovas. Anonym und grau, er würde niemandem auffallen, wären da nicht die intensiven, dunklen Augen mit den grauen Schatten darunter, die so manchem bereits die Seele geraubt hatten. Nun gut, daran konnte er nichts ändern.

Der Anwalt lachte, als er ihn sah.

»Miche', du siehst dir wirklich nicht mehr ähnlich.«

»Leck mich.«

Damit endete das Gespräch, und sie gingen nach unten auf die Straße. Inzwischen war es Abend geworden und die Luft kühler. Michele knöpfte die Jacke zu und zündete sich eine Zigarette an.

»Wohin gehen wir?«

»Nicht weit, keine Sorge.«

Mika war Bulgare, das jedenfalls hatte ihm Umberto erzählt. Er kopierte Scheck- und Kreditkarten und besorgte außerdem hin und wieder falsche Papiere, wenn Freunde den Namen ändern oder für einige Zeit verschwinden mussten. Offenbar hatte der Anwalt sich in der Vergangenheit gelegentlich an ihn gewandt, doch er äußerte sich nicht näher dazu, und Michele fragte nicht nach. Im Grunde interessierte es ihn auch nicht. Er brauchte Hilfe, und dann würde er weiterziehen.

»Am besten wäre es natürlich, sich an die Chinesen zu wenden, die sind spezialisiert auf Papiere aller Art, Aufenthaltsgenehmigungen, Führerscheine, Personalausweise und Reisepässe, aber leider arbeiten die ausschließlich für ihre eigenen Leute und machen da keine Ausnahmen. Sie tauschen die Pässe der verstorbenen Alten, die zur Bestattung nach China überführt werden, mit denen der Jungen, die illegal nach Italien kommen. Die Papiere werden einfach überarbeitet und abgeändert, das heißt, im Grunde sind es echte Papiere, deshalb sind ihre Fälschungen auch so perfekt. Für das Einwohnermeldeamt sind die Leute gewissermaßen unsterblich, da die Aufenthaltsgenehmigungen vom Großvater auf den Enkel übergehen. Deshalb werden Chinesen auch nie in Italien beerdigt.«

Michele begnügte sich damit weiterzurauchen, während er den Schritt beschleunigte. De Marco schien in Plauderlaune zu sein, aber Michele verstand, dass er nervös war, und das Reden half ihm offensichtlich, seine Unruhe unter Kontrolle zu halten. Sein Besuch und das Geld in der Tasche waren eine Abwechslung in seinem erbärmlichen, elenden Alltag, und eine Art Euphorie hatte ihn gepackt. Jedenfalls redete er ohne Punkt und Komma.

»Während du geschlafen hast, habe ich ein paar Telefonate geführt. Diskret natürlich. Mika hat gesagt, er kann uns helfen. Ich habe ihm erklärt, was du brauchst, er meint, das wäre kein Problem, würde aber etwas dauern.«

»Wie lange?«

»Nicht lange. Er muss irgendeinen Stempel besorgen, das dauert zwei Tage … und kostet tausend Euro.«

Er schielte zu seinem alten Freund hinüber.

Michele nickte, das war kein Problem. Zwei Tage ließen sich überbrücken, und er hatte mit höheren Kosten gerechnet. Er wusste, dass er es mit Arschlöchern zu tun hatte, und wie alle Arschlöcher waren sie gierig.

Sie kamen zu einem alten Tor, das noch heruntergekommener aussah als die Haustür des Anwalts, und das wollte etwas heißen. Trotzdem waren diskret ein paar Überwachungskameras angebracht. Er wurde gefilmt. Der Bulgare schien clever zu sein, und das gefiel ihm. Es war immer besser, mit echten Profis zusammenzuarbeiten als mit Stümpern.

Gleich hinter der Tür ging es in einen dunklen Keller hinunter. Dabei passierten sie ein Gittertor, das ihn an die Drogenumschlagplätze in Scampia erinnerte, und gelangten an eine massive kugelsichere Tür, die sich auf ihr Läuten hin automatisch öffnete.

Der Raum, den sie betraten, lag im Halbdunkel. Er war groß und hatte eine niedrige Decke, durch ein langes, schmales Fenster auf Höhe des Bürgersteigs fiel Licht herein. Alles war sauber, ordentlich und funktionell. Ein paar Lampen und Computermonitore, die blau, rot und grün leuchteten, verliehen dem Raum etwas Surreales, sodass man fast hätte glauben können, man wäre in einer Geisterbahn.

Michele schaute sich um und entdeckte neben einem professionellen Plotter ihm unbekannte Maschinen und in einer Ecke ein kleines Fotostudio mit Stativ, Lampen und Fotoschirmen. In der gegenüberliegenden Wand befand sich eine Metalltür mit Riegel und Eisenkette. Sofort fiel ihm auf, dass es keinen Fluchtweg gab.

»Komm näher, Avvocato.«

Die Stimme kam hinter den ultradünnen Monitoren hervor, die auf zwei Ebenen in Dreierreihen angeordnet waren wie auf dem Börsenparkett. Ein Mann stand auf und trat auf sie zu. Breite Schultern, ausgeprägte Kieferknochen, raspelkurze blonde Haare, blasse Haut, die sicher nicht viel Sonne abbekam. Was Michele am meisten auffiel, waren die hellblauen Augen, die fast durchsichtig wirkten, leer und ausdruckslos wie ein Spiegel. Sie waren nicht weniger beunruhigend als seine eigenen dunklen Augen, die an einen unheimlichen tiefen Brunnen erinnerten.

Die beiden Männer reichten sich die Hand, während

De Marco munter weiterplauderte, um die Spannung zu lösen.

»Mika, das ist der Freund, von dem ich dir erzählt habe. Wir müssen ihm helfen, sich abzusetzen, und es ist ziemlich eilig, es wäre also gut, wenn du die Sache etwas beschleunigen könntest ... Ich habe ihm alles erklärt, er ist damit einverstanden, mehr zu zahlen, wenn du bis morgen fertig bist. Natürlich muss alles diskret ablaufen, du weißt schon.«

Aber die beiden anderen kümmerten sich nicht um ihn, sondern taxierten einander, um herauszufinden, wen sie da vor sich hatten. Und wie es schien, war ihr stummer Dialog erfolgreich. Beide nickten kaum merklich.

Michele wunderte sich über diesen Computerexperten und Internetbetrüger mit der Statur eines Kämpfers. Diese ließ wie der Haarschnitt keinen Zweifel daran, dass der Bulgare früher Soldat gewesen sein musste. Und das Tattoo am Unterarm verriet, dass er außerdem eine Zeit lang im Knast gesessen hatte, denn dort bastelte man sich Tätowiergeräte aus alten Radio- oder CD-Player-Teilen, was natürlich nicht zu den besten Ergebnissen führte. Sein Halsschmuck, ein von Ketten umgebenes Kreuz, das auf einer dreistufigen Treppe ruhte, zeigte darüber hinaus, dass er drei Jahre gesessen hatte.

Michele deutete auf den Unterarm. »Wo?«

»Lecce.«

»Hart.«

»Ziemlich.«

»Was brauchst du?«

Sein Italienisch war perfekt, trotz des ausgeprägten slawischen Akzents.

»Einen Führerschein, einen Personalausweis, mit dem ich das Land verlassen kann, und alles, was sich üblicherweise in einem Geldbeutel befindet, Gutscheine, Kassenbelege, eine Zahnarztquittung, was weiß ich.«

»Zahnärzte stellen keine Quittungen aus«, wandte Mika ein.

Großer Gott, dachte Michele, ein Witzbold! Das hatte ihm gerade noch gefehlt.

»Du kannst reinstecken, was du willst, Hauptsache, die Papiere sehen echt aus. Je älter und abgegriffener sie sind, desto besser. Meinetwegen können sie auch bald ablaufen.«

»Gut, ich habe, was du brauchst. Willst du dir eigentlich ein Flugticket kaufen?«

Michele schaute kurz zum Anwalt hinüber. »Das kann dir egal sein.«

»Wenn du fliegen willst, müssen die Papiere perfekt sein, die Kontrollen am Flughafen sind streng. Sonst könnten sie ein wenig nachlässiger gemacht sein, das ginge schneller und wäre billiger.«

»Sie müssen perfekt sein.«

»Dann kosten sie mehr.«

»Kein Problem.«

Dass er sein ganzes Geld De Marco gegeben hatte, wusste der Bulgare nicht. Zu gegebener Zeit würde ihm hoffentlich etwas einfallen.

»Wie willst du heißen?«

»Keine Ahnung.«

Mika ging zu einem der Schreibtische neben dem Plotter, öffnete eine Schublade und nahm eine Metalldose heraus.

»Größe?«

»Etwa einen Meter achtzig.«

Der Bulgare griff nach einem mit grünem Gummiband zusammengehaltenen Bündel: Führerscheine, Personalausweise, Reisepässe, und begann, sie auf körperliche Merkmale hin durchzusehen.

Michele wusste, dass sie gestohlen waren. Drogenabhängige und Taschendiebe klauten die Handtaschen, steckten das Geld ein und verkauften die Papiere. Zum Glück schien dem Bulgaren klar zu sein, dass er nicht irgendwen vor sich hatte, sondern dass sein Gegenüber gefährlich werden konnte. Da war es besser, die Karten gleich auf den Tisch zu legen.

»Die Besten sind die Zigeuner am Hauptbahnhof. Sie beklauen Passagiere und Touristen und können dir problemlos ausländische Papiere besorgen. Möchtest du lieber Franzose, Deutscher oder Grieche sein?«

»Ich komme aus Neapel.«

Mehr gab es nicht zu sagen.

Mika fand, was er suchte. Die körperlichen Merkmale stimmten überein, den Namen würde er ändern, damit es keine Schwierigkeiten gab.

»Du bist Lehrer«, sagte er und klappte den Pass zu. »Wir machen jetzt ein Foto.«

Er deutete auf die Fotoecke mit dem Stativ und knipste die Scheinwerfer an, die Michele so sehr blendeten, dass er nur noch Umrisse wahrnahm. Darüber hinaus ging ihm sein alter Freund, der nervös auf und ab marschierte, gewaltig auf die Nerven.

Innerhalb von fünf Minuten waren sie fertig. Der Fälscher holte eine Flasche Wodka, um ihr Geschäft zu begießen. Michele zögerte kurz, dann nickte er.

Sie kippten ihre Gläser in einem Zug runter, wie es in Osteuropa üblich war. Der Alkohol brannte in der Kehle, kein Wunder, er hatte in den letzten Jahren so gut wie keinen Tropfen getrunken. Eine warme Welle stieg ihm in den Kopf. Umberto hatte sich bereits nachgeschenkt, noch bevor er das Glas abgesetzt hatte. Bei der Menge an Alkohol und Drogen würde er es wohl nicht mehr lange machen. Aber wie auch immer: In ein paar Tagen würde ihn das nichts mehr angehen.

»Noch einen?« Mika hielt ihm die Flasche hin.

»Nein, einer reicht. Ich möchte jetzt lieber gehen.«

Der Anwalt hatte sich soeben den dritten Wodka eingegossen. Das Zeug beruhigte ihn offenbar. Zumindest zitterten seine Hände nicht mehr, und er tigerte nicht mehr durch den Raum.

Michele hingegen fühlte sich benommen. Sein Kopf wurde schwer, er war müde, seine Hand begann zu zittern, und das Glas wurde mit einem Mal ganz hell. Genauso wie die Monitore. Plötzlich verschwamm alles um ihn herum, durch die geschlossenen Augenlider schossen Blitze. Alles wurde wattig, das Zimmer begann zu schwanken.

Das durfte nicht wahr sein. Wie konnte er bloß so dämlich sein. Dumm und unvorsichtig.

Ihm blieb keine Zeit, weiter darüber nachzudenken. Schon legte sich ein Arm um seinen Hals, ein muskulöser Arm mit einem Tattoo, und drückte zu, dann wurde ihm eine Nadel in den Hals gestochen. Schmerz spürte er keinen, die Drogen, die ihm injiziert wurden, betäubten ihn sofort. Seine Beine begannen zu zittern, die Knie gaben nach, und er sackte zu Boden.

Von ferne kamen Stimmen, undeutlich wie ein Echo.

»Was machen wir jetzt? Und wenn er sich wieder erholt? Was dann?«, war die schrille Stimme des Anwalts zu hören.

»Ganz ruhig, Umberto. Er wird nicht aufwachen.«

Michele spürte, wie sich ein dunkler Schleier über ihn legte. Dann sank er ins Nichts.

Es war kein unangenehmes Gefühl.

3.

Es war dunkel, und es hatte zu regnen begonnen. Die Luft war plötzlich kalt geworden, und die Passanten beeilten sich, nach Hause oder an einen anderen warmen Ort zu kommen, während Ispettore Lopresti sich langsam, aber sicher die Eier abfror. Er stand unter dem Dach einer Bushaltestelle und betrachtete das siebenstöckige weiße Gebäude der Staatsanwaltschaft, das im Dunkeln nicht mehr ganz so groß und majestätisch wirkte, trat dabei von einem Fuß auf den anderen und steckte sich die x-te Zigarette des Tages an. Ungeduldig wartete er darauf, dass sein Kollege endlich sein Gespräch beendete und sie nach drinnen gehen konnten, wo sie vermutlich längst erwartet wurden.

Nach vielen Zweifeln und einem Haufen Vorurteilen hatte er seine Meinung über Corrieri revidieren müssen. Im Grunde war er gar nicht so übel, er stammte eben aus einer anderen Zeit. Wenn er nur nicht ständig über seine Pensionierung und seine heile Familie schwadronieren würde. Wie gerade jetzt.

Schon gut, Amore, nein, Chérie, das ist gar kein Problem, ich bringe den Kamillentee und Brot mit, wenn ich nach Hause komme. Nein, du musst nichts Besonderes kochen, ich esse das, was da ist. Du musst nichts vorbereiten, versuch, dich auszuruhen …

Das Telefonat zog sich ganz schön in die Länge.

Ja, du weißt doch, dass ich dich liebe. Aber jetzt muss ich auflegen, ich habe hier einen Kollegen neben mir stehen.

Corrieri flötete noch dreißig Sekunden weiter, verabschiedete sich ausgiebig und versicherte seinem Frauchen seine Liebe. Dann seufzte er und beendete das Gespräch mit einem Lächeln auf den Lippen.

Lopresti musterte ihn mit einer gewissen Verwunderung. »Wie lange seid ihr eigentlich schon verheiratet, du und deine Frau?«

»Siebenunddreißig Jahre.«

»Siebenunddreißig Jahre? Unglaublich.«

»Ja, wir haben mit neunzehn geheiratet. Kennengelernt haben wir uns in der Schule, das ist jetzt fünfzig Jahre her.«

»Willst du damit sagen, dass du mit deiner Schulfreundin verheiratet bist?«

»Warum nicht?«

»Und nach einem halben Jahrhundert macht ihr immer noch so ein Getue am Telefon? *Ich liebe dich, ich vermisse dich, leg du zuerst auf, nein du?*«

»Ja, tun wir.«

Corrieri wirkte jetzt etwas verschämt, er senkte den Blick und tat so, als würde er in seiner Jackentasche etwas suchen.

»Dir ist hoffentlich klar, wie selten das ist? Man müsste euch in ein Museum stellen, hinter dickes Panzerglas wie bei der Mona Lisa, und die Leute müssten Eintritt zahlen, um euch zu besichtigen. Auf dem Schild würde stehen:

Nach fünfzig Jahren immer noch verliebt. Und man könnte ein richtiges Merchandising aufziehen, mit T-Shirts, Taschen, Schneekugeln …«

»Mhm. Tolle Idee, darüber habe ich noch gar nicht nachgedacht, das würde meine Pension aufbessern«, scherzte Corrieri. Er lächelte, vor allem, weil er nach fünfzig Jahren tatsächlich immer noch in seine Frau verliebt war, aber auch, weil er begriffen hatte, dass seinem Kollegen das gefiel. »Aber lass uns jetzt gehen, wir sind ohnehin zu spät dran.«

»O nein, ich habe die ganze Zeit auf dich warten müssen, jetzt wartest du, bis ich noch eine geraucht habe«, widersprach Lopresti und zündete sich eine weitere Zigarette an.

Während er rauchte, dachte er einen Moment lang an Martina, an ihre langen kastanienbraunen Haare, an die lachenden Augen und daran, dass sie immer vor ihm aus dem Bett gestiegen war und ihm zwei Linien Koks auf dem Nachttisch vorbereitet hatte. Rasch verdrängte er das Bild wieder. Peanuts im Vergleich zu der langen, glücklichen Ehe seines Kollegen.

Nachdem er seine Kippe weggeworfen hatte, betraten die beiden Männer die Staatsanwaltschaft und gingen über den kalten, verwaisten Flur. Loprestis Fanklub aus Vorruheständlerinnen war um diese Zeit bestimmt schon zu Hause. Besser so, denn selbst ihm stand momentan der Sinn nicht danach herumzuschäkern. Die Ermittlungen begannen, ihn zu belasten. Er hatte geglaubt, sie würden schnelle Resultate erzielen, man würde ihnen Informationen zutragen, einen anonymen Brief oder Ähnliches. Doch außer den Gerüchten, die Genny B. kolportiert hatte, herrschte tote Hose. Niemand redete, niemand wusste etwas. Und in diesem Fall stimmte das sogar.

Als sie vor Taglieris geschlossener Tür vorbeikamen, wechselten sie einen resignierten Gesichtsausdruck. Wenn nicht ein Wunder geschah, erwartete sie hier demnächst ein Anschiss erster Güte. Sie gingen weiter, vorbei am Aufzug und an den Toiletten, und hofften, dass wenigstens Morgantis Telefonüberwachung etwas gebracht hatte.

Sie erreichten die letzte Tür auf der rechten Seite und waren, kaum dass sie eintraten, von dichten Rauchwolken umgeben.

»Morganti, gilt das Rauchen-verboten-Schild draußen an der Tür für dich etwa nicht?«, fragte Corrieri vorwurfsvoll und wedelte mit der Hand vor seinem Gesicht herum.

»Das gilt bloß für den Gang.«

Der Kollege drehte sich nicht einmal um. Er saß mit Kopfhörern um den Hals vor dem PC, eine Kippe im Mundwinkel und ungezählte zu Ende gerauchte in einem überquellenden Aschenbecher. Auch die anderen Beamten würdigten sie keines Blickes, alle hatten Knöpfe im Ohr.

Sie befanden sich im Abhörraum, einem gesichtslosen Zimmer mit verdunkelten Fenstern, drei Schreibtischen und drei Computern. Auf der rechten Seite stand ein Metallregal mit Fotoapparaten, darunter einige Uraltmodelle.

»Annunziati?«, fragte Lopresti.

»Hat die erste Schicht übernommen«, antwortete Morganti und fuhr sich mit der Hand übers Gesicht.

Er war müde und hatte Kopfschmerzen. Kein gutes Zeichen.

»Am Telefon meintest du, du hättest etwas für uns.«

Morganti nickte und drückte die Zigarette aus. »Ja,

etwas habe ich tatsächlich. Wir haben ein paar Anschlüsse abgehört, und bevor du fragst: Bei Peppe 'o Cardinale hat es nicht geklappt. Er ist extrem vorsichtig geworden. Er hat inzwischen panische Angst und verlässt kaum noch das Haus. Zum ersten Mal seit zehn Jahren ist er nicht auf der Piazza von San Giuliano Campano unterwegs, um sich zu zeigen. Aber immerhin konnten wir ein paar seiner Mitarbeiter abhören, das war ergiebiger. Salvatore Cuomo, genannt Palletta, ist einer von denen, die für Peppe die heiklen Aufgaben übernehmen, sich um die Beziehungen zu anderen Clans kümmern oder wenn es Ärger mit irgendwelchen Dealern gibt – er erledigt die Drecksarbeit, sauber und ohne Spuren zu hinterlassen.«

»Und?«, fragte Lopresti ungeduldig nach.

»Vor einigen Stunden hat ihn sein Chef angerufen, und sie haben eine interessante Unterhaltung geführt.«

Morganti stand auf, um dem Kollegen Platz zu machen, und holte einen zweiten Stuhl für Corrieri. Dann steckte er zwei weitere Kopfhörer in den Computer. Auf dem Bildschirm tauchte die Liste der abgehörten Anschlüsse auf, Telefonnummern, Anzahl und Dauer der Anrufe sowie die Texte der versendeten und erhaltenen SMS.

»Salvatore ist überzeugt, dass sein Handy sicher ist. Nach der Sache auf dem Friedhof haben alle anderen Männer von 'o Cardinale die Handys ausgetauscht, aber zum Glück haben wir den Typen festnageln können, der ihnen die neuen SIM-Karten besorgt hat. Nachdem wir ihm gedroht haben, ihn wegen Mitgliedschaft in einer mafiösen Vereinigung einzubuchten, hat er uns ein wenig unterstützt.«

»Und 'o Cardinale?«

»Wie gesagt, ihn kriegen wir nicht.« Morganti schüttelte den Kopf »Er benutzt das Handy irgendeines unbescholtenen Bürgers, und mit Sicherheit hat er davon gleich mehrere. Man stellt sie ihm zur Verfügung, ohne dass er überhaupt danach fragen muss, einfach um dem Boss zu Diensten zu sein. Außerdem lebt er in einem echten Bunker. Fenster und Türen kugelsicher, am Eingang Kameras, an jeder Straßenecke ein Posten. Bestimmt gibt es sogar einen unterirdischen Gang und geheime Räume. Da kann man keine Wanze installieren.«

Als der Lauschspezialist eine Nummer wählte und auf Enter drückte, hörte man in den Kopfhörern erst ein Klingeln, dann folgten Stimmen.

Hallo?

Hallo, Don Giuseppe, ich bin's. Salvatore.

Können wir reden, mein Junge?

Ja, lo Zi'. Mein Telefon ist neu.

Also, was gibt's?

Die beiden Jungs sind immer noch im Krankenhaus, aber es geht ihnen besser. Im Bericht steht, sie hätten einen Motorradunfall gehabt, obwohl man sieht, dass hier jemand anderes am Werk war. Cosimo braucht neue Zähne und …

Lass gut sein, die beiden interessieren mich nicht. Wo ist Michele Tiradritto?

Das ist leider nicht so einfach, Don Giuseppe. Nachdem er das Haus verlassen hat, haben wir ihn aus den Augen verloren. Er wusste, dass er beobachtet wird, und ist ins Rione Berlingeri gelaufen, und bei all den Leuten ist er uns einfach entwischt.

Verdammt.

Immerhin gibt es Neuigkeiten. Ein gewisser Pepè, ein Typ, der für uns Drogen verkauft und der Michele anscheinend kennt, ist von ihm verprügelt worden. Da sieht man, mit was für einem Arsch man es zu tun hat. Er hat ihm das Geld, das Auto und die Drogen geklaut und ist damit abgehauen.

Und wohin?

Das weiß niemand. Aber ich habe mich umgehört, ein Kumpel aus dem Knast meinte, Michele hätte überall Kontakte. Wahrscheinlich ist er in Rom oder Mailand, vielleicht auch in Genua.

Und bei wem?

Bei irgendwelchen Knastbrüdern, mit denen er mal die Zelle geteilt hat.

War er nicht mit Pinochet in einer Zelle?

Stimmt, nach seinem Tod haben sie ihn verlegt. Er hat sowieso in vielen Gefängnissen gesessen und sich dort mit vielen Leuten angefreundet. Und einige von unseren Männern, die ihn aus Liano kennen, meinten, er hätte nach der Adresse eines Anwalts gefragt.

Eines Anwalts?

Ja, nach einem gewissen … Warten Sie mal, ich habe es mir aufgeschrieben … Umberto De Marco.

Den kenne ich. Ein Junkie, ich wusste gar nicht, dass der noch lebt. Könnte jedenfalls die Lösung sein.

Was soll ich machen, lo Zi'?

Schick jemanden zu diesem Pepè, wir müssen sicher sein, dass er uns alles gesagt hat. Er muss reden. Hast du mich verstanden?

Verstanden. Und ich?

Du fährst nach Mailand zu diesem Anwalt. Aber vorher sagst du den Kalabresen Bescheid. Nicht dass sie hinterher noch Ärger machen, weil sie niemand informiert hat. Tiradritto macht uns schon genug Schwierigkeiten.

Entschuldigen Sie die Bemerkung, aber ist das nicht zu viel Aufwand? Michele kann das mit dem Friedhof nicht gewesen sein. Als man 'o Maresciallo umgebracht hat, saß er noch im Knast, und als das mit Bebè passierte, war er zu Hause und stand unter unserer Beobachtung.

Red keinen Unsinn. Das ist nicht zu viel Aufwand. Und du weißt besser als ich, dass man aus einem Haus sehr wohl unbemerkt verschwinden kann. Das ist für einen wie Michele kein Problem. Vergiss nicht, dass einer der Namen auf dem Friedhof meiner ist, und ich habe keine Lust, mich umbringen zu lassen. Haben wir uns verstanden?

Entschuldigen Sie, ich dachte nur …

Du sollst nicht denken, du sollst meine Befehle ausführen und damit basta! Wenn ich dir sage, dass du Michele Tiradritto finden sollst, dann finde ihn gefälligst. Du hast keine Ahnung von dieser ganzen Geschichte und verstehst auch nichts davon. Du sollst gehorchen, sonst nichts!

Ich gehorche, lo Zi'.

Dann reg mich nicht weiter auf. Die Suraces, was ist mit denen?

Die sind bei unseren Freunden in Rom, sie haben

gesagt, dass es ihnen gut geht und sie eine Weile dortbleiben wollen.
Gut, die haben Schiss, das hatten sie früher schon. Die haben sich zwischen Kartoffeln und Auberginen auf dem Markt versteckt und tun so, als würden sie die Verteilung unseres Stoffs kontrollieren, aber in Wahrheit warten sie nur darauf, dass ich dieses Chaos in Ordnung bringe und Michele Vigilante finde.
Was soll ich tun?
Du machst, was ich dir gesagt habe. Du schickst jemandem zu diesem Freund von Michele. Er muss uns alles sagen. Und lass es jemanden machen, der sauber arbeitet, ohne viel Aufhebens, ich will nicht, dass es Gerede gibt und wir schlecht dastehen. Die Leute ahnen schon, dass wir im Dunkeln stochern, und verlieren den Respekt. Und wenn sie den Respekt verlieren, haben wir verloren. Du fährst nach Mailand, gleich heute Abend. Und schick jemanden zu den Suraces. Sie sollen zurückkommen, sie müssen sich hier sehen lassen, sonst denken die Leute noch, sie wären abgehauen. Wir müssen zeigen, dass wir hier immer noch das Sagen haben und uns von niemandem Angst machen lassen. Nicht mal vom Sensenmann. Hast du mich verstanden?
Alles klar, lo Zi'.

Das Gespräch war zu Ende. Corrieri und Lopresti starrten schweigend auf den Monitor. Auf der Liste war zu sehen, dass es das letzte Gespräch war, das Giuseppe Notari geführt hatte. Morganti zündete sich eine Zigarette an.

»Ich weiß ja nicht, wie ihr das seht, aber wenn man von Respekt faselt und davon, dass man sich sehen lassen muss, dann hat man die Hosen gestrichen voll. Allen voran ’o Cardinale.«

Lopresti zog die Kopfhörer runter und fragte: »Wie geht ihr weiter vor?«

»Wie immer. Wir hören sie weiter ab. Mittlerweile kümmern wir uns auch um den Anwalt, er steht unter Beobachtung. Die Kollegen aus Mailand haben uns informiert, dass er schwer drogenabhängig ist und dealt. Ist offenbar in schlechte Gesellschaft geraten und dort abgestürzt. Mal sehen, was dabei rauskommt.«

»Und Palletta?«

»Dem haben wir einen GPS-Tracker unters Auto montiert und warten, dass er nach Mailand aufbricht. Sobald er beim Anwalt ankommt, müssen wir aufpassen, dass er ihn nicht umlegt, und dann warten wir, bis Vigilante dort auftaucht.«

»Wissen wir überhaupt, ob er mit der Geschichte etwas zu tun hat?«, gab Corrieri zu bedenken.

Morganti musterte ihn misstrauisch, die Kippe im Mundwinkel, das Feuerzeug in der Hand.

»Was ist denn das für eine Frage, Kollege? Machst du Witze? Je mehr wir in der Scheiße stochern, desto öfter stoßen wir auf den Namen Michele Tiradritto. Erst die beiden verprügelten Typen, dann der beklaute Dealer, und jetzt ist er auch noch verschwunden. Und vergiss nicht, dass das Ganze begonnen hat, kurz bevor er aus dem Knast entlassen wurde. Vielleicht hat er die beiden nicht umgebracht, aber er weiß ganz bestimmt, wer es war. Und er weiß auch, was da gespielt wird.«

»Und was habt ihr über diesen Dealer herausgefunden, diesen Pepè?«, hakte Lopresti nach.

»Nichts. Unter dem Namen ist uns niemand bekannt. Und eine Anzeige wegen Diebstahl haben wir auch nicht vorliegen. Aber welcher Dealer würde auch anzeigen, dass man ihm seine Drogen geklaut hat? Jetzt ist es sowieso zu spät. Hoffen wir, dass Notaris Männer nicht allzu unsanft mit ihm umgehen. Vielleicht klappern wir morgen früh die Krankenhäuser ab und schauen mal, ob jemand mit ausgeschlagenen Zähnen eingeliefert wurde.«

Morganti zuckte mit den Schultern, er machte sich ebenso wenig Illusionen über das Schicksal des Burschen wie seine Kollegen. Alle wussten, wie diese Dinge liefen. Und es stand außer Frage, dass der Abend für Pepè, wer immer er sein mochte, ziemlich ungemütlich werden würde. Wenn er Pech hatte, war es vielleicht sogar sein letzter.

»Warum genau hast du uns eigentlich angerufen?«, wollte Lopresti wissen.

»Vor allem, um euch auf den neuesten Stand zu bringen.«

»Und warum noch?«

»Wegen der Suraces. Wir haben ein paar Neuigkeiten über sie.«

»Nämlich?«

»Uns liegt ein Bericht der Carabinieri in Terracina vor, die davon ausgehen, dass die Brüder sich im Latium aufhalten. Sie sollen dort Kontakte haben. Ferner geht daraus hervor, dass sie seit Jahren flüchtig sind, obwohl nichts Schwerwiegendes gegen sie vorliegt und sie höchstens mit ein paar Jahren Knast rechnen müssten. Wenn ihr mich fragt, wären sie wahrscheinlich sogar ganz froh, wenn wir sie einbuchten. Im Knast kommt wenigstens der Sensenmann nicht an sie ran.« Morganti grinste wieder, die Sache schien ihn mächtig zu amüsieren.

»Wie auch immer, da wir uns um Peppe 'o Cardinale kümmern, kommen wir hier nicht weg. Also müsstet ihr die beiden übernehmen.«

Lopresti wirkte nachdenklich. Für den Augenblick war die Lage unter Kontrolle, noch hielt die Presse sich zurück. Doch wenn es weitere Tote gab, würde sich das schnell ändern.

»In Ordnung, Morganti, wir warten auf den Bericht«, sagte er schließlich. Er war müde, er wollte nach Hause, duschen und ins Bett. Allein. Wie immer.

»Schicke ich dir morgen, und wir informieren den Chef, dass wir die Brüder Surace an euch abtreten.«

»Schönen Dank auch.«

»Jedem das, was er verdient, Carmine«, spöttelte Morganti.

»Wie du meinst. Corrie', hauen wir ab, für heute haben wir genug getan. Du musst noch für deine Frau einkaufen, und ich will mir eine Tiefkühlpizza aufwärmen.«

Sein Kollege erhob sich und folgte ihm den Flur entlang. Er schwieg, sein Gesichtsausdruck war ernst, den Kopf hatte er gesenkt. Ob ihn Morgantis Verhalten gekränkt hatte?

»Was meinst du, wie wollen wir weiter vorgehen?«, fragte Lopresti, um die Stimmung zu lockern.

Corrieri wirkte mit einem Mal ganz anders als bei dem Gespräch mit seiner Frau. Das sanfte Säuseln war verschwunden, seine Stimme klang hart und rau, als er sagte: »Holen wir uns die Surace-Brüder.«

4.

Das Mädchen schrie. Ein Schrei der Verzweiflung, der durch Mark und Bein ging, so lange, wie ihr Atem reichte.

Sie hatten sie zu Boden gedrückt, jemand riss ihr büschelweise die kastanienbraunen Haare aus, ein anderer hielt die Handgelenke fest, ein Dritter schob ihr die Beine auseinander. Und Michele kniete dazwischen. Er lachte hysterisch und presste sich eine Hand auf die Brust, um sich zu beruhigen, dabei zog er pausenlos die Nase hoch. Ein Staubsauger auf der Suche nach Koks.

Über seinem Kopf schneite es, so viel Schnee. Die feinen Flocken bohrten sich durch seine Nasenflügel, fielen ihm auf die Augen, er musste sie wegwischen, sie drangen bis in sein Hirn, bis in die letzten Winkel. Bis ins Ziel.

Die anderen rissen dem jungen Mädchen die Bluse auf, zerfetzten den Stoff, während er lediglich einen Gedanken fassen konnte.

So viel Zeug. So viel Zeug. So viel Zeug.

Er wusste nicht mal, ob er lachte, weil er die nackten Brüste des Mädchens sah, oder wegen des Kokains. Doch das war ihm egal, er lachte weiter.

So viel Zeug. So viel Zeug. So viel Zeug.

Sie schrie. Es gelang ihnen nicht, ihr den Mund zuzuhalten, sie schnappte nach ihnen. Michele hingegen sah Sternschnuppen und einen Mann, den man am Fensterkreuz aufgehängt hatte. Er löste den Gürtel. Ein Regen aus weißem Pulver rieselte dem jungen Mädchen in die Kehle. Erstickte Schmerzensschreie. Die Droge drang tiefer und tiefer. Michele konnte sie förmlich spüren.

Er lachte und öffnete den Reißverschluss.

Das Mädchen schrie.

Um Michele herum war es dunkel. Er bewegte sich langsam und wie betäubt durch das Nichts.

Propofol wurde in der Anästhesie benutzt und wirkte sofort, ein Schlafmittel, fünfzehn Sekunden, und man verlor das Bewusstsein. Fünfzehn Sekunden, und die Welt verschwand. Ärzte und Krankenschwestern nannten es Schlafmilch, weil es weiß und dickflüssig war. Intravenös verabreicht, gelangte es binnen Sekunden ins Gehirn und erledigte seine Aufgabe.

Das Dunkel war gleichförmig und dicht wie eine schwarze Flüssigkeit, die ihm in den Mund floss, alles war weich wie Watte. Michele spürte, wie die Dunkelheit durch seinen Körper strömte und ihm seltsame Streiche spielte.

Wo ist mein Buch, mein Junge?

Das war Pinochets Stimme, die aus der Vergangenheit zu ihm aufstieg.

Vergeblich versuchte er zu antworten. Der Mund stand weit offen, aber er konnte ihn nicht bewegen und nicht sprechen. Die Worte blieben in seinem Kopf eingesperrt.

Keine Ahnung, lo Zi', ich habe es nicht gesehen.

Michele, weißt du nicht, dass du lesen musst? Du brauchst Bildung. Du musst raus aus diesem Gefängnis.

Ich weiß, ich weiß, Don Ciro. Sie sagen es mir jeden Tag.

Lern das, was wichtig ist. Wenn du lernst, hast du keine Angst.

Ich habe nie Angst.

Red keinen Unsinn, mein Junge. Alle haben Angst. Auch ich.

Und wovor haben Sie Angst, Don Ciro?

Vor mir selbst.

In Michele wurde es still, als er diese Worte durch die Dunkelheit hallen hörte.

Weißt du, warum sie mich Pinochet nennen?

Nein, das weiß ich nicht mehr.

Streng dich an, Michele, daran erinnerst du dich sicher noch.

Er starrte ins Nichts. Erinnerungsfetzen und Gedanken tauchten vor seinem inneren Auge auf. Da war ein kleines Flugzeug, rot und weiß, das tief über das offene Meer flog. Die Tür öffnete sich, und ein Körper fiel heraus, dann noch einer, immer mehr. Das Flugzeug flog weiter, während die Körper aus der Maschine regneten und im Meer versanken und Gischt aufspritzte. Darüber der blaue Himmel und im Hintergrund das endlose Blau des Meeres.

Das habe ich vom echten Pinochet, dem chilenischen Diktator, gelernt. Wir brachten die Verräter ins Flugzeug, fesselten sie und warfen sie dann raus. Weit draußen. Wir flogen tief, damit uns niemand bemerkte. Die Typen lebten noch, es dauerte eine Weile, bis sie tot waren. Irgendwann konnten sie sich nicht mehr über Wasser halten und gingen unter, die Fische erledigten den Rest. Die netteren unter ihnen brachten wir vorher um, wir schnitten ihnen die

Kehle durch, sodass sie im Wasser verbluteten. Das war nicht viel besser, ging nur schneller. Irgendwie begannen sie, bereits im Flugzeug zu sterben. Vor Angst. Sie wussten, was sie erwartete, sie schrien, beteten, pinkelten sich in die Hose. Aber es war alles zwecklos, das war ihnen klar. Sie würden sterben, so oder so, und ihre Körper würden endgültig verschwinden, ohne dass man uns etwas nachweisen konnte. Ohne Leiche keine Ermittlung. Ohne Leiche kein Mord.

Ich weiß, Lo Zi'.

Ich weiß, dass du das weißt.

Pinochets Stimme bekam einen ironischen Unterton, mit Mühe unterdrückte er ein Lachen.

Michele sah weiter unzählige Körper aus dem Flugzeug fallen wie Samen über einem Feld. Leichensamen. Und die Zeit der Ernte würde kommen.

5.

Die Bilder verschwanden nach und nach, und die dunkle Decke begann sich zu bewegen wie das kalte Meer. Micheles Geist wurde klarer, er konnte den Boden unter seinem Gesicht spüren. Hart, rau, real.

Auch seinen unbeweglichen Körper nahm er wieder wahr. Sein Nacken schmerzte. Alles war dunkel und verschwommen. Trotzdem gewann seine Umgebung zunehmend an Kontur, und er erkannte, dass jemand sich über ihn beugte.

»Wach auf, Michele. Zeit zum Aufstehen, mein Schatz«, sagte eine Stimme, die aus weiter Ferne zu kommen schien.

Sie klang nicht nett, sondern boshaft und zynisch.

Er öffnete die Augen, Licht drang durch den Schlitz unter der Tür. Jener Metalltür, die er gesehen hatte, als sie das Zimmer des Bulgaren betreten hatten, die Tür mit dem schweren Schloss, bei dessen Anblick bei ihm die Alarmglocken geschrillt hatten, auf die er, wie ihm jetzt dämmerte, besser gehört hätte.

Arme und Beine wollten sich noch nicht wieder bewegen, sie prickelten wie tausend Nadelstiche.

Mika drückte ihm seinen Stiefel in die Seite und drehte ihn mit Schwung um. Sein Körper rollte einfach über den Boden. Der Bulgare, der eine Spritze in der Hand hielt, verhöhnte ihn. Für ihn musste es ein ungeahnter Triumph sein, den berühmt-berüchtigten Michele Tiradritto reingelegt zu haben wie einen blutigen Anfänger.

»Siehst du, wie einfach das ist? Eine Spritze, und du schläfst ein, noch eine Spritze, und du wachst wieder auf. Das war's, Signor De Marco. Er gehört uns, wir können mit ihm tun und lassen, was wir wollen. Wir verkaufen ihn an den, der am meisten bietet. Du suchst den Käufer, und ich sorge dafür, dass er keine Dummheiten macht. Wichtig ist nur, dass er am Leben bleibt, richtig?«

»Ja, er muss am Leben bleiben«, ertönte Umbertos Stimme aus dem Nebenzimmer.

Michele versuchte, sich zu konzentrieren, um das Karussell in seinem Kopf anzuhalten und sich auf ein Ziel zu fokussieren. Am Leben bleiben. Das war schon mal ein guter Anfang.

»Wenn wir ihn ein wenig angeschlagen liefern – ist das ein Problem?«

»Keine Ahnung. Ich denke … Nein, eher nicht«, stammelte der Anwalt, dem die Situation sichtlich Angst machte.

Sobald er das erkannte, fühlte Michele sich gleich besser, und er merkte, dass es seinem Kopf genauso ging. Langsam gelang es ihm, sich ein Bild von der Situation zu machen, die ihm allerdings überhaupt nicht gefiel.

Der dunkle Schatten des Bulgaren kam näher.

»Hast du gehört, Tiradritto? Ich darf dir wehtun. Hauptsache, du bleibst am Leben.« Er wirkte seltsam aufgeregt. »Und glaube mir, in Tschetschenien habe ich viele hübsche Spielchen gelernt, um jemanden leiden zu lassen. Ich kann es kaum erwarten, ein bisschen Spaß mit dir zu haben.«

Ohne jeden Zweifel, das begriff er in diesem Moment, war dieses Arschloch nicht bloß gefährlich, sondern komplett wahnsinnig.

Der Sadist beugte sich noch tiefer über ihn. »Die brauchst du nicht mehr, die nehme ich«, sagte er und riss ihm die Goldkette mit dem Kreuz vom Hals.

Für einen kurzen Augenblick hatte Michele das Gefühl, nicht mehr richtig atmen zu können, doch schnell strömte wieder Luft in seine Lungen. Ein angenehmer Moment, den der Bulgare für Schmerz hielt.

»Du bist ganz schön empfindlich, Tiradritto. Warte nur, bis ich dir meine Instrumente zeige, dann werden wir gute Freunde werden. Hast du verstanden? Antworte mir, hast du verstanden?«

Michele gab sich benommener, als er war, schüttelte leicht den Kopf und stammelte vor sich hin.

»Er geht uns doch nicht drauf, oder?«, warf der Anwalt besorgt ein.

»Nein, keine Sorge. Er ist nur sediert. Anscheinend verträgt er das Propofol nicht. Umso besser, dann macht er uns keine Scherereien, und ich muss ihm nicht so viele Spritzen geben.«

»Warum, braucht er denn noch mehr?«

»Werter Avvocato, ich habe es dir oft genug erklärt. Du bist nur dafür zuständig, den meistbietenden Käufer zu finden, das hier hingegen ist meine Sache. Ich habe alles im Griff. In den Balkankriegen war ich für die Gefangenen zuständig, ich habe sie zum Schreien, Weinen und Beten gebracht. Ich habe sie am Leben gelassen oder für ihren Tod gesorgt. Ich war Gott für sie. Und das werde ich genauso für ihn sein.«

De Marco sagte kein Wort. Was hätte er auch sagen sollen? Zurück konnte er nicht mehr, das wurde Michele trotz seines reduzierten Bewusstseins klar.

Erneut wandte der Bulgare sich ihm zu. »Nicht dass du mir auf den Boden pinkelst. Dann reiße ich dir alle Nägel einzeln aus, das verspreche ich dir.«

Kurz darauf verschwanden er und der Anwalt. Die Tür schloss sich mit einem metallischen Scheppern, und es wurde stockfinster.

In der tiefen Dunkelheit war es Michele zunächst unmöglich, überhaupt etwas zu erkennen. Seine Augen mussten sich erst anpassen. Deshalb blieb er einfach liegen, versuchte, tief zu atmen, um möglichst viel Sauerstoff in sein Gehirn zu pumpen. Aber das Mittel, das der Bulgare ihm verpasst hatte, ließ seine Lider schwer werden, es kostete ihn Mühe, wach zu bleiben. Seine Hände waren vor dem Körper mit Kabelbindern gefesselt, wie man es in Amerika machte, und sie waren so eng, dass er selbst die Finger kaum bewegen konnte. Lediglich die Beine waren frei, was ihm allerdings nichts nützte, denn wo hätte er hingehen sollen?

Nachdem er wieder einigermaßen die Kontrolle über seinen Körper erlangt hatte, überkam ihn eine kalte und irrationale Ruhe, als ob ihn das alles nichts anginge. Als ob die Tatsache, dass er hier in diesem Keller gefangen gehalten wurde von einem sadistischen Bulgaren, der Gott weiß was mit ihm anstellen wollte, nichts Besonderes wäre. Er redete sich ein, dass er in einem ganz normalen Gefängnis war. Aus. Dieses Gefühl kannte er schließlich nur zu gut. Er wusste, wie man sich verhalten musste, und gegenüber seinen Gegnern war er im Vorteil, weil er bereit war zu sterben, um das zu bekommen, was er wollte.

In der Dunkelheit sah er abermals Pinochets Gesicht vor sich, der ihm von den Männern berichtete, die er aus dem Flugzeug geworfen hatte, vom Geräusch ihrer auf dem Wasser aufschlagenden Körper. Sein Gesicht war ausdruckslos gewesen, fahl und stumpf. Der Alte hatte es ihm erzählt, weil er es erzählen musste, weil er wollte, dass Michele es erfuhr. Es war nicht seine Absicht gewesen, sich damit zu brüsten. Das hatte er hinter sich gelassen. Genauso wie seine Vergangenheit, seine Macht, die Familie, das Geld, das Kokain, den Tod seines Sohnes. Alles schien ausgelöscht. Als wäre es eine leere Hülle, die diese Geständnisse machte.

Michele versuchte, das Bild beiseitezuschieben, ebenso wie das lächelnde Gesicht von Milena. Aber das war eine andere Geschichte. Eine Geschichte, die ihm den Atem nahm und der er noch nicht ins Auge sehen konnte.

Er unternahm einen Versuch, sich hochzuziehen. Mit zitternden Beinen, die gefesselten Hände auf den Boden gestützt, stemmte er sich auf die Knie. Ihm wurde schwindlig. Blut und Drogen rauschten durch seinen Körper, und er kämpfte, um nicht umzukippen. Mühsam kam er auf die Füße und tastete sich mit unsicheren Schritten durch den Raum, lehnte sich mit dem Rücken gegen die Wand und atmete tief durch, verspürte einen furchtbaren Durst. Sein Körper hatte das Gift noch nicht verarbeitet, das ihn in die Dunkelheit geschickt hatte.

Er streckte die Arme aus, um sich zu orientieren. Bis zur gegenüberliegenden Wand waren es lediglich wenige Schritte. Dann drehte er sich um und erkundete den Raum weiter. Ein wenige Quadratmeter großer Betonkubus, fast identisch mit den Zellen, in denen er die letzten zwanzig

Jahre zugebracht hatte. Das alles war völlig surreal. Er kam sich vor wie ein Fisch in einem Aquarium, der beim Schwimmen immer wieder an die Glaswand stößt, der sich ohne jede Fluchtmöglichkeit durchs Wasser schlängelt. Er war aus Neapel geflohen, hatte endlich die Reise ins Unbekannte, in seine Zukunft, angetreten, und nun sollte alles umsonst gewesen sein? War er wirklich wieder in dem Gefängnis angekommen, aus dem er entflohen zu sein glaubte?

Sein Bein stieß gegen einen Gegenstand. Er beugte sich nach unten und streckte die gefesselten Hände aus. Es war ein Plastikeimer mit Eisengriff, den er wohl als Toilette benutzen sollte, falls er seine Fingernägel behalten wollte. Im Eimer lag eine Plastikflasche.

Michele nahm sie heraus. Wasser. Das Minimum, um ihn am Leben zu erhalten. Er öffnete sie und trank gierig die halbe Flasche leer. Die Flüssigkeit war eine Wohltat für seine ausgedörrte Kehle. Erleichtert seufzte er, doch kurze Zeit später wurde ihm schlecht – so schlecht, dass er würgen musste. Er war kurz davor zu kotzen, schmeckte bereits die Magensäure in seinem Mund.

Nachdem er eine Weile gewartet und sich ein bisschen bewegt hatte, trank er noch einen Schluck. Obwohl sich sein Magen erneut zusammenzog und ihn ein heftiger Brechreiz überfiel, gelang es ihm, den Anfall zu unterdrücken. Er musste die Flüssigkeit so lange wie möglich in sich behalten, um das Gift auszuspülen und einen klaren Kopf zu bekommen.

Um wieder der alte Michele Tiradritto zu werden. Grausam. Direkt.

Er riss die Augen auf und steckte sich zwei Finger in den Hals.

4

1.

Freitag, 22. Januar 2016,
San Vincenzo, Priester und Gründer von
Glaubensgemeinschaften

Auch wenn sich die Surace-Brüder nie wirklich für Obst und Gemüse interessiert hatten, mussten sie doch den Schein wahren. Wenigstens ein bisschen, damit nicht irgendein Idiot zu viele Fragen stellte oder seine Nase in Angelegenheiten steckte, die ihn nichts angingen.

Deshalb machten Antonio und Ciro zur Tarnung gegen Mitternacht hin und wieder einen Kontrollgang über den Großmarkt, der ihnen gehörte. Zwischen Lastwagen und Gabelstaplern, zwischen Bergen von Äpfeln und Orangen, Kohl und Salat. Was gab es Unschuldigeres, als Obst- und Gemüselieferungen zu überprüfen? Sie gaben sich den Anstrich, wieder zu ihren Ursprüngen zurückgekehrt zu sein, lächelten nach rechts und links und taten ruhig und gelassen. Dass das ihre Art war, halb Italien mit Kokain zu beliefern, ging allein sie etwas an. Und sonst niemanden.

Polizei eingeschlossen.

Antonio Surace, den man wegen seiner mehr als hundertdreißig Kilo Lebendgewicht ’o Chiattone nannte, schritt langsam durch die Gänge seines Lagers und schälte sich dabei eine Mandarine, die er sich aus einer der Kisten genommen hatte. Ciro Surace, genannt ’o Mamma wegen der engen Bindung zu seiner Mutter, begleitete ihn und überprüfte schweigend ein paar Lieferscheine. Die illegalen Einwanderer aus dem Senegal, die den Boden fegten und ihn von Schalen und faulem Obst befreiten, schenkten den Brüdern, die sich durch das Labyrinth der aufgestapelten Paletten und Kisten durcharbeiteten, keine Beachtung.

Von der Decke hingen Neonleuchten herab und gaben ein schwaches Licht, die Luft war kalt und feucht. Es war Zeit, abzuschließen und schlafen zu gehen. Dieser Ort würde sich in wenigen Stunden, noch vor Sonnenaufgang, wieder mit Leben füllen. Ohne die Brüder, denn sie schliefen gern lang. Das waren sie von Kindheit an gewohnt, und in ihrem Alter änderte man seine Gewohnheiten nicht mehr.

Ciro lächelte traurig, als er an die Vergangenheit dachte. Ihre Mutter hatte sie morgens immer mit einem Milchkaffee geweckt, ihnen über die Stirn gestrichen und etwas Nettes gesagt. Und ihre beiden Jungs hatten sich daraufhin umgedreht und sie gebeten, noch ein bisschen im Bett bleiben zu dürfen. Wenngleich sie so getan hatte, als würde sie sich ärgern, hatte sie immer nachgegeben.

Vor mehr als einem Jahr war Donna Amelia gestorben, und noch immer war er nicht darüber hinweg. Sie war das Wichtigste in seinem Leben gewesen, das Einzige, was zählte. Sie hatte ihn und seinen Bruder nach dem Tod des Vaters alleine großgezogen, war immer an ihrer Seite gewesen, hatte sie beraten, verwöhnt und geliebt. Und sie hatte sich als Erste darüber gefreut, dass sie im Clan Karriere gemacht hatten. Dabei waren sie von ihr stets unterstützt worden, und im Gegenzug hatten sie sie nie enttäuscht.

Sie war stolz auf sie gewesen.

Vielleicht auch, weil sie ein schönes, großes Haus bewohnte, weil sie sich mit Juwelen und Pelzen schmücken konnte, und vor allem, weil ihr der Respekt des Viertels sicher war. Niemand ging an Donna Amelia vorbei, ohne sie untertänig zu grüßen. Selbst die anderen Clans begegneten ihr mit Respekt, und das wusste und schätzte sie.

Doch dann kam die Krankheit, und die hatte vor niemandem Respekt.

»Hey, Ciro, was ist los?«

Aus seinen Gedanken gerissen, schrak er zusammen und schaute zu seinem Bruder, der ihn besorgt musterte.

»Nichts, Anto'…«

»Ist es wegen dem Sensenmann?«

»Nein, wegen Mamma.«

Antonio lächelte und warf die Hälfte seiner Mandarine auf den Boden. Er legte Ciro den Arm um die Schultern und erinnerte sich daran, dass er der Ältere war.

»Denk nicht mehr dran. Wir haben andere Probleme, und Mamma hätte gewollt, dass wir uns aufs Geschäft konzentrieren. Hast du die Lieferscheine und Rechnungen geprüft?«

»Nein, noch nicht. Ich habe keine Lust mehr.«

»Dann lass es. Soll es der Buchhalter morgen erledigen. Wir gehen heim, es ist spät, ich bin auch müde. Außerdem ist mir die Mandarine irgendwie nicht bekommen.«

Lächelnd musterte Ciro den Bruder, seinen runden Bauch und das Doppelkinn. »Die Mandarine, klar.«

»Mhm … ich denke schon. Die liegt mir schwer im Magen.«

Die beiden lachten. Ciro warf die Papiere, die er die ganze Zeit lustlos mit sich herumgeschleppt hatte, auf den

Schreibtisch des kleinen Büros, einer Art Box aus Plexiglas, griff nach der Lederjacke und ging zu seinem Bruder zurück.

»Und wenn du unbedingt trüben Gedanken nachhängen willst, haben wir ja derzeit reichlich Auswahl.« Antonio versuchte, ironisch zu klingen, aber man hörte deutlich die Angst aus seinen Worten.

»'O Schiattamuorto?«

Das war keine Frage, sondern eine resignierte Feststellung.

»Genau der, und außerdem nervt Peppe 'o Cardinale.«

»Inwiefern?«

»Er will, dass wir zurückkommen und ihm den Hintern küssen. Wir sollen uns im Dorf zeigen und ihm Respekt zollen wie alle anderen. Wir stellen uns in einer langen Reihe auf, und einer nach dem anderen kriecht ihm in den Arsch.«

»Anto', ich glaube, die Mandarine ist dir wirklich nicht bekommen.«

»Vergiss die Mandarine und denk über meine Worte nach. Ich habe die Nase voll davon, vor dem Alten auf die Knie zu fallen. Erinnerst du dich noch, was er früher für ein Schlappschwanz war?« Als Ciro nickte, fuhr sein Bruder fort. »Und jetzt spielt er sich als großer Capo auf, weil er ein Regiment von kleinen Jungs unter sich hat, die erst schießen und dann pinkeln. Anmaßend und arrogant. Sie haben nur Koks im Kopf, vom Geschäft haben sie keine Ahnung, sie denken, man kann Drogen verkaufen wie Obst auf dem Markt bei ihnen im Dorf. Sie wissen nicht, wie man einen Lieferweg organisiert, und arbeiten mal für die eine, mal für die andere Familie, je nachdem, was sich gerade anbietet.«

»Mann, Anto', in ihrem Alter waren wir doch genauso.«

»O nein, das waren wir nicht! Wir waren ungeduldig, gierig, wütend, das schon, aber nie arrogant. Wir wussten noch, was Respekt ist und wer ihn verdient.«

Ciro musterte den Bruder zweifelnd. Seine Erinnerungen an seine Jugend waren ganz andere. Er dachte an all jene, die er hinter sich hatte lassen müssen, um immer höher zu klettern. An die Feinde, die er auf den Friedhof gebracht hatte, und an die Freunde, von denen er verraten worden war. Auch sie hatten von einer Familie zur anderen gewechselt, hatten sich mal diesem, mal jenem Clan angeschlossen, um immer mehr zu verdienen. Und auch sie hatten geschossen, ohne nachzudenken. Aber er hatte keine Lust, mit seinem Bruder zu diskutieren. Wenn der sich eine andere Version seiner Jugend zurechtgelegt hatte, bitte. Wenn man älter wurde, sahen die Dinge im Rückblick manchmal anders aus, sie verwischten und vermischten sich, bis sie gar nicht mehr da waren, das wusste er selbst. Alles war fließend und nahm eine neue Form an, je nach den Bedürfnissen des Betrachters, und darüber wurde die Realität zu einem unnötigen Ballast.

»Weißt du noch, wie wir zum ersten Mal einen umgelegt haben?«

Ciro nickte. Das vergaß man nicht. Es war um nicht bezahltes Schutzgeld gegangen. Ein Bauunternehmer. Keine große Summe, aber er machte zu viel Wind, hatte einen Verein gegen Schutzgeld gegründet, organisierte Protestmärsche und war im Fernsehen zu sehen. Sie kamen ganz und gar nicht gut dabei weg, und bevor die Sache Schule machte, beschlossen sie, ein Exempel zu statuieren und den Störenfried aus dem Weg zu räumen.

Sie waren damals zwei vielversprechende junge Männer gewesen, hatten sich hervorgetan, und der Clan wollte sehen, ob sie das Zeug dazu hatten, noch weiter aufzusteigen. Die Aktion wurde allein von ihnen beiden durchgeführt, sie hatten freie Hand und sollten die Sache auf eine Weise zu Ende bringen, dass alle es mitbekamen und niemand mehr auf dumme Gedanken käme. Während Antonio keinerlei Bedenken hatte, war Ciro nicht ganz wohl dabei gewesen. Ihm war klarer als seinem Bruder, dass irgendwann der Augenblick kommen würde, in dem sie aufhören mussten, zu dealen oder Schutzgeld einzutreiben. Damals war es Donna Amelia gewesen, die ihm mit unendlicher Geduld erklärt hatte, dass gewisse Dinge eben erledigt werden mussten.

Und so war es geschehen. Eine saubere und rasche Aktion. Und wie alles, was gut gemacht war, problemlos über die Bühne gegangen.

Die beiden Suraces hatten den Bauunternehmer überrascht, als er nach Hause kam. Drei Schüsse, der dritte in den Kopf. Der Clan war zufrieden, man hatte sich Respekt verschafft. Das war das erste Mal gewesen, großen Spaß hatte es ihnen nicht gemacht. Das war mehr die Sache von Michele Tiradritto und Gennaro Rizzo gewesen, für die es ein Kick war zu töten.

Obwohl sie nicht den Biss dieser beiden hatten, hatten auch die Brüder so einiges auf dem Kerbholz. Sie hatten Zweifel und Gewissensbisse beiseitegeschoben, und immer war es die Mamma gewesen, die ihnen die Absolution erteilt hatte. Bis auf ein einziges Mal. Da war etwas passiert, was Donna Amelia auf keinen Fall hatte erfahren dürfen, und ausgerechnet diese Sache kam jetzt, zwanzig Jahre später, wie ein Bumerang zu ihnen zurück. Und deshalb hatten sie beschlossen, endlich aus diesem Geschäft auszusteigen. Wenn sie eine Zukunft haben wollten, mussten sie mit der Vergangenheit abschließen.

Antonio legte Ciro eine Hand auf die Schulter, bevor sie auf den großen Parkplatz gingen.

»Bruder, ich denke seit einer ganzen Weile über etwas nach. Ich weiß nicht, ob es dir gefällt – aber ich glaube, es ist jetzt, wo wir ohnehin nicht anders können, die beste Lösung.«

Ciro sah ihn verwirrt an. »Was willst du damit sagen?«

»Wir müssen weg, unsere Sachen packen und verschwinden.«

»Und wo sollen wir hin? Schließlich sind wir schon aus Neapel abgehauen.«

»Aber hier sind wir zu Hause, das weiß jeder. 'O Schiattamuorto braucht gerade mal zwei Stunden, dann ist er da, erledigt seinen Job und verschwindet wieder. Nein, Ciro, wir müssen wirklich weg, endgültig.«

»Und Peppe 'o Cardinale?«

»Das ist sein Problem. Ich hab die Nase voll von Peppe. Wir hauen ab, und wenn es jemand mitbekommt, dann ist es eben so. Außerdem ist er viel zu besorgt um sich selbst, um nach uns zu suchen. Und wenn der Sensenmann ihn findet, hat sich die Sache sowieso erledigt. Dann können wir in ein paar Jahren wieder nach Hause und vielleicht sogar seinen Posten übernehmen. Wer weiß, vielleicht werden wir nach diesem ganzen Chaos noch Capo, weil alle anderen tot sind. Würde dir das gefallen? Don Ciro Surace?«

Antonio kniff die Augen ein wenig zusammen und sah seinen Bruder mit einem verschwörerischen Lächeln an.

Das hatte er auch als Kind immer gemacht, wenn sie auf der Piazza Zigaretten geklaut hatten, und diesem Lächeln konnte Ciro nicht widerstehen.

»Und wohin willst du gehen, Anto'?«

»Das fragst du noch? Dorthin, wo unser Geld ist, natürlich, nach Spanien.«

Die Surace-Brüder, die von ihrer Mutter zu klugem Wirtschaften erzogen worden waren, hatten über die Jahre von allen Lieferungen regelmäßig etwas abgezweigt. Nie so viel, dass man sie hätte erwischen können, sondern gerade so viel, um sie für das Risiko zu entschädigen, das sie für solche Idioten wie Peppe 'o Cardinale eingingen. Überdies waren sie nebenher als Kreditgeber tätig wie in den guten alten Zeiten, mehr aus nostalgischen Gründen, als dass sie es wirklich nötig gehabt hätten, mit ehrlichen Zinsen, die ihre Schuldner ohne Schwierigkeiten zurückzahlen konnten, denn sie hatten keine Lust mehr, ihnen bei Zahlungsunfähigkeit eine Lektion zu erteilen.

Auf diese Weise hatten sie sich im Laufe von zwanzig Jahren einige ehrlich erworbene Zusatzeinnahmen gesichert und sie im Ausland gewinnbringend investiert. Eine Art Pension für den Notfall, nicht zu viel, nicht zu auffällig. Ein paar Restaurants, eine Ferienanlage am Meer, fünf oder sechs Wohnungen und ein paar Anteile an mehreren großen Firmen, alles solide und verlässlich. Und natürlich alles im Namen von Strohmännern.

Genau so wie ihre Mutter es ihnen beigebracht hatte.

Ciro dachte nach. Die Idee, eine Pause einzulegen, gefiel ihm. Sie arbeiteten ohnehin seit Jahren zu viel, zumal Antonio Herzprobleme hatte. Ein wenig Ruhe würde ihnen beiden guttun.

»Und was machen wir in Spanien?«

»Was man in Spanien eben so macht! Strand, Sonne, Meer, Frauen. Und wenn alles vorbei ist, gehen wir wieder zurück.«

»Und wenn es nie vorbei sein wird?«

»Dann bleiben wir in Spanien. Sonne, Meer und Frauen, ein Leben lang! Wo liegt das Problem?«

Die Brüder gingen den Parkplatz entlang, das große Stahltor ließen sie offen. Der Laster mit der ersten Lieferung würde ohnehin bald kommen, und niemand hatte den Mut, bei ihnen etwas zu klauen.

Ciro ging voraus, ihm schossen unzählige Gedanken durch den Kopf, Antonio folgte ihm. Er wusste, dass er gewinnen würde, dazu kannte er seinen Bruder viel zu gut. Als sie zu ihrem Porsche Cayenne mit den verdunkelten Scheiben kamen – ein Statussymbol, das sie in ihrer Position für nötig hielten –, öffnete Ciro die Fahrertür und blickte gedankenverloren ins Wageninnere.

»Einverstanden«, sagte er schließlich, »Mamma hätte es so gewollt.« Er schlug mit der flachen Hand auf das Dach und lächelte: »*Vamos alla Espagna!*«

Der Bruder reckte die Arme in die Luft wie ein Torero. »*Olé!*«

Der Schuss aus dem Karabiner ließ Ciros Kopf explodieren. Ein fernes, gedämpftes Donnern. Blut sprühte auf wie ein feiner Nieselregen. Der Kopf wurde zur Seite geschleudert. Der Körper prallte gegen den Wagen und glitt dann lautlos zu Boden wie eine Puppe.

Mit aufgerissenem Mund sah Antonio zu, wie das Gesicht des Bruders in Stücke zersprang. Die Stirn war aufgeplatzt wie eine Nussschale, Blut spritzte heraus, doch auf den Lippen lag immer noch das Lächeln.

Der zweite Schuss traf ihn selbst ins Bein. Antonio hatte einen Moment zu lang gezögert. Die Kugel durchschlug sein rechtes Knie, ein perfekter Schuss. Bänder, Knochen und Blut quollen hervor, während er vor Schmerz schrie.

Seine hundertdreißig Kilo Körpermasse kippten zu Boden, er versuchte, sich an der Tür hochzuziehen und ins Auto zu kriechen, ein letzter Versuch, sich zu retten. Den fetten Arsch emporgereckt, versuchte er, sich hineinzuwinden.

Wieder ein Schuss, diesmal traf es das linke Knie. Dort, wo der Meniskus gewesen war, klaffte jetzt ein schwarzes Loch. Antonios Schrei zerriss die Luft, sein schwerer Körper rutschte auf den Asphalt zurück. Er versuchte, in Richtung Lagerhalle zu robben, die beiden Knie hinterließen auf dem Boden lange Blutspuren, die im Licht der Straßenlaterne glänzten.

Antonio schrie und schrie und wartete auf den Gnadenschuss, der jedoch nicht kam. So näherte er sich dem Tor, der rettenden Halle.

»He, Jungs, hierher, kommt her!«

Zwei Senegalesen eilten herbei, die Besen noch in der Hand. Sie schauten auf ihren Arbeitgeber hinunter, der sie gern als Hunde oder Affen bezeichnete. Einer der beiden machte einen Schritt auf Antonio zu, doch der andere hielt ihn zurück und deutete auf den Parkplatz und den SUV, vor dessen geöffneten Türen blutige Streifen auf dem Straßenbelag zu sehen waren.

Dann kam mit entschlossenen Schritten ein Mann auf sie zu. Er rannte nicht, er ging langsam und ruhig, als hätte er alle Zeit der Welt. Seine Kleidung war komplett schwarz, in der rechten Hand hielt er eine Pistole. Eine Beretta Halbautomatik mit kurzem Rückstoß.

Fünfzehn Schuss.

Antonio, zwischen Schmerz und Angst hin- und hergerissen, hörte die Schritte hinter sich und wälzte sich auf die Seite.

»Wer bist du? Was willst du von mir? Wer schickt dich?«

Der Schwarzgekleidete musterte ihn von oben bis unten und sagte kein Wort.

»Ich gebe dir Geld, du kannst alles haben, was du willst, aber hör bitte auf. Bitte!«

Der Mann hob den ausgestreckten Arm, schaute durch das Visier und richtete die Pistole auf den Kopf des älteren der beiden Surace-Brüder.

»Mamma, Mamma, hilf mir!«, wimmerte Antonio.

Sein Gegenüber lächelte. »Du hast recht, die Familie ist wichtig. Die Familie ist alles«, sagte er mit rauer Stimme und drückte ab.

Der Schuss hallte über den Parkplatz. Das Projektil traf Antonio zwischen den Augen, sein Kopf schlug hart auf den Boden auf, man hörte Knochen knacken.

Der Täter schoss erneut, feuerte zwei Schüsse mitten ins Herz. Dann schaute er zu den beiden Senegalesen, drehte sich wortlos um und verschwand zwischen den Büschen, die rund um die Halle wuchsen.

Die beiden Afrikaner schauten auf den Körper am Boden, holten ihre Sachen und verschwanden auf Nimmerwiedersehen.

2.

Mika hieß eigentlich Andrej. Andrej Wassiljewitsch Bolkow, und natürlich war er kein Bulgare. Er war Anfang der Siebzigerjahre in der Sowjetunion geboren worden, in der klirrenden russischen Kälte von Nowosibirsk, inmitten der Metallindustrie, die das ganze Land versorgte. Der Vater hatte ihn zu Ehren von Fürst Andrej Nikolajewitsch Bolkónski benannt, seiner Lieblingsfigur aus *Krieg und Frieden*. Der Vater war ein vielschichtiger, widersprüchlicher Mann gewesen, erst ein begeisterter Anhänger der Zarenzeit, dann ein linientreuer Kommunist. Womöglich war es diese innere Zerrissenheit gewesen, die ihn veranlasst hatte, seinem Sohn den Namen eines Mannes zu geben, der so wie er in wechselvollen Zeiten nach Orientierung gesucht hatte. Angezogen von der grausamen Faszination des Krieges, verlässt der Romanheld Fürst Bolkónski seine schwangere Frau, um gegen die Truppen Napoleon Bonapartes zu kämpfen, erlebt dann eine spirituelle Erweckung und folgt ihr, bis er desillusioniert in den Armen der jungen Natascha landet und schließlich auf einem Schlachtfeld endet. Eine traurige Geschichte und nicht eben das, was man einem Neugeborenen für gewöhnlich mit auf den Lebensweg gibt.

Andrej, alias Mika, war weder ein Fürst noch hatte er eine schwangere Ehefrau, aber er kannte den Krieg. Zwar nicht den Kampf zur heroischen Verteidigung des Vaterlands, dafür aber den schmutzigen Krieg wie den in Tschetschenien, mit unsäglichen Verbrechen, brutalster Folter und Massenmord. Und er hatte auf der Seite der Unterdrücker, Folterknechte und Schlächter gestanden.

Eine Erleuchtung hatte er also nicht erlebt, und ebenso wenig eine spirituelle Erweckung oder gar Erlösung. Vielmehr hatte er erkannt, dass es ihm Spaß machte, andere zu quälen. Er ergötzte sich am Blut und dem Leiden seiner Opfer, es verlieh ihm ein Gefühl der Allmacht. Er konnte über Leben und Tod entscheiden. Eine Erkenntnis, die ihn bewog, Söldner zu werden. Er desertierte, wechselte den Namen und bot seine Dienste dem an, der am besten zahlte. Er hatte fast überall gekämpft, wo es Krieg gab, in Afrika, im Nahen Osten, auf dem Balkan und dann wieder in Tschetschenien im zweiten Unabhängigkeitskrieg, diesmal allerdings auf der Seite der Tschetschenen. Nicht aus Solidarität mit den Unterdrückten, sondern weil man ihn in harten Dollars bezahlte, damit er seine russischen Brüder abknallte.

Für ihn war das kein Problem gewesen. Nicht mehr.

Der junge Mann dachte gerne an die glorreichen Zeiten des Krieges und der Kämpfe zurück. Doch er hatte sich zu viele Feinde gemacht und hatte eine Weile untertauchen müssen. So war er nach Italien gekommen, wo er sich seinen Lebensunterhalt mit kleinen Betrügereien, falschen Papieren, Drogen- und Waffenhandel verdiente. Er war nicht gerade glücklich mit seinem neuen Leben, er hatte das Gefühl, seine Talente zu verschwenden, wie ein großer

Maler, der plötzlich Anstreicher werden musste. Das war nicht der Platz, den das Leben für ihn reserviert hatte, davon war er überzeugt. Aber dennoch musste er sich für eine Weile damit zufriedengeben, auch wenn nichts, nicht einmal ein kurzer Knastaufenthalt, ihn davon abhielt, dafür zu sorgen, dass er im Training blieb.

Schließlich war er kein verdammter Anstreicher, er war ein Genie der Folter, ein Prophet des Leidens, der keine Grenzen kannte. Und wenn er an diesem abgewrackten Camorrista ein bisschen üben wollte, dann war das sein gutes Recht. So sah er das.

Andrej alias Mika lächelte und erfreute sich an seinen kindlichen Gedanken. Er schaute sich im Halbdunkel des Raumes um, der vollgestellt war mit Computern und Videoapparaten. Das hier war seine Zuflucht vor der Außenwelt, vor den bewaffneten Geistern der Vergangenheit sowie vor den grauen Gestalten der Gegenwart. Er hasste diese Leute: Angestellte, Händler, Hausfrauen, Arbeiter, Verkäuferinnen. Alle gleich, das gleiche Leben, die gleichen Gedanken, die gleichen Häuser, Autos, Kinder und Hunde. Alles wiederholte sich tausendfach wie in einem Spiegelkabinett. Lachen, Weinen, Glück oder Trauer, alles war nur Schein. Die Menschen waren Pappmascheefiguren mit einem einfachen, gradlinigen Leben, das kein Auf und Ab kannte. Ein langer Faden, der sich zwischen Geburt und Tod spannte. Ohne Umwege oder Abwege, ohne innere oder äußere Kämpfe. Ein Leben, in dem nicht wirklich gelebt wurde.

Im Gegensatz dazu war sein Leben ein unentwirrbares Knäuel. Ein unförmiges Etwas aus Hass, Angst, Befriedigung, Gewalt. Und obwohl er in diesem elenden Loch hockte, liebte er sein Leben.

Er goss sich ein Glas Wodka ein. Von dem guten, nicht von dem Fusel, den er dem Anwalt und seinem Freund angeboten hatte. Sie waren keine Russen, den Unterschied hätten sie ohnehin nicht bemerkt. Nachdem er einen großen Schluck genommen hatte, schnalzte er mit der Zunge.

Unwillkürlich musste er an Tiradritto denken, den Neapolitaner. Er war irgendwie anders, er war keine dieser grauen Gestalten. Eher wie er, ein Kämpfer. Einer, der den Geschmack des Blutes kannte. Das hatte er sofort bemerkt, er konnte es riechen, es in den ausdruckslosen schwarzen Augen lesen, die so tief waren, dass man einen Leichnam darin hätte verschwinden lassen können.

Was alles nur noch viel schöner machte – endlich ein Gegner, der seiner würdig war.

Er goss sich ein zweites Glas ein und öffnete einen der Metallschränke, zog eine militärgrüne Hülle aus grobem Stoff heraus, legte sie auf einen der Schreibtische und nahm einen Schluck Wodka, kostete dann den Moment aus, als er die Schnüre löste. Vorsichtig rollte er den Stoff auseinander und betrachtete strahlend den Inhalt. Er war glücklich.

Die Instrumente glänzten im schwachen Licht. Scharfe Klingen und glänzender Edelstahl. Andrej hatte sie aufbewahrt wie einen kostbaren Schatz, wie eine Reliquie aus der Vergangenheit. Hin und wieder, wenn die Sehnsucht zu groß wurde, nahm er sie heraus und spielte mit ihnen, strich zärtlich über die Klingen und ließ sie über die Fingerkuppen gleiten, bevor er sie sich an die Kehle legte und sich vorstellte, was er damit alles anfangen könnte.

Und sich wehmütig daran erinnerte, was er damit alles erlebt hatte.

Er unterzog die Instrumente einer eingehenden Prüfung. Gerade und gebogene Klingen, gewellte und glatte. Viele hatte er aus den Operationssälen der Feldkrankenhäuser gestohlen, andere hatte er gekauft, um sich daran zu erfreuen. Andrej zögerte seine Wahl heraus wie ein Liebhaber, der sich voller Lust dem Vorspiel widmet. Dann nahm er noch einen Schluck Wodka und lächelte. Er hatte sich entschieden.

Ein besonderes Instrument, spitz und rund. Klein und handlich. Ideal, um präzise zu arbeiten. Zuletzt hatte er es benutzt, bevor er nach Italien gekommen war, noch zu Kriegszeiten. Bei einer Prostituierten. Ein wunderbares und höchst befriedigendes Erlebnis. Die junge Frau hatte er in einer Müllhalde vor den Toren der Stadt abgelegt. Solange Krieg herrschte, fiel das nicht weiter auf. Mit Verrätern, Überläufern und Spionen ging man meist nicht zimperlich um.

Jetzt überlegte er, was genau er mit diesem Instrument anfangen wollte. Vielleicht fiel ihm ja etwas Neues ein. Im Grunde war er ein echter Künstler, der gerne experimentierte. Zum Beispiel hatte niemand gesagt, dass Michele noch Augen haben musste, wenn er dem Käufer übergeben wurde.

Er zog eine Spritze mit Propofol auf, entschied sich dann dagegen. Er würde weniger Spaß haben, wenn Michele zu stark sediert war. Als er nach den Schlüsseln zum Spielzimmer griff, breitete sich erwartungsvolle Erregung in ihm aus, er wurde hart.

Liebe ließ sich nicht befehlen, dachte er, löste die Eisenkette und öffnete die schwere Metalltür.

Ein Lichtstrahl fiel ins Zimmer.

Michele lag rücklings auf dem Boden, die Beine ausgestreckt, die Arme hinter dem Kopf verschränkt. Der Mund stand halb offen, am Kinn klebten Blut und Speichel. Er gab keinerlei Lebenszeichen von sich.

Andrej überkam die Sorge, dass er ihn versehentlich mit einer zu hohen Dosis ins Jenseits befördert hatte. Er legte ihm zwei Finger an den Hals. Der Mann lebte. Seine Befürchtungen waren umsonst gewesen. Er würde Spaß haben.

Zufrieden gestattete er sich ein Lächeln und umklammerte sein Instrument. Um mit ihm spielen zu können, musste er ihn aufwecken. Wo sollte er anfangen? Früher hätte er ihm zuerst die Augen ausgestochen, jetzt hob er sich das lieber auf. Schließlich hatte er Zeit.

Breitbeinig setzte er sich auf sein Opfer. Michele röchelte. Andrej umklammerte das Instrument etwas fester und griff sich zwischen die Beine. Seine Erektion war noch härter geworden. Wenn er sein Spielchen beendet hätte, würde er sich darum kümmern müssen.

Vorsichtig hob er ein Augenlid des Neapolitaners und betrachtete die schwarzen, unbeweglichen Pupillen. Der Kerl war nach wie vor ohnmächtig. Dennoch beschloss er, sein sadistisches Spielchen zu beginnen, der Schmerz würde sein Opfer schon wecken. Er beugte sich über Michele, bis er nur wenige Zentimeter über ihm schwebte, dann führte seine Hand die gebogene Klinge heran …

Micheles Pupillen bewegten sich, sahen ihn im Halbdunkel an. Die beiden Männer fixierten einander. Michele lächelte. Zwischen seinen Zähnen blitzte etwas. Eine Klinge.

Plötzlich schnellten die Arme des Gefangenen nach vorne, die gefesselten Hände legten sich um den Nacken des Russen. Michele zog seinen Gegner zu sich herunter und presste ihn fest an sich, sodass dessen Arm mit der Waffe eingeklemmt wurde. Tiradritto war schnell, er machte seinem Ruf alle Ehre. Sein Körper war angespannt wie eine zusammengedrückte Feder, bereit, jeden Moment seine ganze Aggression freizugeben. Der andere wusste nicht, wie ihm geschah. Seine unkontrollierte Gier und seine Arroganz hatten ihn unvorsichtig und angreifbar gemacht. Vergeblich versuchte er, sich zu befreien.

Dann ging alles ganz schnell. Voller Zorn zog Michele den Kopf seines Kontrahenten zu sich herunter, biss die Zähne noch fester aufeinander und drückte Andrej einen grausamen Kuss auf das Auge. Die Klinge zwischen seinen Zähnen bohrte sich in alles, was ihr in den Weg kam, in Lid und Pupille, in Micheles Lippen und in Andrejs Allmachtsgefühl.

Ein schneidender Schmerz durchfuhr den Russen, er schrie auf, den Kopf wie in einem Schraubstock, das kalte Eisen, das ihm ins Fleisch schnitt. Unerbittlich warf Michele den Kopf hin und her, wollte sichergehen, dass er ihm richtig wehtat.

Als er befand, dass es genug war, schleuderte er den anderen zur Seite, spuckte die Klinge aus, zusammen mit einer Mischung aus Speichel und Blut. Dann hastete er, so schnell er konnte, zur Tür. Der Russe presste die Hände vors Gesicht, das Blut quoll zwischen seinen Fingern hervor. Der Schmerz hatte jede Faser seines Körpers erfasst. Und dennoch, so unglaublich es war, kam er wieder auf die Beine und hielt seinen Peiniger zurück, als der die Tür hinter sich schließen wollte. Als der Russe strauchelte und in die Knie ging, trat Michele ihm ins Gesicht, griff sich schnell eine der Klingen, die auf dem Tisch ausgebreitet waren, und durchtrennte seine Fesseln.

Das Gesicht über und über mit Blut bedeckt, rappelte Andrej sich abermals auf, sein Folterinstrument fest umklammert. Michele, der jetzt bewaffnet war, war bereit, aufs Ganze zu gehen.

Einen Augenblick lang schauten die beiden Männer sich an, taxierten einander schweigend. Beide wussten, dass einer von ihnen den Raum nicht lebend verlassen würde. Was Michele betraf, so war er bereit zu sterben und zu töten. Das war er seit Langem, seit ihn eines Nachts in der Stille seiner Zelle der Tod geweckt hatte. Andrej dagegen dachte gar nicht daran zu sterben. Ihn dürstete es nach Rache, weil der andere ihm so übel mitgespielt hatte. Er wollte ihn leiden sehen. Sein Kopf dröhnte, der Schmerz in dem, was von seinem Auge übrig war, drang ihm bis ins Hirn. Er wurde fast verrückt, doch sein Rachedurst hielt ihn aufrecht. Mit einem Mal war er wieder ganz der russische Soldat.

Die beiden Männer begannen, einander zu umkreisen. Die Arme abgespreizt, die Augen fest auf den Gegner gerichtet, versuchte Michele, auf Andrejs rechte Seite zu gelangen, die Seite des verletzten Auges, sodass sein Gegner ihn nicht mehr richtig sehen konnte. Der Russe bewegte sich ruckartig und setzte den ersten Hieb, dem Michele nur mit Glück ausweichen konnte. Sofort machte er einen Ausfallschritt, um die Reflexe seines Gegners zu testen, die erstaunlicherweise noch immer funktionierten, denn er nutzte eine Nachlässigkeit Micheles und bohrte ihm seine

Klinge tief in den Unterarm. Ein kurzer Schmerz durchzuckte Michele, aber es gelang ihm, das Skalpell nicht fallen zu lassen. Er wich einen Schritt zurück und erkannte ein höhnisches Grinsen auf Andrejs entstelltem Gesicht. Jetzt waren sie wieder ebenbürtig.

Micheles Arm zitterte, die Klinge war tief ins Fleisch eingedrungen, und er presste die andere Hand auf die Wunde, während er sich schwankend um den Russen herumbewegte. Einen Augenblick lang versuchte er, sich von außen zu betrachten. Ein ausgedienter Mafioso, der sich mit einem sadistischen russischen Ex-Soldaten in einem Mailänder Keller zwischen lauter Computern einen Zweikampf lieferte.

Er lachte hysterisch auf.

Ein Fehler, denn sofort landete Andrej in seinem Gesicht einen Treffer. Michele, der nicht rechtzeitig ausgewichen war, spürte ein Brennen an der Wange. Ein schmerzhafter Beweis, dass er mit dem Russen nicht so ohne Weiteres fertigwerden würde.

Er begriff, dass er ein Opfer bringen müsste, wenn er aus dieser Situation heil herauskommen wollte. Alles hatte schließlich seinen Preis, den man jeden Tag seines Lebens zu entrichten hatte. Mit gewollt ungeschickten und unkoordinierten Bewegungen täuschte er einen Angriff vor, den der Russe parierte, indem er die Klinge in Micheles ungeschützte Schulter trieb.

Das Messer drang tief ein, durchtrennte Gewebe und Muskeln. Michele schrie vor Schmerz auf.

Er hatte sein Opfer gebracht und den Preis bezahlt.

Sein Arm beugte sich blitzschnell und schloss sich um das Handgelenk des Russen. Aber statt sich zu wehren und zu versuchen, die Klinge von sich zu entfernen, zog er sie mit aller Macht zu sich, sodass der Stahl tiefer in sein Fleisch drang. Andrej blieb keine Zeit, sich zu wundern. Er hatte mit Gegenwehr gerechnet, und instinktiv wich er zurück.

Nun war er ungeschützt, und Michele stieß ihm von unten das Skalpell in den Bauch. Wie von Sinnen und voller Zorn. Einmal, zweimal, dreimal. Immer wieder, immer fester. Dem Russen blieb keine Zeit zu schreien, die Worte erstarben ihm in der Kehle, lediglich ein Wimmern fand den Weg über seine Lippen. Erst nach dem vierten Hieb gelang es ihm, Micheles Arm festzuhalten. Doch es war zu spät, das Skalpell hatte gestochen, geschnitten, gerissen. Sie waren in einem makabren Tanz miteinander verbunden, aber Michele wusste, dass es nicht mehr lange dauern würde. Seine Stiche hatten ihr Werk vollbracht, es würde bald vorbei sein. Als der Widerstand des Russen schwand und seine Hand, die die Waffe hielt, schwächer wurde, zögerte Michele nicht lang, riss sich von ihm los und rammte ihm ein letztes Mal das Skalpell in den Bauch.

Andrejs Augen weiteten sich, er öffnete den Mund und ließ den Arm sinken, die Beine gaben nach, der Körper glitt zu Boden. Er rollte sich zusammen wie ein Fötus, am Boden bildete sich eine Blutlache. Tiradrittos Brust begann, sich heftig zu heben und zu senken, er stöhnte. Schmerz. Angst. Adrenalin. Blut. In ihm tobte ein wahres Gefühlschaos.

Sein Opfer röchelte, hielt sich vergeblich den Bauch, um die Blutung zu stoppen, wurde immer blasser, je mehr Blut aus der Wunde sprudelte. Unterdessen begutachtete Michele seine verletzte Schulter, stützte sich auf den Schreibtisch und zog vorsichtig das gebogene Messer heraus. Eine neue Welle des Schmerzes überkam ihn, fast wäre er ohnmächtig geworden. Er griff nach der Flasche Wodka auf dem Tisch und nahm einen großen Schluck in der Hoffnung, dass der Alkohol seinen Kreislauf stabilisieren würde. Dann ging er auf den Russen zu, das Skalpell noch immer fest umklammert.

»Die Kette«, sagte er mit leiser Stimme. Als keine Antwort kam, trat er näher. »Die Kette, wo ist die Kette?«

Den Blick ins Leere gerichtet, murmelte Andrej etwas Unverständliches.

»Wenn du willst, dass ich dich schnell töte, musst du mir sagen, wo ich die Kette finde.«

Beide wussten, dass er sterben würde. Immerhin ließ Michele ihm die Wahl zwischen einem langen Todeskampf und einem raschen Ende. Ein guter Tausch.

»Schreibtisch, zwei … zweite Schublade.«

Michele fand, was er suchte, und steckte die Kette in die Tasche, kehrte daraufhin zu Andrej zurück und schnitt ihm die Kehle durch. Kurz und schmerzlos. Der Russe sah ihm dabei in die Augen, ehe er ein letztes Mal röchelte und noch mehr Blut auf den Boden floss.

Andrej starb innerhalb weniger Sekunden.

Michele war müde, erschöpft und von Schmerzen niedergedrückt. Er ließ das Skalpell fallen, das Geräusch hallte von den Wänden wider. Dann holte er die Kette aus der Tasche und betrachtete sie. Dünn und fein wie Engelshaar. Seine Hand dagegen wirkte wie ein blutroter Handschuh.

Jetzt musste er nur noch auf den Anwalt warten.

3.

Anwalt De Marco war gut gelaunt. Der Morgen war herrlich, die Sonne schien, und die kalte Luft ließ alles heller und klarer erscheinen: das Viertel, die Straßen, die Gesichter. Zum ersten Mal seit langer Zeit ging es ihm gut. Er schritt rasch voran, am liebsten wäre er gehüpft. Seine letzten moralischen Bedenken waren nach dem Frühstück verschwunden, ein schwarzer Kaffee und drei Linien reines kolumbianisches Kokain. Das Beste vom Besten, er hatte es auf Pump vom Dealer seines Vertrauens bekommen, einem Albaner mit vernarbtem Gesicht, der ihn misstrauisch angesehen hatte.

Aber diesmal hatte Umberto sein schönstes Lächeln aufgesetzt, sein Lächeln aus besseren Zeiten, er würde ihn schließlich bald, sehr bald bezahlen können. Genauso wie die alten Schulden. Der Mann hatte ihm geglaubt, warum auch nicht, falls er nicht bezahlte, würde er ihm eben die Beine brechen. Doch der Anwalt hatte so sicher, so zuverlässig gewirkt, als ob er ein Gewinnlos in der Tasche hätte. Ein Gewinnlos, auf dem der Name Michele Vigilante stand.

Mit einem festgefrorenen Grinsen kam er vor dem Tor seines Partners an und klingelte gleich dreimal. Er war ziemlich high und total euphorisch, glaubte, die Welt gehöre ihm, was mit Sicherheit dem Koks zu verdanken war. Pfeifend betrat er den Hof, passierte die gesicherten Türen und stand schließlich im Raum mit den Computern.

»Mika?«

Aufgeregt knetete er seine Finger und zog die Nase hoch. Die Monitore waren ausgeschaltet, und es war noch dunkler als sonst.

»Mein Freund, wo hast du dich versteckt? Ich habe Neuigkeiten, es ist alles noch viel besser als gedacht«, rief er triumphierend.

Er ging ein paar Schritte, erkannte im Halbdunkel eine Pfütze am Boden. Blut. Augenblicklich verfluchte er den Bulgaren. Was hatte der Idiot da wieder für eine Scheiße angerichtet? Waren seine sadistischen Neigungen etwa mit ihm durchgegangen? Mist, dann war das Geld futsch.

Das Lächeln war ihm vergangen, seine Hochstimmung ebenso. Jetzt machte er sich nur noch Sorgen um seine Investition. Der Blutfleck zog sich bis hinter einen der Schreibtische, breit und glänzend wie eine Autobahn. Das war eindeutig zu viel Blut. Scheißbulgare … Er ging näher heran, stutzte und wich zurück.

Mika lag tot am Boden. In seinem Bauch klaffte ein Loch, sein Mund stand offen, seine Kehle war durchtrennt.

Obwohl De Marco den Leichnam deutlich vor sich sah, kapierte er nicht, was los war. Es war, als hätten seine Augen keinen Kontakt zu seinem Gehirn. Oder als würde er in der Kirche gleichgültig ein Gemälde betrachten, das die Opferszene eines Märtyrers zeigte.

»Willkommen zurück, Avvocato.«

Umberto fuhr herum.

Der erste Schlag mit der Wodkaflasche traf ihn am Kopf. Es tat merkwürdigerweise nicht weh, jedenfalls nicht sehr. Die Flasche zerbrach nicht einmal. Das Glas war robuster als erwartet. Man hörte lediglich einen dumpfen Schlag, dann kippte sein Kopf zur Seite.

Den zweiten Schlag bemerkte er gar nicht mehr, er sank einfach zu Boden. Bevor der Neapolitaner allerdings zum dritten Schlag ausholte, sah er kurz seine Umrisse. Es war das Letzte, was er wahrnahm, danach wurde alles um ihn herum schwarz.

Michele stellte die Flasche auf den Schreibtisch und schüttelte den Arm aus.

Er fühlte sich unendlich müde und benommen, immerhin hatte er selbst auch viel Blut verloren. Er hatte das Gefühl, dass es keine einzige Stelle an seinem Körper gab, die nicht schmerzte. Die Wunde an der Schulter hatte er bereits mit einer halben Flasche Wodka desinfiziert und sich aus dem T-Shirt des Russen, das er in Streifen gerissen hatte, einen Verband gemacht. Fürs Erste musste das reichen, später würde er weitersehen, denn die Wunde entzündete sich bestimmt. Er hatte kurz überlegt, ob er noch einen Schluck Wodka trinken sollte, um sich ein bisschen zu betäuben, die Idee jedoch verworfen. Es gab noch einiges zu tun, für das er seine volle Konzentration brauchte.

Zunächst einmal schleifte er den Anwalt zur nächsten Wand, richtete ihn auf und fesselte seine Hände mit Kabelbindern. Anschließend setzte er sich auf den Schreibtisch und genoss die letzten Momente des Friedens und der Stille, die im Raum herrschte.

Die Schreie würde keiner hören.

Nicht lange, und Avvocato Umberto De Marco, Verteidiger am Berufungsgericht und Junkie, bewegte rhythmisch den Kopf, nach rechts und links, öffnete die Augen und versuchte, sich zu orientieren.

»Ciao, Umbe'«, begrüßte ihn Michele.

Dem Anwalt wurde schlagartig klar, in welcher Situation er sich befand. Er wollte einfach nicht glauben, dass all sein Glück nach so kurzer Zeit dahin war. Ein steiler Aufstieg, ein tiefer Fall. Wie gewonnen, so zerronnen. Wieder einmal. Wieder einmal war in seinem etwas Leben schiefgegangen.

»Ciao, Michele«, murmelte er und fühlte sich merkwürdig ruhig, als hätte er schon aufgegeben.

»Erklärst du mir mal bitte, was du dir bei dem Scheiß gedacht hast?«, sagte sein alter Kumpel, der offenbar nicht fassen konnte, dass er ausgetrickst worden war.

Umberto antwortete nicht. Ihm fielen allerlei Rechtfertigungen, Entschuldigungen und Ausreden ein, aber er wusste genau, dass Michele sie alle kannte. Deshalb zuckte er resigniert mit den Schultern und presste die Lippen aufeinander. Zwischendurch glitt sein Blick zu dem Toten.

Eine stumme Frage lag in der Luft.

»Die Klinge deines Rasierers«, antwortete Michele, »ich habe sie rausgenommen und sie mir in den Mund gesteckt.« Als sein Gegenüber ihn verwundert anschaute, fügte er hinzu: »Das habe ich im Knast gelernt, Umbe'. Die Marokkaner stecken sich Rasierklingen zwischen Wange und Zahnfleisch, sodass man sie nicht sieht. So haben sie sie immer dabei, das sind ihre Waffen. Wenn du vorsichtig bist, schneidest du dich nicht mal. Manche umwickeln sie sogar mit Papier und schlucken sie, damit sie ins Krankenhaus kommen. Bei dem ganzen Theater, das du und dein Freund mit mir angestellt habt, hätte ich sie auch fast verschluckt. Ich musste mir den Finger in den Hals stecken, um sie wieder hochzuholen. Tat ganz schön weh, das kannst du mir glauben.«

Umberto sah zum Toten hinüber, schwieg jedoch weiter.

»Ihm hat es natürlich mehr wehgetan als mir.«

Das war kein Scherz und auch keine Ironie, sondern eine schlichte Feststellung.

»Was wollte Peppe 'o Cardinale dir zahlen?«

»Viel«, räumte er nach einer Weile ein.

»Geld oder Drogen?«

»Beides.«

»Du warst immer schon gierig. Zu gierig. Warum hast du dich nicht mit dem zufriedengegeben, was ich geboten habe?«

Michele glitt vom Schreibtisch und ging auf ihn zu, schaute ihm in die Augen und tastete seine Hosentaschen ab. Er fand die Wohnungsschlüssel und die des Mercedes. Lange hätte er den Wagen ohnehin nicht gehabt, über kurz oder lang wäre er mit den Ratenzahlungen in Rückstand gekommen.

»Wo hast du geparkt?«

»Bei der Tankstelle.«

Der Anwalt legte den Kopf gegen die Wand und wartete ab. Verängstigt beobachtete er, wie Michele sich an den Spielzeugen des Russen zu schaffen machte. Er hatte an seinen Augen gesehen, dass er wieder ganz der Alte war. Tiradritto. Mitleid oder Vergebung durfte er von ihm nicht erwarten. Mit Sicherheit hatte er bereits über sein Schicksal entschieden. Vielleicht war es auch gut so. Er war am

Ende, so oder so. Kein Bedauern mehr, kein Klagen, keine Entzugserscheinungen, keine Geldsorgen, kein Betteln bei den Dealern, keine Kompromisse mit sich selbst, keine faulen Ausreden. Nichts von all dem mehr.

Plötzlich fühlte er sich leicht. Er hatte keine Familie, keine Zukunft, einfach gar nichts. Daher ließ ihn die Erkenntnis, dass bald alles vorbei sein würde, kalt. Vielleicht war Michele doch sein Glückslos gewesen.

Er schloss die Augen und hielt den Atem an, als er spürte, wie sein Freund sich näherte und sich über ihn beugte. Mit einer Hand drückte er ihm den Kopf gegen die Wand. Umberto presste die Lippen aufeinander und bereitete sich auf den Schmerz vor. Und der Schmerz kam. Schneidend und überraschend. Grausam und unerwartet.

Michele schnitt ihm ein Ohr ab.

Der Anwalt schrie und wehrte sich. Damit hatte er nicht gerechnet.

Ungerührt fuhr sein Peiniger mit der Arbeit fort, schien nicht ganz zufrieden zu sein. Mika hätte das besser hinbekommen, Gott sei seiner Seele gnädig, dachte Umberto, bevor der Schmerz ihn mit voller Wucht packte und wie eine Welle durch seinen Körper rollte. Er heulte und schrie, rang nach Luft, während das Blut ihm den Hals hinunter und über das Hemd floss. Die Wunde pulsierte, eine nie gekannte Wärme stieg ihm in den Kopf, verwirrt schaute er seinen Freund von einst an, der jetzt zum Glück das Skalpell auf den Boden warf.

»Es gibt nur einen Grund, warum du noch am Leben bist. Sag Peppe 'o Cardinale, dass er nicht nach mir suchen soll. Wenn ich getan habe, was ich tun muss, komme ich zu ihm. Hast du das verstanden?«

Der Anwalt war einer Ohnmacht nahe, seine Augenlider flatterten. Michele beugte sich über ihn, umklammerte sein Gesicht und schob die Finger in die Wunde. Er wollte sichergehen, dass er ihn verstanden hatte. Entsetzt riss sein Opfer die Augen auf.

»Hast du mich verstanden?«, wiederholte Michele. »Ich komme zu ihm! Es sei denn, der Sensenmann ist schneller. Sagen wir, wir machen ein Rennen, und der Preis ist sein Kopf.«

Er lächelte. Im Grunde begann ihm der Schatten, der ihm einen Grabstein aufgestellt hatte, zu gefallen.

De Marco nickte. In Micheles Augen sah er jetzt nicht nur Hass, sondern auch eine Spur von Mitleid.

Sobald er das Zimmer verlassen hatte, verlor der Anwalt das Bewusstsein.

4.

Ispettore Lopresti hatte beschlossen, dass es das Beste sei, in Deckung zu gehen und abzuwarten, bis das Gewitter vorüberzog. Seine Kollegen hatten die gleiche Strategie gewählt. Seit mittlerweile mehr als einer halben Stunde brüllte ihr Chef, Dottor Taglieri, sie an. Irgendwann würde er hoffentlich genug haben.

Es ging um die Ermordung der Surace-Brüder. Lastwagenfahrer, die Obst- und Gemüsekisten einladen und zu ihrer Runde aufbrechen wollten, hatten die Leichen gefunden. Die meisten Hilfskräfte hingegen, die ebenfalls vor Sonnenaufgang erschienen waren, hatten sich gleich wieder vom Acker gemacht. Es waren überwiegend illegale Einwanderer, die schwarzarbeiteten und keine Schwierigkeiten gebrauchen konnten. Zudem schienen sie ihre Chefs nicht gerade geliebt zu haben. Einer von ihnen hatte sogar, sei es aus Frust oder Schadenfreude, auf die toten Körper gepinkelt.

Taglieri war in aller Frühe aus dem Schlaf gerissen worden. Was den Täter betraf, so war man sich ziemlich sicher, dass es der Sensenmann gewesen sein musste, schließlich hatte er auch den Brüdern einen Grabstein auf dem Friedhof San Giuliano Campano zugedacht. Diese sieben Männer mussten allesamt in eine Sache verwickelt sein, für die sie jetzt zur Rechenschaft gezogen wurden, davon war man fest überzeugt. Bloß in welche?

Sämtliche Kontrollen und Abhörmaßnahmen waren vergeblich gewesen, der Täter hatte freie Bahn gehabt, hatte schnell, präzise, effizient zuschlagen können. Der Sensenmann, wie ihn die Zeitungen nannten, 'o Schiattamuorto für die Neapolitaner, besaß unbestritten einen Sinn für Dramatik. Vittoriano 'o Maresciallo andächtig vor seinem eigenen Grab hingestreckt wie ein Büßer, Bebè in seinem Wohnzimmer aufgehängt, die Suraces inmitten von faulendem Obst und Gemüse ...

Der Ispettore unterdrückte ein Grinsen, er wollte auf keinen Fall, dass Taglieri seine Wut auf ihm ablud. Es reichte, mit den anderen zusammen zur Schnecke gemacht zu werden.

»Und als ob das nicht genug wäre, hat die Presse auch noch Sympathien für ihn«, schrie der Dottore und warf einen Packen Zeitungen auf den Schreibtisch. »Aber es wird immer schöner. Da wir in einer Welt von Idioten leben, hat heute jemand eine Facebook-Seite für den Sensenmann eröffnet, die in drei Stunden mehr als dreißigtausend Likes bekommen hat, von den Weiterleitungen und Kommentaren ganz zu schweigen. Schon wenn ich daran denke, könnte ich aus der Haut fahren.«

Alle hielten den Kopf gesenkt, keiner wagte, etwas zu sagen. Es gab auch nichts zu sagen, denn nach vier Tagen hatten sie immer noch nichts Konkretes. Nichts als Gerüchte, falsche Fährten, den ein oder anderen Hinweis. Nichts, worauf sich eine ernsthafte Ermittlung aufbauen ließ.

Der Chef ging zum Fenster und betrachtete entnervt die Landschaft. Alte Palazzi, parkende Autos auf dem Bürgersteig, dichter Verkehr. Die Straßenlaternen flackerten im trüben Licht, dazwischen ein paar armselige Bäume. Seine Kopfschmerzen wurden schlimmer. Taglieri massierte sich den Nasenrücken und versuchte, konzentriert zu bleiben. Er hatte nichts zu Mittag gegessen und fühlte sich erschöpft, doch Zeit zum Ausruhen blieb ihm nicht. Schließlich hatte er diese außerordentliche Sitzung einberufen, er wollte sicher sein, dass seine Leute begriffen, worum es ihm ging.

»Fassen wir zusammen«, sagte er, ohne sich umzudrehen, und bedauerte einmal mehr, dass er nicht Stadtverordneter geworden war, sondern sich auf diese Führungsposition bei der Kriminalpolizei beworben hatte.

»Welche Gräber sind noch frei?«

Cozzolino, der bislang nichts zu den Ermittlungen beigetragen hatte, fasste sich ein Herz.

»Die für Peppe ’o Cardinale, Gennaro Rizzo und Michele Vigilante.«

Taglieri nickte. »Gut, rekapitulieren wird, was wir über diese drei wissen. Peppe hat sich zu Hause verschanzt, und selbst seine Leute gehen nur noch verdeckt vor. Es wird Zeit, dass wir ihn vorladen, auch wenn er uns die Rolle des unschuldig Verfolgten vorspielen wird. Bestimmt wird er uns erzählen, dass er nur ein einfacher Unternehmer sei, ein kleines Licht, die Madonna di Pompei verehre und mit der ganzen Sache nichts zu tun habe. Reine Zeitverschwendung, aber wir müssen es trotzdem versuchen. Wegen Gennaro Rizzo warten wir auf eine Information von Interpol, was dauern kann und wahrscheinlich nichts Neues bringt. Im Augenblick sei der Gesuchte nicht aufzufinden, wird es heißen, und so weiter und so fort. Bei Michele Vigilante liegt der Fall anders, hier gibt es immerhin Neuigkeiten.«

Lopresti warf Corrieri einen fragenden Blick zu. Vigilante war ihre Aufgabe. Der Kollege zuckte mit den Schultern, er wusste von nichts.

»Ich habe einen Anruf aus Mailand bekommen«, fuhr Taglieri fort. »Dort hat man irgendeinen Typen aus Osteuropa tot aufgefunden. Mit aufgeschlitztem Bauch und durchgeschnittener Kehle.«

Die Mitglieder der mobilen Einsatzgruppe sahen sich fragend an, sie versuchten zu verstehen, was das mit ihren Fällen zu tun hatte.

»Auch wenn ich noch keine Akten vorliegen habe«, fuhr der Dottore fort, »kenne ich bereits ein paar Details. Es handelt sich um einen vorbestraften Mann, der in einem mit allerlei Sicherheitsvorkehrungen ausgestatteten Kellerraum gefunden wurde. Ein gewisser Mika Stojanow, aber der Name ist mit Sicherheit falsch, die Kollegen in Mailand arbeiten daran. Der Tote galt als gefährlich, er war im Waffenhandel tätig und in diverse Dokumentenfälschungen verwickelt. Ein Hausbewohner hat Schreie gehört und die Polizei angerufen. Die Carabinieri haben im Hausflur und auf der Kellertreppe Blutspuren gefunden, die Feuerwehr hat die gepanzerte Tür aufgebrochen. In dem Keller soll es ausgesehen haben wie in einem Schlachthaus. Der Leichnam muss übel zugerichtet worden sein. Die Spurensicherung hat diverse Fingerabdrücke sichergestellt, unter anderem die von Michele Vigilante.«

Taglieri wandte sich zu seinen Mitarbeitern um. »Was gibt's Neues von der Überwachung?«

»Wir wissen, dass Vigilante in Mailand Kontakte hat«, antwortete Morganti. »Einen Anwalt, den er bereits vor seiner Zeit im Gefängnis kannte, einen gewissen De Marco …«

»Findet ihn. Zwei von euch fahren nach Mailand und schließen sich den Kollegen an, um Vigilante aufzuspüren. Dass er beim ersten Mord noch im Knast war, interessiert mich nicht. Er spielt eine Schlüsselrolle in diesem ganzen Theater, und ich will ihn wieder hinter Gittern sehen. Das macht ihm sowieso nichts, er ist es gewohnt.«

Lopresti fieberte danach, den Job zu übernehmen. Er wollte allen beweisen, dass er gut war, obwohl ihm der Sensenmann die Surace-Brüder kurz vor der Festnahme weggeschnappt hatte. Gerade wollte er die Hand heben, als ihn Corrieri flehend anblickte. Ein deutliches Zeichen, dass er nicht in diese Geschichte hineingezogen werden wollte. Er war nicht gerade wild darauf, wegen einer Ermittlung nach Mailand zu reisen. Lopresti zögerte, merkte, dass der Dottore ihn ansah.

»Also?«

Bevor er etwas sagen konnte, meldete sich Morganti, der ebenfalls versuchte, bei Taglieri Bonuspunkte zu sammeln.

»Annunziati und ich sollten fahren. Lopresti hatte ein paar Schwierigkeiten, vielleicht wäre es besser, wenn wir mit einer anderen Sicht auf die …«

Der Chef nickte, und Morganti bedachte Lopresti mit einem ironischen Lächeln. Offensichtlich wollte er den Kollegen ausbooten und alt aussehen lassen, nicht allein, was den Mord an den Suraces betraf.

Der Ispettore verbiss sich einen Kommentar, nahm sich jedoch vor, sich Morgantis linken Zug zu merken.

Lopresti wusste, dass den beiden Abhörspezialisten seine guten Beziehungen zu Taglieri seit einiger Zeit ein Dorn im Auge waren, auch wenn sie nie offen etwas in dieser Richtung hatten verlauten lassen. Er spürte es einfach, und nun trat es offen zutage, denn Annunziati versuchte vergeblich, seine Genugtuung zu verbergen. Mit Sicherheit hatten die beiden diesen Schachzug von langer Hand geplant. Doch so bitter es war – immerhin wusste er jetzt, auf wen er sich verlassen konnte und auf wen nicht.

Völlig unerwartet schaltete sich jetzt allerdings Corrieri ein. »Ich möchte an dieser Stelle zu bedenken geben, dass es noch mehr Informationen über Vigilante gibt als die gerade erwähnten.«

Sofort richteten sich alle Blicke auf ihn. Morgantis und Annunziatis Bonus begann zu schwinden.

»Und welche?«, erkundigte sich Taglieri.

»Lopresti und ich haben uns mit Kollegen von der Drogenfandung unterhalten, natürlich ohne Details der Ermittlungen preiszugeben. Sie haben uns gesteckt, dass mindestens fünf der Männer, für die es Grabsteine gibt, das heißt Vigilante, Rizzo, die Suraces und Giuseppe Notari alias Peppe 'o Cardinale, bei einigen illegalen Geschäften zusammengearbeitet haben, vor allem, was den Drogenhandel in großem Stil angeht. Es ist nicht ausgeschlossen, dass die beiden anderen dabei ebenfalls eine aktive Rolle gespielt haben.«

Lopresti versuchte, seine Überraschung hinter einer Maske der Gleichgültigkeit zu verbergen und gleichzeitig so zu wirken, als wüsste er über die Tragweite dieser Informationen bestens Bescheid. In Wahrheit hatte er mit niemandem gesprochen, von dieser Verbindung wusste er nichts. Jedenfalls bewunderte er die klaren und präzisen Ausführungen Corrieris, den er wieder einmal gewaltig unterschätzt hatte, und freute sich über die langen Gesichter von Annunziati und Morganti, die jetzt in der Scheiße steckten.

Die Kopfschmerzen des Dottore wurden heftiger, und die Adern an seiner Schläfe begannen zu pulsieren.

»Und warum erfahren wir das erst jetzt? Habt ihr vorher nicht daran gedacht, in diese Richtung zu ermitteln?«

»Wir haben natürlich alle Verbindungen überprüft«, beeilte sich Corrieri zu versichern. »Leider liegen diese schon sehr lange zurück, mehr als zwanzig Jahre, also noch bevor Vigilante eingebuchtet wurde. Und außerdem …«

»Außerdem was?«, unterbrach ihn Taglieri.

»Jemand hat die Dateien gelöscht.«

Wie eine Anklage schwebte der Satz in dem Raum, an dessen Wänden Polizeikalender und ein Foto des Staatspräsidenten hingen, der sie von oben herab anblickte.

»Was soll das heißen, gelöscht?«

»Jemand ist in das System eingedrungen und hat die Dateien aus dieser Zeit gelöscht. Nur die aktuellen Vergehen sind noch aufgelistet. Bei allen sieben Personen.«

»Und die Akten in Papierform?«

»Auch verschwunden.«

Der Chef legte die Finger auf die Nasenwurzel und schloss die Augen.

»Ich rekapituliere. Jemand ist in das System eingedrungen und hat alles gelöscht? Braucht man da kein Passwort? Werden nicht bei jedem Einwählen Datum, Computer und User registriert?«

»So ist es«, bestätigte Corrieri leise.

»Und wer war es? Wer hat dieses Chaos angerichtet?«

Betretenes Schweigen machte sich breit. Es dauerte einen Moment, bis Corrieri sich ein Herz fasste.

»Die Daten und das Passwort gehören zu Ispettore Angelo Benedetti. Und gelöscht wurden die Dateien am Montag, kurz nach dem Mord an Vittoriano Esposito.«

Sovrintendente Benedetti galt als ein verlässlicher Polizist und Familienvater. Mitte der Achtzigerjahre war er in den Polizeidienst eingetreten und an allen Brennpunkten des Organisierten Verbrechens im Einsatz gewesen: Kampanien, Kalabrien, Sizilien. Er ging dahin, wo er gebraucht wurde, ohne zu protestieren. Seinen Vorgesetzten gegenüber war er stets respektvoll, pflegte einen guten Umgang mit den Kollegen, war pünktlich, selbstsicher und zuverlässig, ein Polizist alter Schule. Man musste sich einfach mit ihm verstehen. Ein Mann ohne Fehl und Tadel. Aber er war tot.

Drei Wochen zuvor hatte ihn beim Tontaubenschießen ein Herzinfarkt dahingerafft. Alle waren bei seiner Beerdigung gewesen und hatten sich mit den üblichen zehn Euro an einem Kranz beteiligt. Cozzolino war sogar einer der Männer gewesen, die den mit der italienischen Flagge bedeckten Sarg zum Grab getragen hatten.

Taglieri sagte kein Wort. Er ging zu seinem Schreibtisch und ließ sich in seinen Kunstledersessel sinken. Keiner wagte zu atmen. Disero und Cozzolino wünschten sich weit fort, Morgantis und Annunziatis Glanz war verflogen, und Lopresti und Corrieri warteten resigniert auf eine Reaktion. Jeder wusste, was diese Enthüllung bedeutete, wenngleich niemand es wahrhaben wollte.

Im Präsidium gab es einen Maulwurf.

5.

Ciao, bellissima, hörte Michele sich selbst sagen, mit einer Stimme, die aus der Vergangenheit in die Gegenwart drang. Einer liebevollen, sanften Stimme, die in den letzten zwanzig Jahren alles Weiche verloren hatte und scharf und schneidend geworden war.

Passend dazu stieg in seinem Kopf das Bild eines jungen Mädchens auf. Ein ovales Gesicht mit verschwommenen Umrissen, in warmen Farben wie in alten Super-8-Filmen.

Sie war schön, sehr schön sogar. Lange kastanienbraune Haare fluteten über die Schultern, und sie hatte große dunkle Augen. Die Haut war glatt und weiß wie Porzellan, die Wangenknochen waren stark ausgeprägt, die Lippen voll und sinnlich. Es war wunderbar, wenn sie lächelte. Doch jetzt lächelte sie nicht, sondern musterte misstrauisch den jungen Mann, der vor ihr stand.

Kennen wir uns?

Natürlich. Du bist Milena, Francos Freundin.

Stimmt.

Sie konnte sich nicht an ihn erinnern, genauso wenig wie an den anderen jungen Mann, der soeben auf sie zukam.

Ich bin Michele, und das ist mein Freund Gennaro.

Franco hat uns gebeten, dich abzuholen und nach Hause zu fahren.

Danke, das ist nicht nötig. Ich fahre mit der Vespa, und Franco weiß das.

Ihre Stimme klang angespannt. Die beiden Typen gefielen ihr nicht, und auch nicht der Wagen, der mit laufendem Motor hinter ihnen stand. Außerdem wirkte das Lächeln des Schwarzäugigen unecht, irgendwie gefährlich.

Franco weiß vieles und vergisst vieles. Komm, steig ein, sonst sind wir zu spät.

Er legte eine Hand auf ihren Ellbogen, um sie zum Auto zu bringen, aber sie schüttelte sie wütend ab.

Ich weiß, was ihr für Typen seid. Lasst mich in Frieden, sonst mache ich eine Szene. Ich schreie so laut, dass das ganze Viertel hier auftaucht.

Michele lachte, er war zugedröhnt. Das Kokain zirkulierte machtvoll durch seinen Körper, er fuhr sich mit der Zunge über die Lippen und das Zahnfleisch, das ein bisschen taub war. Das Mädchen gefiel ihm, ihr Mut und ihre Unerschrockenheit.

Gennaro Rizzo stand neben ihm und beobachtete die Umgebung, während Michele nur Augen für Milena hatte, für die lockigen schulterlangen Haare, die eng anliegenden Jeans, den violetten Schal … und für die schmale Goldkette, die sie um den Hals trug und die wie ein Engelshaar aussah.

Ohne Vorwarnung schoss seine Hand nach vorne und legte sich um ihren Hals.

Sie unterdrückte einen Schrei, ihre Augen blickten panisch. Seine Finger drückten fester zu, und seine Fingernägel bohrten sich in ihr Fleisch. Das Mädchen umklammerte seinen Arm und versuchte vergeblich, seinen Griff zu lösen.

Gennaro kam schweigend näher und rammte ihr eine Faust in den Magen. Sie knickte ein wie eine Binse, die Knie gaben nach, doch er riss sie an den Haaren wieder nach oben.

O nein, mein Fräulein, du gehst nicht zu Boden, sonst müssen wir dich noch tragen. Du kommst jetzt ganz ruhig und brav mit, verstanden?

Milenas Gesicht lief rot an. Tränen rollten ihr über die Wangen, und die Adern an ihrem Hals pochten.

Lass los, Miche', sonst nippelt sie dir gleich ab.

Er hörte die Warnung nicht, er drückte weiter zu, die Muskeln in seinem Unterarm verkrampften sich und begannen zu zittern.

Miche', Vorsicht, die erstickt sonst. Miche'!

Gennaro schüttelte ihn, woraufhin er seinen Griff zumindest so weit lockerte, dass sie wieder atmen konnte. Röchelnd sog sie Luft in die Lungen, der Brustkorb hob und senkte sich hektisch, bevor Michele erneut zudrückte.

Du hast gehört, was mein Freund gesagt hat, oder? Du kommst jetzt mit.

Milena sagte kein Wort, das konnte sie auch gar nicht. Angst und Schmerz machten sie so stumm, dass sie nicht einmal mehr zu denken vermochte. Vielleicht hoffte sie noch, dass die beiden aufhörten, dass sie sie mit der Vespa wegfahren und zu Franco zurückkehren ließen. Doch daran dachten die beiden gar nicht, sie wollten sie von dort fortbringen. Irgendwohin, wo man ihr schändliches Treiben nicht sah.

Gennaro deutete auf das Auto. Am Steuer saß Bebè, ohne Bauch und mit vollem Haar, Jahre bevor ihn jemand an der Decke seines Wohnzimmers aufknüpfen sollte. Hinter ihm hockten die jungen Suraces mit ihren gierigen Gesichtern. Sie stiegen jetzt aus, setzten sich auf Milenas Vespa, kickten den Motor an und verschwanden in den Gassen des Viertels. Sie würden den Roller an einem verlassenen Ort anzünden und damit unkenntlich machen.

Währenddessen zerrten Michele und Gennaro das Mädchen auf den Rücksitz des Autos und nahmen sie in ihre Mitte.

Bebè schaute sie im Rückspiegel an.

Alles okay, Miche'?

Sicher, mein Junge. Alles okay. Jetzt heißt es warten. Warten, dass sich der Typ rührt.

Hinter einer Straßenecke tauchte der Wachposten auf, der ihnen grünes Licht für ihre Aktion gegeben hatte. Ein junger und ängstlicher Giuseppe Notari, der damals noch nicht Peppe 'o Cardinale war. Er stieg zu ihnen ins Auto und knallte die Beifahrertür zu.

Los, weg hier.

Nein, warte.

Micheles Ton duldete keinen Widerspruch, und Bebè, der schon den ersten Gang eingelegt hatte, hielt inne. Tiradritto streckte den Kopf aus dem Fenster und schaute nach oben zu den Balkonen und Fenstern der Häuser. Niemand zu sehen. Niemand schrie, niemand kam auf die Straße. Man hörte lediglich, wie ein Rollladen heruntergelassen wurde. Jemand hatte wohl entschieden, dass ihn das hier nichts anging.

Daraufhin nickte er Bebè zu, und sie fuhren los.

Milena atmete mühsam, an ihrem Hals hatten sich Würgemale gebildet, der Kragen ihrer Bluse war mit Blut befleckt. Sie weinte leise und beugte sich vor, um besser atmen zu können.

Gennaro grinste zufrieden, Michele starrte aus dem Wagenfenster. Er fühlte sich merkwürdig, so als würde auch er ebenso wie das Mädchen keine Luft mehr bekommen. Die Wirkung des Kokains ließ nach, und er brauchte eine neue Line. Es half auch nicht, dass er das Fenster herunterkurbelte, es wurde nicht besser, ganz im Gegenteil. Milenas Schluchzen bohrte sich in seinen Kopf, als das Auto in den engen Gassen verschwand.

6.

Umberto De Marco lag auf dem Kunstledersofa, das Blut tropfte auf die Häkelkissen. Seine Augen waren auf die hellen Lichter des schweren Kristallleuchters gerichtet, die vor seinen Augen tanzten, flimmerten und zuckten. Auf seinem Gesicht lag ein glückseliges Lächeln, und er schaute einigen Strahlen nach, die wie Regenbogen wirkten, die ihn zu seinem Schatz führen würden. Die Wirklichkeit sah anders aus. Von einem Schatz und Taschen voller Gold keine Spur. Wo war er überhaupt?

Nichts an diesem Zimmer kam ihm bekannt vor. Die Einrichtung stammte aus den Achtzigerjahren. Ein schwerer Vitrinenschrank voller Nippesfiguren, Fotos von längst verstorbenen Personen in Silberrahmen. Auf der Türschwelle stand ein altes Ehepaar, eng aneinandergeschmiegt wie zwei ausgesetzte Welpen. Sie hielten den Kopf gesenkt und wussten genau, dass sie in ihrer Wohnung gerade nichts zu sagen hatten. Jemand schob sie in die Küche. Dort mussten sie warten, einen Kaffee trinken und nicht stören.

Der Anwalt hatte keine Ahnung, was vor sich ging und wie er in diese fremde Wohnung gekommen war. Man hatte ihm zwei Spritzen in den Arm gesetzt, dorthin, wo zwischen all den Einstichstellen noch Platz war. Daraufhin war der Schmerz langsam abgeflaut wie Wellen, die sich immer weiter aufs Meer zurückzogen. Nach der zweiten Spritze war sein Kopf leichter, das Licht heller und das Stimmengewirr undeutlicher geworden. Er wusste nicht, was für eine Droge das war, aber es war wunderbar. Er wollte mehr davon.

Neben dem Sofa stand ein Gestell, das ihn an einen Garderobenständer erinnerte und an dem ein Plastikbeutel mit einer durchsichtigen Flüssigkeit hing. Der kleine Schlauch endete in seiner Vene. Ein Tropfen nach dem anderen. Dann beugte sich ein Schatten über ihn, und aus der Ferne drang eine Stimme an sein Ohr.

»Avvocato, hörst du mich? Ich bin's, Giovanni. Jetzt näht dich der Arzt erst mal wieder zusammen, aber du musst mir sagen, wohin Michele Tiradritto gegangen ist. Und zwar sofort, verstehst du?«

Er nickte, seine Gedanken wurden langsam klarer, die Erinnerung kehrte zurück. Die Erinnerung an Michele, der ihm mit Mikas Skalpell das Ohr abgeschnitten hatte. Der Anwalt zitterte, er fühlte sich schwach, zum einen, weil er so viel Blut verloren hatte, und zum anderen wegen der wunderbaren Drogen.

Der Mann, der mit ihm sprach, war Giovanni Treccape, der ihm, wenn alles nach Plan gegangen wäre, das Geld hätte überbringen sollen. Doch stattdessen …

Umberto lächelte, während ein anderer Mann, vermutlich der Arzt oder etwas Ähnliches, sich mehr schlecht als recht um seine Wunde kümmerte.

»Hörst du mich? Hast du verstanden? Warum grinst du so?«

Treccape, der auf dem bestem Weg war, eine große Nummer in der kalabrischen Mafia zu werden, begann, langsam die Geduld zu verlieren.

»Nichts, Giovanni, gar nichts.« Jetzt lachte De Marco laut und wie irre. »Ich dachte gerade an unser Telefonat … Ich habe das Handy ans Ohr gehalten, obwohl ich gar kein Ohr mehr habe!«

»Michele, wo ist Michele?«

Der Anwalt kicherte weiter vor sich hin, während der Arzt das zerfetzte Fleisch zusammenflickte.

»Keine Ahnung. Er meinte, er bräuchte Papiere, um nach Spanien zu gehen.«

»Aha, Spanien. Wo genau?«

Er bekam keine Antwortet. Umberto hatte keine Lust mehr. Er wollte nichts anderes, als dass man ihn in Ruhe ließ. Diese Droge war wirklich außergewöhnlich.

Treccape begann, ernsthaft darüber nachzudenken, ihm auch das zweite Ohr abzureißen, damit er endlich redete, und vielleicht hätte er es sogar getan, wenn es nicht an der Tür geklingelt hätte.

Don Aldo betrat den Raum, sein Boss und Taufpate. Er trug einen verbeulten Hut, die dunkle Jacke hingegen war von gutem Schnitt. Auf einen Stock gestützt und begleitet von ein paar Jungs, kam er langsam auf ihn zu. Treccape war überrascht, ihn zu sehen. Es war ungewöhnlich, dass sich ein Mann von seinem Rang persönlich um so etwas kümmerte. Normalerweise verließ Don Aldo so gut wie nie sein Büro in der Bar, von wo aus er die gesamte Organisation der 'Ndrangheta steuerte. Trotzdem stand er jetzt vor der albern grinsenden Larve, in die sich der einst brillante Anwalt verwandelt hatte.

Giovanni neigte respektvoll den Kopf, und Don Aldo legte ihm väterlich die Hand auf die Schulter.

»Und, mein Junge?«

»Er meint, Tiradritto will nach Spanien. Vielleicht um dem Sensenmann zu entgehen?«

Don Aldo musterte ihn zweifelnd. »Glaubst du das wirklich?«

»Ich weiß es nicht. Flucht passt eigentlich nicht zu ihm. Es sei denn, die vielen Jahre im Gefängnis haben ihn verändert.«

»Nicht ihn, nicht in diesem Maße.«

Giovanni musste zugeben, dass Don Aldo recht hatte. Wie immer.

»Wie gehen wir vor?«

»Wir? Gar nicht. Die Organisation weiß nichts und darf auch nichts wissen. Wir mischen uns nicht in fremde Angelegenheiten ein.«

Das gefiel seinem Patensohn ganz und gar nicht. Ihn ging die Sache sehr wohl etwas an. Er wollte handeln, wollte etwas tun, das war sein Geschäft. Einfach abzuwarten, war nicht sein Stil. Gerade setzte er zum Widerspruch an, als Don Aldo ihm zuvorkam.

»Aber wenn du gerne Urlaub machen und unseren Freund besuchen willst, nur um dich zu vergewissern, dass er keinen Besuch von seiner Vergangenheit bekommt ... Einer Vergangenheit, die soeben aus dem Knast gekommen ist und gerne Ohren abschneidet ... Das geht nur dich was an, dafür bist du niemandem Rechenschaft schuldig. Mir nicht und auch keinem anderen. Weder jetzt noch später.«

Mehr gab es dazu nicht zu sagen. Die Botschaft war deutlich genug gewesen.

»Aber der Avvocato hat von Spanien gesprochen und …«

»Giova', du machst das, was ich dir sage.«

Don Aldo brauchte die Stimme nicht zu erheben, es reichte, wenn er seinem Mann einfach in die Augen schaute. Giovanni Treccape senkte ergeben den Blick, seine Zukunft hing von den Worten des Bosses ab. Er musste ihm vertrauen und gehorchen.

»Und was machen wir mit dem da?«

Der alte Capo schaute voller Abscheu auf den Mann auf dem Sofa, der inzwischen das Bewusstsein verloren hatte.

»Er ist ein Problem. Schließlich ist er keiner von uns, weiß zu viel und redet zu viel. Wenn Michele ihn am Leben gelassen hat, dann nur aus einem Grund: Er will irgendjemandem etwas damit sagen. Sehr bald werden alle nach ihm suchen, die Polizei, Peppe 'o Cardinales Männer, der Sensenmann und vielleicht sogar Michele, der endgültig mit ihm abrechnen will. Ich sage es noch einmal: Er ist ein Problem, und Probleme sind dazu da, gelöst zu werden.«

Nichts anderes hatte Giovanni erwartet. Sobald Don Aldo den Raum betreten hatte, war klar gewesen, dass der Anwalt ein toter Mann war. Sonst hätte der Capo sich nicht herbemüht. Normalerweise ließ er sich bei niemandem sehen, der nicht zu ihnen gehörte. Seinen Namen kannte man, sein Gesicht nicht. Das war für alle außerhalb der Organisation ein Geheimnis. Und wenn er bei De Marco auftauchte, dann konnte das bloß eines bedeuten.

»Wenn er eine solche Leidenschaft für Drogen hat, gebt ihm noch mehr von dem Zeug. Und achtet darauf, dass es die richtigen sind.«

Mehr sagte er nicht. Er rückte seinen Hut zurecht, wandte sich um und verließ, auf den Stock gestützt, den Raum. Seine jungen Soldaten folgten ihm schweigend.

Giovanni seufzte. Er hatte keine große Lust auf Urlaub, doch er konnte nicht ablehnen. Und das Problem mit dem Anwalt musste er ebenfalls lösen. Was zum Glück ganz einfach war: ein Schuss verschnittenes Heroin, und seine Leiche würde auf einer Müllhalde enden. Ein weiterer Drogentoter. Tragisch. Zwei Zeilen in den Lokalnachrichten, und das war's.

7.

Michele hatte Umbertos Auto genau dort gefunden, wo es sein sollte. Zu seiner Überraschung stellte er fest, dass es seinem Besitzer sehr ähnlich war: alt, verbeult und dreckig.

Die Hinterlassenschaft einer glorreichen Vergangenheit, die inzwischen tot und begraben war.

Bevor er sich ans Steuer setzte, war er noch einmal in die Wohnung des Anwalts zurückgekehrt. Widerwillig, da ihn der Gestank nach Schweiß, Unsauberkeit, Drogen und Räucherkerzen anekelte. Allerdings wäre er diesmal am liebsten in einer Ecke zusammengesunken und hätte sich seinen Schmerzen überlassen, so fertig und müde war er. Aber wie von imaginären Fäden gezogen, raffte er sich auf, zwang sich weiterzumachen.

Er musste nach vorn blicken, in die Zukunft, und doch auch, unerbittlich, in die Vergangenheit.

Er nahm das Geld, das er dem Anwalt gegeben hatte, wieder an sich, holte aus dem Bad ein paar Medikamente und machte sich aus einem zerschnittenen Bettlaken einen provisorischen Verband. Verkrustetes Blut und offenes Fleisch, die Wunde war kein schöner Anblick. Er riss einen Streifen Stoff ab, wickelte ihn um die Schulter, packte die beiden Enden und zog so fest, wie es der Schmerz zuließ. Dann begab er sich zurück zum Auto.

Von Mailand nach Genua waren es etwa hundertsechzig Kilometer, zwei Stunden Fahrt, wenn man sich an das Tempolimit hielt und das Verkehrsaufkommen nicht zu groß war. Michele jedoch brauchte doppelt so lange: Der Blutverlust und der Schmerz, der ihm immer wieder den Verstand vernebelte, ließen kein zügiges Fahren zu. Regelmäßig musste er anhalten, um tief durchzuatmen und wieder klar denken zu können. Sein Kopf war schwer, und trotz der Kälte schwitzte er. Vor seinen Augen begannen Punkte zu tanzen. Allein Adrenalinschübe und Zigaretten hielten ihn aufrecht. Wie lange noch, das wusste er nicht. Er brauchte dringend Hilfe.

Inzwischen war es dunkel geworden. Vor jedem Schild musste er langsamer fahren, damit er es überhaupt lesen konnte. Zudem blendeten ihn die Scheinwerfer der entgegenkommenden Autos, seine Augen schmerzten, genau wie seine Erinnerungen. Blendend hell und gefährlich wie Olbans Lächeln.

Olban war ein slawischer Zigeuner, den man der Einfachheit halber Giorgio genannt hatte, weil das der italienischen Zunge sympathischer war. Ein brutaler Schläger, der sich mit Drogen und Prostituierten seinen Lebensunterhalt verdiente.

Als sie sich kennengelernt hatten, war er der einzige Zigeuner gewesen, der im Hochsicherheitsgefängnis gesessen hatte, und das wollte etwas heißen. Man hatte Artikel vierundsiebzig des Strafgesetzbuchs auf ihn angewendet, in dem es um die Organisation des Drogenhandels in großem Stil ging. Die Mindeststrafe lag bei zwanzig Jahren. Olban war mit achtzig Kilo Kokain erwischt worden, die er im Rücksitz seines Mercedes versteckt hatte. Unter den anderen Häftlingen hatte er sich einen gewissen Respekt erworben, weil er den Carabinieri nach seiner Verhaftung weiszumachen versuchte, die Drogen seien für den Eigenbedarf bestimmt. Der Staatsanwalt hingegen hatte seinen Sinn für Humor weniger zu schätzen gewusst, und so hatten sich für ihn die Türen zum Hochsicherheitsgefängnis geöffnet.

Olban alias Giorgio war ein Muskelpaket mit deutlich ausgeprägten Adern, Goldzähnen, billiger Gesinnung. Und dann sein Lächeln. Ein breites, strahlendes Lächeln wie von einer Neonreklame, das sich von seiner olivbraunen Haut abhob und nicht zu seinen kleinen unsteten Augen passen wollte, die bösartig blickten. Sein Gesicht stellte eine unheimliche Mischung dar, die dem Betrachter einen Schauer über den Rücken jagte.

Nicht aber Michele Tiradritto.

Zwischen ihnen hatte es nie Probleme gegeben, der Trakt war groß genug, um sich aus dem Weg zu gehen. Für den Italiener war der Zigeuner uninteressant, und Olban wusste das, wenngleich er so tat, als merke er es nicht. Er hatte schnell begriffen, dass es unklug war, sich gegen Michele zu stellen. Denn das hätte bedeutet, sich gegen den ganzen Knast zu stellen. Und das konnte er sich nicht leisten, denn Michele Vigilante war eine Nummer zu groß für ihn.

Stattdessen hielt er sich an anderen schadlos. Zum Beispiel an Imed, einem leicht verwirrten Marokkaner, der bei einem Antidrogeneinsatz festgenommen worden war. Imed wirkte wie ein Tier auf der Schlachtbank, und Olban erleichterte ihn um alles, was er besaß: Kleidung, Zigaretten, Lebensmittel. Der Marokkaner machte keinen Mucks, blieb wie gelähmt stehen und schlich dann geduckt in den Gemeinschaftsraum. So viel Unterwürfigkeit war nicht nach dem Geschmack des Zigeuners. Zu wenig Action, zu wenig Spaß, und außerdem wollte er allen zeigen, wer Giorgio Olban war. Er hatte die Nase voll davon, dass alle auf ihn herabsahen und ihn wegen seiner Herkunft und weil er nicht zur Organisierten Kriminalität gehörte, nicht ernst nahmen. Dabei kam er aus einer Welt, die sich seine Mithäftlinge nicht einmal vorstellen konnten, selbst in ihren schlimmsten Albträumen nicht. Diese Jungspunde, die ihre kriminellen Großfamilien im Rücken hatten, hätten es dort nicht einen Tag ausgehalten.

Nun musste eben der arme Imed dran glauben. Olban folgte ihm in den Gemeinschaftsraum, die Fäuste kampfbereit geballt.

»Wo willst du hin, Marokkaner?«, fragte er mit unverhüllter Aggressivität.

Imed drehte sich ängstlich um, er wollte mit niemandem streiten oder irgendwelche Probleme machen. Aber das interessierte Olban nicht, er hatte ihn ausgesucht, um sich an ihm zu beweisen.

Im Gemeinschaftsraum waren alle versammelt, die in diesem Trakt etwas zu sagen hatten, darunter Michele, der in der Nähe des Fensters eine Zigarette rauchte und sich nicht an den Gesprächen beteiligte.

Der erste Schlag traf Imed mitten im Gesicht, das Klatschen hallte von den Betonwänden wider. Ein deutliches Zeichen von Erniedrigung. Der zweite traf ihn, als er zurückzuweichen und mit den Armen das Gesicht zu schützen versuchte.

Die anderen Häftlinge schauten zu. Endlich mal ein bisschen Abwechslung.

Olban sah sich zufrieden um. Jetzt hatte er die volle Aufmerksamkeit, sein Schauspiel konnte beginnen.

Er schloss die tätowierte Hand zu einer Faust und rammte sie in Imeds Brustkorb, sodass der Marokkaner keine Luft mehr bekam und nach vorne kippte. Obwohl er fast das Bewusstsein verlor, gab sich sein Peiniger noch nicht zufrieden. Er packte ihn am Hals, drückte ihn gegen die Wand und boxte ihn mehrere Male in den Bauch.

Es gab Applaus und anerkennende Pfiffe. Michele dagegen hatte genug. Er warf die Zigarettenkippe in die Mitte des Raumes, um dem Zigeuner zu demonstrieren, was er von all dem hielt. Schlagartig wurde es still. Es war ein betroffenes Schweigen, denn Michele hatte gesprochen, ohne ein Wort sagen zu müssen.

Der Marokkaner lag in der Mitte des Raumes auf dem Rücken und zuckte am ganzen Körper. Seine Augäpfel waren nach oben gedreht, ein weißer Fleck im dunklen Gesicht, die Lippen hatte er fest aufeinandergepresst, aus seinem Mund rann Speichel. Niemand wusste, was zu tun war.

Für einen Moment war selbst Olban wie erstarrt, doch dann gewann seine Brutalität, mit er sich Respekt verschaffen wollte, erneut die Oberhand.

»He, was liegst du da rum, du Idiot! Steh auf!«

Er trat gegen den zitternden Körper, brüllte unverständliche Schimpfworte in seiner Sprache und trat immer wieder zu. Imeds Kopf rollte haltlos hin und her wie bei einer

Puppe, seine Zähne knirschten, Blut mischte sich mit dem Speichel. Etwas stimmte nicht.

Michele ging zu ihm hin und schob Olban beiseite, der ihn überrascht anblickte.

»Was zum Teu …«

»Los, ruf einen Wärter!«, befahl er.

Dann wandte er sich ab und würdigte den Zigeuner keines Blickes mehr. Einer der jüngeren Häftlinge sprang auf, um Micheles Befehl auszuführen.

Blind vor Adrenalin, Wut und Dummheit stürzte Olban sich jetzt auf den Mann, der ihm die Tour vermasselt hatte, und packte ihn bei den Schultern, weil er noch nicht erkannt hatte, dass sein Spiel aus war. Gegen Michele Tiradritto hatte er keine Chance. Doch das merkte er erst, als drei andere Häftlinge ihn angriffen. Wenngleich rivalisierenden Clans angehörend, machten sie in diesem Fall gemeinsame Sache. Niemand durfte es wagen, die Hand gegen diese Legende zu erheben.

Michele selbst ignorierte den Zigeuner zunächst. Olban existierte für ihn im Grunde gar nicht, und deshalb schaute er tatenlos zu, als andere sich auf ihn stürzten und ihn wie Christus am Kreuz gegen die Betonmauer pressten. Erst jetzt ging er in aller Ruhe auf den Mann zu, der sich immer noch verzweifelt wehrte, strich ihm übers Gesicht, tätschelte ihm die Schulter, legte ihm dann eine Hand um den Hals und drückte ihm mit Daumen und Zeigefinger den Kehlkopf ein. Je lauter Olban schrie, desto fester drückte Michele zu.

Schließlich flüsterte er ihm ins Ohr: »Wenn irgendjemand von den Jungs hier redet und du lebenslänglich bekommst, interessiert mich das einen Scheiß. Wenn wir aber alle hier wegen Beihilfe zu einer Straftat angeklagt und an den Arsch der Welt verlegt werden, interessiert mich das sehr wohl. Denn irgendwo im Friaul oder auf Sardinien zu landen, nur weil du hier den großen Macker markieren willst, passt mir gar nicht. Hast du das verstanden? Wenn ja, dann nick mit deinem Köpfchen.«

Das Gesicht feuerrot, die Adern am Hals dem Platzen nahe, gelang es Olban zu nicken.

Als vom Gang her die Schritte von Springerstiefeln zu hören waren, lockerte Michele den Griff.

»Was ist hier los?«, brüllte eine schon vorsorglich verärgerte Stimme, denn alles, was im Gefängnis außer der Reihe geschah, ganz gleich, ob es gut oder schlecht war, stellte fast immer ein Problem dar.

Die Stimme gehörte, wie Michele sogleich erkannte, dem Chef der Gefängnisverwaltung.

»Nichts, Ispettore. Dem Marokkaner wurde auf einmal schlecht, er fiel zu Boden, begann zu zittern und hatte plötzlich Schaum vor dem Mund. Wir wussten nicht, was los ist, und haben gleich jemanden gerufen.«

»Alle raus hier, ab in eure Zellen. Sovrintendente, rufen Sie in der Krankenstation an, sie sollen sofort jemanden schicken«, befahl der Beamte seinem Begleiter.

Er hatte sofort erkannt, dass dringend gehandelt werden musste. Er löste seinen Gürtel und versuchte, ihn zwischen die verkrampften Kiefergelenke des Häftlings zu schieben.

»Habt ihr nicht verstanden? Alle raus hier!«

Als Michele sich von Olban entfernen wollte, zeigte der ihm sein gefährliches Lächeln.

»Das hier ist noch nicht zu Ende«, flüsterte er.

»Darauf kannst du dich verlassen«, antwortete Michele und kehrte in seine Zelle zurück.

Niemand hatte etwas gesagt, niemand wurde verlegt. Imed überlebte. Bei seiner Festnahme hatte er den Magen voller Heroin gehabt, das er in Ruhe hatte ausscheiden und zum Tauschen einsetzen wollen. Aber Olbans Schläge in Magen und Bauch hatten die kleinen Drogenpäckchen zum Platzen gebracht und die Droge in seinen Blutkreislauf entlassen. Wie ein Schwamm hatte die Magenscheidewand das Heroin aufgesaugt. Ein erfahrener Junkie hatte ihnen erklärt, dass der Marokkaner, wenn es sich um Kokain gehandelt hätte, nicht mehr am Leben wäre. Dann hätte kein Arzt der Welt schnell genug zur Stelle sein können, um ihn zu retten, und er wäre in einem Zinksarg geendet.

Selbst der ansonsten so reservierte Michele hatte seine Erleichterung nicht verbergen können.

Und mit Olban sollte ihn wenig später eine tiefe Freundschaft verbinden.

Die alte Klapperkiste des Anwalts begann, merkwürdige Geräusche von sich zu geben. Ein permanentes Stottern des Motors verhieß nichts Gutes. Zum Glück hatte Michele sein Ziel fast erreicht, zumal sein Kopf immer schwerer wurde und die Augen ihm ständig zuzufallen drohten. Wenigstens war der Schmerz in der Schulter zu einem erträglichen Pulsieren abgeflacht. Vielleicht war er sogar das Einzige, was ihn überhaupt noch wach hielt.

Im Halbdunkel erkannte er, dass er durch eine vollkommen verwahrloste Gegend fuhr. Müll und Abfall, wohin man schaute. Sogar kaputte Kühlschränke und durchgesessene Sofas waren hier entsorgt worden. Er fühlte sich fast, als käme er wieder nach Hause, nach Neapel. Er fuhr langsam, umklammerte das Lenkrad, um die Abzweigung nicht zu verpassen, die zu einer heruntergekommenen Bar führte, in der selbst einer wie er nicht weiter auffiel.

Doch er wollte nicht hinein, sein Ziel lag noch ein Stück weiter. Er schaltete den Motor aus, öffnete die Fahrertür und stieg langsam aus.

Ein Schatten kam ihm entgegen. Ein Kind mit dunkler Hautfarbe, ein ärmlich gekleideter Junge, der an seinen Fingern lutschte. Sie musterten sich kurz, dann war die kleine Gestalt verschwunden. Schritt für Schritt, wie ein Automat, bewegte sich Michele über den matschigen Boden. Immer wieder wurde er von Krämpfen geschüttelt. Sein Blick verschwamm, von seiner Umgebung nahm er kaum etwas wahr. Er sah nur vage Umrisse von Wohnwagen, daneben Feuerstellen, an denen Frauen mit langen schwarzen Haaren saßen. Dazwischen andere Schatten, kräftiger und breiter, die ihn zu umringen begannen.

Dann eine Stimme. »Sieh an, der Camorrista.«

8.

Die Umrisse der Männer begannen, sich vor ihm zu drehen. Michele schwankte, wäre fast gefallen.

Ein energischer Griff half ihm, das Gleichgewicht zu bewahren. Zwei tätowierte Hände, dieselben, die Imed geschlagen hatten, stützten ihn jetzt.

»Mein lieber Freund, du bist der letzte Mensch auf der Welt, den ich wiedersehen wollte«, sagte Giorgio alias Olban leise.

Dann rief er in einer unverständlichen Sprache, die musikalisch und guttural klang, Befehle. Andere Hände packten ihn, die Schulter schmerzte so sehr, dass er am liebsten aufgeschrien hätte, aber er brachte keinen Ton heraus. Die Männer führten ihn durch das Lager, überall waren Leute, unbekannte Gesichter, Blicke folgten ihm. Sein Kopf kippte hin und her, die Füße schleiften über den Boden, dann erkannte er vor sich die Umrisse eines Wohnwagens.

Sie gingen hinein, grelles Licht, das von Generatoren erzeugt wurde, blendete ihn. Man legte ihn auf ein ungemachtes Bett, hob seinen Kopf an und flößte ihm etwas Flüssigkeit ein. Er trank gierig, ihm war gar nicht aufgefallen, wie durstig er war. Das Wasser tat ihm gut, erfrischte und belebte ihn ein wenig, vertrieb das Gefühl, gleich in

Ohnmacht zu fallen. Als Nächstes gaben sie ihm etwas Stärkeres, eine Art Grappa, der seinen Kopf fast explodieren ließ, ihn jedoch aus seinem Dämmer riss.

Die Einrichtung des Wohnwagens stammte vom Sperrmüll. Die elektrischen Leitungen hingen offen von der Decke herab, unter dem Herd stand eine Gasflasche.

Jemand hatte seine Jacke geöffnet und das verkrustete Blut entdeckt. Der Verband hatte sich gelöst. Eine alte Frau mit tiefen Falten im Gesicht und langen goldenen Ohrringen beugte sich über ihn. Sie schüttelte den Kopf und murmelte etwas vor sich hin, Krankenhaus war das einzige Wort, das er verstand. Ihre Hände bewegten sich hektisch.

»Kannst du dich aufsetzen, schaffst du das?«, fragte Olban und fügte, als Michele nickte, hinzu: »Gut. Ich brauche etwas Zeit, um alles vorzubereiten, dann bringe ich dich an einen sicheren Ort. Ruhig und sicher.«

»Ich muss zu …«

»Jetzt nicht.« Olban sah sich um, es waren zu viele Leute um sie herum, er vertraute niemandem, nicht mal der eigenen Sippe. »Du musst dich ausruhen. Den Rest erzählst du mir später.«

Der Zigeuner lächelte erneut, griff nach seinem Handy und tätigte ein paar Anrufe, ohne seinen alten Gefängniskumpan aus den Augen zu lassen.

Ein paar Minuten später, als Michele gerade am Einschlafen war, spürte er, wie man ihn sanft am Arm rüttelte und ihm aufhalf. Als er die Augen öffnete, erkannte er Olban und daneben eine jüngere Version von ihm, muskulöser und faltenlos, doch mit dem gleichen Lächeln.

»Das ist einer meiner Söhne, er wird uns begleiten.«

Michele wurde hochgehoben, die beiden Männer trugen ihn aus dem Wohnwagen.

»Das Auto muss verschwinden.«

»Kein Problem«, beruhigte ihn Olban, »darum kümmern sich meine Jungs. Sie nehmen es ruck, zuck auseinander oder verschiffen es nach Albanien. Mach dir keine Sorgen, es wird auf jeden Fall noch heute Nacht entsorgt.«

Hinter ihnen hörte man wütendes Geschrei, von dem Michele kein Wort verstand.

»Meine Frau will nicht, dass ich nachts unterwegs bin«, erklärte Olban.

Der letzte Schrei hallte in Micheles Kopf wider. *»Tallent i cacri!«*

»Was bedeutet das?«

»Möge dir ein Krebsgeschwür wachsen.«

»Wie nett …«

Sein ehemaliger Knastbruder schaute Michele belustigt an.

»Sie liebt mich eben.«

Vater und Sohn schleppten ihn mehr, als dass er ging, zu einem blitzenden weißen Mercedes, der im Gegensatz zu den verrotteten Wohnwagen bestens in Schuss war, und legten ihn auf den Rücksitz.

Michele war nach wie vor todmüde, die Schmerzen machten ihn mürbe. Er bemühte sich, wach zu bleiben, aber das sanfte Schaukeln wiegte ihn in den Schlaf, sodass er nicht mitbekam, wohin sie ihn brachten. Wahrscheinlich in die Stadt, der zunehmenden Lichterflut nach zu urteilen. Die beiden Olbans unterhielten sich. Der Sohn schien beunruhigt und warf Michele hin und wieder einen misstrauischen Blick zu, der Vater hingegen wirkte ganz gelassen. Offenbar wusste er genau, was zu tun war.

Irgendwann erreichten sie ihr Ziel, die Olbans hievten ihn aus dem Auto, packten ihn rechts und links und schleppten ihn zu einem Haus. Auf ihr ungeduldiges Klingeln hin öffnete ihnen eine kleine Gestalt die Tür, die Michele nur schattenhaft wahrnahm und die sogleich wieder verschwand.

Die Wohnung war klein, ein Zimmer, Küche, Bad, und lediglich mit dem Nötigsten eingerichtet. Funktionell und unpersönlich. Aber immerhin war alles peinlich sauber. Auch die Laken und Bezüge des Doppelbetts, auf das sie ihn legten. Gegenüber des Betts stand ein Kleiderschrank mit einem großen Spiegel, aus dem ihn ein alter schwer verletzter Mann anblickte.

»Ich habe den Arzt bereits angerufen, er wird bald hier sein«, sagte Olban und half Michele, die inzwischen unangenehm stinkende Jacke auszuziehen. Das Hemd klebte an dem provisorischen Verband und am Brustkorb. Vorsichtig löste der Zigeuner den Verband und verzog angeekelt das Gesicht.

»Darf man fragen, was du da gemacht hast?«

Michele rang sich ein schwaches Grinsen ab. »Ich hatte eine kleine Auseinandersetzung mit einem Anwalt.«

Wenn er zu Scherzen aufgelegt war, dachte Olban, konnte es ihm so schlecht nicht gehen.

»Ich hab dir ja schon immer gesagt, dass man denen nicht trauen darf …«

»Ich brauche Hilfe.«

»Mach dir keine Sorgen, die kriegst du.«

»Du verstehst mich nicht. Ich meine nicht den Arzt, sondern eine andere Art von Hilfe. Ich muss von hier verschwinden.«

Auf ein Nicken seines Vaters hin verließ der Sohn wortlos den Raum. Je weniger Menschen eingeweiht waren, desto besser. Eine grundlegende Überlebensregel in ihrer Welt.

Michele versuchte, sich aufzurichten. »Ich will nach Frankreich, aber dafür brauche ich Papiere und eine Pistole. Nicht identifizierbar.«

Der Zigeuner wiegte bedächtig den Kopf. Obwohl er nicht mit Waffen handelte, würde sich mit Sicherheit eine geeignete Knarre auftreiben lassen. Was saubere Dokumente anging, war er jedoch unsicher.

»Papiere habe ich nicht, Miche'. Und wenn ich welche beschaffen soll, wird es dauern, und sie werden vielleicht nicht perfekt sein. Hast du keine zuverlässigen Kontakte aus dem Knast oder aus Neapel?«

Michele deutete mit dem Kopf auf seine verletzte Schulter. »Da war ich schon.«

Olban verstand. »Gut, ich werde sehen, was ich tun kann. Hast du Geld?«

»Geld ist kein Problem.«

»Wenigstens etwas. Dann brauchst du bloß noch Geduld.«

»Die habe ich nicht. Ich habe keine Zeit, Giorgio.«

Der Zigeuner hätte gern mehr erfahren, aber es wäre nicht sehr klug gewesen. Wenn er die Scheiße schon von Weitem roch, hielt er sich lieber fern. Und in diesem Fall hatte er von der ersten Minute an geahnt, dass Micheles Auftauchen Ärger bedeutete.

»Bist du Hase oder Jäger?«, fragte er also nur.

Michele schätzte die diskrete Frage. »Beides.«

Olban nickte. Im Geiste sah er einen Käfig aus Holzbrettern, wobei er unschlüssig war, ob sein Freund davor oder dahinter zu verorten war.

»Ich bin erst seit Kurzem raus, vorzeitige Haftentlassung«, rang Michele sich zu einer Erklärung durch, um allzu neugierigen Fragen zuvorzukommen. »Seitdem sucht mich jemand. Und dieser Typ, mit dem ich anscheinend seit Jahren eine Rechnung offen habe, auch wenn ich nicht genau weiß, wer er ist, hat mir ein Grab auf dem Friedhof reserviert. Mein Name steht schon auf dem Grabstein. Pech für ihn, dass ich im Moment kein Interesse daran habe, mich begraben zu lassen. Außerdem habe ich wegen einem toten Russen auch noch die Polizei an der Backe.«

Natürlich hatte Olban von der Geschichte mit dem Friedhof in Neapel gehört, fragte jedoch nicht nach. Auch nicht, wer den Russen getötet hatte. Das ging ihn nichts an. In seiner Welt war Verschwiegenheit überlebenswichtig.

»Das ist der Hase. Und was ist mit dem Jäger?«

»Ich muss jemanden suchen, jemanden, den nur ich allein finden kann.«

Michele hielt inne, der Schmerz und die Müdigkeit ließen ihn unvorsichtig werden. Fast hätte er zu viel gesagt.

»Muss ich das wissen, um dir zu helfen?«

»Nein, musst du nicht.«

»Gut.« Olban nickte zufrieden. »Also ein Arzt, Papiere, eine saubere Waffe und jemand, der dich nach Frankreich bringt. Ansonsten bleibt alles beim Alten.«

»Genau, alles bleibt beim Alten«, bestätigte Michele.

Kurz darauf klingelte es an der Tür, und der Arzt betrat den Raum. Ein kleiner magerer Mann mit strähnigen grauen Haaren, die ihm am Kopf klebten und von rechts nach links gekämmt waren. Die Farbe seiner pergamentartigen Haut verriet, dass er selten an die Sonne kam. Die Augen blickten verängstigt, seine Bewegungen waren hektisch.

»Guten Abend«, flüsterte er und hielt seine abgegriffene Ledertasche fest umklammert.

»Das ist der Patient.«

Der Arzt nickte, er wusste, wie er sich zu verhalten hatte. Als Erstes beugte er sich über Micheles Wunde, und nach seinem Gesichtsausdruck zu urteilen, missfiel ihm, was er sah.

»Ich gebe Ihnen eine leichte Betäubung, weil ich die Wunde noch mal öffnen muss, um zu prüfen, ob Gefäße und Bänder beschädigt sind. Anschließend desinfiziere ich sie gründlich und nähe sie ordentlich.«

Während er redete, schaute er seinen Patienten nicht an, die Hände zitterten leicht.

Irgendwie störte Michele das unsichere Auftreten des Mannes, und er war sich nicht sicher, ob er sich von ihm behandeln lassen wollte.

Olban nahm ihm seine Befürchtungen. »Keine Sorge. Unser Doktor ist ein guter Chirurg. Leider wurde das nicht geschätzt, nicht wahr?«

Bei diesen Worten klopfte er dem schmächtigen Mann so kräftig auf die Schulter, dass dieser zitterte wie ein dürrer Ast. Verunsichert zog er die Spritze auf.

»Ich brauche Hilfe beim Verband und beim Nähen.«

»Kein Problem.«

Olban öffnete die Tür und nickte knapp. Ein Befehl, der keinen Widerspruch duldete. Aus der Küche näherten sich Schritte.

»Hilf dem Doktor mit dem Verband.«

Eine zierliche junge Frau mit langen braunen Haaren, kaum älter als zwanzig, stakste ungelenk auf Stöckelschuhen herein. Vermutlich die Person, die ihnen die Tür geöffnet hatte. Sie war stark geschminkt und versuchte vergeblich, ihre wenig weiblichen Formen mit einem weit ausgeschnittenen Pulli und einem engen Minirock zu kaschieren.

Michele erkannte eine Prostituierte auf Anhieb, wobei man in diesem Fall kein Experte sein musste. Zweifellos war sie, neben Drogenhandel und Erpressung, eine von Olbans Einnahmequellen. Und mit Sicherheit nutzte er selbst ihre Dienste, was die hysterischen Schreie seiner Frau erklärte.

Den Arzt machte ihre Nähe sichtlich nervös. Sobald er jedoch mit der Arbeit begann, hörten seine Hände auf zu zittern, sein Blick wurde konzentriert, und die dünnen Finger bewegten sich sicher und entschlossen. Allerdings begann er zugleich, wirre, unzusammenhängende Sätze vor sich hin zu murmeln.

»Die Wunde ist tief und hat sich entzündet ... Wir müssen auch innen nähen ... Meine Ex-Frau hat alles mitgenommen ... Ich brauche mehr Mull ... Sogar den Hund, man stelle sich das vor, den Hund ... Noch ein bisschen durchhalten, wir haben es fast geschafft ... Dabei hat sie den Hund nie leiden können, es würde mich nicht wundern, wenn sie ihn an einer Autobahnraststätte aussetzt ... Wir fangen jetzt an zu nähen ... Vielleicht hat sie ihn sogar verkauft ... Nur noch ein paar Stiche ... Armes Tier, aber vor allem bin ich zu bedauern … So, fertig. Da wird eine tiefe Narbe bleiben, Sie müssen sich ausruhen und die Medikamente nehmen, die ich Ihnen gebe. Gegen die Entzündung, die Schmerzen und so weiter. Was die Beweglichkeit angeht, kann ich derzeit nicht viel sagen, ein bisschen Krankengymnastik wäre gut … Heiraten Sie ja nicht …«

Michele war erschöpft. Die Müdigkeit, die Schmerzen, der Blutverlust und das Geschwätz des Arztes über seine Ex und den Hund hatten ihm die letzten Kräfte geraubt. Sein einziger Trost war die junge Prostituierte. Schweigend war sie dem Arzt zur Hand gegangen, ohne Michele anzusehen, während er die Augen nicht von ihr abwenden konnte. Sie erinnerte ihn an jemanden, er war gefangen wie eine Fliege im Spinnennetz, wie ein Junge, der das erste Mal eine Frau richtig ansah.

In seinem Kopf vermischte sich ihr Gesicht mit einem Bild aus der Vergangenheit, dem einzigen Bild, das er nicht loswurde … Sie hatte Milenas Aussehen, ihre stolze Art, ihre unterdrückte Wut, das Lächeln, das sie ihm verweigert und das er in Angst und Schmerz verwandelt hatte.

Und dann das Haar, das ihr in unzähligen Wellen über die Schultern floss …

Es war, als ob sich eine Tür zur Vergangenheit geöffnet hätte. Seit seiner Entlassung war stets ein Schatten an seiner Seite gewesen, war jedem seiner Schritte gefolgt. Verzerrt und verschwommen wie in einem Spiegelkabinett, wie immer in seinen Erinnerungen, in denen Realität und Einbildung sich vermischten. Dieses Mal allerdings war es anders, die Umrisse waren deutlicher, die Farben intensiver, und der Schatten atmete und bewegte sich um ihn herum. Noch einmal.

Vielleicht zum letzten Mal.

Der Arzt legte einen neuen Verband an und kramte anschließend einen Haufen Medikamente mit chinesischen Aufschriften aus seiner Tasche hervor. Olban war zufrieden, dass Michele versorgt war und schon wieder einen besseren Eindruck machte. Er nickte dem Arzt zu und gab dem Mädchen zu verstehen, dass sie ihn nach nebenan begleiten sollte. Dort wartete der Lohn für seine Dienste auf ihn. Da niemand darauf geachtet hatte, die Tür richtig zu schließen, war sie einen schmalen Spaltbreit offen geblieben, und Michele konnte im Spiegel des Kleiderschranks sehen, wie das Mädchen sich vor den Arzt hinkniete und er rasch die Hose herunterließ.

»Er ist ein guter Chirurg«, wiederholte Olban. »Leider hatte er ein paar Drogenprobleme, nichts Wildes. Er verschrieb sie sich selbst, fälschte Rezepte und so weiter. Nachdem ihm ein Patient auf dem OP-Tisch gestorben ist, ist man ihm auf die Schliche gekommen und hat ihn aus der Ärztekammer geworfen. Jetzt arbeitet er sogar mehr als vorher.«

Das glaubte Michele gerne. Er und der Anwalt würden ein gutes Paar abgeben. Aber wer war er schon, um andere zu verurteilen? Ein Niemand. Wahrscheinlich der ungeeignetste Kandidat. Das Leben floss dahin. Mit etwas Glück in Richtung Meer, wenn man Pech hatte in Richtung Kloake. Wo floss seines hin?

»Der Arzt meinte, du musst dich ausruhen, die Medikamente nehmen und den Verband regelmäßig wechseln.«

»Ich darf keine Zeit verschwenden.«

»Es geht nicht anders. Ich kümmere mich inzwischen um die Papiere. Alles, was du brauchst, besorgt dir das

Mädchen. In zwei Tagen kommt mein Sohn und bringt dich nach Frankreich. Ich werde natürlich weit weg sein und Hunderte von Zeugen haben, die das bestätigen können.«

»Dann werden wir uns wohl nicht mehr sehen.«

»Nein, unsere Wege trennen sich hier.«

Sie schüttelten sich die Hand. Olban murmelte etwas in seiner Muttersprache. Michele war sicher, dass es sich um eine Art Segen handelte. Dann verließ er, ohne sich noch einmal umzudrehen, das Zimmer und ging achtlos an der jungen Frau vorbei, die immer noch die Arztrechnung beglich.

Michele spürte, wie die Anspannung allmählich aus seinem Körper wich. Wegen der Betäubung verspürte er keine Schmerzen, sein Kopf sank ins Kissen, die Lider schlossen sich. Er verlor das Bewusstsein, nahm nichts mehr wahr. Weder das klinisch saubere Zimmer und das Bett noch seinen erschöpften Körper und sein müdes Spiegelbild.

Sie hingegen sah er nicht. Die junge Prostituierte, die ihn durch den Türspalt betrachtete, stumm und traurig, und den Blick nicht von ihm wenden konnte.

5

1.

Samstag, 23. Januar 2016,
Sant' Emerenziana, geweihte Jungfrau und Märtyrerin

Die Madonna hatte ein perfekt ovales Gesicht. Alabasterfarbene Haut, den Kopf leicht geneigt, den Blick auf ihr rosiges, von einem Strahlenkranz umgebenes Kind gerichtet. Der kleine Jesus hatte sein dickes Ärmchen gehoben, um den Schäfern und Wanderern, die vor ihm knieten, seinen Segen zu spenden. Beide, Mutter und Sohn, waren in ein gedämpftes, rätselhaftes Licht getaucht, das den Heiligen Geist symbolisierte, der über ihnen als Heiligenschein schwebte.

Giuseppe Notari, genannt Peppe 'o Cardinale, konnte den Blick nicht von diesem Bild abwenden, was weder an den warmen Farben, der kunstvollen Linienführung, der Plastizität der Formen noch dem perfekten Faltenwurf des Kleides der Jungfrau lag, sondern an der völligen Hingabe der Männer.

Genau das wollte er. Absoluten Gehorsam.

Schon vor langer Zeit hatte er erkannt, dass Stärke und Gewalt die blinden Wächter der Macht waren. Sie konnte einem allzu leicht entgleiten. Macht ließ sich nicht erzwingen, sie musste von einem Konsens getragen werden, musste tief in der Seele der sich Unterwerfenden verwurzelt sein. Deshalb war es unerlässlich, dass seine Männer in ihrem Innersten fest davon überzeugt waren, dass er und kein anderer der Boss war. Derjenige, der das Sagen hatte. Nur so würde man ihm gehorchen.

Er warf einen letzten Blick auf die Gesichter der Schäfer, bekreuzigte sich und stand auf. Jeden Morgen kniete er auf seiner Gebetsbank nieder und gab sich seiner Meditation hin.

Der Raum lag im warmen Licht der vielen Votivkerzen, die ein bizarres Schattenspiel an die Wände warfen und deren Flammen bei jedem Windstoß tanzten. Es roch nach Wachs und Weihrauch.

Giuseppe betrachtete die unzähligen goldgerahmten Gemälde, deren Farben im Laufe der Jahrhunderte zum Teil verblasst waren. Er stellte sich vor, dass die Heiligen und Engel ihn stumm musterten, während er in falscher Bescheidenheit den Kopf senkte. Diese Sammlung sakraler Kunst war sein wertvollster Besitz, sein ganzer Stolz, sein persönlicher Schatz. Ein Ausdruck seiner Macht. Er hatte Dutzende von Kirchen überfallen lassen, um ihn zusammenzutragen. Kleine Kapellen im Nirgendwo, in denen ungeahnte Schätze verborgen gewesen waren, ohne jede Sicherheitsvorkehrung. Die Soldaten des Clans hatten flächendeckend nach ihnen gesucht und sie ihm als Zeichen der Unterwerfung zu Füßen gelegt.

Dieses Gemälde, *Jungfrau mit Kind,* war das letzte Geschenk eines seiner Männer. Das schönste. Es hatte den Ehrenplatz vor der Gebetsbank bekommen. Giuseppe näherte sich dem Bild, damit er es noch einmal bewundern konnte, hob den Arm, um die segnende Geste des Erlösers zu imitieren, und stellte sich vor, dass die Männer zu ihm gekommen waren, um sich vor ihm niederzuwerfen. Er lächelte und dachte einen Augenblick lang daran, dass bald ein Mann aus Fleisch und Blut den Kopf vor ihm neigen würde: Michele Tiradritto.

Don Peppe war er seit jeher ein Stachel im Fleisch gewesen. Von Kindesbeinen an, als er so getan hatte, als wäre er ein treuer Freund. Dabei war er nichts als ein arroganter Schönling gewesen, und deshalb musste er endlich auf dem Altar der Macht geopfert werden. Seiner Macht und der Macht von Gennaro Rizzo. Gemeinsam hatten sie das Feuer entzündet, das Michele Vigilante für immer vernichten sollte, und bislang schien es wunderbar zu brennen.

Metallisches Klackern unterbrach seine Überlegungen. Jemand stieg in sein Sancta Sanctorum, sein Allerheiligstes, hinab, in den geheimen Bunker unter seinem Haus. Ein Gewirr aus Räumen und Gängen, das man durch eine Garage erreichte, geschützt von schwer bewaffneten Männern und einer Überwachungsanlage. Eine bewegliche Rigipswand verbarg den Eingang zu diesem perfekten Versteck. Uneinnehmbar und bombensicher. Nicht mal der Sensenmann würde hier reinkommen.

Im Halbdunkel sah er Salvatore Cuomo auf sich zukommen, einen seiner engsten Vertrauten. Ein kräftiger Mann mit glänzender Glatze, weshalb er sich den wenig glanzvollen Spitznamen Palletta, Kugel, gefallen lassen musste, aber Peppe 'o Cardinale war sein Aussehen egal, er schätzte seinen Gehorsam und seine Fähigkeiten. Mit seiner Unterstützung hatte sich Palletta mit der Zeit den Respekt des Viertels erworben, und heute lachte keiner mehr über ihn. Doch Respekt musste man sich Tag für Tag aufs Neue verdienen.

»Solltest du nicht in Mailand sein, mein Junge?«

Obwohl Salvatore nicht daran zweifelte, dass der Capo längst Bescheid wusste, war es seine Aufgabe, ihn zu informieren. Er schluckte, den Blick starr auf den Marmorboden gerichtet, und nahm all seinen Mut zusammen.

»Ich bin gerade zurück …«

»Was gibt's Neues?«, unterbrach Peppe ihn.

»Nichts Gutes, *lo Zi'*. Nichts Gutes.«

Salvatore hatte das Gefühl, wieder ein Junge zu sein, der dem Priester in der Kirche seine Sünden beichten musste, doch würde er dieses Mal kaum mit vier Ave-Maria und einem Vaterunser davonkommen.

»Tiradritto ist uns entwischt.«

Don Giuseppe sagte kein Wort. Er stand unbeweglich in der Mitte des Zimmers und wartete.

»Ich habe es genau so gemacht, wie du es mir am Telefon gesagt hast, ich habe den Kalabresen gesagt, dass wir Michele suchen und dass ich selbst hochfahren und mich darum kümmern würde. Als ich in der Wohnung des Anwalts ankam, war sie leer und alles war durchwühlt worden. Vor der Tür stand einer von Don Aldos Leuten und hat das Haus beobachtet.«

Einen Moment lang verlor 'o Cardinale die Beherrschung. »Und woher wussten die Kalabresen von dem Anwalt?«

»Keine Ahnung, *lo Zi'*. Ich habe ihnen nichts gesagt. Aber wie es scheint, wollte er Michele an sie verkaufen. Er dachte, er hätte ihn an den Eiern und könnte ihn mithilfe von so einem Typen aus Bulgarien aufs Kreuz legen. Doch dann hat Michele den Bulgaren umgebracht und ist abgehauen. Das hat ganz schön viel Staub aufgewirbelt, überall im Viertel war Polizei, ich konnte nichts machen.«

»Und der Anwalt?«

»Den haben sich die Kalabresen geschnappt. Obwohl ich ihnen zu verstehen gegeben habe, dass ich mit ihm reden will. Aber keine Chance, sie haben mich nicht gelassen. Außerdem meinten sie, er hätte eh nicht mehr lange zu leben, und deshalb …«

»Und deshalb?«

»Deshalb bin ich zurückgekommen, *lo Zi'*. Michele ist verschwunden, wir wissen nicht, wo er sich versteckt hält, und die Kalabresen wissen es auch nicht. Und der Anwalt ist wahrscheinlich schon unter der Erde.«

'O Cardinale spürte, wie Wut in ihm aufstieg. Trotzdem schwieg er.

»Etwas verstehe ich nicht, *lo Zi'«*, fuhr Palletta fort. »Warum interessieren sich die Kalabresen überhaupt für Michele? Und warum ist der Anwalt zu ihnen gegangen?«

»Dafür, dass du nichts zustande gebracht hast, mein Junge, stellst du ganz schön viele Fragen. Und dumme dazu. Langsam frage ich mich, ob ich dich nicht überschätzt habe und ob du meine Freundschaft überhaupt verdienst.«

Salvatore zuckte zusammen, diese Worte kamen einer Verurteilung gleich, und er beeilte sich, das Wohlwollen seines Chefs wiederzuerlangen.

»Entschuldigen Sie, *lo Zi'*. Natürlich haben Sie recht. Ich vergaß, dass ich nur das machen soll, was Sie mir gesagt haben.«

Giuseppe nickte zufrieden und dachte wieder an die knienden Schäfer. Er wedelte mit dem Arm, als wollte er eine Fliege verscheuchen. Ein Zeichen, dass das Gespräch beendet und sein Untergebener entlassen war. Doch der wollte sich noch weiter bei seinem Herrn einschmeicheln.

»Vor der Tür wartet der Junge. Soll ich ihn reinholen?«

»Natürlich. Weißt du nicht, dass das der wichtigste Augenblick des Tages ist? Eigentlich hättest du draußen warten sollen und nicht er«, wies Peppe ihn zurecht.

Cuomo rannte die Treppen hinauf, die zur Garage führten, und drückte die Falltür hoch. Sogleich lief ein Junge von nicht einmal zwölf Jahren geschmeidig wie eine Katze die Treppenstufen hinunter. Seine schwarzen Haare waren ungekämmt, die Augen glänzten vor Glück. Es war eine große Ehre, etwas für Don Giuseppe erledigen zu dürfen, und im Viertel hatte sich die Nachricht schnell verbreitet. Selbst seine Mutter betrachtete ihn jetzt mit Stolz und behandelte ihn wie einen Mann.

»Da bin ich. Entschuldigen Sie die Verspätung.«

Peppe musterte ihn wohlwollend. »Mach dir keine Gedanken, ich weiß, dass das nicht deine Schuld war. Alles in Ordnung?«

»Ja, alles in Ordnung. Wenn es um Sie geht, ist immer alles in Ordnung.«

Der Junge öffnete die Hand, und eine kleine Metalldose kam zum Vorschein, eine alte goldene Tabakdose mit Intarsien, auf deren Rückseite eine Lilie eingraviert war. Don Giuseppe griff danach und gab dem Jungen eine Hunderteuronote, die dieser mit der gebotenen Zurückhaltung entgegennahm, niederkniete und zum Dank den Ring des Capo küsste. Danach verschwand der Junge so rasch, wie er gekommen war, wieder die Treppe hinauf.

Giuseppe Notari war von der Geste des Jungen angenehm überrascht, denn nicht viele küssten ihm den Ring.

Nachdem er vor vielen Jahren, während eines kurzen Gefängnisaufenthalts, das Gerücht von seiner Erleuchtung in die Welt gesetzt hatte, hatte ihm das einfache Volk den Namen 'o Cardinale gegeben, Synonym für Respekt und Macht wie auch für eine besondere Beziehung zu Gott. Er wusste genau, wie hilfreich eine derartige Frömmigkeit sein konnte, und hatte die Gerüchte weiter genährt, und mit der Zeit war seine Gottesfurcht zu einer unanfechtbaren Wahrheit geworden. Nie verpasste er den sonntäglichen Gottesdienst, wo er in der ersten Reihe saß, spendete großzügig, sorgte dafür, dass alle davon erfuhren, und führte jede Prozession an. Keine Frage, dass die Madonna vor seinem Haus abgesetzt wurde.

Er sah auf seine linke Hand, wo am kleinen Finger ein goldener Rubinring glänzte, den er sich nach einem Kardinalsporträt hatte anfertigen lassen. Der Goldschmied hatte seinerzeit eine abenteuerliche Summe dafür verlangt, aber statt ihm ins Gesicht zu schießen, hatte er ihm das Doppelte bezahlt. Ein weiterer Schachzug, um seinen Ruf als Wohltäter zu festigen. Einige Monate später jedoch wurde ausgerechnet dieser Juwelier überfallen und zu Tode geprügelt. Wieso sein Besitz an Don Giuseppe übergegangen war, war ein gut gehütetes Geheimnis geblieben.

Der Junge kam ihm wieder in den Sinn. Peppe 'o Cardinale glaubte, dass er eine vielversprechende Zukunft hatte. Er würde ihn im Auge behalten und ihm wichtigere Aufgaben anvertrauen. Vielleicht würde er ja eines Tages den Platz von Palletta einnehmen, der nach wie vor neben ihm stand wie ein geprügelter Hund. Seine unterwürfigen Gesten begannen, ihm auf die Nerven zu gehen, er hielt sie für ein Zeichen mangelnden Selbstbewusstseins und Durchsetzungsvermögens.

»Verschwinde, Salvato', ich habe zu tun. Und merk dir

für die Zukunft, dass ich weder dumme Fragen noch Entschuldigungen hören will.«

Cuomo schlich zur hintersten Ecke des Zimmers und blieb dort stehen. Er wartete darauf, dass ’o Cardinale zu Ende brachte, was er begonnen hatte.

Don Giuseppe war es nämlich wichtig, dass Palletta dort stand und ihm schweigend zusah. Genau wie der Junge war auch er selbst eine Marionette in dem Spiel, das er sich so mühsam aufgebaut hatte und mit dem er sein Image nach außen aufrechterhielt. Er wandte sich zu dem Gemälde mit der Madonna, öffnete die Tabakdose und nahm ein hauchdünnes weißes Blättchen heraus.

Eine Hostie, eine geweihte Hostie.

Jeden Tag klaute der Junge in der Kirche von Don Francesco eine für ihn.

Da es derzeit für ihn zu gefährlich war, das Haus zu verlassen, hatte er den Priester gebeten, zu ihm zu kommen und ihm dort die Kommunion zu erteilen, was ihm dieser armselige Pfaffe allerdings verweigert hatte, eben weil er war, was er war. Dabei schien der Geistliche vergessen zu haben, wer im Viertel wirklich den Ton angab. Dass Don Peppe nicht enden wollte wie die Suraces und deshalb in seinem Versteck blieb, dafür hatte hier jeder Verständnis. Bis auf den Priester. Und dass er das Problem auf diese Weise löste, wusste ebenfalls das ganze Viertel und hielt es nur für recht und billig. Lediglich der Priester hatte keine Ahnung. Jedenfalls ließ Don Peppe sich seine Hostien nun eben klauen.

Er kniete nieder, legte sich eines der Blättchen auf die Zunge und bekreuzigte sich.

Amen.

Palletta stand mucksmäuschenstill in einer Ecke und amüsierte sich insgeheim über diese lächerliche Imitation eines Kardinals. Was für ein Theater. Damit konnte Don Peppe vielleicht Neulinge in der Organisation oder irgendwelche alten Witwen beeindrucken, er aber kannte ihn noch aus der Zeit, als er ein kleines Licht gewesen war im Vergleich zu Michele Tiradritto und Gennaro Rizzo, vor denen er immer gekuscht hatte. Sei's drum, das ging ihn nichts an, und er würde sich hüten, etwas Falsches zu sagen. Nur ja keine Schwierigkeiten riskieren, schon gar nicht mit dem Boss.

Er schaute zu ihm hinüber und wunderte sich, dass Don Peppe sich tiefer und tiefer über die Gebetsbank beugte, was ihm selbst für seine Verhältnisse übertrieben schien.

Und dann kippte er plötzlich zu Boden. Ganz langsam, fast wie in Zeitlupe. Palletta vernahm ein leises Wimmern. Gehörte das etwa auch zum Theater des Capo?

Erst als er am ganzen Körper zu zittern begann, stürzte er auf ihn zu.

»*Lo Zi'*, was ist los? *Lo Zi'*, sagen Sie doch was!«

Don Peppe warf den Kopf ruckartig von rechts nach links. Die Augäpfel waren verdreht, aus dem Mund liefen ihm Speichel und Blut, als hätte er sich auf die Zunge gebissen. Der Brustkorb war aufgebläht, die Beine zuckten unkontrolliert.

Palletta stand da wie erstarrt, der Anblick faszinierte ihn. Er verspürte eine Mischung aus Zufriedenheit, Angst und Mitleid. Noch einmal rief er ihn vergeblich an. Das Wimmern wurde stärker, das Blut, das ihm aus dem Mund quoll, lief nun bereits über die Hände.

Dann, mit einem Mal, erinnerte Palletta sich an seine Pflichten. Er rannte die Treppe hoch, schob die Falltür auf und winkte wild mit den Armen rudernd die Leibwächter heran.

»Krankenwagen! Wir brauchen sofort einen Krankenwagen! Schnell. Don Peppe geht es nicht gut«, schrie er aus Leibeskräften.

Die Männer schlugen Alarm, während er wieder nach unten eilte. Im Halbdunkel kämpfte Don Giuseppe Notari den vielleicht wichtigsten Kampf seines Lebens.

Ungläubig schaute Salvatore Cuomo erst auf den vom flackernden Kerzenlicht beleuchteten Körper, dann auf das Gemälde mit der Jungfrau, die huldvoll und unerschütterlich die Zeichen der Anbetung entgegennahm.

Schließlich bekreuzigte er sich und rannte erneut die Stufen nach oben, hinaus ins Freie und in die nächste Kirche. Dort setzte er sich in die hinterste Bank und blieb einfach dort sitzen, ohne seine Umgebung wahrzunehmen.

Er wartete, bis die Sirenen des Krankenwagens ertönten, die immer näher kamen. Dann stand er auf, zündete in einer Seitenkapelle eine Kerze an, bevor er sich langsam zum Ausgang begab. Als er vor dem Haus von Don Giuseppe eine kleine Menschentraube stehen sah, wandte er sich ab und tauchte rasch in einer der Seitenstraßen unter.

2.

Wenn die Vernunft schlief, wurden Monster geboren, und im Gefängnis entstanden seltsame Freundschaften. Während eines Großteils ihrer Haftzeit hatten sich Michele und Olban geflissentlich ignoriert. Der Erste aus Desinteresse, der Zweite aus Angst und Respekt.

Wegen des Zwischenfalls mit Imed hatten sie einander dann wohl oder übel zur Kenntnis nehmen, in die Augen schauen und herausfordern müssen.

Wütende und hasserfüllte Worte waren von den Wänden des Korridors widergehallt und von den anderen Häftlingen weiterverbreitet worden.

Alle wussten, dass der Italiener dem Zigeuner nicht verzeihen würde. Die Jahre hinter Gittern mochten ihn vielleicht verändert haben, aber er war immer noch Zio Michele. Das wussten alle. Und alle warteten auf die Abrechnung.

Eigentlich war er all diese ungeschriebenen Gesetze des Knastes leid, doch man konnte sich ihnen nicht entziehen, vor allem dann nicht, wenn man einen Ruf zu verteidigen hatte. Und einer wie Tiradritto konnte keinen Rückzieher machen. Manchmal war Rache eben notwendig.

Ein Tag war seit dem Angriff auf den Marokkaner vergangen, und weil Michele so schnell wie möglich zur Normalität zurückkehren wollte, beschloss er zu handeln.

Er machte das Bett und zog die Laken glatt, rasierte sich rasch, weil alles seine Ordnung haben musste, und zündete sich eine Zigarette an. Die erste des Tages. Durch das Fenster betrachtete er die grünen Hügel und dachte darüber nach, wie er vorgehen wollte, bevor er sich einen Kaffee machte.

Das intensive Aroma erfüllte die Zelle, er behielt den Espressokocher im Auge, goss die heiße schwarze Flüssigkeit in einen Kunststoffbecher und trank. Vom Gang waren die Gespräche der anderen Häftlinge zu hören. Pinochet kam ihm wieder einmal in den Sinn. Er vermisste seine Weisheit und seinen Gleichmut. Sein Mentor fehlte ihm nach wie vor. Michele wusste, dass der Alte sein Vorgehen nicht gebilligt, wohl aber verstanden hätte. Er hatte lange genug selbst nach dem Prinzip gelebt, dass es Dinge gab, die einfach getan werden mussten, ohne jeden Skrupel.

Rasch kühlte er den noch heißen Espressokocher unter kaltem Wasser ab, leerte den Kaffeesatz aus, säuberte ihn und trocknete ihn ab. Er würde ihn heute noch für andere Zwecke brauchen.

Nachdem er seine Zelle verlassen hatte, ging er zur Treppe, den Espressokocher unter seinem weiten Pullover verborgen. Er war der letzte in der Reihe der Hofgänger, doch die anderen erkannten an seiner Körperhaltung, dass er etwas im Schilde führte, und machten ihm Platz.

Michele nahm zwei Stufen auf einmal. Auf dem ersten Treppenabsatz war niemand zu sehen, auch auf dem zweiten nicht. Er musste sich beeilen, bevor er auf dem Hof und in Sichtweite der Wache war. Auf dem dritten Treppenabsatz schließlich entdeckte er Olban, der sich gerade mit einem Mithäftling unterhielt. Als der Zigeuner ihn erkannte, trat er erschrocken zur Seite und drehte sich instinktiv um. Ein großer Fehler. Michele zog die Kanne hervor und rammte sie dem Mann ins Gesicht. Obwohl sie ihn bloß streifte, da er sich schnell weggeduckt hatte, blieb ein tiefer Kratzer auf Wange und Kiefer zurück, und sein Kopf flog gegen die Wand des Korridors. Er versuchte, sich zu wehren, aber der zweite Schlag traf ihn im Magen und nahm ihm die Luft. Jetzt hatte Michele freie Bahn, und das nutzte er aus, versetzte ihm einen weiteren Stoß. Sie waren jetzt allein, alle anderen Häftlinge waren stillschweigend verschwunden, wollten lieber nicht so genau wissen, was hier vor sich ging. Einige waren in den Hof gegangen und rauchten, während sie auf den Ausgang des Duells warteten. Andere waren in die Zellen zurückgekehrt, um fernzusehen.

Olban war klar, dass er nicht gewinnen durfte, er hatte es bei Michele und den anderen übertrieben. Der Hochsicherheitstrakt würde ihm keinen weiteren Verstoß gegen die ungeschriebenen Regeln verzeihen. Also tat er nur so, als versuche er, sich zu verteidigen, um das Gesicht zu wahren. Es war lächerlich. Im Grunde wartete er auf seine gerechte Strafe.

Michele schlug ihm erneut in den Magen. Olban krümmte sich vor Schmerzen, ging in die Knie und hob den Kopf. Sie sahen sich in die Augen. Als Michele ein weiteres Mal ausholte, wartete Olban auf den Schlag, der nicht kam. Es war genug. Sie hatten eine Inszenierung aufgeführt in ihrer hermetisch abgeschlossenen Welt, der sie nicht entfliehen konnten. Mehr nicht.

Der Italiener hielt inne und sah sich um. Außer ihnen war niemand mehr da. Er ging zum Fenster, warf den blutverschmierten Espressokocher hinaus und kehrte in seine Zelle zurück. Vorher aber wandte er sich noch einmal grinsend an den Zigeuner:

»Vergiss nicht, dass du mir einen Espressokocher schuldest.«

Die Tage vergingen, und die natürliche Ordnung der Dinge war wiederhergestellt. Der, der bestraft werden musste, war bestraft worden, der, der etwas zeigen wollte, hatte es gezeigt. Jetzt konnte der Gefängnisalltag wieder ruhig dahinfließen mit dem immer gleichen Tagesablauf und den zementierten Hierarchien. Niemand sagte etwas, niemand beglückwünschte Michele, er hatte schließlich nur getan, was getan werden musste. Auch machte sich niemand über Olban lustig. Er hatte sich, ebenso wie sein Gegner, verhalten, wie ein Mann sich zu verhalten hat. Und das wurde mit allem Respekt anerkannt.

Michele lag auf seiner Pritsche. Er war in die Lektüre der Bücher vertieft, die ihn weit weg trugen von diesem Ort, ihn befreiten von den Betonmauern, den blauen Türen mit den Metallriegeln und den Gittern vor den Fenstern. Stattdessen wanderte er von Ort zu Ort, tauchte ein in andere Zeiten, schlüpfte in die Leben anderer und füllte damit die Leere in seinem eigenen, gab ihm einen neuen Sinn, weil es den alten verloren hatte.

Plötzlich hörte er Schritte auf dem Flur, die näher kamen. Er maß ihnen keine Bedeutung bei, bis mit einem Mal Olban vor seiner Zelle stand. Nachdem sie sich schweigend taxiert hatten, trat der Zigeuner einen Schritt vor. Michele legte sein Buch beiseite, und sein Gegenüber streckte ihm einen alten Espressokocher entgegen. Er war gekommen, um seine Schulden zu begleichen. Als er das Gerät auf den Tisch gestellt hatte und gerade wieder gehen wollte, hielt Michele ihn unerwartet zurück.

»Warte!«

Der Zigeuner schaute ihn fragend an.

»Willst du einen Kaffee?«, fragte sein ehemaliger Gegenspieler und stieg vom Bett.

Der andere wirkte unsicher, misstrauisch. Das konnte nicht sein Ernst sein, dachte er, nickte jedoch.

Bevor Michele den Kocher befüllte, wusch er ihn gründlich aus. Obwohl es keine neapolitanische Moka war, war es doch besser als nichts. Olban hatte sich inzwischen auf einen der Holzschemel gesetzt. Er wusste nicht, was er sagen sollte, das Angebot hatte ihn überrascht, also starrte er aus dem Fenster.

»Schöne Aussicht.«

»Ja.« Michele schaltete den Gaskocher an. »Auch wenn es vorher noch schöner war. Bis vor fünf, sechs Jahren standen dort noch keine Häuser, man sah nichts als das Grün der Hügel. Aber was will man machen, die Dinge ändern sich.«

Keiner der beiden wusste so recht, warum sie hier zusammensaßen. Es gab nichts zu sagen oder zu erklären, und sie suchten auch nicht krampfhaft nach einem Gesprächsthema. Ihre Leben waren zu verschieden, da war es sinnlos, so zu tun, als hätten sie etwas gemeinsam.

Das Blubbern des Kaffees riss sie aus ihren Gedanken.

»Wie viel Zucker?«, fragte Michele.

»Zwei Stück, bitte.«

Olban nahm den ersten Schluck und sah sich um. »Du hast viele Bücher.«

»Na ja, wie man's nimmt.«

»Und gerade liest du das da?«

Der Zigeuner deutete auf das Buch auf dem Bett. Der Umschlag zeigte ein altes Gemälde, auf dem ein Mann mit einem entschlossenen, wilden Blick zu sehen war.

»Ja«, bestätigte Michele und trank seinen Kaffee.

Trotz seiner Einsilbigkeit ließ der andere nicht locker. Nicht dass er sich bei ihm einschmeicheln oder bedanken wollte – nein, aber plötzlich interessierte es ihn, wer ihn da von dem Buchumschlag so eindringlich anschaute.

»Was ist das für ein Buch?«

»*Der Graf von Monte Christo.*«

»Gut?«

»Sehr gut. Ich leihe es dir gerne, wenn ich fertig bin.«

»Ich kann nicht lesen. Um was geht es?«

Das war wohl der Tag der Überraschungen. Ein Zigeuner, der nicht lesen und schreiben konnte und sich dennoch für Literatur interessierte.

»Willst du das wirklich wissen?«

»Ja, die Figur auf dem Umschlag ist so merkwürdig.«

»Dann brauchen wir noch einen Kaffee. In Ordnung?«

»Gerne.«

Olban zog eine Packung Zigaretten aus dem Overall und hielt sie Michele hin.

»Die Geschichte handelt von einem Mann, der unschuldig im Gefängnis sitzt.«

»Genau wie wir.«

»Klar.« Michele grinste. »Im Gegensatz zu uns kann er allerdings fliehen, wird ein reicher Mann und beschließt, sich zu rächen.«

»Das gefällt mir. Und dann?«

»Das war's.«

»Wie, das war's? So ein dicker Wälzer? Was passiert denn noch? Und wie heißt der Mann?«

Michele dachte an das Abenteuer, den Hass, die Liebe, die Rache, die Vergebung und den Durst nach Vergeltung, die in Dumas' Roman beschrieben wurden.

»Er heißt Edmond Dantès, ist Seemann und liebt die schöne Mercedes ...«

»Wie die Automarke?«

»Ja, aber unterbrich mich nicht. Dantès hat einen Feind namens Danglars, der sich ein mieses Komplott ausdenkt, um ihn ins Gefängnis zu bringen ...«

»Was für ein Arschloch!«

Olban hatte den Nagel auf den Kopf getroffen. Er schenkte ihm und sich selbst von dem frischen Kaffee ein, zu dem sie sich eine Zigarette anzündeten. Der Zigeuner wartete, er war hoch konzentriert. Michele glaubte, die Fragen hinter seiner gefurchten Stirn zu lesen. Warum hasste Danglars Dantès so sehr? Wie konnte Edmond fliehen? Warum wurde er der Graf von Monte Christo genannt? Und was wurde aus der schönen Mercedes? Und die Rache, wie sah die Rache aus?

Entspannt griff er nach dem Buch und erzählte weiter.

Keiner der beiden betrachtete mehr die Landschaft jenseits der Gitterstäbe.

3.

Aus dem Fenster der Wohnung, in der er sich gerade befand, konnte man weder den blauen Himmel noch grüne Hügel sehen. Nichts als hohe graue Mietskasernen prägten das Bild. Sie sahen alle gleich aus, mit Hunderten von Balkonen und Fenstern, die wie weit aufgerissene tote Augen wirkten.

Michele war nie zuvor in Genua gewesen, doch wenn er sich richtig an die langen Gespräche erinnerte, die er und Olban vor Jahren in der Zelle geführt hatten, dann musste er sich in der Nähe der Ca' Nuova befinden, einem der neuen Stadtteile aus den Sechzigerjahren. Wie der Zigeuner an die Wohnung gekommen war, war ihm ein Rätsel. Egal, sie war eine Einkommensquelle für ihn.

Es musste früh am Morgen sein. Er fühlte sich noch immer benommen, und sein Kopf war schwer, aber trotzdem ging es ihm schon etwas besser. Die Versorgung durch den Arzt, die merkwürdigen chinesischen Medikamente und eine Nacht Schlaf hatten Wunder bewirkt. Die Schulter pochte nicht mehr so sehr, der Schmerz war abgeklungen und damit erträglicher. Vorsichtig versuchte er, die Hand zu öffnen und zu schließen und den Arm zu bewegen. Alles funktionierte. Nichts, was man nicht aushalten konnte.

Die Morgensonne tauchte das Zimmer in ein diffuses weißes Licht. Eine weiße Leinwand. Michele hielt es nicht mehr im Bett. Zum Teil trug er noch immer die Kleidung des Anwalts. Der Geruch nach Schweiß und Blut ließ Übelkeit in ihm aufsteigen. Als er sich aufsetzte, wurde ihm schwindlig. Er schloss die Augen und wartete, bis der Anfall vorüber war und die Möbel wieder still standen. Dann atmete er dreimal tief durch und erhob sich, stützte sich dabei an der Wand ab, bis er sicher war, dass seine Beine ihn trugen. Weil er großen Durst hatte, ging er nach nebenan in die Küche.

Alles war minimalistisch eingerichtet. Ein Tisch und ein paar Stühle, vier Bestecke auf der Ablage. Teller, Tassen und Gläser. Vor ihm an der Wand ein Sofa. Auf ihm lag unter einer Decke das Mädchen. Sie hielt ein Kissen umklammert.

Erst dachte er, dass sie schlief, aber dann bemerkte er, dass zwei unstete Augen ihn anstarrten.

»Wasser«, sagte er mit heiserer Stimme.

Sie warf die Decke zur Seite. Ungeschminkt wirkte sie in ihrem rosa Schlafanzug mit lustigen Zwergen wie ein Kind.

Rasch öffnete sie den Kühlschrank, als ob sie einen von Olbans Befehlen erhalten hätte, nahm eine Wasserflasche heraus und holte ihm ein Glas.

Das Wasser war eine Wohltat, er spürte, wie sein Körper auflebte, wie er die beiden Tage voller Schmerzen und die qualvolle Autofahrt abstreifte. Jedenfalls gab er sich ein paar Minuten der Illusion hin, dass es so war.

Das Mädchen musterte ihn mit einer Mischung aus Neugier und Angst, ihre ungekämmten Haare hingen wirr über ihre Schultern. Nach wie vor vermochte er seinen

Blick nicht von der dichten kastanienbraunen Masse zu lösen, die so viele unbewältigte Erinnerungen hervorrief. Schnell verdrängte er die Bilder, die aus der Vergangenheit aufstiegen. In diesem Augenblick schüttelte die kleine Prostituierte den Kopf und fasste ihre Haare zu einem Pferdeschwanz zusammen. Zärtlich fuhr sie dabei durch die braune Fülle, was etwas Schüchternes und zugleich Kokettes hatte. Er versuchte, sich auf das Glas in seiner Hand zu konzentrieren.

»Ich bin Yleana.«

»Michele«, antwortete er und stellte das Glas ab.

»Ich komme aus Moldawien, in der Nähe von Rumänien. Warst du mal dort?«

»Nein.« Für ihn waren diese Länder alle gleich, eine unerschöpfliche Quelle, wo es billig Waffen und Frauen gab.

»Du bist Olbans Freund. Kennst du ihn schon lange?«

»Hör zu, ich will mich nicht unterhalten. Ich bin müde, habe Hunger und stinke. Außerdem tut meine Schulter weh. Deshalb eins nach dem anderen. Erst eine Dusche, dann saubere Kleidung und etwas zu essen, okay?«

Sie nickte. Sicherlich hatte sie in ihrem Leben bereits einiges erlebt, dennoch kränkte sie die unfreundliche Abfuhr. Er erkannte es daran, dass sie den Mund verzog wie ein kleines Mädchen.

Wenngleich Michele begriff, dass er gemein gewesen war, bedauerte er es nicht wirklich. Er durfte keine sentimentalen Gefühle für sie entwickeln, sonst würde er noch mehr Vergangenes heraufbeschwören. Er war Michele Tiradritto, direkt und zielstrebig, der sich durch nichts und niemand von einem einmal gefassten Plan ablenken ließ. Ohne Wenn und Aber und mit allen Konsequenzen. Was war sie schon dagegen? Eine Nutte aus dem Osten, die dem Zigeuner gehörte. Er durfte sich durch sie nicht aus dem Konzept bringen lassen, und mochte sie ihn noch so sehr an dieses andere Mädchen mit den kastanienbraunen Haaren erinnern.

»Hast du Plastikfolie?«

Sie schaute ihn fragend an.

»Dieses durchsichtige Zeug, das man zum Abdecken von Essen nimmt.«

Jetzt hatte sie offenbar begriffen, was er wollte, ging zu einer Schublade und holte das Gewünschte. Irgendwie kam sie ihm dressiert vor. Er wollte lieber nicht wissen, wie der Zigeuner das gemacht hatte.

»Und dann brauche ich etwas Sauberes zum Anziehen.«

Ohne auf ihre Reaktion zu warten, ging er in Richtung Badezimmer. Mit etwas Glück würde er dort etwas von Olban oder einem vergesslichen Kunden finden. Schließlich dürften hier so einige Männer durchgelaufen sein. Dutzende, die sich über diesen jungen Körper hergemacht, diese kastanienbraunen Haare und den scheuen Blick genossen hatten. Alte, Junge, Dicke, Dünne, Arbeiter, Angestellte, Gute und Böse.

Michele verschloss die Tür, zog sich aus und warf die verdreckten Klamotten auf den Boden. Danach kam er sich vor wie eine Schlange, die sich gehäutet hatte. Ein gutes Gefühl. Sein Spiegelbild hingegen gefiel ihm weniger: Er war blass und von Schmerzen gezeichnet und sah mit den hohlen Wangen und den dunklen Ringen unter den fiebrigen, geröteten Augen aus wie ein Toter. Kein Wunder, wenn das Mädchen Angst vor ihm hatte.

Er wickelte die Folie über seinen Verband und befestigte

sie notdürftig. Hauptsache, der Verband wurde nicht nass, wenn er duschte. Als er sich in die Duschtasse stellte und den Hahn aufdrehte, war das Wasser eiskalt. Wenigstens würde es ihn wach machen, genau das brauchte er jetzt. Schließlich wollte er sich wieder lebendig fühlen und nicht wie der Zombie, den er im Spiegel gesehen hatte, herumschleichen.

Er nahm sich Zeit, ließ das Wasser so lange laufen, bis es wärmer und schließlich heiß wurde, stützte sich mit ausgestreckten Armen gegen die Fliesen und versuchte, jeden Zweifel zu verscheuchen, sich nicht von seinem Schmerz, seiner Müdigkeit und von dem Bild des Mädchens und von dem, was es in ihm auslöste, übermannen zu lassen.

Nachdem er sich abgetrocknet hatte, warf er das Handtuch auf den Boden und verließ das Bad. Nackt, Yleana würde das kaum schrecken, sie hatte das sicherlich Hunderte Male gesehen.

In der Zwischenzeit hatte sie das Bett frisch bezogen und das Laken gewechselt. Auf einem Stuhl lagen ein Jogginganzug, eine Jeans und ein violetter Collegepullover, dazu Unterwäsche. Olban hatte offenbar immer etwas zum Wechseln bei ihr deponiert. Er entschied sich für den bequemen Jogginganzug, und die Vorstellung, wieder ins Bett zu kriechen, erfüllte ihn mit Freude. Schlaf hatte er ja genug nachzuholen. Das Mädchen brachte ihm ein Glas Wasser und eine Handvoll der Pillen, die der Arzt dagelassen hatte. Devot und leise.

Die Bettwäsche war kühl und roch gut, und schnell begannen die Medikamente, die Schmerzen in seinem Körper zu lindern, der sich von Kopf bis Fuß wie zerschlagen anfühlte. Es war ein angenehmes Gefühl, als er abdriftete und seine bohrenden Zweifel und sein ewig schlechtes Gewissen wichen.

In dem abgedunkelten Zimmer betrachtete er sich in der Spiegeltür des Kleiderschranks. Die Füße, die ausgestreckten Beine, die Arme rechts und links. Wie eine Leiche. Das perfekte Beispiel für einen lieben Verstorbenen, der auf sein neues Zuhause wartete, auf einen eleganten, mit Seide ausgekleideten Nussbaumsarg, der seiner würdig war. Bald würden Verwandte kommen und ihn beweinen. In seiner Fantasie war das Bild komplett, dabei hatte er gar keine Verwandten mehr. Zum Ausgleich gönnte er sich eine pompöse Beerdigung.

Eine Beerdigung, die Milena nie gehabt hatte.

Sofort schob er diesen Gedanken wieder in die hintersten Fächer seines Gedächtnisses. Aber dort blieben sie nicht. Immer wieder tauchten sie auf, als wollten sie ihn verhöhnen. Wacklig und verschwommen zogen sie wie in einem Stummfilm in seinem Halbschlaf an ihm vorüber.

Er sah wieder die alte Hütte vor sich, in die sie Milena nach der Entführung gebracht hatten. Sie lag weit draußen und war halb verfallen, das Haus eines armen Bauern, der einmal davon geträumt hatte, Büffel zu halten, um Mozzarella herzustellen. Als er sich weigerte, Schutzgeld zu bezahlen, hatte man ihm die Tiere vergiftet und den Stall angezündet, woraufhin der arme Kerl nach Deutschland abgehauen war, wo er sich fortan als Arbeiter verdingte. Jetzt waren die Mauern verschimmelt, die Fensterscheiben eingeworfen.

Sie hatten das junge Mädchen gefesselt, ihr die Augen verbunden und sie auf eine alte, nach Urin stinkende Matratze gelegt. Die Suraces schoben draußen Wache, was bedeutete, dass sie sich Koks reinpfiffen und Karten spielten, was weder effektiv noch professionell war, doch das war Michele egal. Hauptsache, Milenas Verlobter verstand die Lektion, würde sich entschuldigen und zurückgeben, was ihnen gehörte. Michele hatte sich bereits ausgemalt, wie er seinem Opfer mit großmütiger Geste die Fesseln lösen und ihr von oben herab mit Chefattitüde verkünden würde, sie könne gehen, sie sei frei.

Im Geheimen dagegen träumte er davon, ihren Verlobten, den Verräter, zu liquidieren, statt sich an ihr zu vergreifen, und sie zu seiner Frau zu machen. Etwas an ihr fesselte und faszinierte ihn, ließ ihm das Blut in den Kopf steigen, und nicht nur in den Kopf. Er wusste nicht, woran es lag. An dem stolzen Blick, dem Lächeln oder an den kastanienbraunen Haaren. Diese Haare …

Michele wälzte sich im Bett herum, wurde unruhig, seine Beine zitterten. Er hatte zu schwitzen begonnen, die Decke wurde immer schwerer. Er wusste genau, wo er war, in diesem Zimmer, diesem Bett, aber seine Gedanken waren in der Vergangenheit verankert, kehrten immer wieder dorthin zurück.

Leider war ihr Plan nicht aufgegangen, und die Dinge waren komplett aus dem Ruder gelaufen.

Franco, dieser Verräter, dieser Feigling, dieser Scheißkerl, hatte sich nicht blicken lassen. Er war einfach verschwunden, niemand wusste, bei wem er untergekrochen war. Von dem, was ihnen gehörte, keine Spur, sie standen da wie die Deppen, und die Leute fingen an zu reden.

Gerüchte verbreiteten sich schnell und bösartige noch schneller. Die Aktion, mit der sie sich hatten beweisen wollen, um ihren Einfluss zu vergrößern, war dabei, sich in ein komplettes Desaster zu verwandeln und ihren Ruf ein für alle Mal zu ruinieren. In den Bars, auf der Straße, im ganzen Viertel zogen die Leute über sie her, verspotteten und verlachten sie. Die vier Typen mit dem großen Mundwerk, die sich hatten verarschen lassen.

Milena blieb vorerst, wo sie war. Auf der alten, nach Urin stinkenden Matratze. Die Tage vergingen, und alles wurde immer komplizierter. Sie wurden zunehmend gereizter. Die Schande, dass sie gelinkt worden waren, vergiftete ihr Denken, ihre Wut und ihre Gewaltbereitschaft wuchsen.

Eines Tages, als er in die Hütte kam, wirkten die Suraces seltsam zufrieden, sie rauchten, tranken, schnupften und beschwerten sich nicht mehr über ihre Aufgabe. Milena, die nach wie vor mit verbundenen Augen und gefesselt auf dem Bett lag, hatte neue Male im Gesicht. Um den Mund und die Nase herum war die Haut blutverkrustet. Die Haare waren zerzaust und schmutzig, die Kleidung verrutscht und der Gürtel der Hose gelöst.

Michele sah die Suraces fragend an.

Die beiden lächelten verlegen und versicherten ihm, dass gar nichts passiert sei. Sie hätten lediglich nachgeschaut, wie sie gebaut sei. Gar nicht so schlecht, meinten sie. Vielleicht hätten sie ja ein bisschen angefangen, mit ihr rumzumachen, räumten sie ein, aber nur, um sie unter Kontrolle zu halten.

Michele war wütend. Wütend auf sie, auf Franco, auf diese Scheißsituation, die sich einfach nicht auflöste. Trotzdem schwieg er. Es war nicht der richtige Moment, sie abzustrafen, vorerst waren sie gezwungen, eine Einheit zu bleiben. Und das war wichtiger als das Mädchen. So sah er das. Ging es ihn überhaupt etwas an, wenn seine Kumpel sich mit Milena vergnügten? Damit sie ihr Gesicht wahren konnten, musste jemand bezahlen. Egal wer.

Im Halbschlaf zuckte Micheles Kopf von rechts nach links, als könnte er damit die Bilder loswerden. Die Bewegungen wurden immer schneller, er keuchte, und ein tiefer Klagelaut drang ihm über die Lippen. Sein Albtraum ging weiter.

Er steckte richtig in der Scheiße.

Die Kalabresen wollten ihr Geld, hatte man ihm ausrichten lassen.

Ihr Geld.

Leider hatten sie kein Geld. Franco, der es ihnen im Gegenzug für die Drogenlieferung hätte aushändigen sollen, hatte sie ausgetrickst und war mit beidem verschwunden, Drogen und Geld. War einfach abgehauen. Und dass sie seine Verlobte als Geisel genommen hatten, schien ihm am Arsch vorbeizugehen. Jedenfalls gab es bislang kein Signal, dass er sie auslösen und ihnen die geklauten Drogen und das Geld zurückgeben würde. Mit dem Resultat, dass er jetzt ein weiteres Problem am Hals hatte, nämlich was mit dem Mädchen passieren sollte.

Vergeblich hatte er bei seinem Clan Hilfe gesucht und um Geld gebeten, damit sie zumindest den einflussreichen Kalabresen ihren Anteil an dem Deal geben konnten. Er war auf taube Ohren gestoßen. Nachdem er und andere Youngsters sich eigenmächtig in ein großes Geschäft gestürzt hatten, ließ man sie jetzt im Regen stehen. Sie hatten gegen die Regeln verstoßen, ein schweres Vergehen in ihrem Milieu. Michele hatte sich eindeutig überschätzt, war zu selbstherrlich und arrogant gewesen. Das durfte man auch, solange man sich auf der Erfolgsspur befand, doch wehe, man machte einen Fehler.

Das Schulterklopfen und das Lächeln derer, die in ihm bereits den neuen Boss gesehen hatten, verwandelten sich in strafende Blicke und eisiges Schweigen. Niemand wollte mehr etwas mit ihm zu tun haben, niemand sprach mit ihm. Die Geschäftsbeziehungen zwischen den Clans und Organisationen gefährdete man nicht wegen eines einzelnen Mannes, den konnte man opfern, das würde niemanden stören. Es wäre sogar eine gute Lektion für alle, die sich für große Macker hielten, im Grunde jedoch noch grüne Jungs waren, hoffte so mancher.

Mit ihm redete man nicht darüber. Michele fühlte sich ausgegrenzt und gekränkt und verkroch sich wie ein verletztes Tier. Allerdings bissen kranke und verletzte Tiere bekanntlich gerne zu. Und genau auf eine solche Gelegenheit würde er warten. Egal wie lange es dauerte. Seine Zeit würde noch kommen, selbst wenn für den Moment sein Kartenhaus eingestürzt war und mit ihm seine Macht. Schlimm nur, dass sein Stolz es nicht zuließ, die Schuld bei sich zu suchen, er brauchte einen Sündenbock, an dem er seine Wut und seinen Frust auslassen konnte. Und da kam ihm das junge Mädchen auf der stinkenden Matratze, das sich ohnehin nicht wehren konnte, gerade recht.

Michele umklammerte das Laken und presste es so fest zusammen, wie er konnte, aber die Bilder verschwanden nicht. Er hatte zu viel Wut im Körper. Wut und noch vieles mehr.

Damals hatte er sich in der schier ausweglosen Situation mit Amphetaminen vollgestopft, um wach zu bleiben und eine Lösung zu finden, die es nicht gab. Das Kokain war sein einziger Trost. Er schnupfte es, bis er darüber den Verstand und den Sinn für die Realität verlor, und die anderen folgten ihm blind in diese Gegenwelt.

In der alten Hütte machten Angst und Zweifel zunehmend Euphorie und Allmachtsfantasien Platz, alles dank des weißen Pulvers. Selbst Peppe 'o Cardinale, der sich sonst vor seinem eigenen Schatten fürchtete, ersann alle möglichen Foltermethoden für Franco, den Verräter. Die anderen lachten und nickten. Der würde schon reden, wenn sie ihn erst einmal kriegten. Immer schneller verschwanden die Kokslinien vom Tisch, die die Suraces fein säuberlich dort aufgereiht hatten. Lange, endlose Reihen von Linien. Sie und Giovanni Morra, Vittoriano 'o Maresciallo und Peppe 'o Cardinale fühlten sich mit einem Mal unendlich stark, obwohl sie eigentlich nichts als kleine Würstchen waren, austauschbare Helfershelfer, die nichts zu melden hatten. Doch Drogen und Angst hatten sie aufgeputscht und sie zu dem gemacht, was sie jetzt waren. Bestien.

Und er stellte da keine Ausnahme dar.

Wieder einmal sah er sich wie irre lachend auf dem alten Sofa liegen. Er fühlte sich wie im Zoo, um ihn herum nichts als dressierte Affen. Inzwischen hatte er sich nicht mehr im Griff, alles drehte sich um ihn. Bilder, Geräusche, Farben, alles war heller, schneller, er konnte sich nicht dagegen wehren, ließ sich einfach fallen in den dunklen Brunnen seines Unterbewusstseins. Ungebremst, ohne Sorgen, es war ohnehin keine Lösung in Sicht für etwas, das ihm über den Kopf gewachsen war.

Er blickte zu Gennaro Rizzo, der ihn belustigt ansah. Dem Einzigen, der für ihn zählte, der einzige Freund unter diesen Idioten. Dem Einzigen, der ihm sagen durfte, dass er einen Fehler gemacht hatte, und der das auch tat. Aber diesmal sagte Gennaro nichts, hielt ihn nicht zurück, warnte ihn nicht. Stattdessen lachte er und schniefte, lachte und klatschte. Er war genauso im Drogenrausch wie sein Freund und folgte ihm immer tiefer in seinen Wahn.

Gefangen in seinen albtraumhaften Erinnerungen, hatte Michele gar nicht bemerkt, dass Yleana sich in seinem Zimmer ausgezogen hatte. Jetzt stand sie nackt vor seinem Bett, ihre Kleider lagen zu ihren Füßen. Sie betrachtete Michele, der sich unruhig im Bett wälzte und stöhnte, dann schlüpfte sie unter die Decke und schmiegte ihren weichen Körper an ihn.

Die Suraces hatten recht, Milena war gut gebaut, dachte er.

Irgendwann war die ganze Sache eskaliert, die allgemeine Moral gesunken. Das Mädchen wurde zum Freiwild. Die Brüder hatten ohnehin schon mal genascht, und die anderen griffen die Idee jetzt begeistert auf. Wenn die Suraces durften, dann durften auch sie. Gennaro an vorderster Front, der seinen Freund durch aufmunternde Blicke und Worte mitriss. Okay, offenbar sollte es wohl so sein, hatte Michele gedacht. Wenn alles den Bach runterging, konnten sie sich getrost noch mal amüsieren. Lebend kam das arme Mädchen hier sowieso nicht raus, das würde der Clan nicht dulden, das war für ihn eine Sache der Ehre.

Milena schrie verzweifelt, schrie sich die Seele aus dem Leib, schrie wie ein wildes Tier. Die Suraces drückten sie zu Boden, Peppe riss ihr Haare aus, nur um sie leiden zu sehen, Giovanni und Vittoriano zerrten an ihrer Bluse, zogen sie ihr aus und ebenso die Jeans.

Währenddessen spornte Gennaro Michele an, er war der Chef, er sollte zuerst. Der große Tiradritto lachte, spürte das Kokain in seinen Adern, das immer weiter nach oben stieg bis in die letzte Hirnwindung und dort das letzte bisschen Vernunft zum Erliegen brachte.

Das junge Mädchen schrie weiter.

Michele spürte Hände, die ihn streichelten, um ihn zu beruhigen. Warm und weich glitten die Finger über seine Brust. Er hörte sanfte Worte in einer unbekannten Sprache und klammerte sich mit aller Kraft an diese Stimme, die ihn aus seinen Erinnerungen holte.

Als er die Augen öffnete, sah er im Halbdunkel Yleanas Gesicht über sich. Und dann wieder das von Milena, die ihren Schmerz herausschrie. Die beiden Gesichter legten sich übereinander, einmal, zweimal, dreimal. Bis schließlich allein die traurigen Augen der jungen Prostituierten aus dem Osten übrig blieben. Er spürte ihre Wärme, die zarte Berührung ihrer Hände. Michele hing immer noch fest zwischen Vergangenheit und Gegenwart, zwischen der kleinen Hütte und diesem sterilen Ort, und er versuchte, seine Selbstkontrolle wiederzuerlangen.

»Sch, Geschenk von Olban«, flüsterte sie.

Einen Moment lang sah Michele das listig lächelnde Gesicht des Zigeuners vor sich, dann verwandelte es sich in die verzerrte grinsende Fratze von Gennaro Rizzo, der ihn anfeuerte und immerzu brüllte, dass er der Chef und deshalb vor allen anderen dran sei.

Michele begann zu zittern. Schmerz, Müdigkeit und Angst packten ihn erneut. Er wollte nicht vergessen, er konnte nicht vergessen. Abrupt drehte er sich um und schob die überraschte Yleana von sich.

So etwas war ihr noch nie passiert. Das Mädchen aus dem Osten wusste nicht, was es tun sollte. Sie schlang von hinten die Arme um den unbekannten Körper, spürte sein Zittern, sie hielt ihn fest, obwohl er sie abzuschütteln versuchte, hielt ihn fest, bis das Zittern aufhörte und die Vergangenheit der Gegenwart Platz machte.

Da drehte sich Michele endlich um, und die Wärme ihres Körpers ließ seine Erstarrung schmelzen. Unsicher und verwirrt erwiderte er ihre Umarmung, und sie blieben eng umschlungen liegen in dieser tristen Wohnung, in der es langsam hell wurde, und versuchten, ihre Einsamkeit zu vertreiben.

4.

Lopresti fuhr wie ferngesteuert, die Augen fest auf die Windschutzscheibe gerichtet. Seine Umgebung nahm er nur undeutlich wahr. Auf der Stadtautobahn herrschte reger Verkehr, der Himmel war bewölkt und von der Seite drangen die Wortfetzen seines Kollegen an sein Ohr, plätscherten sanft dahin wie eine unaufdringliche Hintergrundmusik, egal worum es ging: die Pension, seine Frau, die Kollegen, Angeln. Hin und wieder nickte er, ließ die Worte jedoch an sich abperlen wie Regentropfen auf einem Regenmantel.

Nicht dass er Corrieris Gesellschaft nicht schätzte, ganz im Gegenteil, er hätte nie gedacht, dass er sich in seiner Gegenwart mal so wohlfühlen würde. Seine Gradlinigkeit, sein Bürokratismus, seine Durchschnittlichkeit, sein klar strukturierter Alltag, die Telefonate mit seiner Frau, das alles war ein gutes Gegengewicht zu seiner eigenen Unruhe und half ihm, eine andere Sicht auf die Dinge zu bekommen, sich anders wahrzunehmen, seine Vergangenheit, seine Gegenwart und womöglich auch seine Zukunft. In Corrieris Nähe fühlte er sich ruhig und ausgeglichen, selbst bei einer Ermittlung wie dieser, die sie vielleicht nirgendwohin führen würde.

Der Ispettore nickte noch einmal als Reaktion auf etwas, das er gar nicht gehört hatte, und setzte sich die Sonnenbrille auf, ein schickes Modell, das Polizisten in Filmen trugen. Inzwischen war das Licht gleißend hell. Ein milchiges Meer, das die Wolken verdrängt hatte und seine Augen und seinen Kopf quälte. Ohnehin war er an diesem Morgen mit einem dumpfen Schmerz aufgewacht, der in irgendeinem Winkel seines Hirns pochte. Als er sich aufgesetzt und den Kopf in seine Hände gestützt hatte, war vor seinem inneren Auge eine ferne Erinnerung aufgetaucht, ein verschwommenes Bild von Martinas Gesicht: glücklich und gelöst, so wie sie es an seiner Seite wahrscheinlich nie gewesen war.

Eine noch nie empfundene Bitterkeit überkam ihn, schmerzlich und schön zugleich. Hinter der selbstsicheren und ein wenig arroganten Fassade, die er vor seinen Mitmenschen gerne zur Schau stellte, hatte er versucht, sein Leben Stück für Stück wiederaufzubauen. Ein fragiles Konstrukt, das jeden Moment zusammenstürzen konnte. Vor allem durfte er sich nicht noch einmal von diesen strahlenden Augen verführen lassen, die ihn erneut in den Sumpf aus Alkohol und Drogen ziehen würden. Er musste sich innerlich endgültig von ihr trennen, musste sie loslassen. Das war ihm an diesem Morgen klar geworden, als die Erinnerungen ihn mal wieder zu übermannen drohten.

Aber so einfach war das nicht. Er hatte weder Martinas Bild noch die Kopfschmerzen verdrängen können. Nicht einmal der monotone Redefluss seines Kollegen vermochte den Schmerz zu lindern, der in seinen Schläfen hämmerte. Vielleicht waren es gerade die permanenten Berichte von

Corrieris Familienidylle, die die Erinnerung an Martina heraufbeschworen hatten. Er musste sich eingestehen, dass er Corrieri um diese unerschütterliche Liebe, die seit fast fünfzig Jahren währte, beneidete.

Bei dem grellen Licht, den Kopfschmerzen und den Redeergüssen seines Kollegen hatte er sich eine Zigarette verdient, also ließ er das Fenster herunter und zündete sich eine an.

»Machst du etwa das Fenster auf?«, fragte der Kollege missbilligend.

»Ja natürlich, oder willst du den ganzen Rauch abbekommen?«

»Wenn ich Zug abkriege, habe ich sofort eine Bronchitis.«

»Na und, dann lässt du dich eben krankschreiben und machst dir ein paar schöne Tage zu Hause bei deinem Frauchen«, zog Lopresti ihn auf. »Am besten, du rauchst gleich eine mit. Willst du?«, sagte der Ispettore und hielt Corrieri die Schachtel unter die Nase.

»Nein danke, ich habe vor zwanzig Jahren aufgehört. Weißt du, meine Frau hat es gestört, und im Grunde … Na ja, es ist eh ungesund.«

»Tust du alles, was sie dir sagt?«, wunderte sich Lopresti.

Er war ehrlich interessiert, wie es bei Corrieri zu Hause ablief, doch als der schwieg, wurde ihm klar, dass sein Kollege die Frage in den falschen Hals bekommen hatte.

»Egal, war eine dumme Frage. Kommen wir lieber auf das zurück, worüber wir gesprochen haben, bevor ich deine Gesundheit aufs Spiel gesetzt habe, weil ich das Fenster geöffnet habe. Was sagtest du da gleich?«

»Dass Annunziati und Morganti echte Arschlöcher sind.«

»Wenn du dich anstrengst, gibst du richtig schlaue Sachen von dir.«

Corrieri lachte. »Ich weiß gar nicht, warum sie dich eigentlich auf dem Kieker haben. Anders kann ich mir nicht erklären, warum sie dich vor Taglieri unbedingt wie einen Idioten dastehen lassen wollten.«

»Entschuldige, aber wie kommst du darauf, dass es gegen mich ging? Vielleicht haben sie ja ein Problem mit dir«, warf Lopresti wider besseres Wissen ein.

»Ach was! Du bist der Goldjunge im Präsidium, das erzeugt Neid. Ich bin nur der Depp, der allein deshalb Karriere gemacht hat, weil er alle mit Büffelmozzarella bestochen hat. Mich wird niemand vermissen, wenn ich in Pension gehe. Ich bin völlig unwichtig, aber das stört mich nicht.«

Lopresti schwieg, die Aufrichtigkeit seines Gegenübers beeindruckte ihn.

»Dachtest du etwa, ich wüsste nicht, was die anderen über mich sagen? Oder dass ich die gehässigen Blicke und die hochgezogenen Augenbrauen der Kollegen nicht sehe? Glaub mir, ich mag zwar ein Feigling sein, aber ich bin nicht blöd.«

»Das ist mir inzwischen klar geworden.«

»Ich habe mich einfach anders entschieden als die Mehrheit und habe meine Familie und nicht meine Arbeit in den Mittelpunkt meines Lebens gestellt. Meine Familie ist alles für mich.«

»Das verstehe ich gut«, gab der Ispettore zurück und war überrascht, dass seine Worte ehrlich gemeint waren.

Corrieri nickte und rieb sich fröstelnd die Hände, beschwerte sich jedoch nicht. Er gönnte seinem Kollegen die Zigarette, und das bisschen frische Luft würde ihn schon nicht umbringen.

Sie fuhren von der Umgehungsstraße in die Stadt, der Verkehr wurde chaotischer, Autos parkten in dritter Reihe, Vespas mit drei Passagieren ohne Helm machten die Straßen unsicher. Alles wie immer. Bis auf die Stille, die plötzlich im Wageninneren herrschte. Corrieri schwieg, als würde er über seine eigenen Worte nachdenken, und auch Lopresti sagte nichts. Ihr gemeinsames Schweigen hatte etwas von einer Freundschaft.

Sie hielten an der ersten roten Ampel. Lopresti hatte die Zigarette so weit runtergeraucht, dass er sich fast die Finger verbrannte. Er warf die Kippe aus dem Fenster und fuhr die Scheibe wieder hoch.

»Lass ruhig auf, die frische Luft ist eigentlich ganz angenehm.«

»Holla, werden wir etwa wagemutig?«

Corrieri verzog das Gesicht. »Nein, ich kann so besser nachdenken. Vor allem, wenn es um etwas seltsame Dinge geht.«

»Zum Beispiel?«

»Um Annunziati und Morganti. Sie haben uns just in dem Moment auf die Spur von Peppe 'o Cardinale und den Suraces gesetzt, als die beiden umgebracht wurden. Wir waren die Gelackmeierten, und sie hatten es eilig, nach Mailand zu verschwinden, um dort nach Michele Vigilante zu fahnden.«

»Das heißt?«

»Weiß ich nicht, aber ich glaube nicht an Zufälle, und

die zeitlichen Übereinstimmungen gefallen mir nicht. Wir bekommen den Fall, und der Sensenmann schlägt zu. Ist das nicht merkwürdig?«

Lopresti sah seinen Kollegen überrascht an. »Meinst du, sie sind die Maulwürfe im Präsidium?«

»Nein, das glaube ich nicht«, erwiderte Corrieri nach längerem Nachdenken. »So etwas würden sie nicht machen. Wobei man nie weiß. Wenn es so wäre, würde es immerhin erklären, warum uns der Sensenmann immer einen Schritt voraus ist.«

»Was schlägst du vor? Sollen wir mit Taglieri reden?«

»Und was sollen wir ihm sagen? Dass wir zwei Trottel sind, die, jedes Mal wenn sie jemanden aufspüren sollen, auf eine Leiche stoßen? Nein, wir können nicht zum Chef gehen. Noch nicht. Erst brauchen wir konkrete Beweise.«

»Was meinst du mit noch nicht?«

Lopresti zündete sich eine weitere Zigarette an und sah Corrieri erwartungsvoll an. Jetzt wurde es interessant.

»Da ich ein Sesselfurzer bin, kenne ich einige Leute in der Verwaltung. Du weißt schon, die Mozzarellabällchen, die ich verschenke ... Außerdem kenne ich Leute in der Personalabteilung und in der Buchhaltung, jedenfalls konnte ich zufällig einen Blick auf die Abrechnung von Morganti werfen, und zufällig fiel mir die Filiale der Credito Cooperativo auf, wo er sein Konto hat und ...«

»Zufällig, ja?«

»Genau, rein zufällig«, grinste Corrieri. »Und da ich jemanden bei der Bank kenne, könnte ich mal nachfragen, wie der Kollege finanziell so aufgestellt ist. Natürlich ganz inoffiziell, nur um zu hören, ob er Geld auf der hohen Kante hat, Kredite, Schulden, ungewöhnliche Zahlungseingänge und so weiter. Bloß damit wir Bescheid wissen, ohne gleich groß zu ermitteln.«

»Aha, damit wir Bescheid wissen«, wiederholte Lopresti nachdenklich.

»Genau. Was meinst du?«

Corrieri sah ihn zweifelnd an, er war sich nicht sicher, ob er zu weit gegangen war.

»Sagen wir, du gefällst mir immer besser. Natürlich nur in dem Rahmen, in dem es deine Frau erlaubt.«

Das Gesicht des lange verkannten Kollegen entspannte sich, er lächelte.

»Da kannst du ganz beruhigt sein, sie ist nicht eifersüchtig. Und jetzt mach bitte das Fenster zu.«

»Das Alter macht sich bemerkbar, was?«

»Nein, wir sind da.«

»Oh, verdammt.«

Lopresti stieg in die Eisen und parkte direkt vor dem Eingang des Krankenhauses.

Eine nüchterne rosa-weiße Fassade, mächtige Säulen, die Dominanz und Kontrolle ausstrahlten. Sie betraten die Klinik durch den Haupteingang, statt den kürzeren Weg durch die Notaufnahme zu nehmen, weil sie nicht durch die Reihen von Pritschen mit vergessenen alten Menschen hindurchgehen wollten.

Sie mussten sich beeilen, viel Zeit hatten sie nicht.

Die Nachricht, dass Peppe ’o Cardinale als Notfall ins Krankenhaus eingeliefert worden war, hatte sie auf verschiedenen Kanälen erreicht, aus diversen Quellen, die man auch als Buschfunk bezeichnete. Darüber hinaus hatte Lopresti einen Anruf von Genny B. erhalten, der ihm beweisen wollte, dass er sein Versprechen hielt, ihm alle Neuigkeiten sofort mitzuteilen. Selbst wenn es sich in diesem Fall um eine Information handelte, die fünf Minuten nach der Abfahrt des Krankenwagens vor Don Peppes Haus ohnehin in der ganzen Stadt die Runde gemacht hatte. Nichtsdestotrotz hatte Genny B. aus eigener Initiative angerufen, wofür Lopresti sich höflich, aber kühl bedankt hatte.

In der Eingangshalle entdeckten sie einen Beamten der DIGOS, der Abteilung für Sonderermittlungen, der eine Sportzeitung las und den Haupteingang nicht aus den Augen ließ. Alle drei taten sie so, als hätten sie einander nicht erkannt.

Die Wände in den Gängen waren von einem verblichenen Blau, ein Anstrich, der dem Lebensgefühl der farbenfrohen Siebziger entsprochen hatte. Überhaupt bestand das ganze Krankenhaus aus ineinander verschachtelten alten, mittelalten und neuen Gebäuden, in denen man sich schwer zurechtfand. Lopresti wollte gerade nach der Intensivstation fragen, als Corrieri ihn am Arm packte und auf eine Gruppe von Boten deutete, die zahlreiche Blumensträuße trugen und in einen Gang nach rechts abbogen.

Er verstand sofort, und sie folgten dem duftenden Reigen.

Der Vorraum der Intensivstation glich der Kulisse eines surrealen Theaterstücks. Etwa ein Dutzend alte Frauen saßen mit gesenktem Blick in einer Ecke und beteten Rosenkränze. Männer mittleren Alters liefen mit hängenden Köpfen auf und ab und kneteten nervös ihre Taschentücher, dabei klopften sie einander aufmunternd auf die Schultern und schüttelten immer wieder den Kopf. Die Laufburschen standen unschlüssig vor dem Eingang zur Station, wo man sie abgewiesen hatte. Die Krankenschwestern hatten ihnen erklärt, es seien lediglich Familienangehörige zugelassen, und das auch nur während der Besuchszeiten und immer nur zwei auf einmal. Deshalb waren die Sträuße in einer Ecke neben der Tür abgestellt worden, von wo sie einen intensiven süßlichen Duft verströmten. Irgendjemand hatte rote Grablichter und ein gerahmtes Foto von Don Peppe zwischen zwei Rosensträuße gestellt.

Der Altar war bereitet, die Liturgie hatte begonnen.

Alle wollten sich sehen lassen, ihren Schmerz und ihr Bedauern kundtun, um bei *lo Zi'* gut dazustehen, für den Fall, dass er sich wieder erholte.

Lopresti hatte bereits öfter ähnliche Menschenansammlungen erlebt: Prozessionen vor dem Haus der Bosse oder das Gedränge nach Verhaftungen, wenn von den Balkonen Blumentöpfe nach den Polizisten geworfen wurden, während die Mitglieder der ehrenwerten Gesellschaft, die in Handschellen abgeführt wurden, zum Abschied mit Küssen und Umarmungen überhäuft wurden. Aber eine derartige Versammlung zum Zweck kollektiver Trauer hatte er außer bei Beerdigungen noch nicht erlebt. Einen Moment lang hätte er gerne die Blumensträuße über den Gang gekickt und alle zum Teufel gejagt, doch Corrieri legte ihm beschwichtigend eine Hand auf die Schulter.

»Jetzt bloß nicht ausrasten, wir haben schließlich eine heikle Mission«, sagte er, und Lopresti nickte.

Misstrauen und Abneigung schlugen ihnen entgegen. Alle, die hier warteten, wussten, dass sie Polizisten waren. Zwischen zwei Ave-Maria tuschelten die Frauen miteinander.

Corrieri schaute auf Peppes Foto zwischen den Rosen

und den Kerzen. Recht geschah ihm. Er dachte an all die Menschen, die er getötet hatte, eigenhändig oder mit der Spritze, und er dachte an die Gewalt, den Druck und die Befehle, mit denen er sich die Menschen gefügig gemacht hatte.

Jetzt war es Lopresti, der ihn in die Realität zurückholte. Er hatte ihren Mann entdeckt.

Salvatore Cuomo, genannt Palletta, stand in einer Ecke neben einem muskulösen jungen Mann mit Stiernacken, der nicht besonders intelligent wirkte. Sie gingen auf ihn zu, der Kraftprotz sah sie drohend an, doch Palletta hielt ihn zurück. Als alter Hase wusste er, dass es in diesem Augenblick besser war, keinen Ärger zu provozieren. Schon gar nicht mit der Polizei.

Lopresti sah sich um und bemerkte einige junge Männer, die die verschiedenen Korridore im Auge behielten, aufmerksame und diskrete Bewacher, die all das hier erst möglich machten. Kein Arzt und keine Krankenschwester würde den Mut aufbringen, die Trauergemeinde rauszuwerfen.

Der glatzköpfige Vertraute Don Giuseppes, vielleicht sogar seine rechte Hand, kam auf sie zu, das Gesicht von tiefem Schmerz gezeichnet. Zumindest wirkte es so.

»Guten Tag«, sagte er leise und getragen. »Entschuldigen Sie bitte, aber das hier ist ein Treffen von Familienangehörigen und Freunden.«

Der Ispettore nickte und flüsterte seinerseits: »Palle', das ist ein öffentliches Krankenhaus, und wenn du nicht willst, dass wir euch alle hier rausschmeißen, dann hörst du besser auf, große Töne zu spucken.«

Schweigend und ohne die Miene zu verziehen, nahm Palletta die Drohung hin, während die anderen im Raum, obwohl sie weiter demonstrativ weinten und beteten, plötzlich hellhörig geworden waren und sie misstrauisch beäugten.

»Vielleicht wäre es besser, das Gespräch an einem ruhigeren Ort fortzusetzen«, schaltete sich Corrieri vermittelnd ein.

»Gute Idee, bitte hier entlang.«

Salvatore Cuomo ging voraus, als wäre er der Hausherr. Und das musste er auch. Er wusste, dass alle ihn beobachteten, für seine Karriere war es wichtig, sich wie der Chef aufzuführen. Ohne anzuklopfen, öffnete er die Tür zum Schwesternzimmer, in dem zwei Frauen gerade Pause machten und ihren Kaffee tranken. Als Palletta wortlos zur Tür deutete, standen sie auf und verließen den Raum. Die Tassen nahmen sie mit. Er schloss die Tür hinter ihnen und wandte sich an die beiden Polizisten.

»Was zum Teufel wollt ihr hier?«

Lopresti lächelte. »Wieder ganz der Alte, was?«

»Wer hat Peppe ’o Cardinale vergiftet?«, kam Corrieri gleich zur Sache, der genug hatte von dieser Inszenierung und nach Hause wollte.

»Wieso vergiftet? Don Peppe hatte einen Anfall, nichts weiter. Und weil man ihn liebt, sind so viele gekommen.«

»Und alle Prostituierten sind Jungfrauen! Palle’, verarsch uns nicht, wir wissen, dass für Peppe ein Grab auf dem Friedhof reserviert ist. Vielleicht ist er dem Mörder dieses Mal entwischt, doch wenn er am Leben bleiben soll, musst du uns sagen, was du weißt.«

Seine Worte stießen auf taube Ohren. Salvatore Cuomo starrte scheinbar unbeteiligt die Wand an.

»Natürlich musst du nur reden, wenn du willst, dass er am Leben bleibt«, führte Corrieri den Gedanken weiter aus.

Der Mafioso schüttelte den Kopf, als hätte sein Gegenüber ihn geohrfeigt oder als hätte er erraten, was er wirklich dachte.

»Natürlich will ich, dass er am Leben bleibt. Ich bin mit Don Peppe eng verbunden und verdanke ihm alles. Er ist ein großer Mann.«

Sehr überzeugend wirkte das nicht – es war das, was man von ihm als Clanmitglied hören wollte.

»Überleg mal. Falls sich herumsprechen sollte, dass du alles getan hast, um ihn zu retten, dass du dem Sensenmann Einhalt geboten hast, würdest du dann nicht als großer Mann gelten? Und als Gewinner aus dieser Geschichte hervorgehen? Obendrein hättest du bei Peppe, sofern er überlebt, etwas gut. Und falls er, was Gott verhüte, doch seinen Platz auf dem Friedhof einnimmt, wer könnte dann seinen Posten einnehmen? Doch niemand anders als du, der sich so treu und ergeben gezeigt hat. Hier geht es nicht darum, jemanden zu verraten, hier geht es um das Wohl deines Capo. Und glaube mir, alle werden von deinem Opfer erfahren.«

Lopresti war kurz davor, seinem Kollegen zu applaudieren. In diesem Augenblick begriff er, warum Taglieri gesagt hatte, er könne noch etwas von ihm lernen. Erneut kam er sich ziemlich dumm und arrogant vor.

Zu Beginn noch abweisend, lenkte Palletta nun ein. Er schien verstanden zu haben, dass die Bullen Bescheid wussten und ihren Job beherrschten. Sie hatten ihn am Wickel, und so bereitete er sich seufzend auf das große, notwendige Opfer vor.

»Was wollt ihr wissen?«

»Wo ist Michele Tiradritto? Und in welcher Beziehung steht er zu Peppe 'o Cardinale?«, ergriff Lopresti das Wort.

»Was hat Michele damit zu tun?«

»Palle', müssen wir wieder bei Adam und Eva anfangen? Die ganze Geschichte hat in dem Moment begonnen, als Tiradritto aus dem Knast gekommen ist. Wir wissen, dass er nach Mailand abgehauen ist und dass du gerade von dort kommst. Also raus mit der Sprache. Was weißt du? Nun mach schon den Mund auf. Vergiss nicht, du tust es für Peppe.«

Salvatore wirkte zufrieden. Beide Polizisten gaben ihm die Rückendeckung, die er brauchte.

»Wenn ich wüsste, wo Tiradritto sich aufhält, dann wäre ich bestimmt nicht hier, sondern würde gerade seine Seele ins Jenseits befördern«, begann er, bekreuzigte sich und imitierte einen Handkuss.

Die beiden Kommissare sahen sich an, sie hatten mit einer ähnlichen Antwort gerechnet, ließen aber dennoch nicht locker.

»Tiradritto und 'o Cardinale?«, wiederholte Corrieri. »Welche Verbindung besteht zwischen ihnen?«

»Sie sind gemeinsam aufgewachsen, haben gleichzeitig mit kleinen Jobs im Viertel angefangen. Dann sind beide in den Clan aufgenommen worden und haben schnell Karriere gemacht, besonders Michele.«

»Und damals kamen Vittoriano Esposito, Giovanni

Morra, die Suraces und Gennaro Rizzo hinzu. Alle, für die es ein Grab gibt.«

»Genau. Sie stammten alle aus San Giuliano Campano und haben auch später, als sie älter waren, miteinander Geschäfte gemacht.«

»Was für Geschäfte?«

»Anfangs von allem etwas. Sie schafften Probleme aus der Welt, schenkten Leuten Schuhe, die es verdient hatten, überzeugten andere, besser zu schweigen. Dann begannen sie, mit Drogen zu handeln, keine kleinen Dealereien, die überließen sie Leuten wie mir. Sie wollten hoch hinaus, und das möglichst schnell.«

Lopresti und Corrieri wussten sehr wohl, dass »Schuhe schenken« bedeutete, dass sie Auftragsmorde erledigt und gezielte Exekutionen durchgeführt hatten, mit denen man für gewöhnlich die Hierarchie innerhalb der Clans wiederherstellte und für Ordnung sorgte, doch was sie interessierte, waren andere Geschäfte. Trotzdem ließen sie Palletta reden, um nicht zu riskieren, dass er plötzlich abblockte und schwieg.

»Sie setzten alles auf eine Karte und bestellten eine große Menge Kokain direkt aus Südamerika. Sie hatten mit ein paar Jungs aus einem anderen Clan, die ebenfalls schnell nach oben wollten, eine Vereinbarung getroffen. Michele und seine Leute wollten ihnen die Drogen liefern, die anderen sollten sie weiterverkaufen. Im Grunde waren sie dabei, ihren eigenen Clan zu gründen. Aber dann gab es Schwierigkeiten.«

»Und zwar?«

»Sie lieferten die Drogen, sahen jedoch nie Geld dafür. Der andere Clan hat die Ware einfach nicht bezahlt, und sie standen plötzlich ohne Drogen und ohne Geld da. Die Kalabresen fanden das gar nicht lustig.«

»Was hatten denn die Kalabresen damit zu tun?«

Palletta sah Lopresti an, als wäre er der letzte Idiot.

»Ispetto', was treibt ihr in eurem Job eigentlich? Man weiß doch, dass bei bestimmten Drogenlieferungen ohne die Kalabresen gar nichts läuft. Die Kolumbianer wollen, dass mindestens einer aus ihrer Organisation als Bürge dabei ist. Und wenn alles glattgeht, kriegen sie eine fette Provision.«

»Und wie sind diese jungen Männer mit der 'Ndrangheta in Kontakt gekommen?«

»Durch Michele. Er kannte dort jemanden, der ihm vertraute. Einen, der der Meinung war, dass aus diesem Jungen mal ein Capo werden würde und dass man mit ihm gute Geschäfte machen konnte. Er wurde ebenso verarscht wie die anderen.«

»Und was genau ist dann passiert?«

»Was soll schon passiert sein? Es ist ein Riesenchaos ausgebrochen. Als ihnen klar wurde, dass die Drogen verschwunden waren und sie kein Geld dafür bekommen würden, sind Michele, Peppe und die anderen in Panik geraten. Dann hat sie auch noch jemand verpfiffen und herumerzählt, dass sie ihr eigenes Geschäft aufziehen wollten, was die Clans nicht gut aufgenommen haben. Die Kalabresen haben damit gedroht, sämtliche Drogenlieferungen zu behindern, wenn sie keine Genugtuung bekämen. Also haben sie sie bekommen.«

»In welcher Form?«

»Der kleine Clan, der die Drogen geklaut hat, wurde eliminiert.«

»Warum haben wir davon nichts erfahren?«

»Das ging alles ganz diskret vonstatten. Die Kalabresen wollten keinen Ärger, das war schlecht fürs Geschäft. Die anderen Clans haben sich zusammengeschlossen, um das Problem aus der Welt zu schaffen. Eine Blitzaktion, etwa ein Dutzend Morde in einer Woche. Jeder Einzelne von ihnen wurde gefunden, an einen abgelegenen Ort geschafft und exekutiert. Die Leichen hat man verschwinden lassen, nachdem man Fotos von ihnen gemacht hatte, die man den Kalabresen als Beweis schickte, dass alles wunschgemäß erledigt worden war.«

Langsam begannen die beiden Polizisten zu begreifen. »Und Michele und die anderen?«

»Sie hatten sich aufs Kreuz legen lassen, und sie hatten Karriere machen wollen, aber immerhin hatten nicht sie die Ware gestohlen. Die ganze Gruppe machte damals Michele für alles verantwortlich. Und somit wussten die Kalabresen, wer die Rechnung dafür bezahlen sollte. Aber genau in dem Moment, als man den Mord an ihm in Auftrag gab, wurde er verhaftet. Jemand hatte der Polizei eine Sache gesteckt, die kurz zuvor passiert war. Michele hatte in einer verlassenen Müllhalde einen Typen erschossen. Er wurde verurteilt und kam in den Knast. Das war seine Rettung. Weil sie an ihn nicht mehr herankamen, schnappten sie sich jedoch seinen Bruder, rammten ihm eine Nadel in den Arm und warfen ihn in einen Graben, wo er jämmerlich verreckt ist. Nicht dass es ein großer Verlust gewesen wäre, er war ohnehin ein Junkie und hätte sich früher oder später selbst umgebracht.«

»Dann stecken hinter dieser Sache mit dem Friedhof also die Kalabresen, die nach zwanzig Jahren zu Ende bringen wollen, was ihnen damals nicht gelungen ist?«, fragte Lopresti.

»Das weiß ich nicht. Käme mir allerdings komisch vor. Das Ganze ist zu lange her, und außerdem sind die Kalabresen damals reichlich von den Clans entschädigt worden, die die Drogenumschlagplätze der Ermordeten übernommen haben. Warum also sollten sie sich da die ganze Mühe mit den Grabsteinen machen und landesweit Aufsehen erregen? Nein, das ist auch nicht ihr Stil. So viel Theater schadet nur dem Geschäft.«

»Woher weißt du das eigentlich alles?«, wollte Corrieri wissen.

Palletta wirkte irritiert. »Ich weiß es, weil ich nicht völlig verblödet bin. Und weil die Suraces, Friede ihrer Seele, den Mund einfach nicht halten konnten.«

»Was heißt das?«

»Sie haben damit geprahlt, dass sie Micheles Bruder auf Anweisung der Kalabresen umgebracht haben.«

Das Gehirn des Ispettore arbeitete auf Hochtouren. Wieder ein neues Puzzleteil, das sich nicht ins große Ganze fügen wollte. Hatte Michele herausgefunden, wer seinen Bruder umgebracht hatte? Wollte er sich an seinen alten Kumpanen rächen? Hatten die Kalabresen beschlossen, die Sache doch selbst zu Ende zu bringen? Oder verbarg sich hinter dem Sensenmann etwas, das sie bislang noch gar nicht auf dem Radar hatten?

»Was ist eigentlich aus Gennaro Rizzo geworden?«, erkundigte er sich, während er nach wie vor versuchte, Zusammenhänge herzustellen und Licht ins Dunkel zu bringen.

»Keine Ahnung. Seit zehn Jahren hat ihn keiner mehr

gesehen. Vielleicht ist er tot? Oder nach Amerika ausgewandert? Ich weiß es wirklich nicht. Der Einzige, der es wissen könnte, ist Don Peppe, Gott schütze ihn.«

Erneut bekreuzigte sich Palletta und küsste sich die Hand. Aufs Theaterspielen verstand er sich.

»Und was haben dir die Suraces sonst noch von der Sache erzählt?«, hakte Corrieri nach, den Gennaro Rizzos Schicksal nicht länger kümmerte. Mit etwas Glück hatte man ihn vor zehn Jahren umgebracht.

»Nichts Besonderes.«

Corrieri verlor langsam die Geduld. »Was soll das heißen, nichts Besonderes? Da muss doch noch mehr hinterstecken.«

»Mehr weiß ich nicht. Ich habe keine Ahnung, wer der Sensenmann ist, und ehrlich gesagt will ich es auch gar nicht wissen. Ich bin heilfroh, dass mein Name nicht auf diesen Scheißgrabsteinen steht. Wenn ihr mehr wissen wollt, dann müsst ihr mehr über die Sache von vor zwanzig Jahren rauskriegen. Ich jedenfalls weiß nur, was ich euch gesagt habe.«

Der sonst so ruhige und besonnene Corrieri war sichtlich nervös, sein Gesicht gefährlich gerötet. Ihm fiel nicht einmal auf, dass Lopresti einen Anruf entgegennahm und, während sein Kollege und Don Peppes rechte Hand einander weiterhin anstarrten wie zwei Kampfhunde, aufmerksam lauschte, als ginge es um etwas von großer Wichtigkeit, zwischendurch etwas murmelte und dann das Gespräch beendete.

»Scher dich zu deinen Leuten, Palle'. Wir sind hier fertig«, sagte er schließlich.

»Wie, wir sind fertig?«, fragte Corrieri verblüfft.

»Wir müssen gehen.«

»Tja, dann wünsche ich noch viel Erfolg. Und ihr lasst ruhig alle Welt wissen, was ich für Don Peppe getan habe, in Ordnung?«, vergewisserte sich Salvatore Cumeo noch, bevor er sich erhob, um zu seinem Schmierentheater vorm Eingang der Intensivstation zurückzukehren.

»Was ist denn plötzlich in dich gefahren, Lopresti?«

»Das müsste ich dich fragen. Du hast wohl komplett den Verstand verloren. Erst machst du einen auf großen Diplomaten, und plötzlich gehst ihm fast an die Gurgel. Wir müssen uns schon einigen, wer der gute und wer der böse Bulle ist, sonst blicke ich selbst nicht mehr durch.«

»Du hast recht, entschuldige.« Corrieri fuhr sich über das verschwitzte Gesicht. »Als mir klar wurde, dass er uns nicht die ganze Wahrheit sagt, habe ich die Nerven verloren. Ich will mich halt von solchen Typen nicht verarschen lassen.«

»Die Nerven verloren? Du wirst mir immer sympathischer. Jedenfalls hat er uns genug gesagt. Wir müssen dem Chef berichten und uns beeilen. Wir haben noch anderes zu tun.«

»Was ist mit dem Anruf?«

»Es gibt eine Spur. Der Dottore hat beim Gefängnisdirektor Nachforschungen angestellt, ob unser Tiradritto im Knast irgendwelche Freundschaften geschlossen hat. Aus den Unterlagen geht hervor, dass er viel Zeit mit einem Zigeuner verbracht hat, einem gewissen Olban. Er haust in einem dieser Lager in der Nähe von Genua.«

»Und nun?«

»Auf nach Genua, mein Lieber. Die Mailandfährte ist gestorben, Annunziati und Morganti sind raus.«

Sein Kollege antwortete nicht. Nachdem die Wut verpufft und die Anspannung gewichen war, wirkte er wie ein Ballon, aus dem man die Luft herausgelassen hatte.

»Was ist los?«

»Ich habe an meine Frau gedacht, schließlich muss ich ihr Bescheid geben, dass ich nicht so bald nach Hause komme. Eigentlich habe ich gar keine Lust auf Genua.«

»Jetzt oder nie! Das ist unsere Chance!«

Corrieri nickte widerwillig, und Lopresti wusste nicht, was er sagen sollte. Resigniert wechselte er das Thema.

»Wie halten wir es mit unserem Versprechen gegenüber Palletta?«

»Am besten, indem wir ihn so schnell wie möglich verhaften«, erklärte Corrieri.

5.

Sonntag, 24. Januar 2016,
San Francesco di Sales, Bischof und Kirchenlehrer

Michele hatte Hunger. Schmerz und Müdigkeit waren verflogen und hatten Verwirrung und Leere Platz gemacht. Er wickelte sich aus den Laken und stand auf, der eiskalte Boden unter seinen Füßen ließ ihn zusammenzucken, als hätte er einen elektrischen Schlag bekommen. Dennoch mochte er die Kälte und die Gänsehaut, die über seinen Körper lief. All das half ihm, sich lebendig zu fühlen.

Er ging in die Küche und zog ein paar Schubladen auf. Vollkornzwieback, Vollkornkekse, Vollkornbrot, Vollkorn, wohin man sah. Da hatte er ja im Knast besser gegessen. Widerwillig aß er ein Stück Brot, das nach Gummi schmeckte. Der Hunger trieb's hinein.

Wenn er an die letzten Tage zurückdachte, empfand er Stolz. Obwohl er dem Tod zeitweise näher gewesen war als dem Leben, hatte er durchgehalten. Und das war ein sehr erhebendes Gefühl. Er schaute auf die Uhr an der Wand. Das Zifferblatt zeigte die Skyline von New York, Tausende Lichter und Hochhäuser, über die sich die Zeiger bewegten und ihn daran erinnerten, dass er nicht viel Zeit hatte. Es war fast zwölf Uhr mittags …

»Was macht du hier halb nackt in der Küche? Du erkältest dich noch«, hörte er Yleanas Stimme.

Sie stand auf der Schwelle zur Küche und strich durch ihre langen Haare. Sie trug wieder den Schlafanzug mit den Zwergen und die blauen Schlappen. Michele dachte kurz an die Formen ihres Körpers, der sich an ihn geschmiegt und ihn dem Schmerz entrissen hatte. An eine Nacht, die so ganz anders verlaufen war als erwartet. Sie hatten sich aneinandergeklammert wie Schiffbrüchige. Wie Überbleibsel ihrer eigenen Leben.

Verwirrt musterte er sie, fast als sei sie ein Traumgebilde. Sie hingegen beachtete ihn nicht weiter und machte sich am Espressokocher zu schaffen, als würde sie dieser große Fremde neben ihr gar nichts angehen. Mit einem Mal aber umfasste sie seine Hüften, stellte sich auf die Zehenspitzen und küsste ihn auf den Mund. Schnell und unvermittelt. Dann wandte sie sich wieder dem Herd zu.

Michele reagierte nicht, er wusste nicht, was er sagen sollte. Das alles war zu weit weg von seinem Leben, als dass es wirklich wahr sein konnte.

Zu weit weg von den letzten zwanzig Jahren, dem Gefängnisalltag mit Durchsuchungen, Essensausgabe, Hofgängen. Und zu weit weg von der Zukunft, die er sich ausgemalt hatte, während er auf die Schimmelflecken an der Zellendecke gestarrt hatte.

Er ging ins Schlafzimmer, um sich anzuziehen, betrachtete sich dabei im Spiegel. Ein Mann wie viele andere, der die Nacht mit seiner Partnerin verbracht hatte und nun auf das Mittagessen wartete. Ein bisschen plaudern, Fußball schauen, den Hund ausführen, die Wohnung aufräumen und die Waschmaschine anstellen …

Nein, er war kein normaler Mann, das war er noch nie gewesen und würde es auch nie sein. Und die Frau, die den

Kaffee kochte, war nicht seine Partnerin, sondern Olbans kleine Hure. Deprimiert zog er den Pullover über und fuhr sich über seinen rasierten Schädel.

Irgendwie war er sauer, was nicht gut war, denn mit dem Zweifel schwand die Kraft. Und er brauchte seine Kraft, Unsicherheit konnte er sich nicht leisten.

Entschlossen ging er in die Küche zurück, sein Gesichtsausdruck war abweisend, was Yleana jedoch nicht zur Kenntnis nahm. Zumindest ließ sie es sich nicht anmerken. Sie hatte zwei weiß-grüne Porzellantassen auf den Tisch gestellt, wahrscheinlich das gute Geschirr für besonders großzügige Kunden. Michele setzte sich und trank gierig den heißen Kaffee.

»Vorsicht, du verbrennst dich.«

Sie fasste ihn am Arm, ihre Gesichter waren sich ganz nah, und Michele erkannte, dass sie wirklich besorgt war.

»Hast du dir wehgetan? Soll ich dir ein Glas kaltes Wasser holen?«

Plötzlich fühlte er sich so empfindlich wie eine der Porzellantassen, wurde innerlich wieder unsicher, wie er sich in dieser merkwürdigen, provisorischen Umgebung verhalten sollte. Mit Sicherheit war es klüger, die Finger von dem Mädchen zu lassen, das noch nicht einmal geboren gewesen war, als er in den Knast musste.

»Was möchtest du essen? Pasta mit Pilzen und Oliven vielleicht?«

Er zuckte mit den Schultern.

»Weißt du, dass du noch kein Wort gesagt hast, seitdem du aufgestanden bist? Besonders nett ist das nicht.«

Sie verschränkte die Arme und tat so, als wäre sie gekränkt, um gleich darauf zu lächeln.

Michele war verwirrt. Zum ersten Mal seit vielen Jahren wusste er nicht, wie er sich verhalten sollte. Seine klar strukturierte und durchgetaktete Welt war von einer Realität ersetzt worden, in der alles fließend und unvorhersehbar war. Er hatte der jungen Prostituierten gezeigt, was Sache war, hatte sie schlecht behandelt und sich als Boss aufgeführt. Doch dann war diese Nacht gekommen, in der er in seinem Kopf Milenas Schreie gehört hatte, und Yleana hatte ihn davon befreit.

»Ich mag keine Pilze.«

»Sehr gut, du sprichst wieder.« Sie lächelte amüsiert. »Dann mache ich etwas anderes. Etwas mit Speck? Magst du Pancetta?«

»Wie bitte? Hier ist alles aus Vollkorn, das Brot, die Kekse, und du bietest mir Pancetta an?«

Sie lachte. »Wir verraten es keinem. Das bleibt unser Geheimnis.«

»Dann gerne, ich mag Pancetta, kommt natürlich darauf an, wie man die Soße macht.«

»Vielleicht hilfst du mir«, schlug sie vor, öffnete die Schränke und kramte Töpfe, Kochlöffel und Messer hervor. Schließlich band sie sich eine grüne Schürze vor, die an der Wand hing, und küsste ihn erneut. Diesmal hielt er sie fest und erwiderte den Kuss. Als sie sich voneinander lösten, strich sie ihm über die Wange und seine grauen Bartstoppeln.

»Lass uns anfangen, ich komme um vor Hunger.«

Seite an Seite standen sie am Herd und unterhielten sich über alles und nichts. Ohne groß nachzudenken. Allein die Uhr an der Wand zeigte, dass die Zeit immer weiter voranschritt.

Sie hatte die Spaghetti und er eine hervorragende Soße gekocht. Genau so, wie man es in seiner Heimat mochte. Anschließend saßen sie sich gegenüber und genossen ihre Pasta. Michele hatte das Gefühl, sich in einer Art Zwischenwelt zu befinden, weit weg von der Vergangenheit und der Zukunft. Er kam sich vor wie in einer wunderschönen Seifenblase, federleicht und glänzend, die leider beim kleinsten Kontakt mit der Wirklichkeit zerplatzen würde.

Egal, für eine Weile zumindest war die Realität weit weg.

Nach dem Essen führte sie ihn ins Schlafzimmer und wechselte ihm den Verband. Erst löste sie ihn ganz vorsichtig, um ihm nicht wehzutun, holte dann die Medizin, sauberen Verbandmull, Watte und ein Fläschchen Desinfektionsmittel. Wenngleich die Nähte an der Wunde noch blutverkrustet waren, sahen sie schon besser aus als am Vortag. Sorgsam reinigte das Mädchen sie. Das Brennen empfand er seltsamerweise gar nicht als unangenehm. Er schloss die Augen und überließ sich ihr ganz und gar, genoss ihre zarten Bewegungen, das sanfte Streicheln ihrer Hände über seine Haut.

»Wohin gehst du, wenn du wieder gesund bist?«, fragte sie ihn unvermittelt und wandte den Blick ab, als er sie prüfend ansah.

»Ich habe noch etwas zu erledigen«, sagte er, ohne nachzudenken.

»Und was?«

»Es ist besser, wenn du es nicht weißt. Besser für uns beide.«

»Nimm mich mit!«

Sie hob den Kopf und sah ihn flehentlich an. Michele

erkannte die Trauer, die Resignation und die Verletzlichkeit in ihrem Blick – und zugleich das dringende Bedürfnis, zu einem anderen Menschen zu gehören, zu leben, zu vergessen und sich fallen zu lassen.

»Olban ist kein guter Mensch, er hilft nie jemandem. Wenn er das bei dir getan hat, dann heißt das, dass du sehr wichtig bist und dass er Angst vor dir hat ... Wenn ich mit dir weggehe, wird er mich nicht verfolgen.«

Schon wieder geriet seine Welt ins Wanken. Seine Obsessionen, sein Rachefeldzug, sein ganzes vorgezeichnetes Schicksal – alles stand infrage. Unsicher schaute er Yleana an. Warum beschäftigte sie ihn überhaupt? Ihre Begegnung war ein absurder Zufall gewesen, und doch klammerten sie sich aneinander, um sich aus ihren alten Leben zu befreien.

Sie waren tatsächlich zwei Schiffbrüchige in dunklen, tiefen Gewässer.

Aber das Meer und das Leben kannten keine Sentimentalität. Die Wellen würden höherschlagen und sie verschlucken, bis am Ende nichts von ihnen übrig blieb als ein paar Luftblasen.

Michele ließ sich treiben, von der Strömung mitnehmen. Diesmal war er es, der sich Yleana näherte. Er küsste sie sanft, ohne Leidenschaft, ohne Verlangen. Und sie fragte sich, was hinter diesem Kuss stecken mochte. Noch hielt die Seifenblase die Wirklichkeit von ihnen fern.

Es klingelte an der Tür. Lange und penetrant. Dann zweimal kurz.

Das Mädchen erstarrte, alle Hoffnung war aus ihren Augen gewichen. Sie wusste, wer das war. Das Klingeln war sein Zeichen, falls sie gerade mit einem Kunden beschäftigt war. Gleich würde er mit seinem Schlüssel die Tür öffnen.

Yleana sprang auf und versteckte sich in einer Zimmerecke wie ein verletztes Tier, dann betrat Olbans Sohn den Raum. Er lächelte wissend, als er Micheles nackten Oberkörper sah, bevor er begehrlich die junge Prostituierte taxierte, die sich noch tiefer in die Ecke drückte. Michele entging sein erregter Blick nicht, und er verstand, warum er gekommen war. Er sah, wie das Mädchen die großen Hände des jungen Mannes fixierte, die nervös zuckten, als würden sie gleich zuschlagen wollen, und vermutlich hatten sie das auch des Öfteren getan, sonst würde Yleana nicht so furchtsam reagieren.

Michele spürte eine Welle der Wut in sich aufsteigen, der wahre Tiradritto drängte wieder an die Oberfläche. Kalte Wut, die seine Aggressionsbereitschaft anfachte und ihn enthemmte, ihn zu allem bereit machte.

Mühsam zog er sich vom Bett hoch, trotz Verband bot er einen imposanten Anblick.

»Was hast du hier zu suchen?«, fragte er drohend. »Die zwei Tage sind noch nicht rum, ich habe nicht gesagt, dass du kommen sollst.«

Der junge Zigeuner tat so, als hätte er ihn nicht gehört, sondern schaute unverwandt sein Objekt der Begierde an. Michele schien es, als würde er überlegen, was er alles mit ihr anstellen konnte.

»Ich habe dich gefragt, was du hier zu suchen hast«, wiederholte er mit drohendem Unterton.

Olbans Sohn wollte gerade eine patzige Antwort geben, als er die Gefahr spürte, die von diesem kahl rasierten

Mann mit dem nackten Oberkörper ausging. Trotz seiner verletzten Schulter und einer gerade erst genähten Wunde war er bereit, ihn zu töten. Seine schwarzen Augen ließen daran keinen Zweifel.

»Mein Vater hat gesagt, ich soll dich abholen«, erklärte Olbans Sohn.

»Warum?«

»Weil man ihn angerufen hat.«

»Und was heißt das?«

»Ganz einfach, jemand hat meinen Vater informiert, dass die Polizei unser Lager durchsuchen wird. Und weil dich dort zu viele Leute gesehen haben, soll ich dich wegbringen. Jemand könnte reden und die Bullen zu dieser Wohnung führen. Du musst weg. Jetzt gleich.«

»Von wem kam der Anruf?«

»Das weiß mein Vater nicht. Jedenfalls wusste der Mann, dass du bei uns warst. Mein Alter ist bereits abgetaucht, und du solltest ebenfalls schnellstmöglich verschwinden.«

Michele dachte einen Moment nach. Er musste sich ein Bild von der Lage verschaffen und eine Entscheidung treffen.

»Raus hier, alle beide«, befahl er. »Ich muss mich anziehen.«

Der Zigeuner und Yleana zögerten, ehe sie schweigend das Zimmer verließen. Michele zog sich an, dann nahm er das Geld, das er sich von dem Anwalt zurückgeholt hatte und das noch in der blutverschmierten Jacke steckte, zweigte tausend Euro ab, die anderen Scheine legte er in eine Schachtel, die der Arzt dagelassen hatte, und schob sie in die Nachttischschublade. Dann schnappte er sich einen

Kissenbeug und stopfte ein paar saubere Kleidungsstücke sowie die Medikamente und das Verbandsmaterial hinein.

Der junge Zigeuner stand an der Eingangstür, während Yleana am Küchentisch saß und nervös die Finger knetete. Ihr kleiner Traum von Freiheit war geplatzt, und es blieb ihr nichts anderes übrig, als sich weiterhin vor ihren Kunden auf den Boden zu knien und die Gewaltausbrüche beider Olbans über sich ergehen zu lassen.

Michele wollte den Abschied schnell erledigt haben, es gab Dinge, die man am besten kurz und schmerzlos hinter sich brachte.

»Wir können gehen«, sagte er zu Olbans Sohn, der daraufhin die Wohnungstür öffnete und einen prüfenden Blick nach draußen warf.

Michele ging noch einmal zu Yleana, deren Augen vom Weinen gerötet waren.

»Danke, dass du mich gepflegt hast«, sagte er laut.

Dann umarmte er sie und küsste sie freundschaftlich auf die Wange, wobei er ihr etwas ins Ohr flüsterte, das der Zigeuner nicht hören durfte.

»Du solltest auch mal meine Medikamente nehmen. Sie sind in einer Schachtel in der Nachttischschublade.«

Sie sah ihn verwirrt an, und er hoffte, dass sie nachsehen und begreifen würde, was er gemeint hatte, und das Startkapital, das er dort für sie deponiert hatte, nutzen würde.

Er schaute sich ein letztes Mal zu dem zierlichen jungen Mädchen mit den kastanienbraunen Haaren um, dann verschwand er.

Sie stiegen nicht in den Mercedes, sondern in ein unauffälligeres Auto, einen grauen Yaris. Sobald der Zigeuner den

Motor anließ, wusste Michele sofort, dass er frisiert war. Sie verließen Genua auf der Autobahn in Richtung Savona und fuhren durch unzählige Tunnel, deren flackernde Lichter das Wageninnere erhellten.

Müde ließ er sich in den Sitz sinken und schloss die Augen, er wollte an nichts mehr denken, wenigstens für ein paar Minuten.

»Ich bringe dich bis an die französische Grenze«, hörte er seinen Fahrer sagen.

Michele öffnete die Augen wieder, er würde ohnehin keine Ruhe finden. Zum ersten Mal fiel ihm auf, dass er gar nicht wusste, wie der Sohn mit Vornamen hieß. Aber es spielte auch keine Rolle. Zumal er ohnehin alles hinter sich lassen wollte, was ihn beschwerte und aufhielt oder von seinem Ziel ablenkte. Und zwar wirklich alles.

»Wie lange brauchen wir?«

»Zwei Stunden bis zu dem Ort, an dem ich dich absetze. Ich hab gehört, die Polizei ist inzwischen dabei, unser Lager nach dir zu durchsuchen.«

In seiner Stimme schwang ein unterdrückter Groll mit, dass er sich seinetwegen in Gefahr bringen musste. Doch Michele scherte das nicht, und ein schlechtes Gewissen hatte er schon gar nicht. Ganz im Gegenteil. Dieser Schlägertyp, der Yleana solche Angst einjagte, konnte froh sein, dass er ihn sich nicht vorgeknöpft hatte. Allerdings wäre er bei seinem geschundenen Körper ohnehin in einer schlechten Position gewesen.

»Hat dein Vater dir etwas für mich mitgegeben?«

»Im Handschuhfach.«

Michele öffnete es und nahm eine abgenutzte Pistole heraus, Kaliber neun, ohne Registriernummer, die in ein

Küchenhandtuch eingewickelt war. Die Waffe sah aus, als hätte man mit ihr nicht geschossen, sondern Nägel eingeschlagen. Ein Drecksding, aber er musste sich damit zufriedengeben. Mit dem Daumen drückte er auf den Knopf am Kolben und kontrollierte das Magazin, es war voll. Fünfzehn Kugeln. Sehr gut, immerhin etwas.

Außer der Waffe lag im Handschuhfach eine Plastiktüte mit einer Dokumentenhülle aus Kunstleder, in der sich ein abgegriffener Pass befand, der auf einen gewissen Lorenzo Bacchi ausgestellt war, Angestellter aus Avellino. Größe, Haar- und Augenfarbe stimmten, doch der Mann hatte kein Gesicht.

»Und was soll ich damit?«

»Wir wollten das Foto eigentlich morgen machen, wenn du nicht mehr wie eine Leiche aussiehst, aber das ist jetzt leider zu spät. Ist nicht so schlimm, der Pass ist echt, du machst in Frankreich einfach ein Foto am Automaten. In der Hülle sind die Kupferringe, mit denen die Fotos auf der Passstelle befestigt werden, und Klebeband. Das schaffst du locker allein. Klar, das ist nicht die perfekte Lösung, aber für Frankreich reicht es. Zerknittere das Foto noch ein bisschen, damit es nicht zu neu aussieht.«

Michele war nicht überzeugt, aber ihm blieb keine andere Wahl. Jenseits der Grenze musste er durch keine andere Kontrolle mehr, er hatte keine weiteren Reisepläne. Der Spanienflug war eine Finte gewesen, ein Ablenkungsmanöver für den Anwalt. Sein wahres Ziel war ein anderes, und er kam ihm näher.

Er wickelte die Pistole wieder in das Geschirrhandtuch und steckte sie zusammen mit dem Pass in den Kissenbezug.

Wenn er in Frankreich war, musste er sich etwas zum Anziehen kaufen, schließlich wollte er nicht, dass man ihn für einen Landstreicher hielt und er alle fünf Minuten von der Polizei angesprochen wurde.

Nun war er bereit für das große Finale.

Seufzend lehnte er sich zurück. Die Dämmerung hatte etwas Beruhigendes und hüllte zudem alles ein, was niemand sehen sollte. Eine hauchdünne Schutzschicht für die Zukunft. Olbans Sohn schaltete das Radio ein. Die beiden wechselten kein Wort mehr, während der Wagen zügig in Richtung Grenze fuhr.

6

1.

Freitag, 29. Januar 2016,
San Costanzo di Perugia, Bischof und Märtyrer

Der Krankenpfleger betrat das Zimmer leise, um den Mann im Bett nicht zu stören, obwohl der ihn ohnehin nicht hörte. Aber man konnte nicht vorsichtig genug sein. Er zog einen kleinen Wagen hinter sich her, dessen Räder auf dem Linoleumboden quietschten. Im Zimmer stand ein junger Mann am Fenster, unbeweglich und schweigend, die Arme vor der Brust verschränkt, und verfolgte jede seiner Bewegungen. Ein Leibwächter.

Der Pfleger hieß Alessandro, doch alle nannten ihn nur Sandro. Er hatte einige Jahre im Norden gearbeitet, bis er eine passende Stelle in der Heimat gefunden hatte. Hier war er aufgewachsen, in den engen Straßen und Gassen, zwischen monotonen Wohnblocks und kleinen Straßendealern. Er wusste genau, wer dieser Patient mit den vielen Infusionsschläuchen im Arm war, der an einem Beatmungsgerät hing. Die Männer in den Trainingsanzügen mit dem Napoli-Emblem und den Ausbuchtungen, unter denen man die Pistolen erahnen konnte, hatten die letzten Zweifel beseitigt.

Er wollte so schnell wie möglich aus diesem Zimmer raus, um sich wieder seinen anderen Patienten zu widmen, die nicht so viele Sünden zu beichten hatten. Sandro mochte seinen Job, seitdem er das erste Mal das dankbare

Leuchten in den Augen einer alten Frau gesehen hatte, die langsam dahinsiechte. Er hatte das Gefühl, dass seine Anwesenheit an den Betten der Todkranken seinem Leben einen Sinn gab, und das konnten nicht viele von sich sagen. Jedenfalls war es mehr, als der Mann im Bett vor ihm von sich behaupten konnte.

Routiniert wechselte er die Infusionsbeutel und setzte ein professionelles Lächeln auf. Für solche Leute wollte er nur ein Schatten sein, jemand, den man sofort wieder vergaß.

Seit einer Woche lag dieser Mafioso inzwischen auf der Intensivstation. Sein Zustand war unverändert, er schien sich nicht entscheiden zu können, ob er gehen oder bleiben wollte. Leben oder sterben. In diesen Tagen waren zahlreiche Mitglieder der Organisation und Polizisten in Zivil hier ein und aus gegangen, weinende Frauen hatten Rosenkränze gebetet, Lokalpolitiker hatten dem Mann einen Höflichkeitsbesuch abgestattet. Der Vorraum zur Intensivstation war noch immer voller Blumen, die mittlerweile leicht faulig rochen, aber immerhin hatten sie diesen Altar mit den Kerzen abgebaut.

Nachdem er still und leise seine Aufgaben erledigt hatte, verließ Sandro das Zimmer. Der junge Bewacher hatte die ganze Zeit wie eine Statue dagestanden und ihn nicht aus den Augen gelassen.

Draußen markierte Salvatore Cuomo den großen Capo, marschierte wichtigtuerisch auf und ab, erteilte mit stolz gereckter Brust Befehle. In den letzten Tagen hatte er sich verändert. Angefangen damit, dass ihn niemand mehr bei seinem Spitznamen nannte, sprachen Don Giuseppes Männer jetzt respektvoller mit ihm und zeigten auch sonst ihre Ergebenheit. Einige hatten sogar angefangen, ihn Don Salvatore zu nennen. Er benahm sich entsprechend und machte ziemlichen Wind.

»Und, wie steht es?«, fragte er so laut, dass es jeder hören konnte, als Sandro mit seinem Wägelchen an ihm vorbeikam.

Der Krankenpfleger wäre am liebsten im Erdboden versunken. »Das weiß ich nicht«, erwiderte der Pfleger, »da müssen Sie sich an einen Arzt wenden.«

»Mag sein, aber ich frage dich.«

Sandro umklammerte den Griff des Wagens. »Die Werte sind stabil«, rückte er zögernd mit der Sprache raus.

Palletta fuhr sich mit der Hand über das Kinn und gab vor, sorgfältig über seine Worte nachzudenken.

»Hm, hör mal, mein Junge«, setzte er in einem melodramatischen Ton an, »alles, was mit dem Befinden dieses großen Mannes zu tun hat, berichtest du mir sofort. Und zwar ausschließlich mir, hast du verstanden?«

»Natürlich«, versicherte der junge Mann rasch und wollte sich davonmachen, doch der füllige Palletta versperrte ihm den Weg.

»Du hast mich anscheinend nicht richtig verstanden, Bürschchen.«

»Ja, Don Salvatore«, sagte er laut, damit es alle hörten und er gehen konnte.

Er fühlte sich erbärmlich.

Der Mann saß in seinem Lieblingssessel. Nach all den Jahren hatten die Kissen die Form seines Körpers angenommen, und hier zu sitzen, war ihm jedes Mal aufs Neue ein Vergnügen. Eines der wenigen, die ihm geblieben waren.

Er sah sich um. Der Raum lag im Halbdunkel, der Vorhang war zugezogen, die Tür verriegelt, lediglich die Lampe zu seiner Rechten spendete ein schwaches Licht. Das reichte ihm, er kannte diesen Ort in- und auswendig, seit Ewigkeiten, und er liebte und hasste ihn zugleich.

Genau wie sein Leben, das er eingeschlossen in diesen Mauern verbracht hatte. Alles hier zeugte von seiner Vergangenheit, von dem, was gewesen war, und von dem, was hätte sein können. Aber im Grunde war er stolz darauf, dass er durchgehalten hatte, dass er noch da war und auf seine staubigen alten Möbel blicken konnte.

Auf die Erinnerungen an ein anderes Leben.

Er streckte die Hand nach dem Brief aus, der auf dem Beistelltisch vor ihm lag, faltete den Bogen auf und seufzte. Seitdem er gekommen war, hatte er ihn wieder und wieder gelesen. So langsam gewann er den Eindruck, die Schrift würde sich durch das ständige Lesen abnutzen, würde immer blasser werden und irgendwann ganz verschwinden.

Ob dadurch auch die Dinge, um die es in diesem Brief ging, erlöschen würden? Und er mit ihnen?

Leise begann er, ein weiteres Mal zu lesen, bewegte fast unmerklich seine Lippen.

Du kennst mich nicht, doch der Moment ist gekommen, um dir zu sagen, wer ich bin …

Er las Wort für Wort, bevor er den Brief wieder sorgfältig zusammenfaltete und sich in seinem Sessel zurücklehnte. Für eine Weile noch, dann musste er sich fertig machen und aufbrechen. Der Mann hatte eine Verabredung, zu der er nicht zu spät kommen wollte.

2.

Michele ging schnell, denn die feuchte Kälte drang ihm bis in die Knochen. Vor seinem Mund tanzten die Wölkchen seines kondensierten Atems wie der Dampf einer Lokomotive. Es sah aus, als ob er rauchte. Eigentlich könnte er sich genauso gut eine anstecken, überlegte er und blieb stehen, um in seiner Jackentasche nach dem Zigarettenpäckchen zu kramen, nahm eine heraus und zündete sie an, füllte seine Lungen mit dem warmen Rauch. Für einen Moment dachte er darüber nach, irgendwann einmal mit dem Rauchen aufzuhören, verwarf den Gedanken jedoch gleich wieder.

Eine blöde Idee. Was würde das ändern?

Der Himmel war strahlend blau. Bei Tagesanbruch waren ein paar Schneeflocken gefallen, die er neugierig betrachtet hatte. Schnee war ungewohnt für ihn, in seiner Heimat gab es ihn selten. Hier schien er hingegen etwas Normales zu sein, denn niemand achtete groß darauf. Er blies den warmen Rauch in seine vor Kälte starren Finger, dann rieb er die Hände aneinander, um sich zu wärmen.

Er lief die Rudolfstraße entlang bis zur Kreuzung Hauptstraße. Angst, sich zu verlaufen, hatte er keine, so groß war Linz nicht, und die Anlage der Straßen war übersichtlich, kein solch unüberschaubares Gassengewirr wie in den italienischen Städten. Außerdem hatte er am Vorabend den Stadtplan studiert.

Er war in einer bescheidenen Hotelpension untergekommen. Sein Zimmer war winzig, jedoch ordentlich und peinlich sauber wie alles hier. Es erinnerte ihn an seine Gefängniszelle, nur dass die Gitter vor den Fenstern und die am Boden festgeschraubten Pritschen fehlten. Gerne hätte er ferngesehen, doch mit dem betagten Gerät bekam man lediglich deutsche Programme rein.

Die Hauptstraße entlang ging es vorbei am Ars Electronica Center bis zur Nibelungenbrücke, die über die Donau und in die Altstadt führte. Er hatte gelesen, dass das Center ein Zukunftsmuseum beherberge und es dort um virtuelle Realitäten und neue wissenschaftliche Erkenntnisse gehe, war aber nach einer Weile zu der Erkenntnis gelangt, dass ihn das nicht interessierte.

Der Fluss dagegen beeindruckte ihn, ein mächtiger Strom, der durch mehrere Länder floss, bevor er ins Schwarze Meer mündete. Michele blieb in der Mitte der Brücke stehen und fragte sich, wie kalt und tief es wohl dort unten sein mochte. Und wie dunkel. Er lehnte sich über das Geländer, während ihn die Windböen trafen und seine Zigarette rasch verglühen ließen, warf die Kippe ins Wasser und versuchte, mit dem Blick ihrem Weg zu folgen, doch sie verlor sich sofort in den Fluten.

Er ging weiter zum Hauptplatz, dem Herzen von Linz.

Nach seiner Entlassung aus dem Gefängnis hatte er alle möglichen Geschichten erzählt, wohin er sich wenden würde. Jeder hatte eine andere zu hören bekommen. Von Spanien oder vom Auswandern nach Übersee hatte er geschwafelt, von Flugreisen und Dolce Vita an goldenen Stränden. Niemand sollte wissen, wohin er wirklich wollte, weder der Anwalt noch der Bulgare oder der Zigeuner, dabei hatte sein Ziel längst festgestanden. Es war immer diese Stadt im Nordosten Österreichs gewesen, nicht weit entfernt vom berühmteren Salzburg. Ein Industriezentrum ohne viele Touristen und in Italien eher unbekannt.

Der ideale Ort für einen wie ihn.

Es hatte ihn fast eine Woche gekostet, bis er hier angekommen war. Olbans Sohn hatte ihn in einem kleinen Ort etwa fünfzig Kilometer hinter der französischen Grenze abgesetzt und war dann sofort nach Genua zurückgefahren, damit seine Abwesenheit gar nicht erst auffiel. Vor allem den Polizisten nicht, die das Wohnwagenlager durchsuchten.

Bevor er ausgestiegen war, hatte Michele ihn um einen letzten Gefallen gebeten. Er hatte die schmale Goldkette von seinem Hals genommen, die er sich von dem Bulgaren zurückgeholt hatte, und sie seufzend dem jungen Olban überreicht.

»Gib das hier deinem Vater, er wird wissen, was damit zu tun ist.«

Als der junge Mann zögerte, hatte er demonstrativ die Pistole herausgekramt und das Magazin in die Waffe geschoben.

Der junge Zigeuner hatte sofort begriffen, was er damit sagen wollte, hatte genickt und war so schnell wie möglich mit dem Auto verschwunden.

Michele hatte in dem kleinen französischen Ort, dessen Namen er schon wieder vergessen hatte, eine Absteige gefunden, in der man keine Fragen stellte. Als er seine Papiere vorweisen sollte, hatte er stattdessen einen Hunderteuroschein über den Tresen geschoben. Am nächsten Tag war er noch vor Morgengrauen aufgebrochen und in Richtung Osten weitergezogen. Unterwegs hatte er sich neue Anziehsachen gekauft, damit er respektabel aussah, hatte Passbilder gemacht und sie in dem gefälschten Dokument befestigt. Den Transit durch die Schweiz, wo die Passkontrollen angeblich sehr streng waren, hatte er vorsichtshalber vermieden und war über Deutschland nach Österreich eingereist.

Der rechteckige Linzer Hauptplatz war schön und groß, hier konnte man atmen. An seinen Rändern erhoben sich imposante Gebäude und der Dom. In seiner Mitte stand die Dreifaltigkeitssäule, auf deren Spitze goldene Statuen im kalten Licht des klaren Himmels glänzten. Die Heilige Dreifaltigkeit: Vater, Sohn und …

Unwillkürlich musste er an Don Ciro denken. An die gemeinsamen Jahre in ihrem Betonwürfel, zwanzig Stunden am Tag. Micheles Vater war bereits tot gewesen, als er Pinochet kennenlernte, und während ihres gemeinsamen Zellenlebens hatte man Don Ciros Sohn erschossen.

Sie hatten sich gefunden: ein Sohn ohne Vater und ein Vater ohne Sohn.

Aus Respekt wurde Zuneigung, und Michele, der genau wusste, dass er ihm nichts beweisen musste, konnte sich in den Augen dieses alten Mannes spiegeln, der zu viel Schreckliches gesehen und getan hatte. Michele hatte deutlich gespürt, dass nach dem Tod des Sohnes etwas in ihm zerbrochen war, dass nichts mehr wie vorher war und nie wieder so sein würde. Pinochet war wie ausgesaugt, schwach und zerbrechlich. Zwar hatte er sich an ihn geklammert, an diesen jungen Mann, der in der Zelle mit ihm älter wurde, doch dann begannen seine Kräfte zu schwinden, und er konnte sich seiner Vergangenheit und seinen Geheimnissen nicht mehr stellen.

Michele erinnerte sich noch gut an den Tag vor fast fünf Jahren. An den Moment, der das, was von seinem Leben übrig war, für immer veränderte.

Pinochet hatte sich komplett angezogen auf seiner Pritsche ausgestreckt und mal wieder die Decke angestarrt.

»Mein Junge, hast du einen Moment?«

Obwohl er gerade die Zelle verlassen wollte, blieb er stehen und drehte sich zu seinem Freund um.

»Sicher, Don Ciro. Was ist los?«

»Ich muss mit dir reden.«

Michele war guter Dinge. Er hatte gerade eines der Bücher fertig gelesen, die Pinochet ihm empfohlen hatte, und überlegte, welches er als Nächstes in Angriff nehmen sollte. Draußen schien die Sonne, er hatte neue Zigaretten bekommen, und am Abend wollte er eine schöne Hackfleischsoße kochen, wie sie seine Mutter immer gemacht hatte. Ein guter Tag also, und wenn Don Ciro ihn brauchte, dann verzichtete er eben auf seinen Spaziergang.

Sie setzten sich auf die beiden Holzschemel, die in der Zelle standen, und waren sich ganz nah, ein Priester, der einem seiner Schäfchen die Beichte abnahm. So sahen sie aus, nur dass sie beide Sünder waren und es keine Absolution geben würde.

Ohne dass er hätte sagen können warum, überkam Michele mit einem Mal eine unbestimmte Furcht.

»Ich möchte dir ein Geschenk machen, mein Junge«, begann Don Ciro.

»Ein Buch?«, fragte er daraufhin, weil der Alte ihm immer Bücher ans Herz legte.

»Nein, Michele. Etwas Besseres. Ich möchte dir die Wahrheit schenken.«

»Wie meinen Sie das, *lo Zi'*? Ich verstehe Sie nicht.«

»Du wirst mich gleich verstehen.«

Verwirrt schwieg der damals noch junge Mann.

»Ich möchte dir ein paar Dinge über dein Leben erzählen.«

»Aber, Don Ciro, ich kenne mein ...«

»Nein, Michele, du hast keine Ahnung. Als du hierherkamst, bestandst du lediglich aus Fäusten, hast ohne Zögern und ohne Verstand zugeschlagen, doch inzwischen sind viele Jahre vergangen, und die Dinge haben sich geändert. Du bist erwachsen, und ich bin alt geworden, die Zeit ist schnell vergangen.«

»Sie sind nicht alt, und außerdem sind Sie noch immer Don Ciro, der Capo.«

»Unterbrich mich nicht. Als du hergekommen bist, wusstest du genau, wer ich bin und was ich getan habe, aber was du nicht weißt, ist, dass auch ich dich kannte, dich und deinen Ehrgeiz, der dich zerfraß, und auch die Namen all jener, die du erschossen, deren Blut du vergossen hast. Und nicht nur das, ich kenne auch den Namen desjenigen, der dein Leben ruiniert hat.«

Michele spürte, wie ein Schauer durch seinen Körper lief, über den Rücken bis in seine Finger. Er witterte die Gefahr. Eine Gefahr, die größer war als ein Pistolenschuss oder eine Schlägerei unter Häftlingen. Unbehaglich rutschte er auf dem harten Schemel hin und her, wäre am liebsten aufgesprungen und in den Hof abgehauen, um sich abzureagieren, zu rauchen und sich zu unterhalten, in den grauen Himmel zu schauen und an nichts zu denken. Nicht an den Knast, nicht an die immer gleichen Tage, nicht an Don Ciro und nicht an die Wahrheit. Trotzdem blieb er sitzen vor diesem Mann, der ihn ansah wie ein Vater seinen Sohn und der ihn langsam tötete.

Ein Wärter ging den Flur entlang, lugte durch den Spion in der Tür und sah zwei Männer, die reglos in ihrer Zelle saßen, während hinter den vergitterten Fenstern die Sonne unterging. Er verschloss das runde Loch. Ein Tag wie alle anderen. Ein weiterer Tag im Knast.

Das schrille Klingeln einer Straßenbahn riss Michele aus seinen Gedanken. Seit Jahren spukte das Gespräch mit Don Ciro in seinem Kopf herum, Wort für Wort, Geheimnis für Geheimnis. Er hätte es auswendig herunterbeten können, ein trauriger Rosenkranz, der sein gesamtes armseliges Leben umfasste.

An einer Straßenkreuzung entdeckte er ein kleines italienisches Café. Trotz der Kälte standen Tische und Stühle draußen. Er war der einzige Gast, der hier Platz nahm, und bestellte bei der hübschen blonden Bedienung einen Espresso. Was sie ihn fragte, verstand er nicht. Während sie sich entfernte, kehrte er wieder zu seinen schmerzhaften Erinnerungen zurück.

An jenem Tag hatte er die Zelle nicht mehr verlassen. Der Freigang war vorbei, die Türen hatten sich wieder hinter den Häftlingen geschlossen. Er hatte sich auf dem Bett ausgestreckt und darauf gewartet, dass die Zeit verging. Die Sonne war mittlerweile hinter den Hügeln verschwunden, es wurde dunkel. Michele hatte immer noch Don

Ciros Stimme im Ohr, die lange Reihe an Wahrheiten, die all die losen Fäden seiner Vergangenheit miteinander verknüpfte. Er zwang sich, ein Indiz zu finden, eine Spur, eine Hoffnung, dass das alles nicht stimmte, dass das Ganze bloß der Fantasie eines alternden Bosses entsprang, der in der Zelle langsam vor sich hin starb. Vergeblich. Die Puzzlestücke passten perfekt zusammen und bildeten ein großes Ganzes. Bilder, Zweifel, Lächeln, Schweigen, alles fand seinen Platz und bekam einen Sinn.

Michele wusste nicht, ob er lieben oder hassen sollte.

Botschaft und Botschafter verschwammen vor seinen Augen, wurden eins. Er sah die Schuld bei ihm, doch in Wahrheit lag sie bei ihm selbst. Zunächst wollte er am liebsten gar nichts sagen, sondern sich in ein hartnäckiges Schweigen zurückziehen, in der unsinnigen Hoffnung, dass das etwas ändern könne. Doch dann beschloss er, doch zu reden.

Was soll ich jetzt machen?

Das musst du selbst entscheiden. Ich habe getan, was ich tun musste.

Mit diesen Worten hatte ihr Gespräch geendet, Pinochet war langsam auf sein Bett zurückgekehrt, und Michele hatte auf die Hackfleischsoße nach dem Rezept seiner Mutter verzichtet. Keiner hatte etwas gegessen, der Wagen war an ihrer Zelle vorbeigerollt, ohne dass sie sich bemerkbar gemacht hätten.

Die Schritte der Wärter hatten sich mit Stimmen aus dem Fernsehen und Gesprächsfetzen aus den Nachbarzellen gemischt. Eine vertraute Geräuschkulisse, die mit der Zeit leiser wurde, bis nur noch das Quietschen des anderen Bettes die Stille durchbrach.

Michele versuchte mit aller Macht, seine Gedanken und seine Erinnerungen zu verbannen, doch die verstörenden Bilder und die hässlichen Gefühle hörten nicht auf, ihn zu quälen, und als Don Ciro aufstand und die Tür zum Bad hinter sich schloss, nahm er es kaum wahr.

Er wollte schlafen, nichts als schlafen und an nichts denken.

Plötzlich hörte er ein kurzes dumpfes Geräusch. Holz gegen Beton. Ein Geräusch, das er anfangs in eine Ecke seines Bewusstseins schob, bis ihm klar wurde, was er da gehört hatte. Einen umfallenden Schemel.

Panisch fuhr er hoch, sprang aus dem Bett, rannte zur Badezimmertür und trommelte mit den Fäusten dagegen, doch sie blieb geschlossen. Seine Schreie übertönten die hallenden Schritte der Stiefel auf dem Flur, er bemerkte gar nicht, wie die Zellentür sich öffnete, Hände ihn packten und wegzogen.

Ein Wärter brach die Tür auf, und Michele ging hinein.

Pinochet hatte sich erhängt.

Michele umklammerte seine Beine und versuchte, sie nach oben zu drücken, in der Hoffnung, dass der alte Freund noch lebte, während die beiden Aufseher auf das Fensterbrett kletterten und die Schlinge durchschnitten. Don Ciros Körper glitt auf Micheles Schultern. Ein Bündel aus verbrauchten Knochen und Selbstvorwürfen. Sie brachten ihn in die Zelle und legten ihn auf den Boden, versuchten, ihn wiederzubeleben.

Unwillkürlich wich Michele zurück bis an die gegenüberliegende Zellenwand, wo seine Welt endete. Er konnte weder vor diesen Wänden noch vor diesem Mann am Boden fliehen.

Weitere rasche Schritte, ein Arzt und eine Krankenschwester kamen mit dem Defibrillator angelaufen und knieten sich auf den Boden. Laute Kommandos, elektrische Stöße, eine Trage, die in Richtung Krankenstation gebracht wurde. Ein Polizist begleitete Michele nach draußen, fragte ihn etwas, aber er konnte nicht antworten. Erneute Fragen, wieder keine Antwort. Er kehrte zurück in die Zelle und setzte sich auf einen der Holzschemel, die genauso aussahen wie der im Bad, auf den Pinochet gestiegen war, um sich zu erhängen.

Er wartete. Die Zeit verging. Minuten, Stunden saß er da, bis sich irgendwann die Klappe öffnete. Jenseits des Gitters stand der Comandante, zwischen den Fingern hielt er die übliche halb gerauchte Zigarre. Sie schauten sich in die Augen, und er schüttelte den Kopf.

Michele nickte.

»Der Kaffee ist kalt geworden, soll ich einen neuen machen?«, hörte er eine Stimme sagen, die ihn in die Gegenwart zurückholte.

Michele blickte auf und sah einen kleinen dicken Mann in einem hässlichen Pullover mit Schachbrettmuster vor sich, über dem er eine Schürze trug. Es war der Barmann.

Benommen nickte er, er hatte das Gefühl, aus einem tiefen Schlaf aufzuwachen.

»Ich wusste sofort, dass du Italiener bist. Ich bin Giancarlo, mir gehört das Café. Ich komme ursprünglich aus Molise, aber ich bin schon seit dreißig Jahren hier, ich habe hier sogar geheiratet. Es ist schön hier in der Gegend, nur ein bisschen kalt. Natürlich fahre ich hin und wieder in die alte Heimat und …«

Binnen zehn Minuten hatte der Mann ihm sein ganzes Leben erzählt. Michele warf hin und wieder ein paar Floskeln ein und war froh, als der Mann sich zum Gehen wandte, um ihm einen neuen Kaffee zu machen.

»Giancarlo, darf ich dich um einen Gefallen bitten?«

»Natürlich, für einen Landsmann tue ich fast alles. Um was geht's?«, fragte er in jovialem Ton.

Michele lächelte. »Ich suche jemanden.«

3.

Ispettore Carmine Lopresti fluchte, warf den Stiftehalter gegen die Wand und schlug mit den Fäusten auf die Tastatur ein. Sein Verhältnis zur Technik war nicht ungetrübt, und das war inzwischen das siebte Mal in weniger als einer Stunde, dass der Computer abstürzte. Seufzend versuchte er, sich zu beruhigen, streckte die Beine unter dem Schreibtisch aus und zündete sich trotz des Rauchverbots eine Zigarette an. Es war zum Verrücktwerden, er hatte einfach kein Talent für die Büroarbeit, für Exceltabellen, Berechnungsformulare oder wie auch immer sie heißen mochten. Ermittlungen, die Arbeit auf der Straße, riskante Einsätze – das war sein Ding. Er war jederzeit bereit, sich die Hände schmutzig zu machen, etwas zu wagen und am Ende zu gewinnen … Und wenn nicht, dann hatte er es wenigstens versucht. Berichte und Formulare dagegen waren etwas für diesen Scheißkerl von Corrieri, den er für einen Partner, womöglich sogar für einen Freund gehalten hatte. Und der ihn jetzt einfach sitzen ließ.

Zehn Tage krank. Zehn ganze Tage, unglaublich.

Schlussendlich hatte der Sesselfurzer in Corrieri doch die Oberhand behalten. Aber musste es ausgerechnet in dem Moment sein, als sich die neue Spur nach Genua aufgetan hatte und sie sich an die Fersen von Michele Vigilante heften sollten? Anstatt sich auf die Ermittlungen dort vorzubereiten, hatte er einen Krankenschein eingereicht und war zu Hause geblieben, um auf seine Pension zu warten.

Es konnte eben niemand aus seiner Haut, dachte der Ispettore resigniert.

Natürlich war Taglieri sauer gewesen und hatte seinen Ärger dann auch noch prompt an ihm ausgelassen. Total ungerecht, schließlich war es ja nicht sein Krankenschein gewesen. Das Schlimmste war, dass daraufhin Cozzolino und Disero nach Genua geschickt wurden, während man ihn damit beauftragt hatte, die Berichte zu schreiben und die Anrufe entgegenzunehmen. Wenigstens hatten ihn die Kollegen diesmal nicht verarscht. Das war ja schon mal ein Fortschritt, dachte er. Oder etwa doch ein Schritt zurück?

Er wusste es nicht. Jedenfalls hätten sie auch nicht viel Grund gehabt, sich über ihn lustig zu machen. Die Erfolg versprechende Spur hatte sich als Niete erwiesen, die Durchsuchung des Zigeunerlagers war ein Schlag ins Wasser gewesen. Von Michele oder seinem Freund Olban keine Spur. Beide waren wie vom Erdboden verschluckt, falls sie überhaupt jemals dort gewesen waren. Natürlich wollte niemand etwas gesehen haben. Die Frauen des Lagers hatten die Polizisten verflucht und beim Leben ihrer Kinder geschworen, dass sie nichts wüssten, sodass die Kollegen mit leeren Händen und eingezogenen Schwänzen zurückkehren mussten.

Selbst Annunziati und Morganti hielten jetzt den Ball flach, um sich nicht mit übereilten Aktionen die Karriere endgültig zu versauen. Und was Taglieri betraf, so wurde er immer blasser und dünner, als ob dieser Fall ihn aussaugen würde. Dennoch arbeitete er wie ein Besessener.

Sie mussten der Tatsache ins Auge sehen, dass sie an einem toten Punkt angelangt waren. Und wenn es nicht bald etwas Neues gab, würden sie dort stecken bleiben.

Genau das war nämlich das Problem. Seit einer Woche hatte der Sensenmann nicht mehr zugeschlagen, und die Presse sowie die Menschen auf der Straße begannen, die sieben Grabsteine zu vergessen. Die Zeitungen berichteten höchstens noch im Lokalteil darüber und waren ansonsten zu den üblichen Klagen über die Zahl der Immigranten und über Politiker zurückgekehrt, die Parteispenden mit Prostituierten und Kokain verprassten. Das Übliche eben.

Man mochte diesen Aufmerksamkeitsschwund bedauern, dafür hatte jedoch der Druck von oben nachgelassen und die Anrufe des leitenden Staatsanwalts waren weniger geworden. Somit hätten sie sich ganz in Ruhe ihren Ermittlungen widmen können, wenn es etwas zu ermitteln gegeben hätte.

Lopresti starrte verbittert auf den Stiftehalter, den er an die Wand geworfen hatte. Kugelschreiber und Filzstifte waren in alle vier Zimmerecken gerollt. Er hätte aufstehen und sie wieder einsammeln sollen, verspürte jedoch keinerlei Lust aufzuräumen. Weder in diesem Büro noch in seinem Leben. Er dachte gerade darüber nach, ein paar Tage Urlaub zu beantragen, als das Handy klingelte. Er schaute auf das Display und fluchte. Genny B.

Er ließ es klingeln, aber der Anrufer gab nicht auf.

»Was zum Teufel willst du?«

»Schönen Dank, ich hoffe, dir geht's auch gut.«

»Ich hab nicht viel Zeit. Was gibt's?«

»Nichts gibt's, reg dich doch nicht gleich so auf. Darf man nicht mal einen Freund anrufen und fragen, wie es ihm geht?«

»Genny, verarsch mich nicht, das kann ich heute gar nicht gebrauchen. Wir sind keine Freunde mehr, und wenn du mich anrufst, dann willst du was. Und die Antwort lautet: nein. Wenn also sonst nichts ist, dann solltest du mich jetzt lieber wieder in Ruhe lassen.«

»Weißt du, dass Palletta den großen Boss spielt?«

Endlich ließ er die Katze aus dem Sack.

»Das ist keine große Überraschung, das hättet ihr euch doch schon vorher denken können. Der König ist tot, es lebe der König!«

»Das stimmt, nur dass hier noch niemand tot ist. Deshalb gibt es momentan nur Prinzen, wenn du verstehst, was ich meine.«

Lopresti dachte einen Moment nach. Weitere Tote hatte es bislang nicht gegeben, was allerdings nichts an der Sache änderte. Peppe lag nach wie vor im Koma, *Zustand unverändert*, wie es im Krankenhausjargon hieß. *Er hing, fiel jedoch nicht*, nannte man es salopp auf der Straße. Und weil die Ärzte keine Prognosen abgaben, musste das Machtvakuum gefüllt werden, und Palletta fühlte sich offenbar dazu berufen.

»Ich weiß nichts Genaues, aber man erzählt sich, dass bereits jemand verschwunden ist, weil er versucht hat, seinen Kopf durchzusetzen.«

»Verschwunden? Oder hat da jemand nachgeholfen?«

»Entscheide du. Macht sowieso keinen Unterschied.«

»Erzähl mir mehr.«

Genny B. lachte gekünstelt. »Was soll ich dir groß erzählen? Man hört halt Gerüchte. Der eine ist verschwunden, und der andere macht einen auf dicke Hose.«

»Und du weißt natürlich nichts Genaueres, stimmt's?«

»Genauso ist es.«

»Kommen wir auf meine erste Frage zurück. Was willst du?«

»Hör zu. Ich hatte eine Art Deal mit Don Peppe, was bestimmte Geschäfte in meinem Lokal angeht. Wenn er einen ruhigen, diskreten Ort brauchte, ist er zu mir gekommen. Nichts Illegales oder Gefährliches, damit wir uns nicht falsch verstehen ...«

»Alles klar, bei dir werden lediglich Taufen und Hochzeiten gefeiert«, unterbrach Lopresti ihn.

»Im Gegenzug für meine Gastfreundschaft«, fuhr Genny B. fort, »hatte ich nie Probleme mit der Sicherheit. Und das alles praktisch zum Nulltarif.«

»Mit anderen Worten, du hast kein Schutzgeld gezahlt. Logisch. Weiter.«

»Mit Don Peppe war alles klar, ein Deal zwischen Ehrenmännern, per Handschlag. Mit Palletta hingegen ist das anders. Er war bei mir und hat sich wahnsinnig aufgespielt, kam mir mit völlig überzogenen Forderungen.«

»Jetzt sollst du also zahlen. Du Armer. Ich frage noch mal: Was willst du?«

»Ich habe gehört, dass Palletta im Krankenhaus mit euch gesprochen hat und euch gegenüber ziemlich kleinlaut war. Natürlich alles Gerüchte, und falls du wissen willst, von wem ich das weiß, erinnere ich mich leider nicht mehr. Aber da du ja einen gewissen Einfluss auf ihn zu haben scheinst, habe ich mich gefragt, ob du wegen der alten Zeiten nicht ein gutes Wort für mich einlegen könntest?«

Lopresti war sprachlos. Am liebsten hätte er laut losgebrüllt und das Telefon gegen die Wand geworfen, doch da er es noch brauchte und das Gebrüll nur die halbe Questura herbeigelockt hätte, beschloss er, professionell zu bleiben, atmete einmal tief durch und sagte: »Du kannst mich mal kreuzweise!«

Dann legte er auf, und eine gewisse Befriedigung machte sich in ihm breit. Als hätte sich ein Knoten in seiner Brust gelöst, der ihn ständig gequält hatte. Lächelnd zündete er sich noch eine Zigarette an.

Der warme Rauch kroch ihm in die Lungen und löste seine Gedanken ... Wenn Genny B. glaubte, er würde ihm helfen, musste er wirklich dämlich sein. Aber Genny war alles andere als dämlich. Was hatte es zu bedeuten, dass er sein Lokal für Clantreffen zur Verfügung stellte? Wollte er so in gewisse Kreise kommen, hatte er beschlossen, ganz ins System einzusteigen? Das war gar nicht so abwegig, wenn er es recht überlegte.

Blieb noch die Frage, was dieser Anruf sollte.

Wenngleich es vorrangig um Palletta und um sein Lokal gegangen war, hatte er anfangs einen Mord und einen möglichen Auftraggeber angedeutet. Wollte er ihm einen Floh ins Ohr setzen, um ihn abzulenken? Oder warf er einen Stein ins Wasser, um zu schauen, ob die Wellen bis ans Ufer schwappten und er zu ermitteln begann?

Was, wenn Palletta tatsächlich nicht der Einzige war, der auf Peppe ’o Cardinales Tod wartete? Wer würde dann die Macht übernehmen, zumal wenn alle anderen auf dem Friedhof lagen?

Der Ispettore erhob sich. Er fühlte sich leicht benommen, als hätte plötzlich jemand das Licht ausgeschaltet und er müsste sich im Stockdunkeln durch einen unbekannten Raum tasten, der voller Möbel und Krimskrams, voller falscher Spuren und Leichen war. Er nahm Handy, Zigaretten, Feuerzeug und Lederjacke und schaltete den PC aus. Schluss mit abstürzenden Computern und langweiliger Büroarbeit. Er war für andere Aufgaben gemacht, und genau um die würde er sich jetzt kümmern.

Er wollte gerade nach der Klinke greifen, als mit selbstzufriedenem Lächeln Morganti erschien.

»Hey, wohin so eilig. Ich hab dir noch eine Akte gebracht, die du durchschauen sollst, ein paar Daten zum Abgleichen und so.«

Der Kollege schien wieder Oberwasser zu haben, es bereitete ihm offenbar besondere Freude, ihn zu piesacken.

»Hör mal, kannst du dich nicht selbst darum kümmern? Ich habe noch etwas zu erledigen.«

»Interessiert mich nicht. Job ist Job. Jeder hat seine Aufgabe.«

»Na klar! Und ich habe den Scheißjob. Annunziati und du, ihr seid ganz schöne Arschlöcher. Mich bei Taglieri als Trottel dastehen zu lassen! Ich laufe mir auf der Jagd nach Informanten die Füße wund …«

»Jetzt spiel hier nicht das Opfer«, gab Morganti zurück, »wenn du einmal nicht der Beste bist, ist das nun wirklich keine Katastrophe.«

Lopresti verstand nicht, worauf er hinauswollte, also setzte Morganti nach.

»Jetzt tu nicht so, als würdest du mich nicht verstehen. Seit Jahren lässt du uns wie Idioten aussehen, wie grüne

Jungs, die von ihrem Job keine Ahnung haben, denen die richtigen Informanten fehlen. Faule Ratten, die bloß darauf warten, endlich Feierabend machen zu können, um zu ihrer kleinen Familie zurückzukehren, während du, der Superbulle, Tag und Nacht ermittelst und mit nackten Fäusten die Verbrecher bekämpfst. Ganz toll. Stimmt, ich bin froh, wenn ich zu meiner Familie nach Hause gehen kann, ich habe wenigstens neben der Arbeit noch ein richtiges Leben und behandele meine Kollegen nicht wie den letzten Dreck. Abgesehen von dir, aber du hast es nicht anders verdient.«

Erleichtert atmete Morganti auf. Es hatte ihm sichtlich gutgetan, endlich mal alles loszuwerden und es dem ungeliebten Kollegen an den Kopf zu schmeißen.

Lopresti dagegen war verwirrt. Die letzten Tage waren schon schlimm genug gewesen, und jetzt kam ihm auch noch Morganti mit seiner Predigt und sagte ihm ins Gesicht, was er für ein Arschloch sei, und im Grunde seines Herzens wusste er, dass sein Kollege recht hatte.

Entsprechend lahm fielen seine Rechtfertigungsversuche aus.

»Darum geht es hier doch gar nicht. Wenn man einen Fall lösen will, muss man zusammenarbeiten, so wie Corrieri und ich es gemacht haben. Okay, er ist jetzt krank und kuriert sich zu Hause lieber aus, statt in angeschlagenem Zustand auf Verbrecherjagd zu gehen.«

»Ach, hat er dir die Geschichte von der liebenden Ehefrau erzählt?«

»Wer denn sonst, der Weihnachtsmann? Und was ist schon dabei? Wir sind gewissermaßen Freunde geworden, da redet man eben über das ein oder andere.«

»Dann solltest du dir in Zukunft deine Freunde etwas besser aussuchen, sonst stehst du bald ein zweites Mal wie ein Idiot da.«

»Was meinst du damit?«

Morganti verzog das Gesicht und schüttelte den Kopf, warf die Akte auf den Schreibtisch und schaute seinen Kollegen resigniert an.

»Ich meine damit, dass Corrieris Frau seit fünf Jahren tot ist«, sagte er und verließ das Büro.

4.

Don Ciro alias Pinochet war tot. Und wieder war Michele allein.

Noch in der Nacht hatte er seine Aussage gemacht, alle Fragen beantwortet und seine Version der Geschehnisse erzählt. Ihr letztes Gespräch erwähnte er nicht. Mit Sicherheit würden sie ihn zum Psychologen schicken, damit er das Trauma des Verlusts verarbeiten konnte. Jetzt aber wollte er nur in seine Zelle zurück und schlafen, allerdings wurde die versiegelt, und so hatte er sich nur ein paar Sachen herausholen dürfen, ehe man ihn verlegte. Ein paar Klamotten, Zigaretten, Zahnbürste, ein Buch.

Das letzte, das Don Ciro gelesen hatte.

Er legte sich in der fremden Zelle aufs Bett und begann, in dem Buch zu blättern. Es war ein viel gelesenes Taschenbuch mit vergilbten Seiten und ramponiertem Umschlag. Auf der ersten Seite las er einen mit Bleistift in einer altertümlichen Handschrift geschriebenen Frauennamen. Der Name der Vorbesitzerin.

Der Zug war pünktlich, stand auf dem Umschlag. Ein Roman von Heinrich Böll.

Don Ciro hatte ihm davon erzählt. Es war die Geschichte eines deutschen Soldaten während des Zweiten

Weltkriegs, der mit dem Zug an die Front zurückfährt. Vergeblich versucht er zu beten, es gelingt ihm nicht zwischen all den Gerüchen und Geräuschen der vielen Männer ringsum, die mit ihm Richtung Schlachtfeld fahren. Andreas wird von der Gewissheit gequält, bald sterben zu müssen. Was er empfindet, ist jedoch nicht wirklich Angst, als vielmehr eine tiefe Unruhe, ein inneres Unwohlsein, das ihn nach und nach erstickt, ihn langsam tötet, noch während er auf den wahren Tod wartet. Ein unterschwelliger Schmerz, der ihn begleitet wie das Kreischen der Räder auf den Schienen.

Michele begann zu lesen. Er suchte nicht nach Antworten auf Pinochets Tod, er wusste ja, dass es keine gab. Er wollte einfach nur vergessen und diese endlose Nacht hinter sich bringen. Vor allem fliehen, vor dieser Zelle, diesen Fluren, dem Bild des von der Decke herabhängenden Don Ciro und vor sich selbst. Es gelang ihm, denn die Geschichte von der traurigen Reise dieses Eisenbahnwaggons, von Andreas' ruhiger Gewissheit und von den Qualen seiner Mitreisenden schlug ihn in ihren Bann, ließ seinen eigenen Kummer zurücktreten. Seine Existenz, sein Gesicht legten sich über die von Andreas, und die kargen Ebenen der Ukraine wurden zu seiner eigenen Realität, monoton, immer gleich, endlos.

Er las die ganze Nacht, bis der Morgen graute und kaltes Licht in die Zelle fiel. Die üblichen Gefängnisgeräusche drangen herein. Der Wagen mit dem Frühstück kam vorbei, aber er öffnete die Klappe nicht, sondern las weiter bis zum Ende.

Erst nach der letzten Seite schlug er das Buch zu und dachte an Don Ciros Worte, sie waren wie ein Lied, das ihm nicht aus dem Kopf ging.

Da war das junge Mädchen, mit dem alles begonnen hatte.

Milena. Ihr sanftes Lächeln, die kastanienbraunen Haare, die ihr bis auf die schmalen Schultern fielen. Ihr Leben, das ihm durch die Finger geglitten war.

Es hatte keine bewusste Entscheidung gegeben. Ihm war kein Gott erschienen, es hatte nicht den einen Moment gegeben, in dem sich plötzlich alles veränderte. Ein langsamer Fluss, eine Biegung nach der anderen bis zum Meer, so war sein Leben gewesen, das ihn aus den Gassen der Stadt zu einer unerklärlichen Macht geführt hatte, bis hin zu diesem Erhängten, der ein Vater für ihn geworden war, und zu dieser leeren Zelle im Hier und Jetzt.

Das Leben hatte seinen Lauf genommen. Nicht mehr und nicht weniger.

Michele stand auf und ging zur Klappe. »Wärter!«, rief er.

Keine Antwort.

»Wärter!«, hallte seine Stimme erneut durch den Gang.

Schwere Schritte näherten sich. »Vigilante, bist du das?«, fragte der Mann.

»Ja, ich bin das, und ich möchte um etwas bitten.«

»Und das wäre?«

»Ich brauche ein Blatt Papier und einen Stift.«

»Nach diesem ganzen Chaos, Miche', was willst du damit? Versuch lieber, dich auszuruhen, die vergangene Nacht war sicher nicht einfach für dich.«

»Bitte, es ist wichtig.«

Der Aufseher dachte einen Augenblick nach. Er kannte Vigilante seit mehr als zehn Jahren, und er war nicht der Typ, der nach etwas verlangte, wenn es nicht wirklich wichtig war. Schließlich nickte er, ging zum Büro in der gläsernen Box zwischen den beiden Fluren und kehrte nach wenigen Minuten zurück, um dem Häftling wortlos ein kariertes Blatt Papier, einen Stift und eine Zigarette zu geben.

Als er hatte, was er brauchte, setzte Michele sich an den Tisch vor dem Fenster, den Blick auf die fernen Hügel gerichtet, zündete die Zigarette an und suchte nach Worten, von denen er nicht wusste, dass er sie hatte, doch allmählich begannen sie aus seinem Inneren aufzutauchen. Er versuchte, sich davon zu überzeugen, dass er diesen Brief am Ende immer noch zerreißen konnte, wusste jedoch im Grunde seines Herzens, dass er das nicht tun würde. Es musste sein, hatte von Anfang an sein müssen.

Entschlossen beugte er sich über das Blatt und begann zu schreiben.

Du kennst mich nicht, doch der Moment ist gekommen, in dem ich dir sagen muss, wer ich bin …

5.

Es war kälter geworden, und in Linz hatte es zu schneien begonnen. Eine weiße Schicht bedeckte den grauen Asphalt, zwei Jungs, die sich erwachsen fühlten, teilten sich eine Flasche Bier. Lachen drang aus einem Bekleidungsgeschäft, wenn die automatische Schiebetür sich öffnete.

Ein Morgen wie viele andere.

Nachdem er das Café verlassen hatte, eilte Michele mit schnellen Schritten vorwärts, schaute nicht nach rechts und links. Sein Landsmann war freundlich gewesen, typisch für Italiener im Ausland. Wehmütige Heimatreminiszenzen, gepaart mit Lächeln und Schulterklopfen, wahrscheinlich würde er ihn sogar auf einem Steckbrief wiedererkennen. Diesen Preis musste er zur Not zahlen.

Vom Domplatz schlenderte er durch die engen Straßen der Altstadt. Er sah das Schild bereits von Weitem, rot-grün-weiß stach es sofort ins Auge. *Pizzeria Vesuvio.*

O Gott, das war selbst für ihn zu viel.

Er kam sich vor wie in einem Mario-Merola-Film, selbst das stilisierte Bild eines rauchenden Vulkans fehlte nicht. Eine junge blonde Frau mit weißer Schürze und einem Knopf im Ohr, über den sie sicher Musik hörte, fegte die

Straße vor dem Lokal. Drinnen war alles dunkel, der Rollladen vor der Tür war halb heruntergelassen.

Er ging auf den Laden zu, ignorierte den unverständlichen Gruß der jungen Frau und schaute auf die Tafel mit den Öffnungszeiten. Noch eine halbe Stunde bis zwölf dann würde die Pizzeria geöffnet, und die ersten Kunden würden kommen.

Ideal, die Zeit sollte reichen.

Ohne dass ihn jemand daran hinderte, schlüpfte er unter dem Rollladen hindurch und betrat das Lokal. Tische mit rot-weiß karierten Decken, Knoblauchzöpfe, bauchige Flaschen in Strohkörben und an den Wänden Mandolinen und gerahmte Fotos von Sophia Loren. Italien für Österreicher.

Der Raum lag im Halbdunkel, die Tische waren bereits eingedeckt, und ein Mann kam zwischen den Stühlen hindurch auf ihn zu und sprach ihn an. Auf Deutsch mit unverkennbarem neapolitanischem Akzent. Michele blieb neben einem künstlichen Zitronenbaum beim Eingang stehen. Der Mann wiederholte seinen Satz, musterte diesmal den Unbekannten genauer und wechselte ins Italienische.

»Wir öffnen erst in einer halben Stunde«, erklärte er im vertrauten Dialekt.

Michele erkannte die Stimme auf Anhieb wieder. Anders als der Mann, der dicker geworden war, verlebt, schwerfällig und alt, hatte sie sich nicht verändert.

Die Freiheit tat eben nicht immer gut, dachte er.

Er trat hinter dem Plastikbaum hervor, sodass die Lichtstrahlen, die durch die Ritzen der Läden fielen, sein Gesicht beleuchteten.

»Danke, ich komme nicht zum Essen.«

Dem Wirt blieb der Mund offen stehen, und Michele lächelte zufrieden.

Es war ihm ein Vergnügen, seinen alten Freund Gennaro Rizzo wiederzusehen.

6.

Gennaro war wie erstarrt. Die Stimme aus der Vergangenheit drohte die makellose Oberfläche seines zweiten Lebens zu ruinieren. Er spürte, wie es in seinem Nacken zu kribbeln begann.

»Michele, bist du es wirklich?«, stammelte er.

Sein Kumpel von einst nickte und machte einen Schritt auf ihn zu.

»Was für eine Freude, ich dachte, du hättest mich längst vergessen.«

Inzwischen hatte Gennaro sich wieder unter Kontrolle und schenkte ihm ein falsches Lächeln. Er öffnete die Arme wie die Statue von Padre Pio, die er auf der Kommode stehen hatte, und schien im Begriff, eine große, jedoch nicht im Mindesten ehrlich gemeinte Wiedersehensszene aufführen zu wollen, doch Michele war schneller.

Die Hand, die im Rücken bereits die Pistole umklammert hatte, schoss nach vorne und zielte direkt auf Gennaros kahlen Schädel.

»Halt's Maul, Gennaro. Wie hätte ich dich je vergessen können?«

Der andere lächelte immer noch, aber in seinen kalten Augen lag eine Spur von Angst. Er starrte auf den Mann, der Tiradritto genannt wurde, und auf die schwarze Mündung der Pistole.

»Was ist los mit dir? Ich bin dein Bruder! Ist das eine Begrüßung nach all den Jahren? Miche', nimm die Knarre runter!«

Seine Worte sollten versöhnlich klingen, dabei wusste Rizzo genau, dass das nicht zog, und so blieb er stocksteif stehen und versuchte gar nicht erst, sich zu nähern.

»Von wegen Bruder. Ich weiß über alles Bescheid!«

»Worüber weißt du Bescheid? Da gibt es nichts zu wissen!« Rizzos Stimme hatte wieder ihren entschlossenen Klang zurückgewonnen. Entschlossen und bösartig, so wie früher.

»Ihr habt mein Leben ruiniert! Du und dieses Schwein von Peppe 'o Cardinale!«

»Mein Junge, dein Leben hast du ganz alleine ruiniert, was habe ich damit zu tun?«

»O nein, Genna', komm mir nicht so. Ich will die Wahrheit wissen, die ganze Wahrheit, und die wirst du mir jetzt sagen, ob du willst oder nicht.«

»Noch mal, ich habe keine Ahnung, wovon du sprichst. Leg die Knarre hin und lass uns reden. Du bist doch mein Bruder, also hör auf mit dem Quatsch. Mein Haus ist auch dein Haus. Und dein Anteil liegt immer noch für dich bereit.«

Gennaro Rizzo glaubte wirklich, er könne ihn verarschen. Das war für Michele der letzte Beweis, dass er recht hatte.

»Ich habe mit Pinochet gesprochen.«

Der Name lastete schwer im Raum, und Gennaro verstummte. Die Situation drohte ihm zu entgleiten.

»Ja und? Don Ciro, Gott sei seiner Seele gnädig, war nicht mehr bei Sinnen, nachdem man seinen Sohn erschossen hat. Was immer er dir erzählt haben mag, ist nicht wahr.«

Michele musste sich mühsam beherrschen, um ihn nicht gleich zu erschießen. Er musste sich zurückhalten. Noch war es nicht so weit. Alles sollte genau so laufen, wie er es sich in all den Jahren immer wieder vorgestellt hatte.

»Behandle mich nicht wie einen Idioten, Genna'. Dazu habe ich keine Lust und auch keine Zeit. Ich will die Geschichte aus deinem Mund hören. Wort für Wort.«

»Und dann?«, fragte Rizzo heiser.

»Dann bringe ich dich um und gehe.«

Sein Kontrahent zuckte nicht mit der Wimper. Er wusste, dass das nicht nur eine leere Drohung war. Nein, es war genau das, was passieren würde.

»Wenn ich ohnehin sterben muss, was macht es dann für einen Unterschied, ob ich es dir erzähle oder nicht?«

»Der Unterschied liegt in der Art deines Todes.«

Michele griff nach einem Messer auf dem Tisch, einem mit einer langen geriffelten Klinge, und richtete es auf ihn, um sicherzugehen, dass der Mann wirklich verstand, was er meinte.

Rizzo dachte über seine Optionen nach, entschied sich für die weniger brutale und begann zu reden.

»Die Idee, mit der alles anfing, kennst du ja, es war deine. Du wolltest den großen Sprung machen, wolltest wichtig sein, zu den ganz Großen gehören. Die anderen Clans übergehen und den Stoff direkt bei den Kolumbianern kaufen. Die Drogen an die Familien verteilen, den Hahn auf- und zudrehen, den Preis der Ware festlegen.

Kein Dealen auf der Straße und in Hauseingängen mehr. Sondern nur noch große Lieferungen, Lastwagen, Container, Flugzeuge voll. Das schöne Leben. Wir sollten zu den Besten gehören. Und du hast Gas gegeben. Hast Kontakt zu den Kalabresen geknüpft und den Deal arrangiert. Eine große Lieferung, die uns, wenn alles glattlief, Respekt verschaffen sollte. Nur leider fehlte uns das Geld. Viel Geld. Mehr als wir je gesehen hatten. Aber im Grunde war auch das kein Problem. Wir sollten eine Anzahlung von Franco und seinen Leuten bekommen und mussten ansonsten nur noch warten, bis die Käufer die Drogen weitervertickten und das restliche Geld mit Zinsen an die Kalabresen zahlten. Wir sind schließlich nur die Zwischenhändler, hast du immer gesagt. Und die Kalabresen haben dir geglaubt, wer wäre auch so blöd gewesen, sie verarschen zu wollen? Und du warst immerhin Michele Tiradritto, der aufstrebende neue Boss, der weder Angst noch Mitleid kannte. Eine Garantie für ein gutes Geschäft. Das Pferd, auf das man setzen musste.«

Die letzten Worte hatte er voller Sarkasmus und Verachtung ausgestoßen, doch Michele schwieg und wartete nur darauf, dass er weitersprach. Bis zum Ende.

»Und dann ist alles schiefgelaufen.« Rizzo verzog das Gesicht. »Der Kurier ist mit den Drogen verschwunden, sein Clan hat nicht bezahlt, und wir waren am Arsch. Um ehrlich zu sein, eher du als wir. Denn in der ganzen Geschichte ging es im Grunde nur um dich. Der große Michele. Und als Franco 'o Svizzero, der Kurier, der die Lieferung abschließen sollte, einfach mit den Drogen und dem Geld abgehauen ist, da hattest du nichts Besseres zu tun, als seine Freundin zu kidnappen. Ein Mädchen, das mit der ganzen Sache absolut nichts zu tun hatte, aber sehr hübsch war«, fügte er zynisch hinzu.

»Milena. Sie hieß Milena«, unterbrach Michele ihn.

Der Impuls, seiner Vergangenheit einen Namen zu geben, war stärker als er.

Rizzo zuckte mit den Schultern, ihm war es völlig egal, wie sie geheißen hatte.

»Leider ging dein Plan nicht auf. Dieser Franco dachte gar nicht daran, sie freizukaufen. Und so blieben wir in der Scheiße sitzen, ohne Drogen, ohne Geld, mit einer Geisel, mit der wir nichts anfangen konnte, und dann hatten wir noch die Kalabresen im Nacken, die Genugtuung forderten, während die anderen Clans über uns lachten. Unser Leben war keinen Pfifferling mehr wert. Ein großartiger Plan, Michele, im Nachhinein noch mein Kompliment.« Rizzo klatschte in die Hände. »Statt reich und berühmt zu werden, wurden wir in Neapel zu Witzfiguren. Und du, der große Michele Tiradritto, warst unser Narrenkönig.«

Rizzo verstummte und sah ihm direkt in die Augen. Michele hielt seinem Blick stand, umklammerte mit der einen Hand die Pistole, mit der anderen das Messer.

»Red weiter.«

»Was heißt hier weiter, die Geschichte ist zu Ende. Was dann geschah, steht auf einem anderen Blatt. Du hast sicher nicht vergessen, was wir mit dem Mädchen gemacht haben.«

Als er ihm ein komplizenhaftes Lächeln zuwarf, hob Michele das Messer und rammte es in eine der rot-weiß karierten Tischdecken. Dann senkte er die Pistole und richtete sie auf eines der fetten Beine seines Gegenübers. Eine Botschaft unter Freunden, klar und deutlich. Er würde ihm erst ins Bein schießen und dann mit dem Messer so lange auf ihn einstechen, bis er die Wahrheit sagte.

Gennaro verstand sofort und gab sich geschlagen.

»Warte, warte, ich sage dir, was du wissen willst«, stammelte er. Sein Doppelkinn zitterte bei jedem Wort.

Michele hielt den Finger am Abzug.

»Darf ich rauchen?«, fragte Rizzo und tastete in seiner Hosentasche nach den Zigaretten.

Er ließ das Feuerzeug aufschnappen, die Flamme leuchtete, und er blies eine Rauchwolke ins Lokal. Seufzend nahm er einen weiteren Zug, und wieder wabbelte das Kinn.

»Franco 'o Svizzero hat bezahlt.«

Das war nicht neu für Michele, Don Ciro hatte es ihm erzählt, doch es war etwas anderes, es aus Rizzos Mund zu hören. Es war die Bestätigung, dass sein Leben eine einzige Reise ins Nichts gewesen war, dass alles hätte anders kommen können. Und so hatte er sich immer weiter in der Dunkelheit verrannt, erst unbelehrbar, später als Getriebener, hatte sich einfach dem Auf und Ab dieser Achterbahnfahrt überlassen, aus der sein Leben bestand.

Am Ende, Auge in Auge mit Pinochet, hatte alles endgültig seinen Sinn verloren, wobei ohnehin alles, was er getan hatte, letztlich sinnlos gewesen war. Und dann war jede Erinnerung, jeder Gedanke, jedes Bild klar und deutlich hervorgetreten und hatte einen Weg gezeichnet, der die Dunkelheit erhellte. Der Weg der Rache.

»Zu spät, aber er hat bezahlt«, wiederholte Rizzo und blies den Rauch aus.

»Warum?«

Sein alter Freund schaute ihn überrascht an. »Hast du das wirklich nicht verstanden?«

»Ich will es von dir hören.«

Gennaro lächelte. Allmählich begann ihm dieses Geständnis Spaß zu machen.

»Hast du wirklich geglaubt, dass keiner der anderen Clans wusste, was los war? Dachtest du ernsthaft, du wärst das einzige Genie in einem Haufen Idioten? Es war eine Falle. Sie wussten schon Bescheid, bevor die Drogenlieferung aus Kolumbien kam. Man hat dich beobachtet, um zu sehen, was du vorhattest und wer so dumm war, sich auf deinen schwachsinnigen Plan einzulassen und die Clanbosse gegen sich aufzubringen. Und sie haben sie gefunden: allen voran Franco 'o Svizzero und die niederen Chargen aus seinem Viertel. Deshalb haben sie beschlossen, zwei Fliegen mit einer Klappe zu schlagen.«

»Wie das? Und warum?«

»Bist du wirklich so dämlich? Man musste doch nur Franco mit deinem Stoff verschwinden lassen, und schon saßest du in der Scheiße. Genau da, wo man dich haben wollte, ein Bürschlein, das zu schnell nach oben wollte. So hatte man dich auf deinen Platz verwiesen. Und Francos Clan, der sich nicht an die Regeln halten wollte, wurde eliminiert.«

»Eliminiert?«

Michele war das Schicksal von Francos Clan bekannt, aber er wollte, dass Gennaro weitersprach.

»Natürlich. Denkst du, man hätte sie weiterhin gewähren lassen, als ob nichts wäre, nachdem sie den Stoff geklaut hatten? Sie wurden einer nach dem anderen umgebracht. Natürlich ohne Aufsehen zu erregen, damit die Geschäfte weitergehen konnten. Nachdem die Kalabresen ihre Genugtuung bekommen hatten und was ihnen außerdem noch zustand, wurden das Geld, der Stoff, das Territorium, die Waffen und Umschlagplätze von Franco und seinen Leuten unter uns aufgeteilt.«

»Uns?«

»Logisch. Glaubst du, ich hätte dich umsonst verraten? Ich habe mir den Judaslohn auszahlen lassen, wie es sich gehört. Peppe und ich haben auch Franco umgebracht, aber dass wir dich verpfiffen haben, war unsere Eintrittskarte für eine Karriere in der Familie. Die haben wir dann bekanntermaßen ja gemacht, indem wir uns an die Spielregeln hielten, Peppe und ich.«

»Und die anderen?«

»Welche anderen? Diese vier Idioten, die du immer dabeihattest, um dich wichtigzumachen? Die Suraces, Vittorio 'o Maresciallo und Giovanni Morra? Die hatten keine Ahnung, die haben sich doch damals in die Hose gemacht vor Angst, als Franco nicht zahlte. Natürlich kamen ihnen irgendwann Zweifel, denn mit der Zeit verbreiten sich eben Gerüchte, und selbst die Dümmsten kapieren, was Sache ist. Aber das war kein Problem. Du warst im Knast, und ihnen haben wir einfach hin und wieder ein paar milde Gaben zugesteckt. Nichts Großes. Ein Knochen zum Abknabbern, wie Hunden. Was anderes waren sie nämlich nicht, rannten hinter jedem neuen Capo her und wedelten mit dem Schwanz.«

Michele spürte, wie der ausgestreckte Arm, der die Pistole hielt, zunehmend schwerer wurde und zu kribbeln begann, im Mund hatte er einen schalen Geschmack.

»Nimm's nicht so schwer, Miche'. Es war nichts Persönliches, eher was Politisches. Wir brauchten eine Rechtfertigung, um Francos Clan anzugreifen, irgendetwas, womit wir alle Schuld auf ihn und seine Freunde abwälzen konnten, damit Recht und Ordnung wiederhergestellt wurden. Niemand würde Fragen stellen, niemand würde eingreifen, und der Schein würde gewahrt bleiben. Das waren Interessen, die größer waren als du und ich, Miche'. Wir waren damals eher ein bisschen wie Sand im Getriebe. Ich habe das rechtzeitig kapiert und mich zurückgezogen, bin wieder ein Zahnrädchen im System geworden. Du hingegen dachtest, du wärst etwas Besseres, besser als das System. Dabei warst du nichts als ein guter Soldat. Voller Mut und Leidenschaft, aber dir fehlte die Cleverness.«

Ohnmächtig und voller Schmerz dachte Michele an den Zug aus dem Roman, der auf seinem Weg zur Front durch die ukrainischen Ebenen fährt. Und er dachte an Andreas und an seine Reise in den Tod. Die Ironie dieser Situation, die unerklärliche Parallele zu jenem fiktiven jungen Mann mit seinem ungerechten Schicksal, das ihm plötzlich so real erschien, ließ Michele lächeln.

Rizzo bemerkte es nicht, er war ganz in seine Erzählung vertieft.

»Man musste ein Exempel statuieren. Und was passiert, wenn ein junger Heißsporn denkt, er kann sich seine eigenen Regeln machen, das weißt du ja. Zwischen den Clans in unserer Region herrscht ein Gleichgewicht. Nur so kann das System funktionieren, nur so können die Geschäfte ungestört laufen. Und alles, was dieses Gleichgewicht bedroht, wird eliminiert. Selbst wenn die Störung Michele Tiradritto heißt.«

»Rädchen im System, Gleichgewicht, Recht und Ordnung – du bist ja ein richtiger Philosoph geworden«, bemerkte Michele spöttisch.

»Nein, das bin ich nicht. Ich bin immer noch derselbe wie früher. Und du hast dich auch nicht verändert. Mut und Leidenschaft hast du immer noch, aber du bist immer noch nicht clever genug.«

Rizzo zog eine weitere Zigarette aus der Packung, diesmal, ohne um Erlaubnis zu bitten, zündete sie an und warf das Feuerzeug auf den Tisch.

»Gut, Schluss mit dem Theater. Was sollen wir jetzt machen?«

Michele war überrascht von seinem Mut, ließ sich jedoch nicht beeindrucken. Er hob wieder den Arm und richtete die Pistole auf das lächelnde Gesicht seines alten Freundes. Er hatte nicht vor, seine Pläne zu ändern, er würde jetzt nicht aufhören. Nur hatte er nicht kapiert, dass Rizzos Worte gar nicht ihm gegolten hatten.

Das begriff er erst, als sich der kalte Lauf einer Pistole in seinen Nacken bohrte. Und dann sagte eine tiefe, ruhige Stimme: »Ciao, Michele.«

7.

Michele erkannte ihn sofort. Ein weiterer Teil seiner Vergangenheit. Er antwortete, ohne sich umzudrehen.

»Giovanni Treccape. Und ich dachte, du liegst längst in irgendeinem Graben.«

»Nein, mein Freund. Du bist es, der zwanzig Jahre im Knast war. Und jetzt leg die Pistole weg, Gennaro wird schon unruhig. Und unter Freunden verstehen wir uns doch, oder? Leg sie auf den Tisch. Langsam, sonst blase ich dir das Hirn weg, und dann müssen wir es hinterher von den Wänden wischen.«

Michele folgte seiner Anweisung und legte die Pistole neben das Steakmesser, das noch immer in der Tischplatte steckte. Dann schaute er wieder nach vorne, Rizzo lächelte amüsiert und rauchte weiter seine Zigarette.

»Was ist los, Miche'? Überrascht? Auch diesmal hast du rein gar nichts verstanden. Sieh mal, auch wenn Giovanni dein Kontaktmann bei den Kalabresen war, wusste er gleich, auf welche Seite er sich stellen musste. Und er wusste, dass er kein Sandkorn im System sein durfte, sonst hätte das System ihn zerquetscht. War das philosophisch genug?«

Michele schwieg.

»Peppe 'o Cardinale und ich haben Francos Geld zwischen uns und Gennaro aufgeteilt. Falls das einer von den Clanchefs rausfindet, kriegen wir natürlich einen Haufen Schwierigkeiten. Und das wollen wir nicht. Drum haben wir auch gleich an dich gedacht, als du aus dem Knast gekommen bist. Wir wollen schließlich nicht, dass die ganze Scheiße wieder hochkommt. Dir ist doch hoffentlich klar, dass wir dich umbringen müssen? Nicht dass wir dir noch irgendwas übel nehmen, aber so langsam geht mir die ganze Sache auf den Sack. Doch bevor wir dich liquidieren, habe ich noch eine letzte Frage. Beantworte sie mir, sonst steche ich dich mit dem Messer dort ab wie ein Schwein. Wer ist dieser Sensenmann, dieser Schiattamuorto, der den ganzen Scheiß mit dem Friedhof angerichtet hat?«

Michele schwieg und konzentrierte sich auf seine Umgebung. Rizzo vor sich, Treccape hinter sich, seine Pistole auf dem Tisch.

»Ich weiß, dass du nichts damit zu tun hast«, fuhr Rizzo fort. »Als 'o Maresciallo umgebracht wurde, warst du noch im Knast, aber seit du wieder draußen bist, scheint sich alles um diese alte Geschichte zu drehen, und ich will damit nichts mehr zu tun haben. Seit Jahren mache ich hier Geschäfte mit ein paar vertrauenswürdigen alten Freunden«, sagte er und nickte dem Schatten hinter Michele zu, »ich bin es gewohnt, ruhig zu schlafen, und das soll nach Möglichkeit so bleiben. Du bist der Einzige, dem ich anvertraut hatte, dass ich nicht aus San Giuliano komme, sondern aus Linz, weil mein armseliger Vater hierher emigriert ist, um sich für ein paar Kröten den Arsch aufzureißen. In meiner jugendlichen Naivität habe ich dir damals auch erzählt, dass ich davon träumte, eines Tages hierher zurückzukehren und den großen Macker zu geben ... Und wenn du es genau wissen willst: Neben diesem Restaurant besitze ich noch ein Hotel, die Hälfte eines Einkaufszentrums und etwa zwanzig Wohnungen, die ich an tunesische Einwanderer vermiete. Also, wie du siehst, gibt es gute Gründe, weshalb ich alles über den Sensenmann wissen muss. Und falls du jemand anderem von diesem Ort hier erzählt haben solltest ...«

Nach wie vor schwieg Michele, dachte über seine Lage nach. Giovanni Treccapes Auftauchen war ein unerwartetes Geschenk. Viel besser als alle Szenarien, die er sich ausgemalt hatte. Trotz der Pistole in seinem Nacken war er merkwürdig ruhig, spürte sogar eine vage Euphorie in sich aufsteigen. Endlich lief alles in die richtige Richtung. Er musste nur weitermachen, Schritt für Schritt.

»Hast du jemals das Gefühl gehabt zu ertrinken?«, fragte er unvermittelt.

Rizzo sah ihn verwirrt an.

»Das Gefühl, dass die Luft schwer und zäh wird, geradezu feindselig? Deinen Hals, deine Lunge, deinen Magen füllt und dich langsam zerquetscht, dich immer tiefer nach unten zieht? Du versuchst, nach oben zu gelangen, vergeblich, denn du bist noch immer am gleichen Ort, doch es ist gar kein Wasser da und auch kein Brunnen, an dessen Wänden du nach oben klettern könntest. Du bleibst unbeweglich stehen und versuchst zu begreifen, was mit dir los ist. Und irgendwann wird dir klar, dass der Typ, den du jeden Morgen im Spiegel siehst, gar nicht du bist. Du erkennst dich nicht mehr und willst es auch gar nicht, du bist ein anderer Mensch geworden, der sich da bewegt, spricht, atmet. Und du weißt nicht, was von dir übrig geblieben ist, das Gute oder das Schlechte. Die gute Seite, die weint und leidet, oder die schlechte, die sich am Schmerz anderer und an der Rache weidet. Vielleicht sind auch beide noch da und vermischen sich, und alles gerät aus den Fugen. Du verstehst nichts mehr, weißt nicht, ob du jetzt ein besserer Mensch bist oder nicht. Nicht einmal, ob du überhaupt noch ein Mensch bist. Und in der Zwischenzeit sinkst du immer tiefer, bis ganz nach unten, wo es dunkel und kalt ist. Du steckst in einer imaginären Zelle aus Beton fest und gehst mit ihr unter.«

Michele spürte, wie der Druck der Pistole in seinem Nacken nachließ. Treccape trat zur Seite.

»Was redest du da für ein wirres Zeug?«

»Wahrscheinlich ist ihm der Knast nicht bekommen. Was ist los, Michele, hast du zu lange mit dem Gefängnispfarrer gesprochen?«

Obwohl Rizzo es auf die komische Tour versuchte, wirkte er nach diesen merkwürdigen Ausführungen verunsichert.

»Hast du jemals das Gefühl gehabt zu ertrinken?«, wiederholte Michele seine Frage mit völlig emotionsloser Stimme.

»Fängst du schon wieder an? Ich denke nicht, mir geht es ausgezeichnet und …«

»Das freut mich für dich«, sagte Michele und lächelte.

»Schluss jetzt, brüste dich nicht damit, dass es dir schlechter geht als mir. Du wolltest das Mädchen schließlich umbringen, es war deine Entscheidung, du hast sie diesen irren Surace-Brüdern überlassen. Und als du sie vergewaltigt hast, hast du ihre blauen Flecken und das ganze

Blut nicht einmal bemerkt. Erinnerst du dich überhaupt noch an deinen Geniestreich? Wie sagtest du gleich? Keine Leiche, kein Mord. Kein Mord, keine Ermittlung. Du hast es doch genossen, sie zu vergewaltigen, oder etwa nicht? Weißt du noch, wie sie geschrien hat? Wenn ich ihr nicht in den Mund geschossen hätte, hätte sie noch tagelang weitergeschrien. Du solltest mir eigentlich dankbar sein, statt mich mit diesem Scheiß zu nerven.«

Unwillkürlich war Michele zusammengezuckt. Er hatte nichts vergessen. Das Kokain und die Angst hatten ihm damals das Hirn vernebelt, aber seine Erinnerungen waren glasklar und präsent, als wäre das alles erst gestern geschehen.

Milenas blasse Haut hatte sich unter seinen Schlägen rot gefärbt, die Kleider, mit denen sie sich zu schützen versuchte, waren zerrissen, ihre Augen flehten um Gnade und ebenso ihre angsterfüllten Schreie. Dann der Schuss, der von den Wänden widerhallte, während die Suraces lachend zur Seite sprangen, damit das Blut sie nicht traf. Der Pulvergestank, das Kordit. Seine Befriedigung, als er in ihr gekommen war. Das Gefühl der Macht, als sie vor seinen Augen starb.

Er wusste alles noch ganz genau, seit zwanzig Jahren trug er diese Bilder mit sich herum, und jetzt endlich standen sie ihm deutlich vor Augen.

»Ihr habt sicher eine Menge Spaß gehabt, da wäre ich auch gerne dabei gewesen.«

Michele drehte sich um, sah Treccape lächeln. Er lächelte zurück und sah, wie einen Moment lang die Pistole in der Hand des Kalabresen zitterte.

Dann ging alles blitzschnell. Michele zog das Messer

aus dem Tisch, blockierte gleichzeitig mit der freien Hand Treccapes Arm mit der Pistole und rammte ihm das Messer ins linke Auge. Er spürte, wie die Klinge geschmeidig hineinglitt. Der Kalabrese war außer Gefecht, der Schuss, den er noch abfeuerte, streifte ihn bloß, das Rachebedürfnis eines Sterbenden. Treccape schrie, Rizzo schrie. Pulvergestank mischte sich mit dem Geruch von Blut.

Michele drückte das Messer bis zum Schaft in seinen Gegner hinein, bis in sein Hirn. Schwer sackte Treccapes Körper zu Boden. Das Messer im Auge, den Mund weit aufgerissen, begann sein Todeskampf. Schreien konnte er nicht mehr, sondern nur noch wimmern. Aus seinem Mund rannen Speichel und Blut. Ein letztes Zittern lief durch seinen Körper. Dann war es vorbei.

Ohne zu zögern, fuhr Michele herum, griff die Pistole und schoss auf Rizzo. Ein Schuss ins Knie. Sein alter Kumpel begriff gar nicht, wie ihm geschah. Es ging alles zu schnell, kam zu unerwartet. Das Bein gab nach, er kippte rückwärts gegen die Wand und sank zu Boden, schrie vor Angst und Schmerzen. Er sah zum toten Freund hin, dann zu Tiradritto, auf dessen Gesicht ein krankes, irres Lächeln lag. Ein Lächeln für Milena.

»Miche', ich gebe dir alles, was du willst, ich gehe weg, du siehst mich nie wieder.«

Rizzo bettelte weinend um sein Leben, doch seine Worte drangen nicht zu dem Mann vor ihm durch. Michele war völlig gefühllos, spürte nicht einmal den Schmerz in seiner Seite, wo der Streifschuss eine Wunde hinterlassen hatte, die jetzt zu bluten begann.

»Bitte, Miche', ich hab eine Familie, eine Lebensgefährtin und einen Sohn, der erst zehn ist. Er heißt Davide.«

Doch sein Henker beugte sich zu ihm hinunter und schob ihm den Lauf der Pistole in den Mund. Man hörte einen Schneidezahn brechen. Dann strich er Rizzo über das Haar, lächelte gleichgültig und schoss. Der Knall hallte im Raum wider, Blut und Hirnmasse spritzten gegen die Wand und formten ein bizarres Bild. Mit einer der rot-weißkarierten Servietten wischte Michele die Pistole ab, die beiden Leichen am Boden ignorierte er.

Der Raum gefiel ihm immer noch nicht. Zu kitschig. Zu österreichisch.

Er schob sich unter dem halb geschlossenen Rollladen hindurch ins Freie. Bald würden die ersten Mittagsgäste kommen. Das helle Licht der Wintersonne ließ ihn blinzeln, ein angenehmer Schauer lief ihm über den Rücken. Das junge Mädchen mit dem Besen nickte ihm zu. Er winkte und überquerte die Straße.

Jetzt konnte er nach Hause fahren.

7

1.

Samstag, 30. Januar 2016,
Santa Martina, Märtyrerin

Krankenpfleger Sandro schob sein Wägelchen über den Flur, und wie immer quietschte ein Rad auf dem Linoleumboden. Aber diesmal war etwas anders. Seine Hände umklammerten den Edelstahlgriff, die Knöchel waren kalkweiß und verkrampft, seine Kehle war so trocken, dass er kaum sprechen konnte, und unter dem Kittel war er schweißgebadet.

Er hatte Angst. Der Flur schien kein Ende zu nehmen, und er hatte das Gefühl, dass alle zur Seite traten, um ihm Platz zu machen, als ob sie Bescheid wüssten. Doch das bildete er sich vermutlich nur ein, sicher achtete niemand auf ihn, er war schließlich nur einer von vielen Pflegern, die auf den Fluren des Krankenhauses unterwegs waren.

Als Sandro das Zimmer von Peppe ’o Cardinale erreichte, war die Tür geschlossen. Unschlüssig starrte er einen Moment auf die Klinke und dachte darüber nach, wie sich sein Leben innerhalb weniger Sekunden verändert hatte, nachdem Palletta, oder besser Don Salvatore Cuomo, die Tür zum Umkleideraum der Schwestern und Pfleger geöffnet hatte.

»Ach, genau dich habe ich gesucht.«

Sandro hatte sich umgedreht und unterwürfig geantwortet: »Guten Tag, Don Salvato'.«

Sein Wunsch, für andere unsichtbar zu sein, hatte sich soeben in Luft aufgelöst.

»Brauchen Sie etwas?«, hatte er mit gesenktem Blick gefragt und so getan, als würde er sich die Hosen glatt streichen.

»Es geht um einen Gefallen, den bloß du mir tun kannst.«

In diesem Moment hatte Sandro den ersten Angstschauer des Tages erlebt, er wusste nur zu gut, dass er diesem Mann nichts abschlagen durfte.

Jetzt öffnete er die Tür zum Krankenzimmer, schob den Wagen hinein und sah sich Auge in Auge einem der jungen Muskelprotze gegenüber, die ihren Capo Tag und Nacht bewachten. Er hatte sie inzwischen des Öfteren auf den Gängen beobachtet. Sie sprachen praktisch nicht miteinander.

Es wirkte fast, als würden sie einen Wettstreit austragen, wer von ihnen der Härteste war, wer ihren Boss, der im Koma lag, am besten vertreten oder gar irgendwann ersetzen konnte. Oder zeigten sie damit lediglich, wer der Dümmste war, überlegte Sandro. Nach den ersten Tagen des Klagens und der Tränen war die Zeit der Rivalitäten, der giftigen Blicke und der schneidenden Bemerkungen angebrochen. Der junge Pfleger hatte keinen Zweifel, dass es einer irgendwann übertreiben und mit einer Kugel im Kopf enden würde.

Einzig Palletta wirkte selbstsicher, hatte entschlossen seine neue Rolle als treuer Freund des Bosses angenommen, der am Bett des Kranken wachte. Inzwischen zog sich das Ganze schon länger hin als erwartet. Peppes Zustand blieb stabil, er klammerte sich mit allem, was er hatte, an sein Leben. Sogar die Ärzte ließen gelegentlich verlauten, dass Hoffnung bestünde und sich die Situation möglicherweise zum Guten wende.

Sandro schob den Wagen ans Bett und nahm die halb leere Infusionsflasche ab, hielt sie gegen das Licht und griff nach einer neuen. Durchsichtig, farblos, mit dem Etikett und dem Stempel des Krankenhauses.

»Denkst du nicht, dass deine Eltern meiner Meinung wären?«, hatte ihn Don Salvatore gefragt und, als er keine Antwort bekam, hinzugefügt: »Wie heißt deine Mutter doch gleich? Ach ja, Annunziata. Und dein Vater Vincenzo, oder? Sie gehen jeden Morgen um sieben zur Messe in die Kirche San Rocco. Der Glaube ist eine großartige Sache.«

Sandro war kurz davor gewesen, in Tränen auszubrechen.

»Meinst du nicht?«

Palletta ließ nicht locker, er bestand darauf, dass der junge Mann sagte, was er von ihm erwartete, und tat, was er verlangte.

»J… ja«, hatte Sandro schließlich gestammelt und den Kopf gesenkt wie ein Schuljunge, den die Lehrerin bestraft hatte. Er hatte sich leer gefühlt, ohnmächtig und leer. Wieder einmal hatte sein Leben nicht mehr ihm gehört.

»Sehr schön, du weißt, was zu tun ist.«

Nun vermied er es, zu Don Peppe hinzusehen, tat, als ob die Welt um ihn herum gar nicht existierte.

Er musste einfach nur all die Handgriffe wiederholen, die man ihm während seiner Ausbildung beigebracht hatte. Er hängte den neuen Plastikbeutel in die Halterung, befestigte den Infusionsschlauch und stellte das kleine Rädchen ein, beobachtete dann die ersten Tropfen, die durch den durchsichtigen Schlauch bis zur Kanüle und dann in die Vene liefen.

Einer. Zwei. Drei.

Einige Minuten lang sah er ihnen zu. Die Tropfen kamen regelmäßig und stetig.

»Hast du sonst nichts zu tun?«, fragte der junge Leibwächter.

»Doch, ich bin sofort fertig. Geben Sie mir Bescheid, wenn die Infusion durch ist.«

Er schloss kurz die Augen, bevor er sich zum Gehen wandte. Das Bild von Don Peppe, der in diesem Bett lag, brannte sich in seinem Kopf ein. Halt suchend umklammerte er seinen Wagen, während er innerlich bereit war, alles hinter sich zu lassen und mit seinen Eltern weit weg zu gehen. Egal wohin, Hauptsache weg.

2.

Der Rubinring war aufdringlich, protzig, vulgär.

Palletta verwandelte sich endgültig in Don Salvatore Cuomo, als er 'o Cardinales Leichnam den Ring abzog und ihn in dem Licht, das durch die Scheiben drang, funkeln ließ. Der Stein leuchtete blutrot. Wie frisches Blut. Zufrieden streifte er ihn sich über den Finger und erinnerte sich daran, dass er sich jetzt überall zeigen musste. In der Messe, bei den Prozessionen, die jetzt überall im Viertel stattfinden würden. Er musste Hingabe zeigen. Selbstbewusstsein und Stolz. Alle sollten es sehen, alle sollten ihm huldigen. Er spreizte die Finger und bewunderte noch einmal den Ring an seiner Hand wie eine Fünfzehnjährige, die sich die Nägel hatte machen lassen. Dann straffte er sich und verließ hocherhobenen Hauptes das Krankenhaus.

Eine schmale Kette, kaum schwerer als ein Haar, glänzend und federleicht.

Der Mann ließ sie durch die Finger gleiten, fuhr über die feinen Glieder, legte sie in die Handfläche, streichelte sie und zog sie wieder auseinander. Das Zimmer lag im Dunkeln. Die Vorhänge und Rollläden sperrten das Licht aus und schützten ihn vor dem Schein der Straßenlaternen. Er hatte stundenlang hier gesessen und die Zeit verstreichen lassen, über sein Leben nachgedacht, seinem Atem gelauscht, mit der Kette gespielt.

Sie war vor einigen Tagen mit der Post gekommen, ein anonymer gelber Umschlag, die Adresse handgeschrieben. Darin hatte die Kette gelegen, sonst nichts. Eine Nachricht ohne Worte, auf die er seit Jahren wartete.

Er blieb still sitzen, die Kette in der Hand, und starrte in die Dunkelheit.

3.

Ispettore Lopresti stand im Büro seines Chefs, angespannt und mit den Gedanken ganz woanders. Er war enttäuscht und fühlte sich gleichzeitig betrogen, und er war sicher, dass er das nicht verdient hatte. Nicht dieses Mal, wo er sich wirklich angestrengt hatte, mit einem Kollegen im Team zusammenzuarbeiten und sich wie ein echter Freund zu verhalten.

»Was ist das für eine Geschichte mit Corrieri, der mich mit seinen Familiengeschichten nach Strich und Faden belogen und mit seiner Krankmeldung hat sitzen lassen?«

Taglieri sah zu ihm hoch, ohne sein Telefonat zu unterbrechen. Erst nach einer Weile verabschiedete er sich von seinem Gesprächspartner, dann fuhr er sich mit der Hand über das müde Gesicht und presste die Finger gegen die Stirn, um den Schmerz zu vertreiben, der nie von ihm ließ.

»Zunächst einmal: Niemand betritt mein Büro, ohne anzuklopfen oder sich anmelden zu lassen. Zweitens ist mir Corrieris Familienstand völlig egal. Es reicht mir zu wissen, dass er gute Arbeit leistet, besser als so mancher, der große Töne spuckt und dann nichts zustande bringt, weil er zu sehr damit beschäftigt ist, jemand sein zu wollen. Fällt dir da jemand ein?«

Der Pfeil traf direkt ins Ziel. Lopresti spürte, wie sich sein Magen zusammenzog. Aber offenbar war er nicht der Einzige, der frustriert war. Anscheinend wollte Taglieri ebenfalls etwas loswerden.

»Corrieri hat mir mehrmals versichert, dass er zu diesem Fall etwas beitragen, sich engagieren und uns unterstützen will, bevor er in Pension geht. Nach so vielen Jahren als Sesselfurzer, wie du das ausdrücken würdest, lag ihm daran, auch mal aus dem Büro rauszukommen, zu ermitteln und seine Laufbahn mit einem echten Fall zu beenden. Und wie es aussieht, hat er sich dabei gut geschlagen, denn die einzigen wirklich wichtigen Spuren in diesem Fall haben wir ihm zu verdanken.«

»Das meinte ich nicht, sondern …«

»Mich interessiert nicht, was du meinst. Es war Corrieris ausdrücklicher Wunsch, mit dir zusammenzuarbeiten. Er hat mir versichert, dass er dich als Mensch und als Ermittler sehr schätzt, doch offensichtlich hat er sich da geirrt. Es stimmt schon, er hat mal von einer heiklen Familiensituation gesprochen und mir gesagt, dass du der Einzige wärst, der keine dummen Fragen stellt, weil du dich nur auf dich selbst konzentrierst und die Kollegen dir am Arsch vorbeigehen. Ein Grund mehr für ihn, mit dir zusammenzuarbeiten. Vielleicht hättest du ja sogar mal was lernen können. War wohl Wunschdenken. Jedenfalls kann ich gut verstehen, dass er nach einer Woche mit dir das Handtuch geworfen und sich krankgemeldet hat …«

Der Ispettore schwieg. Seine Wut verwandelte sich in Enttäuschung oder vielmehr Verwirrung. Er wusste nicht mehr, ob er recht oder unrecht hatte. Überhaupt verstand er so vieles nicht mehr, obwohl es am Ende des Tunnels ein schwaches Licht zu geben schien, eine kleine Flamme, die jeden Moment ausgehen konnte, wenn er nicht sofort nach ihr griff und herausfand, was sie ihm sagen wollte.

»Ganz davon zu schweigen, dass im Präsidium gemunkelt wird, du würdest dich mit Leuten treffen, die nicht gerade vertrauenswürdig sind, vor allem mit einem gewissen …« Taglieri suchte auf seinem überfüllten Schreibtisch nach einem Zettel. »Ah, hier haben wir es. Einem gewissen Gennaro Battiston, einem Verdächtigen in einer Drogensache, kein kleines Licht. Die Drogenfahndung hat ihn bereits länger im Visier. Ich hoffe, dass an den Gerüchten nichts dran ist, denn falls sie auch nur ein Körnchen Wahrheit enthalten, versichere ich dir, dass das ein Nachspiel haben wird.«

Die Worte seines Chefs hallten in Loprestis Kopf nach. Er stellte sich die Genugtuung einiger Kollegen vor, wenn sie seinen Namen in ihre Berichte schreiben durften. Falls sie mit ihren Ermittlungen erst am Anfang waren, würde er mit einer ordentlichen Abreibung davonkommen, doch falls die Fahnder vom Drogendezernat schon tiefer gegraben hatten, dann konnte ihm nur noch Gott helfen.

»Um es also kurz zu machen, ich will nämlich nicht meine Zeit mit dir verschwenden, reichst du jetzt einen Urlaubsantrag ein und nimmst dir zwei Wochen frei. Es ist besser, wenn ich dich eine Weile nicht sehe.«

Er wollte protestieren, doch jeder seiner Sätze prallte an Taglieri ab.

»Glaub mir, es ist besser so«, fügte der beschwichtigend hinzu, »bevor ich mich gezwungen sehe, zu härteren Maßnahmen zu greifen. Geh nach Hause und denk nach. Das ist ein Befehl und zugleich ein gut gemeinter Rat.«

Lopresti blieb reglos in der Mitte des Zimmers stehen. Plötzlich, nach so vielen Jahren, realisierte er erst richtig, dass er versucht hatte, dieses kalte und abweisende Büro zu seinem Lebensmittelpunkt zu machen. Er suchte nach etwas, was er sagen konnte, einem Wort, einem Satz, um sich selbst wiederzufinden und nicht in seinen eigenen dunklen Brunnen zu fallen, doch sein Kopf war leer. Eine weiße Wand, von der immer wieder ein Tennisball abprallte, er konnte das Geräusch förmlich hören.

Der Dottore wedelte ungeduldig mit der Hand und griff erneut zum Telefon. Ihr Gespräch war beendet.

Im Nullkommanichts machte die Nachricht, dass man ihn *in die Ferien geschickt* hatte, in der Abteilung die Runde. Es kam ihm fast so vor, als hätten seine Kollegen es bereits vor ihm gewusst und lachten ihm nun frech ins Gesicht. Widerwillig machte er sich auf den Weg zur zuständigen Dienststelle, um einen Urlaubsantrag zu stellen.

Die Sachbearbeiterin empfing ihn genervt und ziemlich kurz angebunden. Sie war eine rundliche Matrone, zu der die eher schrille Aufmachung nicht so recht passen wollte. Unter ihrem extravaganten Haarturm musterte sie ihn kritisch über den Rand ihrer violetten Brille hinweg, bevor sie seinen Antrag prüfte. Ja, er habe tatsächlich Anspruch auf zwei Wochen Urlaub, bestätigte sie ihm, unter der Bedingung, dass sein Chef unterschrieb.

»Welches Datum?«

»Wie bitte?«

Er hatte gar nicht richtig hingehört, er war noch immer damit beschäftigt, die Erniedrigung zu verarbeiten.

»Der Urlaub, wann beginnt er?«

»Ach so. Ab morgen.«

»Du Glücklicher, ich könnte auch Urlaub gebrauchen. Nicht um irgendwohin zu fahren, sondern um gemütlich zu Hause zu bleiben, bei meiner Familie. Du hast ja keine Ahnung, was ich um die Ohren habe, meine Tochter studiert, und was die immer alles braucht … Mamma hier, Mamma da, die ist nicht mal in der Lage, ihre Unterwäsche selbst zu waschen, kannst du dir das vorstellen? Und kochen? Wenn ich ihr nicht alles vorkochen würde, Soßen, eingelegtes Gemüse, dann wäre sie aufgeschmissen.«

Dem Ispettore, der bei ihrem Klagelied völlig abgeschaltet hatte, kam plötzlich eine Idee. Die richtige. Die einzig richtige.

»Entschuldige bitte, Corrieri ist krank, oder?«

Widerwillig hielt die Frau in ihrem Monolog inne. Sie wurde nicht gern unterbrochen und ließ ihn das deutlich spüren.

»Das ist vertraulich.«

»Natürlich, ich will ja auch gar nicht wissen, was er hat. Es ist nur so, dass er mir in letzter Zeit eine Menge Gefallen getan hat, da dachte ich, ich schicke ihm ein paar Blumen, um mich erkenntlich zu zeigen. Er ist ein so netter Kollege.«

Einen Moment lang war Lopresti selbst beeindruckt von seinen Worten.

Sofort wurde die Frau wieder zugänglicher, offenbar mochte sie Corrieri.

»Ja, das stimmt. Ein ausgesprochen netter Mann. Leider hatte er im Leben kein Glück.«

»Ja, ich weiß, die Frau«, seufzte er mitfühlend.

»Ach, wenn es nur das wäre …«, sagte sie und fügte, als

er sie fragend ansah, mit melodramatischem Augenaufschlag hinzu: »Da war doch auch noch die Sache mit der Tochter.«

Wo kam denn jetzt plötzlich eine Tochter her? Corrieri hatte sie nie erwähnt.

Lopresti unterdrückte einen Fluch, er durfte sich nicht anmerken lassen, dass er über das Privatleben seines Kollegen überhaupt nichts wusste, ganz davon zu schweigen, dass er eine Tochter hatte. Er setzte eine besorgte Miene auf.

Die Kollegin seufzte. »Muss eine schlimme Sache gewesen sein, niemand weiß etwas Genaues, er war damals noch nicht hier.«

»Was heißt das?«

»Sie ist von zu Hause abgehauen. Eines Tages war sie verschwunden, mit irgendeinem Typen davongelaufen, einem Nichtsnutz, wie er im Buche steht. Corrieri hat alles getan, um sie von ihm fernzuhalten. Doch sie hat statt dieses Burschen ihre Eltern verlassen. Als ob sie Fremde wären und gar nicht zählten. Hat sich einfach nie wieder gemeldet. Seine Frau hat sich von dem Schlag nie mehr erholt, sie wurde krank und starb. Also, wenn du mich fragst, hat ihre Tochter sie auf dem Gewissen. Und für Corrieri war das nicht bloß eine schwere Enttäuschung, er hat sich regelrecht geschämt. Die Tochter eines Polizisten brennt mit einem Kriminellen durch. Was für eine Schande! Er hat nie mit jemandem darüber gesprochen und hat seinen Job als Ermittler aufgegeben. Vielleicht hat er befürchtet, eines Tages gegen seine Tochter vorgehen zu müssen. Seitdem wartet er im Innendienst auf seine Pensionierung.«

Vergeblich versuchte Lopresti, einen gleichmütigen Gesichtsausdruck aufzulegen. Etwas Derartiges hätte er hinter Corrieris Heile-Welt-Fassade nie vermutet.

Zögernd ging er ein paar Schritte in Richtung Tür, den Urlaubsantrag in der Hand. Er wusste nicht, wohin mit sich, zu sehr ging ihm die Sache nah, ihm wurde fast ein bisschen schwarz vor Augen. Vielleicht sollte er nach Hause fahren, sich betrinken und erst einmal alles vergessen. Nachdenken, wie ihm der Dottore geraten hatte, konnte er später noch.

»Lopresti?«

Die Frau hinter dem Schreibtisch rief ihn noch einmal zurück. »Du hast etwas vergessen«, sagte sie und reichte ihm lächelnd einen Zettel. »Du wolltest ihm doch Blumen schicken.«

Er griff danach. Die Handschrift der Sachbearbeiterin hätte von einem Kind stammen können, und es hätte ihn nicht gewundert, wären da noch Herzchen und Sternchen als i-Punkte gewesen. Corrieris Adresse.

Lopresti fuhr wie der Henker, in seinen Schläfen hämmerte ein dumpfer Schmerz. Er rauchte eine Zigarette nach der anderen, seine Kehle brannte, sein Mund war trocken, der Rauch verpestete das Wageninnere. Die Asche ließ er einfach auf den Boden fallen.

Er war seit wenigen Stunden im Urlaub, und während er über alles nachgedacht hatte, war ihm aufgefallen, dass ihn diese Ermittlung an den Rand des Erträglichen zu bringen drohte, nicht zuletzt, weil sie seine Vergangenheit wieder an die Oberfläche geholt hatte. Martina und die Fehler, die er gemacht hatte und die ihn die Karriere kosten konnten. Wie im Zeitraffer war er vom Superbullen zur Witzfigur geworden. Und zwar zu einer, über die sich selbst die letzten Deppen im Präsidium wie Corrieri lustig machten. Und dann war er auch noch bei seinem Chef in Ungnade gefallen.

Der Ispettore fühlte sich verletzt und gedemütigt, und nun wollte er Genugtuung. Sein erstes Ziel war sein Kollege.

Corrieri wohnte in einem anonymen grauen Wohnblock, sechs Stockwerke hoch, in einer Vorstadt. Ein Überrest der Bauwut aus den Achtzigerjahren, der anfangs mit frischem Anstrich, bepflanzten Balkonen und einem begrünten Innenhof sicher ganz nett ausgesehen hatte. Jetzt zogen sich Risse wie Runzeln durch die Mauern, und der Innenhof war voller Spritzen, ein Zeichen, dass sich auch die Bewohner verändert hatten. Statt netten jungen Paaren und Familien überwogen jetzt traurige, gescheiterte Existenzen.

Er parkte halb auf der Straße und sprang aus dem Wagen, er hatte weder Zeit noch Lust, sich einen vernünftigen Parkplatz zu suchen.

Wenig später stand er vor der Haustür mit den unzähligen Namen. Irgendjemand hatte sich einen Spaß daraus gemacht, die Namensschilder anzukokeln, sodass nur wenige leserliche übrig geblieben waren. Das, was er suchte, gehörte dazu.

Corrieri, dritter Stock, Innenhof zwei.

Wie ein Besessener drückte er auf die Klingel.

Nichts. Keine Antwort, kein Lebenszeichen.

Er versuchte es erneut, Frust und Wut wuchsen von Minute zu Minute.

Herrgott, Corrieri musste da sein, er würde nie aus dem Haus gehen, wenn er sich krankgemeldet hatte, allein bei dem Gedanken würde er sich vor Angst in die Hose machen.

Immer noch nichts.

Lopresti hörte, wie über ihm ein Fenster geschlossen wurde. Er trat einen Schritt zurück und schaute nach oben.

Der Feigling musste ihn gesehen haben, deshalb machte er nicht auf. Er wollte mit ihm Katz und Maus spielen. Bitte sehr. Das konnte er haben.

Er drückte mit der flachen Hand auf alle Klingelknöpfe gleichzeitig. Wenige Sekunden später waren zahlreiche Stimmen zu hören: »Ja?«

»Wer ist da?«

»Polizei, es handelt sich um einen Notfall, bitte öffnen Sie.«

Stille.

Er klingelte noch einmal.

»Das ist ein Polizeieinsatz«, brüllte er. »Aufmachen!«

Endlich ein elektrisches Surren, die Tür ging auf.

Ein Blick auf den altersschwachen Aufzug genügte, und er entschied sich für die Treppe. Er musste sowieso ein bisschen überschüssige Energie loswerden. Atemlos rannte er bis in den dritten Stock hinauf. Vor einer anonymen Tür blieb er stehen.

Wieder begann er, wie von Sinnen zu klingeln und zu klopfen, doch die Tür blieb zu. »Corrieri, mach auf. Ich bin's, Carmine. Mach sofort diese verdammte Tür auf.«

Schließlich hörte er hinter sich ein leises Geräusch. Als er sich umdrehte, entdeckte er eine alte Frau, das Gesicht voller Falten, die schlohweißen Haare zu einem Knoten gebunden, die den Kopf zur Tür herausstreckte.

»Sind Sie Ispettore Lopresti?«

Verblüfft sah er sie an. Zum einen, weil sie seinen Namen kannte, zum anderen, weil ihre Stimme hell und frisch klang wie die eines jungen Mädchens.

Als er nickte, schlurfte die Frau auf ihn zu, kramte in der Tasche des Morgenmantels, zog einen Schlüsselbund hervor und hielt ihn ihm hin.

»Signor Corrieri hat gesagt, ich soll Ihnen die Schlüssel geben, wenn Sie kommen.«

Er griff nach dem Schlüsselbund, wusste nicht, was er sagen sollte, die Situation war völlig surreal.

Die Alte musterte ihn aufmerksam mit leuchtend blauen Augen, die ebenfalls ungewöhnlich waren für ihr Alter, und lächelte ihn an. Seine Anspannung begann zu weichen, seine Wut verflog.

»Er ist ein guter Mensch«, sagte die Nachbarin, legte sich eine Hand auf die Brust wie beim Singen der Nationalhymne und verschwand wieder in ihrer Wohnung.

Er blieb mit dem Schlüsselbund in der Hand allein. Was zum Teufel war mit seinem Kollegen los?

Vorsichtig öffnete er die Tür und betrat die Wohnung. Es roch muffig und abgestanden, als wäre schon ewig nicht mehr gelüftet worden. Flur und Wohnzimmer lagen im Halbdunkeln und wurden nicht einmal richtig hell, als er das Licht anschaltete. Er fühlte sich in seine Kindheit zurückversetzt. Bei seiner Großmutter, wo er immer die Ferien verbracht hatte, war es ebenso düster gewesen. Allerdings hatte sie den sparsamen Umgang mit Licht aus Kriegszeiten beibehalten, warum hier jedoch in allen Lampen schwache Birnen eingeschraubt waren, war ihm ein Rätsel. Wie vieles andere.

So wunderte er sich auch, dass nichts in dieser Wohnung zu seinem sauberen und ordentlichen Kollegen zu passen schien. Überall herrschte Chaos, am Boden häuften sich Wäscheberge, wohin man sah, stand schmutziges Geschirr, auf dem Sofa türmte sich allerlei Krempel, die Möbel waren von einer dicken Staubschicht überzogen, und aus der Küche stank es derart nach vergammeltem Essen, dass er lieber nicht genauer hinschaute.

Stattdessen wandte er sich in Richtung Schlafzimmer und erlebte eine weitere Überraschung. Im Gegensatz zum Wohnzimmer war hier alles blitzblank und aufgeräumt, das Doppelbett sorgfältig gemacht, und es roch nach getrockneten Blütenblättern. Der Kontrast zum Modergeruch, den er noch in der Nase hatte, war so groß, dass er befreit Luft holte und ein paarmal tief durchatmete.

Eine Tür ließ darauf schließen, dass es noch einen weiteren Raum gab. Er öffnete sie und stand im Zimmer der Tochter.

Schulbücher auf dem Schreibtisch. Auf dem Bett ein Kissen in Herzform, darunter ein Paar Pantoffeln. An den Wänden ein Poster der Spice Girls, daneben rosafarbener Karton, auf dem Fotos klebten.

Lopresti ging näher heran. Lachende Jugendliche, Schulkameraden, Fotos im Badeanzug am Meer. Geburtstagspartys. Und auf jedem Bild ein junges Mädchen mit strahlendem Lächeln und langen kastanienbraunen Haaren, die ihr bis auf die Schulter reichten.

Besonders das Foto in der Mitte weckte sein Interesse. Sie trug darauf eine enge Jeansjacke und einen violetten Schal, und um ihren Hals hing eine schmale Goldkette mit einem Kreuz.

Lopresti war verwirrt. Er war gekommen, um sich mit seinem Kollegen auszusprechen, der nicht da war, ihm aber den Wohnungsschlüssel hatte zukommen lassen. Also wollte er, dass er diese Wohnung sah. Doch warum? Was bezweckte Corrieri damit? Wonach sollte er suchen?

Er ließ sich auf einem der durchgesessenen Cordsessel nieder, in denen Corrieri vermutlich immer saß und über sein Leben nachdachte. Den Ispettore überlief ein Schauer. Da hatte er immer gedacht, er hätte Probleme. Ihn überfiel ein schlechtes Gewissen.

Auf der Armlehne des Sessels lag ein Buch, ein Taschenbuch, das ebenfalls von einer dicken Staubschicht bedeckt war. Er griff danach. Es waren Gedichte eines gewissen Adelbert von Chamisso.

Neugierig öffnete er das Buch genau an der Stelle, wo sein Kollege eine Seite umgeknickt hatte. Vermutlich war er bei der Lektüre bis dorthin gekommen.

So mag der Schreckenstraum sich dann entfalten.
Du wetzest selbst des Zweifels gift'gen Zahn,
Der mich zerfleischt. Nicht Wahrheit kann das Herz
Zermalmend treffen, das für sie nur schlägt,
Nur schrecklich ist die Qual mir, die ich dulde;
Sie muß sich enden.

Lopresti hatte nie viel übriggehabt für Gedichte, wie fürs Lesen im Allgemeinen. Am Ende der Fachoberschule hatte er gerade mal eine Handvoll Bücher gelesen. Aber diese Worte berührten ihn. Und die Gefühle, die in ihnen mitschwangen, machten ihm Angst.

Ein Vers folgte auf den anderen.

Ich will der ew'gen Rache männlich harren,
Und festen Blickes ihr entgegen sehn.

Er suchte nach dem Titel des Gedichts.

Faust.

Unruhe erfasste ihn, er war nervös und gleichzeitig erschöpft wie nach einem langen Marsch.

Was erwartete ihn? Würde ihm dieses Finale gefallen? Hatte er bereits die Ziellinie überquert, oder ging es noch weiter? Ein langer weißer Strich, den man aus der Ferne kaum erkennen konnte und den man trotzdem erreichen musste. Ihn schwindelte. Er fuhr sich mit der Hand übers Gesicht und schloss die Augen, bis sich nicht mehr alles um ihn drehte. Dann sah er sich erneut um. Der Anrufbeantworter blinkte.

Ein Dinosaurier aus den Neunzigerjahren, der in dieser Wohnung fast wie eine Zeitmaschine wirkte. Die roten Lämpchen zeigten die Zahl vier. Lopresti drückte die Abhörtaste, zum Teufel mit der Privatsphäre. Er musste der Sache auf den Grund gehen.

Eine Frauenstimme, die aus dem Blechautomaten kam, ließ ihn zusammenzucken.

Hallo, hier ist der Anrufbeantworter der Familie Corrieri. Wir sind nicht zu Hause, aber wenn ihr uns wirklich etwas Wichtiges mitzuteilen habt, dann wisst ihr ja, wie's geht. Hinterlasst uns eine Nachricht nach dem Signalton.

Das musste die Stimme der Ehefrau gewesen sein, vermutete er. Sein Kollege hatte die Ansage nicht gelöscht. Sie war seit vielen Jahren tot, aber ihre Stimme war immer noch da.

Dann kamen die Nachrichten.

Ich bin's, mein Schatz, ich wollte nur kurz deine Stimme hören. Ich liebe dich. Bis später.

Was zum Henker machte er da?

Sprach er etwa mit seiner toten Frau?

Hallo, mein Herz. Sei bitte nicht sauer, wenn ich heute erst später komme. Ich bin mit dem neuen Kollegen unterwegs, von dem ich dir erzählt habe, du weißt schon, Lopresti. Ein netter Typ, macht auf harten Macker, aber man spürt genau, dass er ein weiches Herz hat. Ich erzähle dir heute Abend mehr über ihn. Küsschen, meine Süße.

Der Ispettore hatte unwillkürlich den Mund aufgerissen, das Ganze war zu absurd. Es war ein regelrechter Albtraum. Taglieris Ermahnung, gründlich nachzudenken, kam ihm wieder in den Sinn.

Zunächst jedoch wollte er noch die restlichen Nachrichten abhören. Vielleicht war ja eine darunter, die ihm eine Richtung wies, in die er denken musste.

Hallo, mein Liebling, entschuldige, ich weiß nicht mehr, was ich mitbringen sollte. Brot oder Milch? Bitte ruf mich zurück. Sonst kaufe ich beides. Und dann bist du womöglich sauer.

Corrieris Lachen hallte durch den Raum.

Wie die Worte seines Chefs durch seinen Kopf.

Was hatte er doch gleich gesagt? Dass sein Kollege ausdrücklich darum gebeten habe, diese Ermittlung gemeinsam mit ihm zu führen? Und dann hatte er ihn mit dem Befehl entlassen nachzudenken. Worüber, das hatte er nicht gesagt.

Eine Zeile aus dem Gedicht von diesem Chamisso kam ihm in den Sinn:

Du wetzest selbst des Zweifels gift'gen Zahn.

Ja, das würde er unterschreiben, das passte zu seiner momentanen Verfassung. Dann kam die letzte Nachricht.

Mein Herz, ich bin's. Corrieris Stimme klang hart und entschlossen. *Diesmal komme ich noch später als sonst. Mach dir bitte keine Sorgen, ich habe fast alles erledigt. Alles, worüber wir gesprochen haben. Noch ein Schritt, und ich kann endlich wieder nach Hause kommen. Noch einen einzigen, dann hole ich das Kind ab. Ja, ich weiß, sie ist schon groß, aber für mich ist und bleibt sie unsere kleine Milena.*

4.

Sonntag, 31. Januar 2016,
San Giovanni Bosco, Priester und Ordensgründer

Der Himmel war strahlend hell, bald würde die Sonne ihn blau färben.

Die rostige Pforte quietschte in der morgendlichen Stille. Ein Haufen altes Eisen, um das sich niemand kümmerte. Irgendwann würde es in sich zusammenfallen.

Michele betrat den kleinen Friedhof von San Giuliano Campano. Der Kies knirschte unter seinen Füßen, und eine Katze schaute misstrauisch zwischen den Grabsteinen zu ihm herüber. Die Kälte brannte ihm auf dem Gesicht und in der Lunge, er fühlte sich so lebendig wie seit Langem nicht mehr. Suchend blickte er sich um.

Er konnte sich gut an diesen Friedhof erinnern, als Kind war er mit seiner Mutter oft zum Grab seiner Großmutter gegangen, die irgendwo in einem Abschnitt weiter oben lag, dort, wo die Gräber billiger waren und die Armen bestattet wurden. Es war viele Jahre her, seitdem hatte sich alles verändert.

Er ließ den Blick schweifen, während er weiterschritt. Die älteren Grabsteine waren mit Wildkräutern und Unkraut überwuchert, die die Namen der Verstorbenen unkenntlich gemacht hatten. Hier war von seinen alten Kumpeln niemand begraben, hier ruhten die einfachen Leute,

Männer und Frauen, die ihr ganzes Leben im Schatten verbracht hatten. In den Kreisen der ehrenwerten Gesellschaft schätzte man solche Schlichtheit und Stille nicht, dort gab man pompöseren Grabstätten den Vorzug, Mausoleen aus schwarzem Marmor mit protzigen Engelsstatuen und viel Gold.

Sein Blick fiel auf einen Grabstein, der höher war als die anderen. Ein Ehepaar lag hier, das vor mehr als fünfzig Jahren im Abstand von wenigen Monaten gestorben war.

Es gab Menschen, die nicht fürs Alleinsein geschaffen waren, dachte er. Wie Corrieri. Er hingegen gehörte zu denen, für die Einsamkeit die einzige Option war.

Michele spürte eine gewisse Traurigkeit in sich aufsteigen, die so gar nicht zu ihm passte, doch statt sie zu verscheuchen, gab er sich ihrer süßen Bitterkeit hin. Es war so vieles passiert, und er hatte sich verändert.

Hinter ihm waren Schritte auf dem Kies zu vernehmen. Langsame, mit Bedacht gesetzte Schritte, müde und schwer. Er wusste, wer es war, musste sich gar nicht erst umdrehen.

Dann war es still, das Knirschen verstummte. Michele warf einen letzten Blick auf den Grabstein des Ehepaares und drehte sich um.

Vor ihm stand Ispettore Nicola Corrieri. Übergewichtig, Doppelkinn, eine runde Brille vor den kleinen dunklen Augen. Er fixierte ihn ohne jeden Hass, ohne Wut, jedoch auch ohne Mitleid, starrte ihn an, als wollte er den Moment für immer festhalten.

»Ich hatte dich mir anders vorgestellt«, sagte Michele.

Corrieri verzog den Mund zu einem bösen Lächeln.

»Ich nicht, ich wusste noch genau, wie du aussiehst,

auch wenn du jetzt älter und dünner bist. Und dein Gesicht sieht fahl und krank aus. Wie das Gesicht eines Toten.«

»Die Zeit vergeht, und die Dinge ändern sich.«

»Manche schon, andere hingegen bleiben immer gleich. Die vergehen nicht, und man vergisst sie nicht.«

»Ich weiß, deshalb sind wir ja hier.«

Die beiden sahen sich an.

»Ich will wissen warum«, sagte Corrieri nach einer Weile.

»Das habe ich dir doch in meinem Brief geschrieben.«

»Schon, aber ich will es aus deinem Mund hören.«

Alles in ihm wehrte sich dagegen, aber ihm blieb keine andere Wahl. Also begann Michele zu reden.

»Wir waren wütend. Jung und wütend. Und wir wollten alles, und zwar sofort. Wie wir es anstellten, war uns egal. Wir waren zu allem bereit, und töten war nie ein Problem für uns, das müsstest du wissen. Schließlich kanntest du Typen wie uns.«

»Und warum ausgerechnet sie?«

Corrieris Augen sahen ihn noch immer fest an, doch seine Stimme brach fast vor Zorn.

»Weil sie mit dem falschen Typen zusammen war und wir an ihn ranwollten. Dazu war uns jedes Mittel recht. Wir haben sie uns geholt und fertig.«

»Meine Tochter.«

»Es hätte genauso gut die Tochter von jedem anderen sein können. Ich sage es noch mal: Das war uns völlig egal. Wir kannten damals keine Grenzen, und es kümmerte uns einen Scheißdreck, ob jemand dabei draufging. Das war für uns ein geringer Preis, und den zahlten wir mit einem Lächeln auf dem Gesicht.«

»Meine Tochter.«

»Ja, deine Tochter war ein geringer Preis für uns.«

Micheles Stimme war hart geworden. Er wollte seinen Worten Deutlichkeit verleihen, wollte, dass sie ins Ziel trafen, dass sie wehtaten, so wie sie ihm selbst wehgetan hatten. Keine Rechtfertigung, keine Reue. Nur die Wahrheit. Klar, schneidend und bitter.

»Wer war es?«

»Ich habe in dem Brief, den ich dir aus dem Knast geschickt habe, alle aufgeführt. Wer beteiligt war, wer was gemacht hat und warum. Alles andere weißt du als der zuständige Ermittler selbst. Und wenn du jetzt hier stehst, dann deshalb, weil dir der Zigeuner die Kette deiner Tochter geschickt hat und wir diesen ganzen Zirkus endlich zu Ende bringen.«

»Warum jetzt? Warum nach so vielen Jahren?«

»Haben die Jahre etwas verändert? Oder fühlt es sich immer noch genauso an? Du hast nicht einmal ein Grab, an dem du sie beweinen kannst. Für uns beide ist die Zeit vor zwanzig Jahren stehen geblieben. Wie ein Betonblock. Am Anfang sieht man ihn nicht, spürt lediglich die Last. Eine Bürde, die immer schwerer wird. Unaufhaltsam, genauso wie Wellen, die an den Strand rollen. Aus dem Wimmern werden Schreie, und der Betonblock ist plötzlich in dir wie ein bösartiger Tumor, der dich zerfrisst. Es gibt keine Operation und keine Therapie. Oder doch, eine gibt es, eine einzige. Und du kennst sie. Aber ich bin müde, zu allem zu müde, selbst dazu, noch länger mit dir zu reden.«

»Warum hast du Rizzo umgebracht?«

»Aus dem gleichen Grund, aus dem du die anderen eliminiert hast.«

Corrieris Gesichtszüge verhärteten sich, er kniff die Augen zusammen. Zum ersten Mal ging es um das, was er getan hatte.

»Du hättest ihn niemals gefunden«, fuhr Michele fort, »außerdem war da noch eine Sache zwischen ihm und mir. Ein Verrat unter Brüdern. Ein weiterer Schmerz, der in mir ständig größer geworden ist.«

»Und ist er jetzt weg?«

»Nein. Und er wird bleiben bis zum Ende.«

»Und mein Schmerz? Denkst du vielleicht, dass er jemals weggehen kann, nach allem, was ich getan habe? Ich bin über die Leiche von 'o Maresciallo und der Suraces gestiegen, über Peppe 'o Cardinales Totenbett, um jetzt hier vor dir zu stehen und alles hinter mich zu bringen. Mein ganzes Leben.«

»Ich weiß nichts über deinen Schmerz, und er interessiert mich auch nicht«, sagte Michele. »Jeder hat sein eigenes Leid zu tragen. Und wenn es dich jeden Tag quält, dann gibt es bloß einen einzigen Ausweg, einen einzigen Weg der Heilung. Den auch ich gehen muss. Und jetzt lass es uns vollenden, ich bin nicht gekommen, um zu beichten.«

Doch Corrieri gab nicht nach und fragte noch einmal: »Wer war es?«

Michele konnte dieser Frage nicht länger ausweichen, und im Grunde wollte er es auch nicht. Der Moment war gekommen, sein schwarzes Herz auszukotzen und alle Schuld auf sich zu nehmen.

»Ich. Ich habe sie umgebracht. Ich habe begonnen, sie zu töten, als ich sie als Geisel ausgesucht habe«, sagte er mit kalter, mechanischer Stimme. »Ich habe sie vergewaltigt und ihre Leiche in Säure aufgelöst, um sie verschwinden zu lassen.«

Corrieri begann zu zittern, seine Knie gaben fast nach. Doch er fing sich wieder.

»Ohne Leiche kein Mord. Ohne Mord keine Schuldigen. Und dann wächst Gras über die Sache, und alles gerät in Vergessenheit«, fuhr Michele fort.

»Du weißt, dass das nicht stimmt«, widersprach Corrieri.

»Ja, das habe ich mit den Jahren am eigenen Leib erfahren …«

»Wir sind am Ende angelangt«, unterbrach ihn Corrieri.

Michele nickte. »Dann tu, was zu tun ist.«

Der altgediente Polizist griff in seinen Rücken und nahm die Waffe aus dem Halfter, dann richtete er sie auf Michele. Schwarz und kalt.

Lediglich der Lauf der Pistole trennte die beiden Männer voneinander. Michele starrte auf das dunkle Loch, aus dem die Kugel kommen würde. Wartete auf den Schuss, den Knall, die Stille danach, und fragte sich, was er im Augenblick des Todes wohl fühlen mochte.

Nichts dergleichen passierte.

Corrieri hielt die Pistole fest umklammert, schien es nicht fertigzubringen abzudrücken. Wer war dieser Michele Tiradritto wirklich, was für ein Mensch verbarg sich hinter der Fassade? Er war der Mörder seiner Tochter, zumindest hatte er sich als solcher bezichtigt, das sollte ihm reichen, genauso, wie es ihm bei den anderen gereicht hatte. Aber dieses Mal war etwas anders. Er fühlte sich mit dem Mörder verbunden, sie waren sich ähnlich. Beide waren im falschen Leben gefangen, beide waren in den tiefen Brunnen des Schmerzes, der Rache und der Gewalt gefallen. Der Ispettore hatte das Gefühl, sich in einem Zerrspiegel zu sehen. Nein, solche Überlegungen musste er abschütteln. Immerhin stand vor ihm der Mann, der ihm Milena genommen hatte, der maßgeblich für den Tod seiner Tochter verantwortlich war und mit ihr die Seele seiner Frau getötet hatte. Langsam war sie dahinvegetiert, und als sie starb, war ihm der letzte Lebenssinn geraubt worden.

Michele erkannte, warum Corrieri zögerte. Er war schwach, er war kein geborener Mörder. Damit hatte er gerechnet und sich vorbereitet.

Er griff ebenfalls in seinen Rücken, zog seine Pistole und richtete sie auf seinen Kontrahenten, provozierte ihn, endlich zu schießen.

Zwei Schüsse aus Angst.

Zwei Schüsse in die Brust.

Er spürte den Einschlag, unerbittlich und heftig, wankte einen Schritt zurück. Ein dumpfer Schmerz fuhr durch seinen Körper, er sackte zu Boden, die Pistole, die nicht einmal geladen war, fiel ihm aus der Hand.

Während sich alles um ihn zu drehen begann, lächelte er Corrieri zu. Vor seinem inneren Auge tauchte eine Betonwand auf, dann der Himmel. Er spürte den harten Kies unter sich, konnte kaum mehr atmen, Blut füllte seinen Mund. Sein Körper wurde schwer, ihm wurde kalt, alle Sinne schwanden. Das Bewusstsein glitt in ein dunkles weites Meer.

Plötzlich noch ein Schuss.

Corrieri hatte sich selbst getötet.

Aber das hörte Michele schon nicht mehr. Sein letzter Blick ging zum Himmel. Er war blau. Über sich sah er keine fleckige Betondecke mehr. Nur den strahlend blauen Himmel.

8

1.

Drei Monate. Neunzig Tage

Drei Monate dauerte es, bis die Zeitungen Ruhe gaben, die Schlagzeilen von der ersten Seite verschwanden und die Nachmittagsnachrichten im Fernsehen die makabren Bilder nicht mehr zeigten.

Drei Monate, bis man langsam, aber sicher zu vergessen begann.

Drei Monate, in denen Pepè sich von seinen Verletzungen erholt und mit seiner ganzen Familie nach Birmingham gezogen war. Er spülte und putzte, sprach kein Wort Englisch, doch niemand würde ihn jemals wieder unter der Autobahnbrücke zusammenschlagen. Die Drogen gehörten der Vergangenheit an. Seine Mutter war glücklich, sein Bruder fand alles neu und faszinierend.

Drei Monate, in denen Don Aldo in einer muffigen Bar an einem Herzinfarkt starb. Als er den Schritt ins Nichts gehen musste, pinkelte er sich in die Hose. Diese Nachricht machte unter den Familien schnell die Runde, und so verlor Don Aldo im Tod den Respekt, der ihm sein Leben lang so wichtig gewesen war.

Drei Monate, in denen sich für Genny B. nichts änderte. Alkohol, Kokain, Mädchen, Partys. Nach einer Line schaute er in den Spiegel, sah die graue Gesichtsfarbe, die tiefen Augenringe, strich sich die Haare glatt, zwang sich zu einem Lächeln, und einen Moment lang, bloß einen kurzen Moment lang, wollte er woanders sein, einfach verschwinden. Aber nein. Er war Genny B., und sein Schicksal war es, sich den letzten Rest Koks auf das Zahnfleisch zu streichen und in die Disco zurückzugehen, in der die Musik dröhnte.

Drei Monate, in denen Umberto De Marco die Intensivstation verlassen konnte, in die ihn die Überdosis von Don Aldos Männern gebracht hatte. Das Ohr war für immer verloren, es hatte nicht mehr angenäht werden können. Als der Anwalt aus dem Koma aufgewacht war, war ihm klar geworden, dass er ganz unten angelangt war. Er hatte nichts und niemanden mehr. Ein guter Zeitpunkt, um ganz von vorne anzufangen.

Drei Monate, in denen Ispettore Carmine Lopresti den Job an den Nagel hängte und sich in einen Zug nach Norditalien setzte. Dort erwarteten ihn, zwischen hohen Bergen und sattem Grün, ein Job als Wachmann in einem Einkaufszentrum, und Martina. Sie hatte endlich auf seine Anrufe reagiert und seinen Versprechungen geglaubt. Carmine sah die Landschaft an sich vorbeiziehen, und mit jedem Kilometer, der ihn von seiner Vergangenheit entfernte, fühlte er sich leichter und fast ein bisschen glücklich.

Drei Monate, in denen sich das Tor zum Friedhof noch einmal öffnete.

Das junge Mädchen lief über den Kiesweg und sah sich um. Sie kannte sich nicht aus und hatte ein paar Leute gefragt, doch niemand wollte ihr antworten. Ein paar Minuten irrte sie zwischen welken Blumen und streunenden Katzen hin und her. Dann gab ihr eine alte Frau von ferne ein Zeichen, winkte sie heran.

Das Grab von Michele Vigilante lag im unteren Bereich, dort, wo die frischen Gräber waren. Keine Blumen, kein Grablicht, kein Foto. Lediglich ein Name auf dem Grabstein, der allerdings nicht der war, den der Sensenmann einst für ihn wie für die anderen sechs aufgestellt hatte.

Das Gesicht tat ihr weh, sie spürte noch immer die Schläge des Zigeuners, obwohl die blauen Flecken langsam verschwanden. Es war ihr ohnehin egal, denn er würde sie nie wieder schlagen. Yleana hatte es geschafft. Sie war weggegangen, wie Michele es ihr geraten hatte. Für immer, ohne zu wissen, wohin. Sie wusste nicht, was die Zukunft bringen würde.

Ein neues Leben hoffentlich, das sie so schnell wie möglich kennen und lieben lernen wollte.

Sie beugte sich über Micheles Grab und legte einen Blumenstrauß darauf, strich sanft darüber und stand wieder auf. Während sie zum Ausgang ging, verteilte eine Windböe ihre Blumen über Micheles Grab.

Dank

Ein Buch zu schreiben und zu veröffentlichen, ist ein Abenteuer, das man nicht alleine erlebt. Deshalb möchte ich meinen wunderbaren Reisegefährten danken.

Ein Dank von ganzem Herzen:

Ich danke Stefano Izzo für die vielen wertvollen Hinweise, und dafür, dass er von Anfang an an das Projekt geglaubt hat. Seine Tipps und seine unendliche Geduld haben den Text und seinen Autor bereichert und verbessert.

Ich danke meiner Agentin Laura Grandi, die mich unbeirrt und beharrlich, aber immer freundlich durch eine unbekannte neue Welt geführt hat.

Mein Dank gilt Daniel Cladera, der eine Geschichte, die in meinem Kopf herumspukte, entschlossen und liebenswürdig begleitet und ihr einen Realitätssinn und einen würdigen Rahmen gegeben hat.

Außerdem danke ich Riccardo Barbagallo für seinen unermüdlichen Einsatz, professionell und trotzdem warmherzig.

Und selbstverständlich gilt mein Dank Sandrone Dazieri, meinem Freund und »Meister« (ich weiß, dass du dich wegen dieses Begriffs aufregen wirst), der mir den Weg gewiesen hat. Und auch Davide Morosinetto, der immer für mich da war.

Außerdem danke ich allen anderen Freunden, die ich mit meinen immer neuen Einfällen um den Protagonisten Michele »Tiradritto« Vigilante und die anderen Figuren genervt habe. Danke, Italo und Serena, Luigi und Sira, Lorenzo, Teo und Antonio »Sereno« (der, ohne es zu wollen, auch in diesem Buch auftaucht).

Ich danke meinen Eltern, die mir beigebracht haben, an Träume zu glauben.

Und ich danke für alles andere meinem kleinen Michelangelo und meiner Frau Paola, die alles dafür getan haben, dass meine Träume Wirklichkeit geworden sind.

Und schließlich danke ich dir, meinem geschätzten Leser, dass du mir deine Zeit geschenkt hast und mir auf dieser Reise durch die Finsternis gefolgt bist.

Danke euch allen.

Atemlose Spannung vor der einzigartigen Kulisse der Südtiroler Bergwelt

Als seine Schwiegermutter stirbt, kehrt der New Yorker Dokumentarfilmer Jeremiah Salinger mit seiner Frau in ihre Heimat in Südtirol zurück. Die Dorfbewohner des abgelegenen Örtchens begegnen dem Fremden verschlossen. Doch dann hört Jeremiah von einem bestialischen Mord, der sich dreißig Jahre zuvor zugetragen hat und der nie aufgeklärt wurde. Drei junge Einheimische waren nach einem gewaltigen Gewittersturm nicht von einer Wanderung zurückgekehrt, und kurz darauf fand man zwischen den steil aufragenden Felswänden der nahe gelegenen Bletterbachschlucht ihre Leichen – grausam entstellt. Entgegen aller Warnungen, er solle sich heraushalten, beginnt Jeremiah Fragen zu stellen. Aber schon bald bereut er seine Neugier …

Trügerische Freundschaften.
Gefährliche Wahrheiten. Und eine Stadt,
deren Geheimnisse töten können.

Franco De Santis ist Polizist von Beruf, Neapolitaner aus Überzeugung und Ex-Ehemann wider Willen. Jeden Sonntag fährt er in das Nobelviertel der Stadt, um seinen Schwiegereltern eine glückliche Ehe vorzuspielen. Doch an diesem schwülen Sommertag wird er in den Arbeiterstadtteil Bagnoli gerufen: Der Gemeindepfarrer hat sich erhängt. Franco kennt ihn seit der Kindheit und weiß, wenn er an eines glaubte, dann an das Leben. Gegen den Willen seines Vorgesetzten beginnt Franco zu ermitteln. Doch in einer Stadt, in der der Schein trügt und der Tod Alltag ist, ist die Suche nach der Wahrheit gefährlich …

PENGUIN VERLAG